KING

Título original: *The Last Checkmate*

© 2021, by Gabriella Saab. Published by arrangement with William Morrow
   Paperbacks, an imprint of HarperCollins Publishers.
© 2023, de la traducción por Begoña Prat Rojo
© 2024, de esta edición por Antonio Vallardi Editore S.u.r.l., Milán

Todos los derechos reservados

Primera edición en esta colección: octubre de 2024

Newton Compton Editores es un sello de Antonio Vallardi Editore S.u.r.l.
Pl. Urquinaona, 11, 3.º 1.ª izq. Barcelona, 08010 (España)
www.newtoncomptoneditores.com

Gruppo editoriale Mauri Spagnol S.p.A.
www.maurispagnol.it

ISBN: 978-84-10080-87-4
Código IBIC: FA
DL: B 14.038-2024

Diseño de interiores:
David Pablo

Composición:
Sergi Godia

Impreso en octubre de 2024 en Puntoweb s.r.l., Ariccia (Roma), en Italia.

Gabriella Saab

La chica que jugaba al ajedrez en Auschwitz

Traducción de Begoña Prat Rojo

Newton Compton Editores

Barcelona, 2024

Para Poppy: mi abuelo, mi padrino y mi mayor admirador.
Te quiero y te echo de menos con todo mi corazón.

Capítulo 1

Auschwitz, 20 de abril de 1945

Aunque hace tres meses que escapé de la cárcel que tenía preso mi cuerpo, aún no me he liberado de la que tiene presa mi alma. Es como si nunca me hubiera quitado el uniforme a rayas azules y grises ni hubiera dado un paso más allá de las alambradas electrificadas. La liberación que busco requiere una clase de fuga distinta, una que solo puedo lograr ahora que he regresado.

Cae una lluvia fina, lo que añade una neblina inquietante a la brumosa mañana. No es muy distinta a la del primer día que estuve aquí, justo en este mismo lugar donde ahora permanezco de pie. Contemplé el letrero de metal negro que me hacía señas desde la distancia.

ARBEIT MACHT FREI

Saco la carta de mi pequeño bolso y vuelvo a leer las palabras que he memorizado; a continuación cojo el arma y la inspecciono. Una Luger P08, igual que la que mi padre guardaba a modo de trofeo después de la Gran Guerra. La que me enseñó a usar.

Dejo caer el bolso sobre el suelo mojado, me aliso la blusa y me meto la pistola en el bolsillo de la falda. Con cada paso que doy sobre la grava el aroma a tierra mojada se mezcla con el de la lluvia, pero podría jurar que distingo restos del olor de los cadáveres en descomposición y el humo de los cigarrillos, las armas y los crematorios. Con un estremecimiento, me rodeo la cintura con los brazos y respiro para asegurarme de que el aire está limpio.

Una vez que cruzo la verja, me detengo. No se oyen improperios, mofas ni insultos; no hay chasquidos de látigos ni golpes de porras, ni perros que ladren, ni las pisadas de botas militares; ninguna orquesta toca marchas alemanas.

Auschwitz está abandonado.

Cuando la voz chillona de mi cabeza trata de disuadirme, el leve susurro me recuerda que este es el día que he estado esperando y que, si no llego hasta el final, puede que nunca tenga otra oportunidad. Sigo avanzando por la calle desierta y paso junto a la cocina y el burdel del campo. Al llegar al Bloque 14, giro en la esquina y llego a mi destino, con la mano sobre mi otro bolsillo para tocar las cuentas del rosario que llevo dentro.

La plaza de recuento. El lugar donde hemos quedado. Y él ya está aquí.

El cabrón se encuentra de pie junto a la garita de madera, igual a como lo recuerdo. Apenas más alto que yo, delgado e insignificante. Lleva su uniforme de las SS almidonado y planchado pese a la lluvia, y las botas lustrosas con algunas salpicaduras de barro. La pistola le cuelga de un costado. Y sus ojillos maliciosos se clavan en mí cuando me detengo a unos metros de él.

–Prisionera 16671 –dice Fritzsch–. Me gustas más vestida a rayas.

Pese a la cantidad de veces que se han dirigido a mí con esa secuencia de números, la forma en que dice «uno, seis, seis, siete, uno» me deja sin palabras. Me paso el pulgar por el tatuaje de mi antebrazo, que destaca sobre mi piel pálida, y sigo con las cinco cicatrices redondas que hay justo encima. El mero gesto hace que mi lengua pronuncie las palabras:

—Me llamo Maria Florkowska.

Él se ríe entre dientes.

—Veo que aún no has aprendido a controlar esa lengua, ¿eh, polaca?

El final de la partida ha comenzado. Mi ingenio es el rey; el dolor, la reina; la pistola, la torre; y yo soy el peón. Mis piezas están colocadas sobre este tablero de ajedrez inmenso. El peón blanco se enfrenta al rey negro.

Fritzsch me hace una seña con la cabeza y me indica la pequeña mesa dispuesta en medio de la plaza. Reconocería el tablero a cuadros y sus piezas en cualquier parte. Nuestros pasos sobre la grava son el único sonido que se oye hasta que me dispongo a sentarme tras las piezas blancas; en ese momento, su voz me detiene.

—¿Te has olvidado de los términos de nuestro acuerdo? Si vas a aburrirme, no le veo el sentido a una última partida.

Se desplaza para bloquearme el paso, con una mano sobre la pistola, y yo respiro lentamente. De algún modo, me siento como la niña rodeada de hombres en esta misma plaza de recuento, con todas las miradas puestas sobre ella mientras juega partidas de ajedrez contra el hombre que le metería una bala en el cráneo en cuanto la pusiera en jaque mate.

El silencio se alarga, denso, hasta que consigo romperlo.

—¿Qué tengo que hacer?

Un murmullo de aprobación resuena en su garganta; me odio a mí misma por haberlo provocado.

—La sumisión te sienta mucho mejor que la impertinencia —dice él y yo contemplo sus pies mientras se acerca—. Al otro lado.

Me ha quitado las blancas y la ventaja de mover primero del mismo modo que me quitó todo lo demás. Fritzsch abrirá con un gambito de dama. Sé que lo hará porque es mi apertura favorita. También me va a quitar eso.

Y así es. Peón de dama a d4. El solitario peón blanco queda dos casillas por delante de su fila, tratando ya de controlar el centro del tablero. Cuando mi peón de dama negro se encuentra con el suyo en el centro, él responde con un segundo peón a la izquierda del primero, con lo que termina la apertura.

Fritzsch apoya su antebrazo sobre la mesa.

—Te toca, 16671.

Me trago el «*jawohl*, Herr Lagerführer» que me sube por la garganta. Fritzsch ya no es el jefe del campo. No me dirigiré a él como tal.

Al ver que me quedo callada se le tensa la comisura de la boca y una cálida oleada de satisfacción se extiende por mi cuerpo, mezclada con el frío de esta lúgubre mañana. Mientras analizo el tablero, mantengo ambas manos a la vista; la pistola sigue en el bolsillo de mi falda y noto su peso sobre mi regazo.

Fritzsch me observa coger mi siguiente peón, con la mirada encendida como si esperara que yo hablase. Algo en mi interior me insta a obedecer, aunque solo sea para alejarme de él, de este lugar, pero no puedo, todavía no. No hasta que llegue el momento adecuado. Entonces reclamaré todas las respuestas que busco. Pero si dejo que las preguntas me consuman ahora, si me desconcentro…

Después de hacer mi jugada me aliso la falda húmeda, lo que me proporciona la oportunidad de esconder las manos bajo la mesa. No puedo ponerme a temblar. Esta partida es demasiado importante. Por ahora mis manos están firmes, pero lo único que hace falta es un levísimo cambio.

«Termina la partida, Maria».

El ajedrez es mi juego. Siempre lo ha sido.

Y después de todo este tiempo, esta partida terminará a mi manera.

Capítulo 2

Varsovia, 27 de mayo de 1941

Desde que mi familia y yo estábamos encerrados en la prisión de Pawiak, una frase resonaba en mi mente: «La Gestapo vendrá a por mí».

Acurrucada en la esquina de nuestra celda, me abracé las rodillas contra el pecho y me pasé el pulgar por el labio inferior, que lo tenía partido. Al principio había pensado que la policía alemana decidiría que no valía la pena perder el tiempo conmigo. Les bastaría con echar una mirada a mi trenza rubia y a mis grandes ojos para considerarme inofensiva.

Pero era demasiado tarde. Ya tenían pruebas de lo que había hecho.

En la cama individual metálica con un fino colchón, Zofia se agarraba al brazo de Mama. Un prisionero acababa de pasar por delante de nuestra celda dando traspiés, pero mi hermana pequeña no había soltado a Mama ni había dejado de mirar los barrotes de la puerta. Los gritos del hombre suplicando clemencia resonaban en mis oídos, súplicas que le habían valido las patadas y los empujones de los guardias mientras se lo llevaban. Al final Mama convenció a Zofia de que no la estrechase con tanta fuerza y luego se puso a desenredar sus rizos dorados con la esperanza de distraerla.

Karol, por su parte, parecía haber olvidado la escena que acabábamos de presenciar. Se levantó del suelo mugriento y se apresuró a acercarse a mi padre, que se encontraba en el borde opuesto del catre.

—Cuando lleguemos a casa quiero jugar con mis soldaditos, Tata —dijo.

—¿Tus soldaditos derrotarán a los nazis?

—Siempre lo hacen —contestó Karol con una sonrisa—. ¿Podemos irnos ya a casa?

—Pronto —dijo Tata—. Pronto.

Pero al mismo tiempo intercambió una mirada con Mama, la misma que habían comenzado a dirigirse tras la invasión de los nazis. Una que estaba llena de dudas.

Me pregunté hasta qué punto estaban enfadados conmigo. No se les notaba, pero debían de estarlo; si no por ellos, por Zofia y Karol. Mis actos habían mandado a dos niños a la cárcel. Solo llevábamos allí unos días, pero los suspiros tenues aunque contundentes de mis padres, sus fútiles palabras de consuelo y aliento, las quejas aburridas de mi hermana y los llantos de hambre de mi hermano me recordaban que yo era la responsable de nuestra desgracia.

Mientras Karol trepaba al regazo de Tata, un nuevo sonido captó mi atención. Pasos.

Mis padres tendieron la mano uno hacia el otro; un gesto sutil y sencillo, pero lo hicieron a la vez. Se movieron al mismo tiempo, a la misma velocidad, en una sincronía perfecta. Las dos mitades de un todo. Sus manos se tocaron durante un instante antes de que ambos me miraran. Ojalá no lo hubieran hecho, porque al ver la mirada que me dedicaron me abracé las rodillas con más fuerza.

Mama envió a Zofia y Karol al extremo más alejado de la cama, como si la estructura metálica pudiera protegerlos, al tiempo que Tata se ponía en pie. Al apoyar demasiado peso en su pierna mala, hizo una mueca y posó la palma de la mano en la pared para recuperar el equilibrio. Era lo único que podía hacer sin su bastón. Se hizo el silencio en el minúsculo lugar mientras los pasos de unas botas se acercaban; a continuación, la puerta de nuestra celda se abrió con un chirrido y aparecieron dos guardias. Uno me señaló con un gesto que hizo que se me cayera el alma a los pies casi en la misma medida que las palabras que lo acompañaron:

—Tú, fuera.

Durante todo ese tiempo me había repetido a mí misma que cuando los guardias vinieran a por mí los obedecería para evitar que me hicieran daño. Pero de repente era incapaz de moverme.

Tata dio una zancada hacia ellos. No estaba segura de cómo se las apañaba para mantenerse en pie, pero lo consiguió, hasta que un guardia lo golpeó y le hizo caer al suelo.

Mama me agarró contra su pecho y me protegió colocándome entre la pared y ella.

—¡No la toquéis! —gritó.

Sus chillidos reverberaron en el pequeño espacio y continuaron, pese a que le dieron un tirón de la cabeza. Sus brazos me apretaron con más fuerza, aunque pude ver cómo el guardia la sujetaba por el pelo. Este nos apartó de la pared con una sacudida y tiró de mí hasta separarnos.

Yo me resistí y me retorcí —por puro instinto, aunque no sirviera de nada— mientras me arrastraban fuera de la celda, como si mi forcejeo fuera un inconveniente sin importancia, y luego cerraron la puerta con fuerza y me colocaron unas esposas pesadas alrededor de las muñecas. Los gritos de mi familia se fueron apagando a medida que nos alejábamos. Un pensamiento inquietante me vino a la cabeza: ¿y si no volvía?

Cada paso que dábamos iba acompañado de tintineos y del ruido sordo de las botas sobre el suelo, que resonaban en los largos y fríos pasillos. Hasta el sonido de mi propia respiración se oía con intensidad. El aire olía a metal, sangre, sudor y Dios sabía a qué más. Si el sufrimiento tuviera un olor, habría olido como aquel lugar.

Al final un guardia abrió una puerta y el otro me empujó a través del umbral. Emergí a un mundo inundado por una luz penetrante y avancé a ciegas y tambaleándome hasta que un nuevo empujón trajo de vuelta la oscuridad. Parpadeé. Me encontraba en una furgoneta, sentada en un banco bajo de madera que se extendía por uno de los lados. Una gran cubierta de lona negra cubría el espacio, bloqueando mi visión del exterior, y el movimiento repentino del vehículo al ponerse en marcha casi me hizo caer del asiento. Los prisioneros hacinados a mi alrededor evitaron que perdiera el equilibrio mientras la furgoneta avanzaba con estruendo por las calles de Varsovia.

El trayecto no duró mucho. Me sacaron con un agarrón despiadado y me encontré en el número 25 de la avenida Szucha, el cuartel general de la Gestapo.

Cerré los ojos con fuerza, incapaz de soportar la luz del sol o el inmenso edificio con ondeantes banderas nazis de rojo chillón que destacaban sobre la piedra gris. Uno de los guardias dijo algo así como «cerda polaca» y «marchando» y yo seguí a los prisioneros de Pawiak a través del patio hasta el interior y luego por la escalera que descendía hacia la condenación. Con cada paso que daba por los angostos corredores de un gris lóbrego me adentraba más en las entrañas de la Szucha, hasta que llegamos a una celda vacía. Un guardia me agarró y soltó una risita al ver que intentaba protegerme; me quitó las esposas y me indicó que desfilara hacia el «tranvía». Supuse que se refería a la hilera de asientos individuales de madera colocados uno tras otro de cara a la pared opuesta.

La puerta de hierro se cerró con un sonido metálico. La minúscula estancia apestaba a sangre y orina, olores del terror, tan intensos que tuve que contener una arcada, y el suelo de madera estaba resbaladizo y cubierto por ambas.

Yo era la prisionera más joven.

Me senté en un asiento pequeño y duro detrás de una mujer con el brazo izquierdo hinchado y amoratado colgándole del costado. Lo más probable era que lo tuviera roto. Contemplé la parte de atrás de su cabeza con miedo a moverme, a respirar.

Con el rabillo del ojo —no me atrevía a volver la cabeza— distinguí algo grabado en la pintura negra, junto a mí. Tal vez un nombre. Tal vez un heroico mensaje acerca de la libertad o la independencia. Tal vez las marcas de las uñas de un prisionero mientras se lo llevaban a rastras para otro interrogatorio, un prisionero aterrorizado al pensar que esta vez podía desmoronarse.

Otro sonido se abrió camino a través de las respiraciones superficiales que me rodeaban. Alcé la vista hacia una ventanilla abierta por donde oí unas voces vehementes procedentes de arriba. Los gritos de un interrogador, el petrificado murmullo de un prisionero y luego chasquidos, aullidos y llantos. Escuchar cómo torturaban a alguien era casi peor que la idea de que me torturasen a mí.

Los guardias fueron llamando uno por uno a los prisioneros de la celda. En un vano intento por conservar la calma, cerré los ojos y respiré hondo varias veces. Inspirar, espirar, de manera lenta y controlada. Lo único que conseguí fue que los orificios nasales se me llenaran del intenso olor a la sangre y la orina que cubrían el suelo pringoso y del hedor a cuerpos sucios, sin lavar. Cada vez que un guardia venía a llevarse a otro prisionero mi corazón se aceleraba con un terror renovado ante la perspectiva de que dijeran mi nombre.

Pero cuando lo oí el latido de mi corazón se detuvo abruptamente.

—Maria Florkowska.

Sentí que iba a desmayarme, como si una fuerza me aplastara. Mi cuerpo parecía estar enraizado en el tranvía, hacia delante, siempre hacia delante, y de pronto habría dado lo que fuera por quedarme allí sentada el resto de mi vida antes que entrar en una sala de interrogatorios. Pero tenía que proteger a mi familia y a la Resistencia. Recé una rápida oración pidiendo fuerza y me levanté.

En el piso de arriba me senté a una mesa rectangular con un retrato de Hitler colgado en la pared a mi espalda. Un par de guardias se quedaron cerca de mí mientras yo estudiaba mi entorno. Tras un escritorio ubicado en una esquina había una mujer con expresión impasible y los dedos colocados sobre el teclado de una máquina de escribir. Por lo demás, la habitación no estaba amueblada excepto por la pared más alejada, frente a la cual había látigos, porras de goma y diversos instrumentos de tortura.

Entrelacé mis manos bajo la mesa en un intento de que dejaran de temblar.

La puerta se abrió para anunciar la llegada de mi interrogador. El Sturmbannführer Ebner, el mismo hombre que nos había detenido.

Tras la invasión alemana de 1939, en el momento en que fue seguro salir del sótano de nuestro edificio de pisos vi un caballo muerto tirado en la calle. Los pájaros habían arremetido contra su cadáver, arrancando la carne, los músculos y los tendones de los huesos, dejando el suelo manchado de rojo y abandonando la mutilada carcasa a su suerte. Mientras Ebner se sentaba frente a mí y yo asimilaba sus rasgos, desde su calvicie prematura hasta su nariz aquilina, no podía quitarme de la cabeza la imagen de aquellos pájaros y aquel cadáver.

—Soy Wolfgang Ebner. —Hablaba en un tono despreocupado, como si fuéramos viejos amigos poniéndonos al día—. Tú te llamas Maria Florkowska, ¿verdad?

El sonido de mi nombre al salir de su boca me repugnó, pero no lo confirmé ni lo desmentí. Al oír el timbre de la máquina de escribir me sobresalté. Esperaba que Ebner no se hubiera dado cuenta.

—¿O mejor debería llamarte Helena Pilarczyk?

Pronunció las palabras con un leve dejo de sarcasmo al tiempo que un documento identificativo verde caía sobre la mesa. Mi Kennkarte falsa. La abrió para dejar a la vista la información falseada y los sellos gubernamentales falsificados que rodeaban mi fotografía y mi firma. Al ver que yo no decía nada, Ebner la apartó a un lado.

—Por lo que recuerdo, hablas un alemán excelente, pero si lo prefieres puedo traer a un intérprete para resolver este asunto en tu lengua materna.

Un intérprete habría prolongado todo el proceso, cuando lo único que yo quería era que terminase.

—Lo he hablado con fluidez toda mi vida —contesté.

De algún modo, conseguí que mi voz sonara serena. Ebner asintió y sacó un paquete de cigarrillos. Se encendió uno y dio una calada lenta y pensativa antes de exhalar el humo gris. Mientras este ocupaba el espacio que nos separaba, me tendió el paquete. Al ver que yo lo ignoraba, volvió a metérselo en el bolsillo.

—Lo único que quiero es la verdad. Si colaboras, nos llevaremos bien.

Fue casi como si oyera la voz de Irena en mi cabeza: «Maldita sea, Maria, ¿cuántas veces te advertí de lo que te harían estos cabrones?». Mi compañera en la Resistencia me había llenado la cabeza con relatos acerca de la brutalidad de la Gestapo y sus vívidas descripciones se llevaron por delante los falsos intentos de Ebner de darme seguridad.

La máquina de escribir soltó otro estridente timbre mientras Ebner fumaba y esperaba a que yo dijera algo. Al ver que mi boca permanecía cerrada, la expresión de su rostro no se inmutó, aunque en sus ojos asomó un destello de irritación. Lo espantó con un parpadeo.

–Me imagino que eres consciente del castigo que conlleva ayudar a los judíos –dijo. Y sí, era consciente, por supuesto, pero ¿de verdad estaba amenazando a un miembro tan insignificante de la Resistencia con un castigo severo, incluso con la muerte? Depositó un segundo documento ante mí–. ¿Has entregado partidas de bautismo en blanco para la Resistencia polaca?

La prueba estaba justo frente a nosotros, así que no tenía sentido negarlo. Asentí.

–¿Cómo te las apañaste para que tu familia no se enterara?

–Cuando era pequeño, ¿se enteraban sus padres de todas las veces que los desobedecía?

Soltó una risita.

–No, supongo que no.

Mi mentira debió de ser más convincente de lo que me parecía. Si Ebner se había creído que mis padres no tenían ni idea de mi implicación en la Resistencia, sin duda podría persuadirlo de que tampoco habían participado en ella. Haría lo que fuera para evitar un interrogatorio a mi familia.

Ebner tiró al suelo la colilla del cigarrillo y la aplastó con el tacón de la bota para apagar la punta humeante. Dejó el certificado al lado de mi Kennkarte y se inclinó hacia mí en un gesto lento y calculado, listo para abalanzarse sobre su presa. Intenté no moverme, pero no pude evitar agarrarme al borde de la silla.

–¿Para quién trabajas?

A pesar de que el tono de su voz no se alteró, lo único que oí fue la amenaza que se escondía tras la pregunta. La parte más egoísta de mí trató de abrirse camino en mi interior, en un intento desesperado por evitar lo que ocurriría si permanecía en silencio, pero la ignoré. No iba a permitir que la Gestapo me convirtiera en una traidora.

Me dolían los dedos, que eran incapaces de soltarse de la silla. Ebner seguía teniendo el poder de hacerme cualquier cosa. A mí. A mi familia. Mientras estaba sentada en el tranvía había oído hablar a alguien de cómo trataba la Gestapo a los prisioneros que no les daban las respuestas que buscaban. Y mi momento estaba al caer, lo sabía.

–Mi familia vive en Berlín –dijo Ebner al tiempo que se reclinaba en la silla–. Es difícil estar lejos de ellos.

Aquel hombre me estaba sometiendo a mí, una chica, a un interrogatorio de la Gestapo. ¿De verdad pensaba que me iba a creer que era un sentimental?

–Mi mujer, Brigitte, es ama de casa. Hans tiene casi la misma edad que tú y quiere ser abogado. Annelise es la pequeña y dice que se casará y tendrá hermosos bebés arios, pero antes quiere montar una tienda de muñecas, vestidos y chocolate.

Una sonrisa divertida cruzó su rostro.

Descubrir que tenía hijos hizo que brillara en mí un pequeño rayo de esperanza; al cabo de un breve instante, se desvaneció. Sabía demasiado bien que no debía fiarme de él. La táctica era buena, tenía que reconocerlo. Pero no lo bastante buena.

–Si contestas mis preguntas, lo organizaré todo para que

te suelten. Y a tu familia también. Ahora seguro que puedes contarme quién te daba las órdenes.

El soborno parecía genuino. De no ser por mis sospechas de que se trataba de un farol, me habría convencido. Por supuesto que quería que liberaran a mi familia, pero, incluso si traicionaba a la Resistencia y confesaba, algo me decía que Ebner no nos dejaría en libertad.

Al ver que yo no obedecía, dio una orden silenciosa con un sutil gesto de la cabeza. Antes de que pudiera averiguar qué significaba, los guardias me levantaron como si no pesara nada y mi silla cayó al suelo con estrépito. Ignoraron mis forcejeos y me arrancaron la falda. ¿Por qué me quitaban la ropa? Todo estaba ocurriendo muy deprisa, demasiado deprisa. Tanto, que no me dio tiempo a oponer resistencia.

«Irena tenía razón. No se van a apiadar de mí porque sea joven».

Los guardias me despojaron de todas mis prendas excepto la ropa interior –una pequeña e inesperada ofrenda– y estamparon mi espalda contra la pared. Primero inspeccionaron mi ropa, luego la echaron a un lado, y descubrieron las pequeñas costuras de mi sujetador, que revelaban los bolsillos ocultos.

«Están vacíos. –Sentía deseos de gritar esas palabras, pero solo era capaz de hacerlo mentalmente–. No los registréis, por favor, no los registréis».

Sin embargo, sabía que lo harían y así fue. Comprobaron mi cuerpo de arriba abajo y rastrearon los bolsillos a conciencia, deleitándose cada vez que me estremecía o me resistía. Ebner observaba en silencio. Después de sus manoseos, no me quedó aliento para defenderme. Lancé una mirada a la mujer que estaba en la esquina, rezando para que acudiera en mi ayuda, pero ella se limitó a introducir una nueva hoja de papel en la máquina de escribir sin prestarme atención.

Me eché hacia atrás, plenamente consciente de mi desnudez casi completa en medio de aquellos seres perversos.

«Es un táctica intimidatoria. Que no se den cuenta de que está funcionando».

Mi respiración consistía en dar bocanadas poco profundas, aunque intenté recuperar el aliento mientras Ebner esquivaba la mesa y la silla y se dirigía hacia mí. Absorbió hasta el último centímetro de mi cuerpo menudo y expuesto. Al acercarse, un temblor se apoderó de mí; si se debía al frío, al terror, a la vergüenza o a los tres, no lo sabía. No quedaba ni rastro de su fingida camaradería. Yo era su enemiga; no una niña, solo un miembro de la Resistencia que no había sucumbido a sus ardides. Alguien a quien iba a quebrantar.

Me agarró la mandíbula y me levantó la cabeza al tiempo que gritaba y escupía; su aliento cargado de tabaco inundó los orificios de mi nariz. Exigió saber para quién trabajaba e hizo hincapié en que descubriría la verdad así tuviera que arrancarme todas y cada una de las condenadas palabras de mi boca polaca. Aunque hubiese estado dispuesta a contestar, la diatriba me había dejado la garganta demasiado seca para pronunciar una palabra. Cuando me soltó, Ebner se dirigió a la pared más alejada. En ella estaban los instrumentos de tortura.

Intenté apartar a mis captores con un movimiento rápido y recé para que mi patético gesto hiciera que me soltaran y así poder escapar del infierno que me esperaba.

Por supuesto, no fue así.

Ebner acarició la barra metálica, las cadenas y el látigo mientras yo me clavaba las uñas en las palmas de las manos. Una porra. Más compasiva que el látigo, supuse, aunque era incapaz de contener la bilis que me subía por la garganta. Al alargar la mano hacia mí, me volví a un lado, pero él me cogió por la barbilla y me obligó a mirarlo. Mi respiración entrecortada era el único sonido que se oía hasta que la porra impactó en mi sien. Peores que el contacto de la contundente arma contra mi piel fueron las palabras que dijo a continuación:

–Todos los prisioneros me imploran que los mate, pero hasta que no tengo las respuestas que quiero no se lo concedo. Recuérdalo cuando me supliques que te pegue un tiro.

Aunque la voz de Ebner alcanzó mis oídos, fue la de Irena la que oí: «Para cuando hayan acabado contigo les suplicarás que te vuelen los sesos».

Dos meses y medio antes
Varsovia, 14 de marzo de 1941

El sonido constante del bastón de Tata sobre la acera adoquinada rompió el silencio que reinaba en el barrio de Mokotów. El sol de la mañana se reflejaba en la empuñadura de plata, desgastada después de que Tata se viera obligado a usarlo habitualmente tras servir en la Gran Guerra. Su manera de andar, arrastrando los pies y con cojera, así como el rítmico baqueteo de su bastón, me proporcionaba una extraña sensación reconfortante. Aunque su fortaleza física había mermado, la fuerza de su carácter era la parte de él que ninguna herida podía robarle.

Unos siniestros uniformes de campaña grises llamaron mi atención: la Schutzstaffel, el escuadrón de protección del partido nacionalsocialista. Al otro lado de la calle, dos oficiales fumaban un cigarrillo mientras conversaban. Cuando se percató de su presencia, Mama volvió la cabeza y miró a Tata. Era una mirada que yo les había visto intercambiar varias veces desde la invasión. De preocupación y duda, acompañada de otros vistazos que daban de reojo y que habría resultado fácil pasar por alto si no me fueran tan habituales. Como nos acercábamos al final de nuestra manzana, me apresuré a colocarme junto a Zofia a la espera de lo inevitable. Y, en efecto, mi hermana no tardó en dar un traspié y soltar un grito. Me reí y la agarré del brazo para que no cayera.

—Cada vez que pasamos por aquí tropiezas con los adoquines sueltos, Zofia.

Ella observó con amargura las piedras desperdigadas a nuestro alrededor.

—Alguien tendría que arreglarlos.

Como respuesta le tiré de uno de sus rizos dorados y luego lo desasí para que volviera a enroscarse en forma de tirabuzón. Ella soltó unas risitas y me apartó. Bajo el montón de adoquines había un hueco, pero lo que hicimos fue darles patadas para volver a cubrirlo. Una vez colocada la trampa para la siguiente víctima incauta, Tata cogió en brazos a Karol, que le quitó el sombrero estilo fedora, de color gris y ala ancha, y se lo puso en la cabeza.

—Zofia, Karol, pasáoslo bien en el parque Dreszera y haced caso a vuestro padre. —Mama les recolocó el abrigo antes de lanzarme una mirada—. Maria y yo vamos a recoger raciones, así que nos veremos luego en casa.

Mientras nuestra madre les daba un beso a mis hermanos, Tata me guiñó el ojo. En los últimos días me había dedicado muchos guiños disimulados desde que revelé que estaba al tanto del secreto que compartían Mama y él. Desde que había escuchado a escondidas sus conversaciones en susurros ya entrada la noche mientras mis hermanos dormían. Desde que descubrí los panfletos antinazis que distribuía la Resistencia polaca escondidos en nuestro piso y encontré documentos de identidad en los que mis padres aparecían con los nombres de Antoni y Stanisława Pilarczyk y no

Aleksander y Natalia Florkowski. Desde que había pedido unirme al movimiento polaco clandestino junto a ellos para liberar mi patria de los invasores que perseguían a los judíos, a los polacos no judíos, como mi familia, a cualquiera que no fuese ario o que desafiara al Tercer Reich.

Mama y yo íbamos a buscar raciones, eso era cierto. Pero no hasta que mi primer día de trabajo en la Resistencia hubiese terminado.

–¿Quieres jugar al ajedrez conmigo cuando lleguemos a casa? –le pregunté a Zofia mientras Mama comprobaba su bolso para asegurarse de que llevaba las cartillas de racionamiento.

Mi hermana puso cara de asco.

–El ajedrez es aburrido.

–Eso es porque no me dejas enseñarte a jugar.

Al intentar tirarla de nuevo de un rizo me dio un manotazo y salió disparada hasta quedar fuera de mi alcance.

–Yo jugaré contigo al ajedrez, Maria. Zofia, tú puedes sacar el *Monopoly* –dijo Mama.

Varios años antes de la guerra mi padre había regresado de un viaje a Alemania y nos había sorprendido con el juego de importación estadounidense; desde entonces, había sido el favorito de mi hermana.

Nos separamos. Mama y yo avanzamos sorteando las placas de hielo y nieve y pasamos frente a edificios de pisos y tiendas que habían sobrevivido a los bombardeos; no obstante, los huecos entre ellos señalaban el lugar donde antaño se alzaban edificios que habían corrido peor suerte. La propaganda nazi contaminaba todos los muros y escaparates y en cada cartel rojo como la sangre había representada una odiosa esvástica negra sobre un círculo blanco. Un vendedor callejero le ofreció a Mama un broche de su colección de baratijas, que ella rechazó educadamente sin reducir el paso.

Una vez dentro de un pequeño edificio gris de pisos en el barrio de Mokotów, recorrimos con discreción un angosto pasillo pintado de un amarillo vivo. Mama se apresuró hasta llegar a la última puerta a la derecha, la golpeó tres veces con los nudillos, esperó y llamó dos veces más. Un patrón poco habitual, no se lo había oído utilizar antes. Una mujer bajita abrió la puerta y mi madre me metió dentro.

Aunque ahora sabía que la señora Sienkiewicz era una figura prominente de la Resistencia, me resultaba difícil hacerme a la idea, puesto que la había conocido como amiga de mi madre. Nos dio la bienvenida con una sonrisa deslumbrante y un sucedáneo de té recién hecho. Yo me bebí el mío por educación, aunque hubiera preferido que la desagradable mezcla fuera té de verdad. Me senté junto a Mama en el sofá y estudié un gran retrato que había sobre la repisa de la chimenea. En él se veía a la señora Sienkiewicz con su difunto marido el día de su boda: ella con un bonito vestido blanco de encaje y él con un condecorado uniforme del ejército polaco.

—Este trabajo es peligroso, Maria; estoy segura de que lo entiendes —dijo la señora Sienkiewicz—. Hasta que te familiarices con lo que hacemos, irás siempre con una compañera.

Era lo último que esperaba escuchar. Mama me lanzó una mirada de desaprobación, seguramente para advertirme de que me quitara la expresión huraña de la cara. Menos mal que el arreglo era provisional, y supuse que sería beneficioso aprender de alguien. Cuando hubiese demostrado mi valía, podría trabajar sola. La señora Sienkiewicz desapareció para ir a buscar a mi compañera y reapareció seguida de su hija.

Irena entró en la habitación detrás de su madre y frunció el ceño al verme.

—Mierda.

No era la reacción que esperaba de una compañera, aunque no resultaba muy sorprendente si esa compañera era Irena. La señora Sienkiewicz la cogió del antebrazo.

—Esa boca.

No podía pretender que los sentimientos de Irena no fueran compartidos: la idea de trabajar con ella tampoco me emocionaba. Irena siempre se había comportado como si los tres años que me sacaba fueran 300. Ya antes de la guerra, cuando compartíamos interminables cenas con nuestros padres, ella escuchaba mientras los adultos expresaban sus temores ante la contienda que se avecinaba y discutían sobre el *Anschluss* de la Alemania nazi, el plan para anexionarse Austria. Yo, que por entonces tenía once años, detestaba la idea de que mi padre tuviera que reincorporarse al servicio militar, a pesar de que él insistía en que le era imposible luchar y no tenía ningún motivo para temer que volvieran a mandarlo lejos de casa y que resultara herido otra vez. A pesar de sus intentos por tranquilizarme, las continuas conversaciones sobre los crecientes conflictos en Europa siempre me llevaban a refugiarme en mi tablero de ajedrez.

En ese día de primavera de 1938, tras la conversación sobre el *Anschluss*, Irena me siguió a la sala de estar, donde el latido desbocado de mi corazón ya comenzaba a calmarse mientras urdía mi estrategia de apertura.

—Un día, cuando seas mayor, entenderás que hay cosas más importantes de las que preocuparse que este maldito juego —me dijo, sin darme tiempo a responderle antes de que regresara a su sitio a la mesa del comedor.

Tal vez confundiera mi dedicación al juego con indiferencia hacia el riesgo al que mi padre y tantos otros se enfrentarían si la guerra llegaba a Polonia; aun así, me enfureció la manera en que me había soltado lo de «cuando seas mayor», como si la infancia fuera sinónimo de ignorancia. En cuanto a lo que ella llamaba «juego», las veces que me había ofrecido a enseñarle se había negado, así que, ¿quién era la ignorante?

En ese momento me dedicó la misma mirada irritada y condescendiente que me había dirigido aquel día.

–¿Maria es la nueva recluta? –Irena miró a su madre como si la hubiera traicionado–. Mama, me dijiste que enseñaría a un miembro nuevo, no que me convertiría en niñera.

Le di un sorbo al sucedáneo de té, pero era tan amargo como el reflujo que me subió a la garganta. Mantener las palabras en los confines de mi pensamiento no resultaba tan satisfactorio, pero me negué a doblegarme ante su ceño fruncido.

–Aprenderé rápido –contesté.

–Deja que te dé tu primera lección.

Irena se sentó sobre la mesita de centro frente a mí y colocó las palmas sobre mis rodillas. Me eché hacia atrás antes de hacer el esfuerzo consciente de no darle esa satisfacción. Ella se inclinó hacia mí hasta que pude ver un pequeño crucifijo de oro colgado alrededor de su cuello. Conté cada uno de los delicados eslabones de la cadenilla.

–Hay un lugar especial en el infierno para los miembros de la Resistencia que capturan –continuó–. Se llama prisión de Pawiak. Y si todos los policías de la secreta fueran demonios, la Gestapo sería el mismísimo Satán. Esos cabrones no se apiadarán de ti porque seas joven y para cuando hayan acabado contigo les suplicarás que te vuelen los sesos…

–Basta.

Las mejillas de la señora Sienkiewicz tenían el mismo tono que si se hubiera puesto un bote entero de colorete, pero antes de que pudiera decir nada más, Irena se levantó y se fue a la cocina.

Un escalofrío repentino me recorrió el cuerpo; Irena se había salido con la suya en su intento por aterrorizarme y eso aún me molestó más. Era plenamente consciente de los peligros a los que me enfrentaba, no hacía falta que me los recordara.

La señora Sienkiewicz suspiró.

–Por favor, disculpad a Irena por su comportamiento y por las palabrotas. Lo he intentado todo para que pare, pero desde que nos unimos a la causa después de que su padre… –Su voz se apagó y la señora Sienkiewicz carraspeó–. Maria, si Irena no se porta bien mientras trabajáis juntas, dímelo y hablaré con ella.

¿Acaso se pensaba que era tan tonta como para chivarme? Ni hablar; le tenía demasiado aprecio a mi vida.

–Lo tendré presente –contesté.

–Y no te preocupes, cielo, ya entrará en razón.

Su tono dubitativo no inspiraba mucha confianza. Se reunió con Irena en la cocina y yo me concentré en la conversación apagada que se oía a través de las paredes. Irena se quejaba de cuánto la iba a estorbar yo, una niña.

Mama permaneció sentada con los labios apretados mientras yo dejaba mi taza en la bandeja de plata y pasaba un dedo por la tapicería de flores del sofá. La mirada despectiva de Irena y su afilada lengua iban a ponerme bajo un escrutinio continuo. Me analizaría del mismo modo que yo analizaba el tablero de ajedrez en busca de debilidades para limitar el avance de mi contrincante. No tenía intención de perder frente a ella. Como miembro establecido de la Resistencia, ella tenía una ventaja inicial, pero necesitaba más que eso para derrotarme.

Una vez que la señora Sienkiewicz convenció a Irena de que volviera al salón, Mama me abrazó con fuerza y la respiración entrecortada. Inspiré su olor a geranios, su flor favorita; me resultaba muy familiar. Al darme un beso en la coronilla, la rigidez de su cuerpo se relajó.

–Ten cuidado –suspiró al tiempo que me ponía un mechón suelto de pelo detrás de la oreja, seguramente para distraer mi atención de sus ojos vidriosos.

La señora Sienkiewicz rodeó a Mama con un brazo en un gesto tranquilizador y se la llevó fuera del apartamento, de camino a sus propias tareas dentro de la Resistencia. La puerta se cerró con un suave chasquido y un tenso silencio se hizo en la habitación hasta que Irena lo rompió.

–No esperes que te dé ni una puñetera tregua. Lo primero es el trabajo, no las personas.

–Me alegro de poder contar contigo, Irena.

–Me llamo Marta, idiota. –Sacó el permiso de trabajo y la Kennkarte falsos de su bolso y los agitó para hacer hincapié en su alias. Intercambiamos documentos de identificación–. «Helena Pilarczyk» –dijo, leyendo el mío en voz alta.

Era un buen nombre. Me gustaba; no tanto como Maria Florkowska, pero me gustaba. Irena me quitó su carné, me estampó el mío en las manos y se marchó sin esperarme.

–¿Qué es lo primero que tenemos que hacer? –pregunté mientras me apresuraba para emparejar mi paso al de sus largas zancadas.

–Si quisiera que hicieras preguntas, te lo habría dicho.

Se me hizo un nudo de rabia en el estómago, pero me quedé callada. Pasamos frente a panaderías en ruinas e iglesias cubiertas de heridas de guerra, parques sin vegetación y escaparates exiguos. Algunos se esforzaban por conservar un atisbo de su antiguo esplendor, mientras que otros se habían dado por vencidos. A medida que nos acercábamos al centro de la ciudad había cada vez más gente en la calle. Yo esperaba que Irena me llevara a un tranvía para cubrir el trayecto en la mitad de tiempo, pero no fue así. Avanzaba como una flecha por la calle y zigzagueaba para esquivar a los transeúntes, sin que pareciera importarle si yo la seguía o no.

Al final giramos por la calle Hoża, una de mis preferidas debido a la cantidad de árboles que la bordeaban y que en primavera se llenaban de hojas verdes y vigorosas flores. Algunos capullos empezaban a crecer aquí y allá, pero mantener el ritmo de Irena no me dejaba tiempo para admirarlos. La seguí hacia un conjunto de edificios que constituían la casa provincial de las hermanas franciscanas de la Familia de María. Irena pasó de largo la verja negra enclavada en el muro de ladrillo, se detuvo ante una puerta pequeña de madera y llamó al timbre.

—Marta Naganowska ha venido a ver a la madre Matylda —dijo.

La puerta se abrió y apareció una hermana joven enfundada en un hábito negro con un cordón de un violeta intenso alrededor de la cintura y un rosario en la cadera. Nos guio hasta un patio empedrado flanqueado por tres lados por el convento. Había unos cuantos árboles dispersos entre los edificios de estuco blanco y ladrillo rojizo y en medio de un gran arriate circular se alzaba una estatua blanca de san José sosteniendo al Niño Jesús que dominaba el frondoso espacio. Era un lugar silencioso y tranquilo, un refugio agazapado dentro de la ciudad. Entramos en una pequeña estancia. Allí, sentada a una mesa cuadrada de madera y enfrascada en una acalorada conversación telefónica, estaba la madre Matylda.

La anciana madre provincial no alzó la vista cuando entramos.

—¿Estás segura de que aceptarás la bendición divina? —Se colocó bien el crucifijo que le colgaba del cuello y a continuación pasó un dedo por las tres cuentas redondas que adornaban cada brazo de la cruz. Al cabo de un momento cerró los ojos y sus hombros se relajaron mientras soltaba un suspiro–. Me alegro mucho, amiga mía.

Mientras Irena jugueteaba con su propio crucifijo yo vi una libretita que descansaba sobre la mesa. Cubría una pila ordenada de documentos, aunque uno estaba torcido. Me dirigí a la estantería que había junto a ella, como si estudiara los diversos títulos firmados por santos y teólogos. Pasé las hojas de una copia gastada de las *Confesiones* de san Agustín al tiempo que miraba el papel con el rabillo del ojo. Era una partida de bautismo, rellenada parcialmente con información personal. Intrigada, me acerqué un poco, pero una tos brusca casi me hizo soltar el libro. Me lo llevé al pecho y al darme la vuelta vi cómo Irena me señalaba el espacio vacío a su lado. Aunque entorné los ojos, devolví el libro a la estantería y regresé junto a ella.

Al final la madre Matylda colgó el teléfono, garabateó algo en su libreta y le dedicó a Irena una sonrisa radiante.

–Marta, que alegría verte. Y veo que has traído a una amiga.

A Irena no pareció hacerle mucha gracia que utilizara la palabra «amiga», pero no le llevó la contraria. En lugar de eso hizo un gesto displicente con la mano en mi dirección.

–Es Helena. –Se metió la mano en la blusa, se sacó una hoja de papel del sujetador y se la tendió–. Tengo una solicitud de oración, madre superiora. Mi madre está enferma.

La madre Matylda aceptó la cuartilla.

–Que Dios le conceda salud y una larga vida –murmuró mientras desdoblaba el papel y lo dejaba sobre la mesa.

Entorné los ojos para distinguir su contenido. Escrita con la elegante caligrafía de la señora Sienkiewicz, había una lista de nombres, unos de los cuales me llamó la atención: Stanisława Pilarczyk, el alias de mi madre.

No pude quitarme el papel de la cabeza mientras regresábamos a su piso. Irena dejó su abrigo en el respaldo de un sillón en el que procedió a sentarse, sin hacerme ni caso. Tenía la sensación de que mis pies eran tres números más grandes que mis zapatos, así que curvé los dedos para aliviar las punzadas. Debíamos de haber caminado ocho kilómetros. No estaba segura de qué tenía Irena en contra de los tranvías.

—¿Te guardas los mensajes en el sujetador? —le pregunté al cabo de un rato.

Irena se estudió las uñas.

—Todas las chicas de la Resistencia llevan sujetadores acolchados con bolsillos.

—¿Y ese es el método que usáis para pasarles información a las hermanas?

—Solo saco provecho de los dones que Dios me ha dado. —Irena alzó la vista el tiempo suficiente para dedicarme una sonrisa socarrona—. Tú también deberías agenciarte unos. ¿Te incomoda? Porque si eres demasiado pudorosa para esconder información donde haga falta será mejor que renuncies ahora.

Se rio entre dientes al tiempo que se quitaba los zapatos de cordones de una sacudida y metía los pies bajo su cuerpo en el sillón.

«Me alegro de que te creas tan graciosa», pensé, aunque no lo dije en voz alta. En lugar de eso me acerqué a su butaca, pero ella se levantó y se dirigió a la repisa de la chimenea.

—Le has dado a la madre Matylda un mensaje codificado, ¿verdad?

—Averígualo, si tan lista eres.

—Se supone que tienes que enseñarme y lo estás haciendo fatal.

—Te estoy enseñando. Te he dicho lo del sujetador que

tienes que llevar y te estoy diciendo que averigües tú solita lo del mensaje.

Con un resoplido, me paseé por la habitación y me quedé al lado del escritorio, en la esquina. La máquina de escribir estaba cubierta por una fina capa de polvo, como si no la hubieran usado desde hacía días, y sobre un montón de hojas había un pisapapeles. Cogí un lápiz y di unos golpecitos con el dedo sobre la punta roma. En lugar de hacer encargos con un miembro de la Resistencia que me ayudara, tendría que llevarlos a cabo con la difícil compañía de Irena.

–Irena. –Al oír su verdadero nombre me lanzó una mirada fulminante y regresó a su asiento. Yo disfruté de mi pequeña victoria antes de continuar–. Dime por qué la madre Matylda estaba forjando partidas de bautismo y por qué salía el alias de mi madre en ese papel.

–Santo cielo –murmuró y me senté en una silla frente a ella–. ¿Cómo diablos esperas que las hermanas amparen a niños judíos sin partidas? Tienen que preparar los documentos para que los miembros de la Resistencia puedan sacar a los niños del gueto a hurtadillas.

–¿Mi madre va a llevarles un niño a las hermanas?

–Mañana, y a eso me refería cuando he dicho que mi madre estaba enferma. Le entregarán el niño a una familia católica o bien lo llevarán a uno de los orfanatos de la orden fuera de Varsovia. Cuando la madre Matylda le pregunta a alguien si aceptará la bendición divina, lo que quiere decir es que se hará cargo del niño judío. Por lo que respecta a ti, vendrás conmigo a entregar mensajes y fondos, pero no tocarás la información confidencial hasta que te lo merezcas, si es que acaso llega ese día.

Sus palabras me escocieron, aunque no debería haberlo permitido. A pesar de su tendencia a recordarme mi inferioridad, cada comentario mordaz que me dedicaba alimentaba mi determinación de demostrar valía.

–Al comienzo de la guerra, cuando te uniste a las primeras actividades de la Resistencia, tú solo tenías quince años –le recordé.

–Sí, pero estaba informada, no escondida tras un tablero de ajedrez. Una cosa más –Irena se inclinó hacia mí y bajó la voz–: todos los miembros de la Resistencia arriesgan su vida, pero no tengo ninguna intención de perder la mía por nadie. Harás lo que yo te diga, y si me llevas la contraria o me pones en peligro, convertiré tu vida en un infierno. ¿Te queda claro?

Más amenazas. A diferencia de su historia sobre lo que la Gestapo les hacía a los miembros de la Resistencia enviados a Pawiak, esta advertencia no me asustó.

Mi pieza de ajedrez preferida era el peón. Una elección extraña, quizá, ya que los peones no son muy importantes, pero cuando alcanzan el extremo opuesto del tablero tienen la capacidad única de convertirse en una pieza más poderosa. De repente, un humilde peón cambia todo el equilibrio de fuerzas.

En aquel juego yo era un peón y cada momento que pasaba con Irena me enseñaba más cosas sobre cómo cambiar el equilibrio de fuerzas. Me senté en el borde de la silla y coloqué de un manotazo las palmas sobre sus rodillas, imitando su gesto de esa mañana. Su sonrisita de satisfacción se esfumó, pero ni siquiera parpadeó cuando apreté con fuerza y desplegué la sonrisa más dulce de la que fui capaz.

–Como el agua.

Su mandíbula permaneció impasible, pero su mirada me dejó satisfecha, como si estuviéramos en medio de una partida de ajedrez y mi jugada hubiera dado al traste con su estrategia. No tardaría en darse cuenta de que yo ya no era la niña que huía de la guerra y que cada minuto que había pasado jugando al ajedrez me había enseñado a elaborar estrategias y burlar a los oponentes a los que me enfrentaría en aquel trabajo. Antes de que pudiera contestar, una llave giró en la cerradura de la puerta, anunciando el regreso de Mama y la señora Sienkiewicz.

Irena se puso en pie.

—Hasta la próxima, Helena.

—La jornada en la Resistencia ha terminado. —Me levanté y alcé la barbilla—. Me llamo Maria.

Varsovia, 27 de mayo de 1941

Hecha un ovillo sobre el suelo de la sala de interrogatorios, me pregunté cuánto tiempo me dejaría allí Ebner esta vez antes de comenzar de nuevo. Tenía la frente mojada por el sudor e hilillos de restos de lágrimas saladas en la cara; con las manos temblorosas, me sequé cualquier indicio que quedara de ambos lo mejor que pude. Todavía notaba el sabor ácido del vómito en la boca.

No sabía cuántas veces podía Ebner escuchar «no lo sé», «créame» y «por favor» antes de cansarse de mí. ¿Y luego qué?

Cuando los guardias me recogieron del suelo me puse rígida, pero me sentaron de nuevo en la silla. Me desplomé sobre la mesa, agradecida por el respiro que me proporcionaba, y el timbre de la máquina de escribir volvió a sonar. ¡Clic, clic, ding! Una y otra y otra vez, mientras la mujer que producía los sonidos se dedicaba tan solo a transcribir. Con la boca cerrada y el rostro inexpresivo, desprovisto de animosidad o compasión. Incluso cuando recibí una serie de golpes especialmente agresivos, al establecer contacto visual con ella y gritar pidiendo ayuda, me ignoró.

Ebner estaba sentado frente a mí y en sus ojos inyectados de sangre no se reflejaba ni compasión ni remordimiento, tan solo ira y frustración. Tenía las mejillas encendidas, las mangas remangadas, el pelo despeinado y el labio de arriba y la parte superior de la frente empapados de sudor. Las horas amenazando y golpeando a una niña le habían pasado factura.

A lo largo de mi interrogatorio había enterrado todo lo que sabía acerca de la Resistencia en los recovecos de mi mente. Ahora estaba cansada, muy cansada, y me moría de ganas de beber un vaso de agua. Al oír un crujido de la silla de Ebner, recé para que se hubiera acabado, pero el brillo siniestro de sus ojos indicaba otra cosa.

–Id a buscar a la familia –les dijo a los guardias–. A lo mejor ellos pueden ayudarnos a refrescar la memoria de la chica. Traed primero al niño.

«Va de farol. Por favor, Dios, que vaya de farol. No se atreverán a torturar a un niño de cuatro años». Sin embargo, había presenciado en primera persona de qué eran capaces y sabía que lo harían.

–¡Espere! ¡Por favor, espere!

Al oír mi grito, Ebner estampó ambas manos sobre la mesa con tanta fuerza que me eché hacia atrás.

–¿Te crees muy valiente, sentada ahí como si se te hubiera comido la lengua un puto gato? –En un abrir y cerrar de ojos se colocó junto a mí, me agarró del pelo y me echó la cabeza hacia atrás con fuerza. Unas punzadas de dolor agónico me recorrieron el cuero cabelludo y su rostro furibundo se cernió hasta quedar a centímetros de mi cara–. Comienza a hablar, puta polaca, o encadenaré tu culo a la silla para que veas cómo toda tu familia paga por tu silencio.

Mi familia era su jaque mate contra mí. El único movimiento que me quedaba era confesar algo, lo que fuera, para evitar que jugara él.

–Mensajes –fue lo único que conseguí articular antes de que se me rompiera la voz. Cuando Ebner regresó a su silla, la mentira me salió de la boca en un torrente–: Recibía mensajes de la Resistencia. No sé quién los escribía, no llevaban firma…

Se inclinó hacia mí y yo me encogí para alejarme y me rodeé la cintura desnuda con los brazos, creyendo ingenuamente que eso me protegería.

–¿Qué decían? –preguntó él.

–Me indicaban dónde recoger o entregar documentos y una vez recibí uno en el que me pedían la información que necesitaban para falsificar mi documentación, pero eso es todo.

Hice una pausa para recuperar el aliento al tiempo que Ebner se ponía en pie. Debería haber prestado atención a lo que hacía, pero estaba demasiado alterada, demasiado preocupada por no olvidar la historia que había elaborado ni dejar que se me escapara la verdad.

Algo cayó sobre la mesa con un sonido metálico y me eché hacia atrás instintivamente. Esposas.

«Dios mío, mi plan no es lo bastante bueno».

O bien Ebner estaba a punto de esposarme y enviar a los guardias a por mi familia, o bien las había puesto allí para asustarme. No lo sabía. Lo único que tenía claro era que el fracaso no era una opción, que la traición no era una opción. Tenía que mantener el control. Tenía que convencerlo.

–¿Quién te reclutó?

Me sobrepuse a los sollozos que me oprimían la garganta y me obligué a responder.

—Había un mensaje tirado en la calle y lo recogí para ver lo que era. Se le debió de caer a alguien, así que lo entregué en el lugar que señalaba y les dije dónde podían encontrarme si necesitaban ayuda.

Ebner me agarró por los hombros amoratados y un extraño sonido jadeante me salió de la garganta mientras él me daba una rápida sacudida.

—¿Quién te dijo lo que tenías que hacer? Dame un puto nombre.

—No puedo. La firma indicaba que era la Resistencia, no había nombres.

—¿Adónde llevaste tu documentación?

—A los adoquines, los adoquines sueltos que hay al final de nuestra manzana. Escondí los certificados debajo y allí era donde recogía los mensajes.

Al ver que sus labios se curvaban en una cínica mueca de desprecio, una oleada de emociones descarnadas me embistió, tan despiadada y dolorosa como su porra.

—Es la verdad, lo juro por Dios…

Un repentino golpe en la mejilla cortó en seco mi llanto y reabrió el corte de mi labio. Mientras la niebla que me nublaba el pensamiento se disipaba, Ebner tiró de mí.

—Basta ya de lloriqueos. Y si una condenada palabra de lo que has dicho es mentira…

Meneé la cabeza para negarlo con vehemencia, pero solo logré emitir otro sollozo desesperado.

—Por favor, deje que mi familia y yo nos vayamos a casa.

Me atraganté con las lágrimas y ni siquiera me esforcé en decir algo más. Ebner me soltó y yo apoyé los pies descalzos sobre la silla.

Se hizo el silencio en la habitación, roto por el tableteo de la máquina de escribir y mis debilitantes sollozos, que no los podía controlar. Gimoteando como un niño desconsolado, apreté la frente contra mis rodillas en un intento de obedecer su orden de dejar de llorar. Él se encendió un cigarrillo y le dio una larga calada y el asqueroso humo se me metió en la nariz.

–Bueno, me alegro de que te hayas decidido a cooperar, Maria. Es una pena que haya costado tanto.

Durante todo ese tiempo me había convencido a mí misma de que Ebner no nos soltaría, pero ya que le había proporcionado una confesión tal vez aquel depravado había encontrado clemencia en su interior. Parpadeé para detener las lágrimas y confronté su mirada indiferente mientras él se llevaba el cigarrillo a los labios.

–He contestado a sus preguntas, Herr Sturmbannführer. –La voz que salió de mi boca sonaba trémula y descarnada, no parecía la mía–. ¿Nos dejará marchar a mi familia y a mí?

Ebner puso los cigarrillos y las cerillas sobre la mesa.

–He dicho que te soltaré si cooperas, ¿no es así? –me preguntó y yo asentí.

A continuación, hizo un gesto con la cabeza a los guardias. Uno me cogió del brazo derecho, sujetándome con fuerza, y colocó mi antebrazo sobre la mesa. Sucedió tan rápido que no me dio tiempo a resistirme. Ebner depositó la punta encendida del cigarrillo sobre mi piel. Un dolor abrasador arrancó un grito de mi garganta, pero él aplicó más presión antes de tirar el cigarrillo al suelo y recibir otro que el segundo guardia ya había encendido.

–Que esto te sirva de lección, Maria. –Presionó el segundo cigarrillo por encima de la primera marca y alzó la voz para hacerse oír entre mis llantos–. Durante horas has sido desobediente y has mostrado muy poco respeto por mi generosa oferta. –Cogió un tercer cigarrillo mientras yo me retorcía, pero el guardia me sujetó y Ebner procedió a seguir dibujando una hilera de quemaduras en mi antebrazo–. Cuando te has decidido a portarte bien, ya era demasiado tarde. Nuestro acuerdo ha caducado. –Mientras el cuarto cigarrillo me alcanzaba la piel, oí al guardia encender otra cerilla, lo que me hizo gritar casi tanto como el dolor–. Podrías haber aceptado mi oferta y os habríamos soltado a tu familia y a ti, pero no lo has hecho. –El quinto cigarrillo me arrancó un sollozo jadeante de los labios y Ebner alzó la vista y me miró a los ojos–. Eres una niña muy estúpida.

Se llevó el cigarrillo a la boca y en ese momento el guardia me soltó.

Cinco quemaduras, cinco círculos de ira rojos y blancos, carne derretida en una línea perfecta a lo largo de mi antebrazo. Una marca por cada miembro de mi familia, incluida yo.

Mientras acunaba el brazo herido contra mi pecho, el olor de mi propia carne chamuscada se mezcló con el hedor a humo de cigarrillo. Se me encogió el estómago. Una bilis amarilla se abrió paso por mi garganta y salpicó al caer sobre el suelo.

Un guardia me tiró algo y yo me estremecí, pero el suave sonido de la tela al caer sobre la madera anunció que me devolvían mi preciada ropa. La agarré y me vestí tan rápido como me permitió mi cuerpo dolorido. Los botones de la blusa habían saltado cuando los guardias me la habían arrancado, pero el jersey cubría la prenda que se había echado a perder. Una vez vestida no me dio tiempo a limpiarme la sangre ni la humedad de la cara antes de que unas rudas manos se cerraran sobre mis brazos.

Mientras avanzaba tambaleándome de vuelta al tranvía noté cómo me palpitaban las quemaduras. Si hubiera colaborado desde el principio mi familia y yo podríamos habernos ido a casa...

No, no podía tragarme las mentiras de Ebner. En ningún momento había tenido intención de dejarnos marchar. Mi familia era solo una táctica en su perverso juego. La mejor.

En cuanto llegamos a Pawiak los guardias me llevaron al interior. Por una extraña razón, me sentí agradecida por la fuerza con que me agarraban. Aunque el insoportable dolor se había vuelto tolerable, no me quedaban fuerzas para arrastrar mi cuerpo magullado por el pasillo. Debía recomponerme antes de llegar a la celda.

«Me han interrogado, nada más. Solo me han interrogado».

Mientras me concentraba en colocar un pie delante del otro, elevé una oración silenciosa de agradecimiento porque Ebner no me había roto ni un hueso y porque las marcas de mi interrogatorio se encontraban bajo la ropa.

Antes de la guerra le daba las gracias a Dios por cosas como mi familia, mis amigas y el sol, pero si algo ensombrecía mi dicha me lamentaba por mi mala suerte. Tenía la audacia de preguntarle a Dios por qué había ahuyentado el sol, como si una tormenta fuera lo peor que pudiera ocurrirle a una niña. Y podían ocurrirle cosas peores: que por ella detuvieran a toda su familia, que la interrogase la Gestapo, que no tuviera poder para evitar lo que deparaba el futuro. Lo único que tenía era lluvia y no sabía si el sol volvería a salir. Tendría que encontrar la dicha entre los rayos y los truenos.

Cuando nuestra celda quedó a la vista, distinguí a mi familia sumida en un tenso silencio mientras Mama caminaba de un lado a otro. Seguramente estaba así desde que me había marchado. El hedor acre a sudor, orina y vómito me rodeaba y se mezclaba con el intenso olor a sangre y humo. El olor de la Szucha. Aunque no podía disimularlo, no iba a contarles nada más.

Karol fue el primero en verme y su rostro se iluminó.

—Maria ha vuelto.

Los guardias me metieron en la celda de un empujón. Caí al suelo y en menos que canta un gallo Mama estaba a mi lado. Luego se abalanzó sobre los guardias lanzando un chillido espeluznante.

—¡Cabrones!

Había sido una incauta al creer que podría convencer a mis padres de que tan solo me habían interrogado.

En una ocasión habíamos ido al zoo de Varsovia y habíamos visto cómo el encargado daba de comer a los leones. Mientras el hombre se acercaba al recinto, un león se lanzó sobre él desde detrás de los barrotes. Si no llega a ser por estos, seguro que habría muerto.

Mama llevaba el pelo recogido en un elegante moño alto que se le deshizo en la refriega que acompañó a nuestra detención. Ahora el pelo le caía ondulado y revuelto alrededor de la cara, enmarcando su mirada feroz y sus labios curvados en una mueca, y me recordó a ese león. Extendió el brazo con la intención de coger a los guardias del cuello y arrancárselos, pero cerraron la puerta de golpe. Se aferró a los barrotes mientras les gritaba que volvieran y se enfrentaran a ella, pero el sonido de sus pasos se apagó al tiempo que desaparecían por el pasillo.

Tata se agarró a los barrotes un instante y luego se acercó a Mama, pero ella lo apartó, cayó de rodillas y apoyó la frente sobre la puerta.

Mama nunca decía palabrotas —no si sabía que la podíamos oír— y Zofia tenía los ojos abiertos como platos.

–¿Qué ha pasado, Maria? –preguntó con voz trémula–. ¿Dónde estabas?

Si me quedaba tendida inmóvil mucho rato, no creía que pudiera volver a moverme nunca más.

–En un interrogatorio –murmuré sin mirarla mientras me sentaba–. Mama está enfadada porque me han empujado.

Puede que Zofia me creyera. O puede que dudara de si el arrebato estaba tan injustificado como yo dejaba entrever.

–¿Qué te pasa?

Aunque me imaginaba que me iba a hacer esa pregunta, no por eso me resultó más fácil oírla.

–Estoy cansada –contesté mientras Mama regresaba junto a mí, pero no pude evitar que la voz me temblara.

–Pero…

Mama volvió la cabeza hacia mi hermana.

–Zofia Florkowska, ni una palabra más.

Zofia retrocedió sobresaltada, se mordió el trémulo labio inferior y se retiró a la pequeña cama. Tata se sentó junto a ella y le dio un beso en la mejilla. Luego le lanzó una mirada a Mama, que abrió la boca, pero antes de que pudiera decir nada Karol corrió a su lado. Se estaba mordiendo el cuello de la camisa, una costumbre que indicaba que estaba sumido en sus pensamientos, aunque sabía que no debía mascarse la ropa.

–¿Qué es un cabrón?

–No es de buena educación decir esa palabra –repuso Tata.

–Entonces, ¿por qué la ha dicho Mama?

–Lo siento, cariño, pero… –a Mama se le rompió la voz– pero han empujado a tu hermana.

–Eso no ha estado bien –dijo Karol y salió disparado hacia la cucaracha que había estado observando antes de que los improperios de Mama lo distrajeran; la siguió mientras esta se escabullía hacia la esquina.

Tata le secó a Zofia una lágrima que le caía por la mejilla.

–¿Puedes vigilar a tu hermano?

Mientras ella se iba con Karol, Tata se sentó en el suelo con Mama y conmigo. Apoyamos los tres la espalda en la pared, y aunque la presión hizo que me dolieran los moratones, estaba demasiado cansada para que me importara. Me arranqué una fina costra de sangre de la mano. Con suerte mis padres no la habían visto.

–Cariño, por favor –susurró Mama, aunque ya podían deducir lo ocurrido sin necesidad de más.

Parpadeé a través de las lágrimas mientras Tata me cubría la mano con la suya en un gesto dulce.

–Me han amenazado con llevaros allí conmigo, así que les he dado información falsa.

Mis padres se quedaron callados. Mama besó una lágrima en mi mejilla y luego se dirigió apresurada a la puerta y se quedó ahí dándonos la espalda. Se pasó las dos manos por el pelo y se lo agarró con fuerza hasta que se le pusieron los nudillos blancos. Sus hombros subieron y bajaron y luego cruzó la habitación y se colocó a Zofia sobre el regazo.

Mientras me secaba una última lágrima extraviada, Tata me puso algo en la palma de la mano. Era un trocito de su ración de pan mezclado con un poco de barro y moldeado para que pareciera una pieza de ajedrez: un peón la mitad de grande que mi dedo meñique. Cerré la mano sobre él, entrelacé mi brazo con el de mi padre y le di un apretón de agradecimiento. Apoyé la cabeza en su hombro y me rendí al agotamiento, y casi me había dormido cuando su familiar susurro me llegó a los oídos.

–Eres fuerte y valiente, Maria mía.

A pesar de estar sumiéndome en un sueño profundo, alcancé a oír temblor en su voz.

Capítulo 3

Al despertarme me llegaron a los oídos unas voces que hablaban bajito. Mama y Tata estaban sumidos en una acalorada conversación, así que hice una de las cosas que mejor se me daban: fingir estar dormida y ponerme a escuchar.

—La celda está asquerosa, casi no nos dan de comer, le he hablado mal a Zofia, le he enseñado a Karol una palabrota y Maria... —Mama hizo una pausa antes de continuar—. Tenemos que contarle a la Gestapo lo que sabemos.

—No vamos a convertirnos en traidores, Natalia.

—¿Qué otra salida tenemos? ¿Cómo podemos proteger a nuestros hijos si no?

—Si admitimos la verdad, se darán cuenta de que Maria les ha mentido y la castigarán. No nos soltarán en ningún caso, pero como ella ya ha confesado esos cabrones no tienen motivos para volver a interrogarla.

—Interrogarla. —Mama repitió la palabra en un siseo virulento—. No la han interrogado. Por el amor de Dios, Aleksander, la han torturado.

A sus palabras les siguió un sollozo ahogado y me imaginé a Tata rodeándola con sus brazos. Lo oí besarla, seguramente en la coronilla, porque allí era donde la besaba cuando estaba disgustada. Su respiración pesada fue lo único que pude oír hasta que Mama habló en un leve y triste susurro.

–Tengo ganas de matarlos.

–Yo también, Nati.

El diminutivo solía calmarla, pero creo que Tata sabía que en esa ocasión no funcionaría.

Le dijo a Mama que solo les quedaban un par de horas antes de que los guardias vinieran a despertarnos y que debían dormir mientras pudieran. Al cabo de un rato su respiración se volvió rítmica y uniforme. Me senté. Mis padres estaban reclinados en la pared opuesta y Karol y Zofia acurrucados en la cama. Los contemplé hasta que Zofia se dio la vuelta y miró en mi dirección, como si no supiera ya qué pensar de mí; luego se sentó en el suelo cerca de la cama y se enroscó un mechón de pelo en el dedo.

Aunque moverme me resultaba doloroso, me arrastré hasta llegar a su lado, pero ella se concentró en su vestido azul celeste.

–Zofia, si hubieras sabido que trabajaba para la Resistencia…

–No se lo habría dicho a nadie.

–Me sentía fatal por no contártelo, pero si lo hubieras sabido y ellos llegaban a averiguarlo…

Mi voz se apagó y la hostilidad de su mirada se suavizó.

–Me habrían interrogado a mí también –dijo–. Y cuando te interrogaron a ti pasaron cosas malas.

Asentí y ella no indagó más. Durante mucho tiempo no había habido nada que deseara más que poder ser sincera con Zofia, a pesar de que el hecho de mentirle significara que así estaba a salvo. Ahora que por fin tenía la sinceridad que tanto había anhelado, de repente deseé que hubiéramos podido quedarnos escondidas detrás del engaño. Mientras estábamos protegidas por un muro de mentiras resultaba más sencillo fingir que la verdad no esperaba, al acecho, al otro lado. Ahora el muro había caído y la verdad había quedado expuesta. Ya no podía seguir protegiendo a mi hermana.

Le di un leve tirón a uno de sus rizos, el gesto que normalmente le hacía soltar una risita y apartarme la mano de un manotazo. En esta ocasión, Zofia entrelazó su brazo con el mío y apoyó la cabeza en mi hombro.

Con nada que hacer excepto permanecer sentados en una celda, el día se hizo eterno y me dejó una abundante cantidad de tiempo para pensar. Me senté en mi esquina, aterrorizada por si Ebner se daba cuenta de que me había inventado mi confesión.

Mis moratones se enfadaban si me movía, así que procuré no hacerlo. Me pregunté qué habría hecho Irena al percatarse de que no había cumplido la tarea que se suponía que iba a hacer con ella el día anterior. No era propio de mí llegar tarde y mucho menos a mi trabajo con la Resistencia. Lo más probable era que se hubiese pasado por nuestro piso y hubiese descubierto que no había nadie. Cuando desaparecía una familia entera, la razón estaba muy clara.

«Maldita sea, Maria».

Con el rabillo del ojo me di cuenta de que Mama se volvía hacia mí, pero no le hice caso. No era capaz de mirar a mis padres. Tata tenía el pelo hecho un desastre, el traje de *tweed* marrón desaliñado y una barba incipiente en la barbilla. Los pómulos altos de Mama habían perdido su fulgor rosado, su vestido camisero negro estaba arrugado y se le habían hecho varias carreras en las medias de nailon, que desaparecían en sus zapatos bajos de talón abierto. Pero no era su aspecto físico lo que me destrozaba. Eran sus ojos. En ellos se reflejaba una tristeza que nunca había estado allí. No era desesperación, todavía no, pero se acercaba. Y viniendo de mis padres eso era lo que más me asustaba.

Unos pasos resonaron en el pasillo sumido en el silencio y me puse en pie con dificultad al tiempo que se abría la puerta y aparecían Ebner y cuatro guardias.

«Ay, Dios mío, sabe que le he mentido y ahora va a torturar a mi familia para obligarme a decir la verdad».

Me rodeé la cintura con los brazos como si estuviera de nuevo en la sala de interrogatorios, casi desnuda, con su mirada recorriendo mi cuerpo. El humo del tabaco salió de entre sus labios y flotó hasta envolverme…

Parpadeé y me di cuenta de que estaba estrujando el jersey, como si al agarrarlo pudiera evitar que abandonara mi cuerpo. Lo solté y me acerqué a Zofia y a Karol. Una promesa rota me subió por la garganta, la promesa de mantener a mis hermanos a salvo. A lo mejor debería haberla dicho en voz alta, fuera vacía o no, pero era incapaz de mentir más. Así que me quedé callada y les pasé los brazos por los hombros. De esa forma parecía que la mentira no era tan importante.

–Llevaos a los prisioneros para que los transporten –ordenó Ebner.

No era lo mismo que les había dicho a los guardias antes de que me llevaran para interrogarme y, aunque solo fuera por eso, respiré aliviada. Salimos de la celda arrastrando los pies. Mis padres intentaron mantenerse erguidos, pero se les hundieron los hombros, exhaustos, y Tata se apoyó en Mama mientras ella se tambaleaba bajo su peso. Los guardias no le ayudaron ni le facilitaron un bastón, aunque tampoco esperaba que lo hicieran. Yo me coloqué la última, con mis hermanos entre nosotros. En el exterior los guardias conducían a los prisioneros a unos camiones grandes que rugían como si estuvieran vivos, engullían a los detenidos sin solución de continuidad y expulsaban un humo negro y caliente por el tubo de escape.

Nos subimos al vientre de la bestia designada para nosotros, que era parecida al vehículo que me había llevado a la Szucha. Encontramos unos asientos que aún estaban libres mientras más prisioneros llenaban el espacio vacío que quedaba en el centro, hasta que el camión se puso en marcha.

–¿Nos vamos a casa? –preguntó Karol, sentado en el regazo de Mama.

Ella le colocó bien los tirantes y le dio un beso en la mejilla.

–Todavía no, mi amor.

–¿Adónde vamos?

–Lo verás cuando lleguemos.

Sentada en silencio, escuché el traqueteo del camión por las calles adoquinadas. Se detuvo al llegar a la estación, donde nos esperaba un tren. Mama y Tata intercambiaron una mirada característica, la que reflejaba preocupación. Esta vez había algo más en ella.

Desesperación.

Me agarré al brazo de Tata y apreté con fuerza el pequeño peón que me había hecho. Los prisioneros de Pawiak nos rodeaban; había tantos que resultaba difícil moverse y más aún respirar. Un grupo de soldados impacientes nos llevaron como si fuéramos un rebaño a los vagones vacíos con las ventanas cegadas mientras los detenidos me daban codazos, me pisaban y se chocaban conmigo. Tuve que pelearme para poder aspirar aire. Me imaginé que no tenían intención de meter a tantas personas en un espacio tan pequeño.

Me equivocaba. Más prisioneros de Pawiak desfilaron hacia el interior del furgón y avanzaron sobre el suelo cubierto de cal. Yo me escurrí entre mis padres y vi que había dos baldes en la esquina. Uno, lleno de agua; el otro, vacío. Un cubo para las deposiciones. Me repugnó tanto que decidí que no lo usaría, no importaba el tiempo que estuviéramos allí atrapados. Hasta Pawiak era un lugar más civilizado: cada uno tenía una hora designada para aliviarse.

Cuando las puertas se cerraron con un golpe sentí deseos de lanzarme contra ellas y escapar para poder quedarme en Varsovia, regresar a nuestro acogedor apartamento en la calle Bałuckiego, en el barrio de Mokotów, y volver a ser un miembro provechoso de la Resistencia. Habría preferido incluso quedarme en Pawiak antes que subir al tren. Pero este soltó un silbido y chirrió en señal de protesta al tiempo que su monstruosa silueta emprendía la marcha por los raíles, recordándome que no tenía elección.

Tres meses antes
Varsovia, 15 de marzo de 1941

Un día alguien que no fuera Vera Menchik ganaría el Campeonato Mundial Femenino de Ajedrez; si quería ser yo la segunda mujer campeona del mundo, tenía que practicar. Después de haber dedicado todo el día al ajedrez, terminé mi última partida por la noche, mientras mis hermanos dormían y unos golpes secos en la puerta anunciaban la llegada de Irena.

Mi padre la recibió y la llevó al salón y mi madre preparó sucedáneo de té y dispuso la tetera, las tazas y los platillos en la mesa de centro. La impoluta porcelana blanca reflejaba la luz de la lámpara y el borde dorado centelleaba bajo su cálido resplandor. Tata fue el único que se sirvió una taza.

Irena se sentó en el sofá manteniendo las distancias conmigo. Yo pasé los dedos por los decorados reposabrazos de caoba, ahuequé un cojín de terciopelo azul cobalto y cogí un caballo negro de mi tablero de ajedrez, todo en un intento de distraerme de la asfixiante tensión. Al final Tata dejó su taza intacta sobre la mesa y carraspeó.

—¿Ya has aprendido a jugar al ajedrez, Irena?

—No.

Más silencio. Dejé el caballo sobre el tablero y cogí un alfil blanco.

Mi padre hizo un segundo intento.

—Hace mucho tiempo que te dedicas a esto, ¿verdad, Irena? ¿Tienes alguna anécdota interesante? ¿Un trabajo que recuerdes especialmente o alguna vez que hayas escapado por los pelos de los nazis?

Ella consideró la pregunta.

—Una vez un soldado me pilló después del toque de queda e hice ver que estaba volviendo a casa después del trabajo. Se lo demostré con mi permiso falsificado y le canté las cuarenta hasta que me dejó marchar.

Tata se esforzó por reprimir una sonrisa.

—Una fuga impresionante —dijo y se volvió hacia Mama—. ¿No te parece, Natalia?

Mi madre estaba sentada con las piernas y los brazos cruzados. Ante la provocación de Tata, cerró los ojos, se pellizcó el puente de la nariz y suspiró.

Después de juguetear varios minutos más con mis piezas de ajedrez, el reloj marcó las once. Eché un vistazo por la ventana y contemplé los camiones equipados con altavoces que traqueteaban por la calle anunciando el inicio del toque de queda. Nunca lo había roto. La piel me cosquilleó al pensar en lo flagrante que era semejante acto de rebeldía, pero la voz crítica de Irena se me metió en la cabeza. La silencié. Las distracciones me descentraban cuando jugaba al ajedrez y lo mismo sucedería en la Resistencia. En el momento en que uno cometía errores perdía la partida.

Irena se puso en pie y les dedicó a mis padres una sonrisa con los labios apretados a modo de despedida antes de dirigirse a la puerta. Para cuando me dispuse a seguirla, ya estaba en la mitad de la escalera.

–No vayas tan rápido –le dije mientras corría para alcanzarla.

–¿Por qué no hablas más alto? Creo que los alemanes de Hamburgo no te han oído bien.

No me digné a contestar su comentario sarcástico. Irena avanzó por las sombras, lo que me hacía aún más difícil seguirla. Salió disparada por una callejuela y no me di cuenta hasta que había dado cinco pasos en la dirección equivocada. Cambié el rumbo.

–¿Vamos a entregar algo? –pregunté cuando llegué a su altura.

–¿Eres consciente de lo pesada que eres?

–Solo intento aprender.

–Muy bien, si lo que quieres es una puñetera lección, ahí va: eres una pesada.

Sin esperar mi respuesta, Irena giró por otra calle. Cada uno de sus movimientos era sigiloso y preciso; parecía que volaba sobre los pies, fundida con la noche. Estaba concentrada y sabía lo que hacía, y si no hubiera sido tan irritante, casi me habría impresionado.

–Para ser la hija de una profesora, no enseñas muy bien –dije al cabo de un momento.

–Menos mal. Enseñar es la pasión de mi madre, no la mía. Yo me parezco más a mi padre.

–¿Dice tantas palabrotas como tú?

La miré con el rabillo del ojo. En lugar de poner los ojos en blanco como me esperaba, soltó una risita.

—Todo el rato, siempre que mi madre no está delante.

Adoptó una expresión ausente mientras se colocaba bien la cadena que llevaba al cuello. Me había hablado con un punto de amabilidad. Estaba claro que no lo había hecho a propósito, porque a continuación tuvo otro estallido de velocidad y salió disparada por la siguiente calle.

Yo esquivé un charco de nieve helada.

—Supongo que sabes que hay más posibilidades de que me vean si me haces correr detrás de ti y si me ignoras no podrás ayudarme. —Le dediqué una sonrisa triunfal—. Jaque mate.

—¿Qué has dicho?

—Jaque mate. Es la jugada final de una partida de ajedrez. El rey es la pieza más importante, y cuando pones en jaque mate al rey de tu adversario, queda amenazado por todas partes. Se mueva como se mueva, no puede impedir que lo captures. El contrincante no tiene forma de evitar el jaque mate, así que pierde. Jaque, en cambio, significa que el rey puede evitar que lo atrapes si…

—Hace como dos horas que no te escucho.

Con un suspiro de exasperación, me coloqué un mechón de pelo suelto tras la oreja.

—No importa. Lo que quiero decir es que tienes que ir más lenta para que pueda seguirte. —Corrí hasta quedar frente a ella y la obligué a pararse—. Gané.

Irena soltó una risita burlona.

—Cierra el pico, Helena. Nos espera una noche muy larga y, si sigues quejándote, te dejo y me voy. Venga, mueve el culo. ¿O quieres que te lo mueva yo?

Señalé la calle vacía con una floritura.

−Tú primera, Marta.

Me apartó de un empujón y siguió avanzando tan rápido como antes.

Resultaba extraño recorrer Varsovia cubierta por un manto de silencio. Las animadas y pintorescas plazas estaban vacías; los exuberantes parques habitados tan solo por criaturas nocturnas; los escaparates oscuros e inhóspitos. Estaba acostumbrada a las multitudes bulliciosas, el ruido del tráfico, el traqueteo de los carros tirados por caballos, las voces de los vendedores ambulantes... y los gritos cortantes de los soldados, el ruido sordo de los pasos de sus botas lustrosas. Cuando los polacos que amaban esta ciudad se veían confinados en sus propios hogares, hasta el crujido de la ropa sonaba tan alto como el rugido de los bombarderos volando a baja altura.

Divagaba mentalmente y aminoré el paso, cosa que no hizo Irena. Mientras escrutaba la calle oscura, una sombra giró en la esquina que quedaba más adelante. Me ceñí el abrigo de lana gruesa alrededor del cuerpo para protegerme de la brisa helada y eché a correr con pasos ligeros para no hacer ruido al pisar. En cuanto doblé en la esquina por la que había desaparecido Irena, me quedé paralizada.

Algo más abajo, un oficial de las SS la tenía retenida mientras otro sacaba objetos de su bolsa y los lanzaba al suelo.

Sin perder un instante me pegué a la pared de estuco fragoso del edificio que tenía a mi lado y me fundí con las sombras; sin embargo, una combinación de curiosidad y preocupación se apoderó de mí. Me asomé por la esquina y escuché las voces que reverberaban en la calle vacía.

−Ya se lo he dicho: vengo del trabajo y voy a mi casa. Sáqueme las puñeteras manos de encima y deme eso.

Irena intentó liberar un brazo, pero el hombre que la sujetaba se lo retorció con más fuerza en la espalda. Ella ahogó un grito y soltó una maldición entre dientes.

Los segundos se hicieron eternos mientras el soldado revolvía sus pertenencias. Ojalá encontrara la documentación laboral falsificada; eso apoyaría su mentira y así la dejarían marchar.

Pero, tras voltear la bolsa y hacer caer lo que quedaba dentro, el oficial hizo una única y terrible declaración:

—No hay permiso de trabajo.

Irena se puso tensa.

—Se equivoca, está… Yo… —tartamudeó, con un tono más vacilante que antes. Pero volvió a las andadas, esta vez más rápido y con más fuerza—: Me lo he debido de dejar. Por última vez, ¡suélteme!

Aquello no pintaba bien, nada bien. Irena les estaba cantando las cuarenta, como decía ella, pero no le estaba funcionando como en la historia que les había contado a mis padres. Yo tenía la horrible sensación de que por mucho que se resistiera y maldijera con aquellos soldados no iba a servir de nada. Durante el tiempo que habíamos pasado juntas no la había visto cometer ningún error, pero si se había olvidado de coger el permiso de trabajo significaba que no tenía autorización para estar en la calle a esas horas.

El oficial de las SS dejó caer su bolsa al suelo.

—Es tu última oportunidad.

A pesar de tener el ceño fruncido, el desprecio de Irena no conseguía enmascarar el miedo que supuraban sus palabras.

—Estaba yendo a casa.

—Bueno, si has perdido el permiso no puedes trabajar. Te escoltaremos hasta tu lugar de trabajo para que lo cojas y tu jefe podrá verificar lo que dices. Pero si prefieres contar la verdad y admitir que has quebrantado la ley quizá le diga a los de la Gestapo que no sean muy duros contigo.

Irena dejó de resistirse, debilitada, para luego intentar soltarse mientras su pecho subía y bajaba cada vez más rápido. El soldado le dio una patada tras las rodillas para acabar con su rebeldía, y cuando Irena cayó sobre el suelo, el otro oficial se acercó. Ella se estremeció y se apartó antes de que él la agarrara por la mandíbula y le retorciera la cabeza.

Retrocedí para quedar aún más escondida. A casa, tenía que ir a casa. Irena me había enseñado que el trabajo para la Resistencia estaba por delante de sus miembros, así que no tenía por qué intervenir. Debía marcharme.

Pero no lo hice. Tenía un plan.

Reuní todo mi coraje, di un paso para doblar la esquina y solté un grito de sorpresa.

−¿Marta?

El soldado soltó la cara de Irena y giró sobre sus talones en dirección al sonido de mi voz mientras yo me apresuraba calle abajo hacia ellos. Al ver que sacaba su arma, me detuve en seco. Por un breve instante me arrepentí de lo acababa de hacer, pero si me concentraba era posible que funcionara. Tenía que funcionar.

«Soy solo una niña. Una niña estúpida que ha estado paseando sin rumbo, sola y asustada. No un miembro de la Resistencia que es muy consciente de que la apuntan con un arma».

Me volví hacia el hombre que sujetaba a Irena, que seguía de rodillas.

−Paren, por favor. Es mi prima. Lo siento, Marta, no quería...

−¿Qué haces en la calle después del toque de queda? −preguntó el soldado que sostenía la pistola.

El arma permanecía firme en su mano, pero no pudo evitar lanzarle una mirada rápida. Ese gesto fugaz me reveló que seguramente mi edad lo había pillado por sorpresa. Estaba apuntando a una niña con una pistola.

—No quería quedarme fuera hasta tan tarde. He ido a ver a una amiga y me he marchado de su casa antes del toque de queda, de verdad, pero me he perdido en el camino a casa. Sabía que al ver que no llegaba mis padres enviarían a mi prima a buscarme. —Señalé a Irena con un gesto de la cabeza, aunque por su expresión estaba claro que me podría haber disparado ella misma si no me callaba—. Por favor, no le hagan daño. Solo intentaba ayudarme.

El soldado se volvió hacia Irena.

—Si lo que dice es verdad, ¿por qué nos has mentido?

Irena tardó un momento en apartar la vista del arma. Lo único que tenía que hacer era corroborar mi historia. Se hizo un tenso silencio mientras yo esperaba a que hablara.

«Por favor, Irena, ayúdame a que se crea la historia».

—Claro que dice la verdad, pero creía que no les parecería suficiente violar la ley por el mero hecho de salir a buscarla. En cuanto lleve a esta idiota de vuelta a casa con mis tíos vaya si me aseguraré de que esto no vuelva a pasar.

Me dedicó una mirada sombría. La amenaza no iba dirigida al soldado.

Yo di un paso cauteloso.

—Lo siento, lo siento mucho. Por favor, no nos detengan.

El soldado me miró a mí y luego a Irena. Después se colocó frente a ella, que se echó hacia atrás hasta que le hundió el cañón debajo de la barbilla. Irena se quedó petrificada mientras todo en mí se paralizaba. El hombre contempló cómo se agitaba el pecho de Irena y luego se dio la vuelta y me agarró por los hombros. Solté un grito ahogado, convencida de que lo que venía era el golpe, las esposas o la bala.

—La próxima vez no tendréis una segunda oportunidad.

El amenazante gruñido me impidió articular una respuesta aparte de un leve asentimiento. Me dejó al tiempo que su compañero soltaba a Irena de un empujón. Ella inspiró con fuerza y se puso a gatas. Los soldados se alejaron y yo los contemplé hasta que unas manos temblorosas me cogieron el brazo y me arrastraron calle abajo, ignorando mis esfuerzos tambaleantes para mantener el ritmo. Se avecinaba la cólera de Irena, el anticipo de una reprimenda, como bombas antes de caer. El estruendo de un avión. El penetrante silbido de un proyectil al cortar el aire. Esas eran las únicas señales antes de que el mundo estallara.

Después de girar en la siguiente esquina, Irena tiró de mí hasta el callejón más cercano y me cogió de los hombros como si tuviera garras de hierro.

—¿Qué diablos ha sido eso, Maria? ¿Por qué no te has ido a casa?

Contemplé la bruma enfurecida que envolvía su mirada, su ropa desaliñada y la sangre en sus rodillas y al fin conseguí encontrar las palabras en mi garganta seca.

—No podía dejar que te detuvieran.

Ella me soltó y meneó la cabeza.

—No te voy a dar las gracias por ser una jodida idiota. Lo que debería preocuparte es poner a salvo el trabajo y mantenerte con vida, y si no te metes eso en la cabeza y aprendes a apañártelas tú sola…

—Claro, porque lo de apañártelas tú sola te ha funcionado muy bien hace un momento —repuse mientras la fulminaba con la mirada—. La Gestapo te habría interrogado.

—Eso no es asunto tuyo. Tú habrías sido libre para continuar haciendo tu trabajo.

—Pero he intervenido y ahora las dos somos libres.

—Y la próxima vez que lo hagas podríamos acabar las dos detenidas.

—O podríamos volver a ser libres las dos.

–Maldita sea, Maria, ni siquiera eres capaz de reconocer tu propia incompetencia.

Con el cuerpo rígido por la tensión, Irena dio media vuelta y se alejó varios pasos.

Por alguna razón, sus palabras avivaron algo en mi interior y me llegaron más adentro que nada que me hubiera dicho antes.

–¿Eso es lo que piensas? ¿Que soy una incompetente por ayudar en lugar de marcharme? –le pregunté, hablando tan alto como me atreví–. Bueno, ¿quieres saber lo que pienso yo? Dices que lo mejor para la Resistencia es la propia supervivencia, pero eso es solo tu excusa. La propia supervivencia es lo mejor para ti porque no te importa nadie más que tú.

Irena se puso aún más rígida. El silencio nos envolvía, denso y sofocante, como el humo después de una explosión. Primero el caos, luego la quietud.

Para calmar la rabia que me recorría las venas inspiré el aire frío de la noche, simulando que era vigorizante y olía a limpio y no a la basura y el moho que se acumulaban en el inmundo callejón. Al final Irena redujo la distancia que nos separaba hasta que su silueta alta y delgada se cernió sobre mí. Yo me mantuve firme, pero cuando habló su voz sonó más cortante que las ráfagas de aire helado que soplaban sobre mi piel.

–Si vuelves a intentar una puta intervención, se acabó. Y si oigo otra puñetera palabra de tu boca esta noche desearás haberme dejado con esos soldados.

No esperó a que contestara –de cualquier forma, se suponía que no tenía que decir ni una puñetera palabra más– y se dirigió hacia la calle. Yo me quedé donde estaba y la vi marcharse. Irena había roto su propia regla, la que nos impedía usar nuestros nombres reales mientras realizábamos actividades para la Resistencia. Sentí deseos de decírselo, pero decidí no provocarla. Me pareció que ya la había provocado suficiente por esa noche.

Auschwitz, 29 de mayo de 1941

El tren traqueteó sobre las vías toda la noche, con el vagón tan oscuro como las calles sin iluminar de Varsovia durante el toque de queda. Mama nos dijo que bebiéramos del agua asquerosa del balde común. Yo tenía miedo a que el agua me obligara a usar el cubo de las deposiciones. Ya que tenía que estar en aquel furgón, apretujada entre desconocidos, transportados todos como si fuéramos mercancía, al menos podía conservar la poca dignidad que me quedaba. Pero Mama insistió.

Para cuando el tren se detuvo, yo tenía la sensación de que llevaba décadas atrapada. Las puertas se abrieron y aparecieron hombres de las SS, que nos condujeron a un andén. Mama fue la primera en salir, seguida por Zofia y Karol, y yo me quedé atrás para ayudar a Tata. Al acercarnos a la puerta, le tiré de la mano para que se pusiera en pie. Él me miró, pero no fui capaz de devolverle la mirada.

—Tata, lo sien…

Me cogió la cara con sus cálidas manos ahuecadas, así que me tragué las lágrimas que amenazaban con rodar por mi cara.

—La verdadera libertad nace de la valentía, la fuerza y la bondad. Y la única que puede arrebatarte eso eres tú misma.

Asentí lentamente y él me tomó de la muñeca y le dio la vuelta; abrí la mano y el peón que me había dado quedó a la vista en mi palma. Con una sonrisa, cerró mis dedos sobre él y me dio un beso en la frente.

—*Raus!* —gritó alguien.

Tata y yo seguimos avanzando hacia la puerta. El hueco entre el vagón y el andén era alto, así que se sentó, se cogió de la mano de Mama y cayó sobre su pierna buena. Ambos me tendieron las manos para que les siguiera.

Una vez fuera esperaba que hubiera más espacio, pero el andén seguía estando abarrotado de pasajeros cubiertos de sudor, excrementos y suciedad. La mañana gris había traído consigo un frío intenso mientras el caos se desplegaba ante mis ojos. Los soldados se desgañitaban y golpeaban a los recién llegados con armas y látigos y unos hombres enloquecidos vestidos con uniformes a rayas hacían lo mismo, instando a todo el mundo a que avanzara.

Karol tendió los brazos hacia mí, así que lo cogí en brazos y reprimí un grito cuando su peso despertó el dolor de los moratones que tenía en el torso.

—Mira —susurró él al tiempo que señalaba a dos soldados que empujaban a los prisioneros para que se apresuraran—. Cabrones.

Disimulé la risa con una tos antes de adoptar la expresión más severa que pude.

—Karol, no digas esa palabra.

—Eso es lo que dijo Mama cuando los guardias te empujaron, ¿te acuerdas?

Le puse un dedo sobre los labios y bajé la voz.

—Es verdad, pero los soldados se enfadarán si te oyen decirlo. ¿Por qué no hacemos que sea un secreto entre tú y yo?

Asintió, aparentemente emocionado con la idea, y yo le di un beso en la mejilla antes de dejarlo en el suelo y cogerlo de la mano. Zofia se acercó a mí con los ojos abiertos de par en par mientras asimilaba lo que veía.

—¿Dónde estamos? —susurró.

Yo aferré con más fuerza mi pequeña pieza de ajedrez y

escudriñé la amalgama de cuerpos hasta que distinguí un cartel. OŚWIĘCIM.

Los alemanes lo llamaban Auschwitz.

Mientras seguíamos a los demás prisioneros de Pawiak por el andén, los soldados de las SS ordenaron a los hombres que se separaran de las mujeres y los niños. Me aferré con las manos al dobladillo de la chaqueta de lana de Tata, pero la mirada que intercambiaron Mama y él calmó mi preocupación.

–¿Dejarán que nos quedemos juntos? –preguntó Mama al soldado más cercano.

Como respuesta el soldado la escupió a los pies y Tata se puso rígido. Mama lo cogió de la manga mientras el hombre de las SS nos atravesaba con una mirada de desdén.

–Me importa un comino si os quedáis juntos o no. Acabaréis todos en el mismo sitio –nos espetó. Algo en su forma de decirlo me dio que pensar, aunque no estaba segura del porqué–. Circulad por el andén.

Le dio un empujón a Mama en la dirección indicada antes de alejarse.

Tata sujetó a Mama del brazo para que no perdiera el equilibrio y yo me apresuré hacia ellos para que no se cayeran. Mama cogió a Zofia de la mano y rodeó con su brazo la cintura de Tata mientras él cogía a Karol en brazos.

–No os separéis –dijo Mama y seguimos todos hacia delante.

¿Cómo no iba a separarme? Estaba rodeada por un enjambre de innumerables personas que se interponían entre mi familia y yo a medida que se colocaban en filas. Gracias a Dios mi padre era alto. Me concentré en su nuca y me abrí paso a empujones hacia él. Mientras forcejeaba con la multitud, alguien tropezó conmigo y el pequeño peón que llevaba en la mano cayó al suelo.

Me lancé a recogerlo, me arrastré entre pies calzados con zapatos de cordones y de tacón y mocasines hasta que casi choqué con unas relucientes botas militares. Ahogando un grito, me incorporé y me encontré ante un oficial de las SS.

Sujetaba mi peón entre los dedos.

No sabía cómo, pero no se había roto al caer. Él lo examinó mientras yo esperaba a que se percatara de mi presencia, deseando que se diera prisa para volver a colocarme en la fila.

Todo en él era menudo y enjuto: constitución delgada, ojos pequeños y brillantes, labios finos, cara estrecha. Me imaginé que uno de los soldaditos de juguete de Karol había cobrado vida; la imagen mental me habría hecho reír si no hubiera sido por la expresión del rostro de aquel hombre. Al alzar la vista hacia mí, su mirada estaba endurecida por el asco, como si nunca hubiera visto algo inferior a la niña que tenía ante él. Al mismo tiempo sus labios estaban entreabiertos de una forma que resultaba demasiado animosa.

–¿Juegas al ajedrez? –preguntó.

Dirigió la mirada hacia un guardia que había cerca y le hizo un gesto, seguramente para indicarle que tradujera, pero yo asentí. Apretó la mandíbula, tal vez ofendido por el hecho de que conociera su lengua materna, y dejó caer el peón en mi palma.

Yo retrocedí, pero no estaba ni mucho menos en la fila. Y no veía a mi familia por ninguna parte.

Di una vuelta sobre mí misma. No podían estar muy lejos; había dado tan solo unos pasos para recuperar mi pieza de ajedrez. Nada me resultaba familiar, no recordaba en qué dirección nos había enviado el soldado y apenas podía ver nada entre la multitud. La gente chocaba conmigo y me apartaba, haciendo que me resultara imposible quedarme quieta. Me llevé los puños al pecho mientras el corazón me latía desbocado bajo ellos.

«Acabaremos todos en el mismo sitio, como ha dicho ese soldado. Si no encuentro a mi familia ahora, la encontraré cuando lleguemos».

El pensamiento me reconfortó, pero cada minuto que pasaba nos distanciaba más. Tal vez ellos ya habían llegado a nuestro destino final. El oficial de las SS me estaba mirando, así que me volví hacia él. Como no podía soportar la expresión de su rostro, mantuve la vista fija en el suelo y hablé con un hilillo de voz.

–¿Puede decirme adónde tengo que ir? Debía quedarme con mi familia, pero me he perdido y… –Me interrumpí con la respiración temblorosa–. Por favor, tengo que encontrarlos.

Tras una breve pausa, chasqueó los dedos para llamar la atención de otro soldado de las SS y me señaló con la cabeza. El soldado pareció confuso, seguramente porque conducía a un grupo de hombres; sin embargo, no discutió la orden muda. Me hizo una señal para que me uniera a su grupo y yo le obedecí.

Por un instante me pareció ver a Tata, pero mis esperanzas se esfumaron tan rápido como habían aparecido. No era él. No obstante, todos íbamos al mismo lugar. Lo importante no era cómo llegara allí, sino reunirme con mi familia.

Mientras seguía a los hombres, volví la cabeza y miré hacia atrás. El oficial de las SS nos observaba con la misma avidez en el rostro y yo cerré la mano con más fuerza sobre mi minúsculo peón. Otro soldado de las SS lo llamó y el sonido de su nombre flotó sobre el andén y llegó a mis oídos: Fritzsch. Tuve la sensación de que debía recordarlo.

Capítulo 4

Nunca tardo mucho en mover pieza. Fritzsch, en cambio, estudia el tablero como si hubiera olvidado todas las reglas y tuviese que revisarlas cada vez que le toca jugar. Seguro que sabe cuánto me molesta que se tome su tiempo en nuestras partidas de ajedrez y por eso lo hace.

Al cabo de un tiempo, una mano se cierne sobre un caballo, pero luego Fritzsch parece cambiar de idea y se recoloca el cigarrillo entre los labios. Yo me muerdo el interior de la mejilla y junto las manos para que se estén quietas.

—¿Te acuerdas de cuando llegaste aquí por primera vez?

Su pregunta remueve la parte de mí que estoy decidida a reprimir, la parte que escapa a mi control. Si le contesto me arriesgo a despertarla, así que, para tranquilizarme, suelto un leve suspiro y me seco las gotas de lluvia de los ojos.

Con una risita, él juega con el peón negro que ha capturado en su última jugada.

—Menuda renacuaja eras, ¿eh?

Palabras. No son más que eso, palabras.

—Te toca mover.

Mi voz suena tensa, cargada con una corriente tan potente como la que en su día recorría esta alambrada de espino.

—Han pasado cuatro años, o sea que debías de tener… ¿Cuántos? ¿Catorce, quince? —Fritzsch tira la colilla del cigarrillo a la grava—. Dime, 16671, ¿qué se siente?

–¿Qué se siente qué?

Se yergue en su asiento y apoya los antebrazos en la mesa.

–Al volver a Auschwitz.

La mínima provocación basta para desatar la corriente que me recorre por dentro.

¿Cómo describir con palabras lo que se siente al regresar a un lugar como este?

Fritzsch espera con los labios entreabiertos, anticipando lo que viene, pero que me aspen si le voy a dar lo que quiere. La corriente fluye por mi cuerpo, pero antes de que pueda manifestarse en un temblor de manos o un arranque de cólera me imagino cómo el torrente se ralentiza, se calma, se desvanece en las profundidades. Mientras me inclino sobre el juego de piezas Deutsche Bundesform y bajo la voz, noto la pistola en el bolsillo, tan pesada y destructiva como mis recuerdos de este lugar.

–A menos que pienses abandonar, te toca mover.

Por un instante Fritzsch no reacciona. Al final transige, se echa hacia atrás y mueve el caballo, aunque sigue con el peón negro cogido por el cuello y lo balancea entre sus dedos, de atrás adelante, de atrás adelante. Me muerdo con más fuerza el interior de la mejilla. A pesar de que la corriente vuelve a estar sepultada, el hormigueo de su energía permanece.

–Es como si nunca nos hubiéramos ido, ¿no te parece?

Las palabras tienen un tono casi acusatorio, como si me incitara a decir más, a revelar por qué he regresado a este lugar después de desear durante tanto tiempo escapar de él. Mantengo la boca cerrada. No va a obligarme a hacer un movimiento para el que no estoy preparada. En cuanto confiese por qué he venido –en caso de que pierda el control– no le hará falta esta partida. Ni yo. El pasado me atrapará por más que me resista; he estado tres meses luchando contra él y no he ganado ni una sola vez.

No dejaré que me meta prisa, no dejaré que haga aflorar esos recuerdos hasta que esté preparada para combatirlos. Me aferraré al control con todas mis fuerzas, como una niña perdida se aferró un día a una pieza de ajedrez que le había hecho su padre.

Pero Fritzsch tiene razón. Regresar a Auschwitz me hace sentir como si nunca me hubiera marchado. Aquí es donde sucedió todo, la realidad que se convirtió en recuerdos. A veces es imposible diferenciar entre ambos.

Estar aquí es igual que el día que llegué y todos los que lo siguieron.

Es el infierno. El más absoluto infierno.

Capítulo 5

Auschwitz, 29 de mayo de 1941

—*Schnell!* –gritó el guardia de las SS mientras yo me alejaba del andén del tren con el grupo de hombres.

Alzó el látigo, pero yo fui más rápida y me mezclé con el grupo.

El frío se me metió en el cuerpo. No estaba segura de si era por la lluvia que había empezado a caer o por la inquietud que me había generado la interacción con Fritzsch; en cualquier caso, me rodeé con los brazos para protegerme. Mantuve los ojos bien abiertos por si veía al grupo de mi familia y me aferré al pequeño peón. Nos aproximábamos a lo que parecía ser una verja flanqueada por una alambrada de espino. Cuando estuvimos más cerca, distinguí las palabras del letrero metálico que había sobre la entrada.

ARBEIT MACHT FREI. El trabajo os hace libres.

Irena nunca me había comentado que la Gestapo enviara a miembros de la Resistencia a un lugar como este. A lo mejor no tenía ni idea de que existía un lugar como este.

Seis semanas antes
Varsovia, 12 de abril de 1941

Sobre la puerta sonó una campanilla que nos dio la bienvenida a Irena y a mí al entrar en la tienda de ropa masculina, nuestro último encargo del día. Había varios clientes curioseando, así que nosotras hicimos lo mismo. Las paredes estaban cubiertas de estanterías de madera llenas de camisas de hombre y deambulamos entre estantes llenos de corbatas de colores, cinturones de cuero y sombreros hasta que nos quedamos en la zona de mercería, junto a un surtido de artículos de costura.

Detrás del mostrador, el dependiente, el señor Niemczyk, cobraba a un hombre mayor, pero lo que llamó mi atención fue una pareja que estudiaba las corbatas. Un pin con una esvástica relucía en la solapa del hombre y la mujer llevaba el mismo símbolo prendido en el pecho. *Volksdeutsche.*

Al darme cuenta, me pegué a Irena; el corazón me latía con mucha fuerza, hacía casi tanto ruido como el reloj de bronce de la pared. Mientras la mujer ojeaba el género, su mirada se desvió hacia nosotras. A lo mejor se preguntaba qué hacían dos chicas comprando en una tienda de ropa masculina. Aunque volvió a centrarse en su acompañante, no me pasó por alto la mirada penetrante que intercambiaron.

Otra de las reglas fundamentales de Irena: asumir que los *Volksdeutsche* eran colaboracionistas. A las personas de origen germano que no tenían la ciudadanía alemana por no vivir en Alemania se les ofrecía la posibilidad de firmar la Deutsche Volksliste en apoyo de las políticas de germanización del Tercer Reich en los territorios ocupados. Los *Volksdeutsche* que vivían en Polonia, incluso aquellos de sangre polaca, se declaraban leales al Reich y eran conocidos por delatar a sus compatriotas ante la Gestapo.

Si Irena había reparado en la pareja, no lo dejó entrever. Nos desplazamos hacia la zona de los sombreros mientras ellos dos rondaban en las inmediaciones. Aunque trataban de ser sutiles, no resultaba difícil imaginar sus intenciones.

Supuse que se quedarían en la tienda para confirmar sus sospechas sobre nosotras. No podíamos realizar nuestro encargo sin que se dieran cuenta, así que teníamos que deshacernos de ellos.

Estaban a apenas cinco metros de nosotras, suficientemente cerca para poder oír lo que planeaba hacer. En el aire flotaban restos de olor a cuero y madera, así que respiré lentamente y dejé que el dulce aroma me calmara los nervios. Ninguno de los planes que había llevado a cabo dentro de la Resistencia me había fallado hasta ese momento y me aseguraría de que este no fuera la excepción. Esperé a que Irena dejara un sombrero y escogiera otro y procedí a echar la cabeza hacia atrás con un gruñido.

–¿Puedes decidirte por uno?

Casi lo dejó caer y maldijo por lo bajo, pero antes de que pudiera reponerse ejecuté mi idea.

–¿Tenemos que perder tanto tiempo comprando para Patryk? Ya he perdido bastante escuchándote flirtear con él esta mañana.

Irena abrió los ojos como platos antes de entornarlos en un gesto tanto de comprensión como de fastidio. Después de muchas semanas trabajando juntas, sin duda sabía que hablaba del joven imaginario al que siempre me refería cuando necesitábamos una tapadera convincente. Era mi ardid favorito y el que menos le gustaba a ella. Por suerte, siempre me seguía la corriente.

Irena levantó el sombrero para inspeccionarlo más de cerca mientras miraba de reojo a los *Volksdeutsche*.

–Cuanto más te quejes, más tardaré.

–Ah, ¿por eso nos hemos quedado tanto rato en el café? ¿Porque me quejaba de que por tu culpa llegaríamos tarde a hacer los recados? –pregunté cruzando los brazos sobre el pecho al tiempo que ella se volvía de nuevo hacia la estantería–. ¿O ha sido porque vosotros dos no podíais parar de besaros?

Mis palabras me valieron un ceño fruncido y especialmente airado. Irena no perdió tiempo en soltarme una réplica.

–Si tan paranoica estás con los recados, acábalos tú.

–A lo mejor lo hago. Le he dicho a Mama que no tardaríamos mucho y aún tenemos que pasar por la carnicería. A este paso no llegaremos a casa hasta el toque de queda.

El señor Niemczyk carraspeó en respuesta a nuestras voces elevadas, pero como sabía a lo que habíamos ido supuse que se daba cuenta de lo que intentábamos hacer. Como si quisiera apaciguar al dependiente, le dediqué una sonrisa cautivadora –aunque no me pasaron desapercibidas las miradas de irritación de los *Volksdeutsche*– y a continuación cogí un *homburg* negro y se lo planté a Irena en las manos.

–Toma, compra este y vámonos.

Ella lo apartó.

–No, este no me gusta.

–Un poco de calma y no juguéis con los productos –dijo el señor Niemczyk alzando la voz, pero nuestro volumen no hizo más que subir.

Hice un gesto de frustración con la mano hacia los fedoras.

–Elige uno de estos y deja de ser tan especialita.

–Y tú deja de molestarme.

–¡Eres tú la que nos hace perder el día entero por un estúpido chico!

Por encima de nuestra discusión pude captar unos murmullos ininteligibles procedentes de los *Volksdeutsche* y a continuación el hombre le tendió las corbatas al señor Niemczyk y negó con la cabeza. Tras hacerle una seña a la mujer para que lo siguiera, se dirigió a la puerta.

–Perdonen el alboroto –dijo el señor Niemczyk al tiempo que hacía un gesto de disculpa con la mano.

Cuando la campanilla que había sobre la puerta dejó de sonar, Irena y yo nos quedamos calladas. Por fin estábamos solos. Esperamos un poco para asegurarnos de que no entraba nadie más y luego nos apresuramos hacia el mostrador.

–Perdone que le hayamos hecho perder un cliente –dijo Irena, dedicándome una mirada mordaz.

Luego sacó un sobre de la bolsa y una copia del *Biuletyn Informacyjny* y se los entregó. Mientras doblaba el periódico de la Resistencia, abría el sobre y sacaba un fajo de eslotis, el señor Niemczyk se encogió de hombros.

–Renunciar a una venta para protegeros a vosotras y vuestro trabajo lo considero un honor.

Irena echó un vistazo hacia la puerta antes de inclinarse hacia él.

–¿Y el bebé? –murmuró.

Sus palabras estaban teñidas por un tono de preocupación que contrastaba con su franqueza habitual.

–Mejor –contestó él con una sonrisa–. Ha engordado un poco y mis hijos lo adoran. Usaré este dinero para comprar artículos en el mercado negro y le daremos incluso más de comer.

Intercambié una mirada de alivio con Irena. Mama era la que había entregado al niño judío en cuestión, y al volver a casa más tarde esa misma noche, se había puesto a pasear por la habitación, preocupada por lo flaco que estaba. La buena noticia aplacaría su preocupación, sabiendo que los fondos permitirían al señor Niemczyk acudir al mercado civil clandestino para mantener a su familia con algo más que los escasos víveres que autorizaba el racionamiento impuesto por los alemanes.

El señor Niemczyk señaló la puerta con la cabeza.

–Marchaos antes de que espantéis a más clientes.

–Yo me ocupo de espantar a uno más por usted –dijo Irena y se volvió hacia mí con las cejas arqueadas–. ¿Tienes algo más que decir sobre Patryk?

La mera mención del nombre bastó para hacerme soltar una risita, a pesar del tono sarcástico de la pregunta. Salí disparada hacia la salida y ella me siguió pisándome los talones, pero el tintineo de la campanilla que anunciaba la llegada de un nuevo cliente me ahorró su reprimenda, al menos por el momento. Me apresuré a salir y apenas había avanzado unos metros por la calle vacía cuando me eché a reír a carcajadas.

–¿Te has vuelto loca? –me gritó Irena mientras me seguía hasta la barbería, delante de la cual me había parado–. ¿Por qué haces siempre lo mismo?

Al cabo de un momento recuperé la compostura.

–Los *Volksdeutsche* nos estaban mirando y parecía que sospechaban algo; sabía que si fingía una discusión perderían el interés en nosotras. Y ha funcionado, ¿o no, prima?

–¿Y si no hubiera sido así? Por el amor de Dios, Maria, podrían haber mentido al primer soldado de las SS que se encontraran tan solo para que nos detuviera y nos hiciera callar.

–Cálmate, Irena. O tendré que empezar a quejarme otra vez sobre Patryk.

Su enfado se disipó y, con una sonrisa fugaz pero afectuosa, se apoyó en el cristal del establecimiento.

–Mi padre se llamaba Patryk. –Se quedó callada y luego suspiró y recuperó su actitud crítica–. De todas las historias que podrías haberte inventado, ¿no se te ha ocurrido nada mejor que hacerme pasar por una tonta enamorada?

–Es fácil y creíble. Jaque mate –respondí con una sonrisa–. Tienes que reconocer que ha sido divertido.

Irena no pudo seguir con su tentativa de reprimenda y meneó la cabeza.

–Eres tonta, pero no sé cómo tu estúpido plan ha conseguido que se marcharan y hemos podido entregarle el dinero, así que supongo que no eres tan inútil como creía. Aunque no digo que seas válida –añadió al ver que yo elevaba la barbilla–. Solo que no eres una completa inútil.

–Bueno, supongo que tú tampoco eres tan antipática como creía. No digo que seas simpática. Pero no eres del todo antipática.

–Ten cuidado. Aún tengo el poder de convertir tu vida en un infierno, Helena Pilarczyk.

–Y yo puedo contarle a tu madre todas las palabrotas que dices cuando estás conmigo. No eres la única que tiene poder, Marta Naganowska.

Irena entornó los ojos y echó a andar por la calle, aunque antes advertí la sonrisa que trató de ocultar. Disimulé mi propia sonrisa y corrí para alcanzarla. Ella soltó un suspiro de exasperación al verme aparecer de nuevo a su lado.

Mientras caminábamos, me regocijé en mi satisfacción. Otro provechoso día de trabajo para la Resistencia. Mis piezas estaban dispuestas, mi estrategia pensada y la apertura estaba dando paso a la parte central de la partida. En esta fase, las blancas y las negras se enfrentan con todas sus armas y echan mano de todas sus habilidades para capturar al rey del adversario. Era la fase más peligrosa de cualquier partida de ajedrez. Pero también la más emocionante.

Por el momento ya podíamos ver la entrada al gueto judío. La verja se abrió para permitir el paso a un coche alemán y eso me permitió entrever un mundo cuyos habitantes se veían obligados a llevar una banda blanca con una estrella de David azul. Tres hombres con barba oscura montaban en un carrito tirado por otro hombre en bicicleta. Un puñado de niños desaliñados pasó corriendo junto a una figura caída en la acera, muerta o demasiado enferma para moverse, no estaba segura. Cerca de la silueta inmóvil alguien se acurrucaba bajo una pila de trapos. Por el tamaño de la mano que tendía hacia la gente, supuse que era una mujer. Más allá de la mendiga, unos soldados detenían a un hombre con aspecto de rabino y le afeitaban la larga barba canosa mientras él mantenía una actitud solemne y digna ante el degradante espectáculo.

La verja se cerró, dejando a los judíos atrapados. Una afilada punzada de pena me atravesó el corazón. Una ideología que se había propagado como una enfermedad y que engendraba mucha maldad. Antes de la guerra había presenciado situaciones de odio u opresión, pero ninguna tan vil y carente de sentido como aquella.

Auschwitz, 29 de mayo de 1941

Entrecerré los ojos para protegerme de la lluvia al tiempo que seguía al grupo de prisioneros a través de la verja. Al avanzar por el camino desigual, pasamos ante varios edificios de ladrillo rojo, cada uno con un cartel negro con letras blancas. Los soldados nos llevaron al Bloque 26, donde unos hombres vestidos con uniformes a rayas blandían sus porras igual que los que había visto en el andén. Una vez dentro busqué a mi familia, pero los únicos prisioneros eran los hombres de mi grupo y algunos estaban ya en varios estados de desnudez, preparados para aceptar sus ropas nuevas. El grupo de mi familia debía de haber pasado ya por allí. Mientras observaba la escena, a unos metros de mí un hombre se quitó la camiseta interior y los calzoncillos y se quedó allí de pie, desnudo.

Por un momento, la perplejidad que sentía no me permitió apartar la mirada; al hacerlo, descubrí que todos se estaban desvistiendo. Del todo. Sin ponerse otra cosa encima.

Unos hombres se apiñaban para procurarse calor y apoyo, otros estaban solos, tiritando. Aquel lugar despojaba a los seres humanos de su ropa y sus posesiones y los dejaba acobardados en su desnudez. ¿Qué clase de prisión era esta?

Uno de los hombres vestidos a rayas se acercó a mí. Llevaba un brazalete con la palabra KAPO en letras mayúsculas negras alrededor del bíceps, pero yo no tenía ni idea de lo que significaba. Esperaba que se sorprendiera al ver a una niña en medio de los hombres en lugar de con las mujeres y los niños, dondequiera que estuvieran, pero no pareció extrañado. En sus ojos no se reflejaba emoción alguna.

–Quítate la ropa –me ordenó.

Yo me rodeé el torso con los brazos mientras aferraba el jersey con los dedos como si nunca lo hubiera soltado, igual que en Pawiak. Odiaba desvestirme incluso delante de mi propia hermana, alguien de mi sangre, y las personas de esa habitación eran desconocidos; hombres, muchos hombres.

–Ahora.

La orden me hizo dar un respingo y recuperar la atención. Me apresuré a dar un paso hacia atrás.

–Espera, por favor. ¿Puedes… puedes darme otra ropa antes?

Un nuevo sonido penetrante y cruel. Una risa. ¿Por qué se reía de mi petición? No era mi intención ser graciosa.

Al ver que seguía sin obedecerle, dejó el humor a un lado y dio un paso hacia mí con aire amenazante.

–Quítate la maldita ropa o te la quitaré yo.

Al cabo de unos agonizantes segundos, tragué saliva, contuve las abrasadoras lágrimas y solté mi jersey. Habría hecho lo que fuera para que no me pusiera las manos encima. Con manos torpes me desabroché botones y corchetes; cada movimiento, una traición. Cuando terminé, me quedé de pie, desnuda, con mi blanca piel lechosa salpicada de chillones moratones, delante de un hombre lo bastante mayor para ser mi padre. Con las mejillas ardientes y la mirada baja, crucé los brazos sobre mis pechos con morados para conservar cierto grado de recato. No sirvió de nada.

El hombre me arrancó la ropa y la tiró a una pila, aunque conseguí quedarme con el peón de Tata escondido en el puño.

No iba a dejar que me quitara eso.

Alguien me tendió una tarjeta con un número escrito –mi nuevo nombre, según me dijeron–, aunque «uno, seis, seis, siete, uno» no era tan fácil de pronunciar como «Maria».

Varios hombres trataron de cubrirse mientras que otros ni se molestaron, y todos desfilamos ante tres jóvenes de las SS que nos observaban mientras avanzábamos. Nada podía paliar la sensación de vulnerabilidad más horrorosa que había experimentado nunca: aquella desnudez delante de desconocidos. Los hombres estaban unidos en su exposición, pero yo la sobrellevaba sola, la única mujer que padecía aquel sufrimiento, el único cuerpo que no se correspondía con los demás. Bajo el abrigo de la vergüenza, mientras caminaba, lo único que quería era pasar desapercibida, ser pequeña e invisible.

Contemplé los tobillos, que me precedían, con los brazos cruzados sobre el pecho hasta que una mano firme me agarró de la muñeca. La mano tiró de mí hacia su dueño y me dejó frente a uno de los jóvenes de las SS.

–No hay necesidad de ser tan pudorosa, cielo.

Me aferró la otra muñeca y, a pesar de mi resistencia, apartó con facilidad los brazos de mi torso. Me quedé petrificada, incapaz de escapar, incapaz de protegerme.

Él me evaluó mirándome de arriba abajo.

–Ahí lo tienes. ¿A que estás mucho más cómoda?

Lo único que pude hacer fue mirar los emblemas del *Totenkopf* que lucía en la gorra y el cuello. Dos pares más de ojos, dos estremecedoras sonrisas más.

Sus compañeros me cogieron de los brazos y uno se echó a reír.

–Esta es joven hasta para ti, Protz. ¿Qué hace una niña aquí?

Odié a Fritzsch por haberme enviado con los hombres.

Aquello no estaba ocurriendo, no podía ser. Sus manos no estaban sobre mis pechos, no se deslizaban por mi cintura hasta mis caderas; no estaba sonriendo ni tiraba de mí mientras yo me encogía. Sin embargo, no podía negar la orden gutural que acompañó al dedo que me recorría la mejilla.

–Ven conmigo, pequeña.

«Resístete, grita, suplica. Por el amor de Dios, haz algo. Lo que sea».

Pero no hice nada.

Mientras Protz me arrastraba hacia una estancia contigua, todo en mi interior me decía que protestara y hasta la última parte de mí intentó hacerle caso y no lo consiguió. De todas formas, resistirme tampoco habría funcionado; él era demasiado fuerte y además tenía un arma. Me agarraba del brazo con una mano mientras la otra descansaba sobre su cinturón.

—Protz.

Se detuvo a escasos metros de su destino. Yo no sabía de dónde procedía la nueva voz, la que le ordenaba a Protz que fuera a alguna parte a hacer algo. Ni siquiera podía respirar.

—Maldita sea, qué lástima, ¿no? Hasta la próxima, cariño.

Protz me envió de vuelta con los prisioneros tras darme una entusiasta palmadita en el culo.

Acompañada por sus risitas, me alejé tambaleándome con los brazos cruzados de nuevo sobre el pecho y dejé que el grupo me engullera. Estaba demasiado agarrotada para hacer nada que no fuera dejarme llevar, demasiado indignada conmigo misma y con mi propia impotencia.

—¡Avanza, niña!

La orden provenía del mismo guardia con el extraño brazalete que me había obligado a desnudarme.

Pero estaba paralizada de nuevo. Había más gente con uniforme a rayas armada con tijeras y navajas. Ante mis ojos afeitaban cuerpos enteros, que se sometían a minuciosas inspecciones físicas en medio de un silencio mortificado. A mí estaba a punto de sucederme lo mismo. ¿Dónde estaba mi familia? Tenía que encontrar a mi familia.

Alguien tiró de mí hacia atrás con una sacudida rápida y dolorosa y me hundió algo duro bajo la barbilla, obligándome a echar la cabeza hacia atrás hasta encontrarme con una mirada despiadada.

—Vaya, vaya, parece que ya te han dado una buena paliza, y a menos que obedezcas las órdenes, yo te daré otra.

El guardia con el brazalete me empujó hacia un hombre que sostenía unas tijeras.

Me paré frente a él, dolorosamente consciente de mi desnudez, pero su rostro estaba inexpresivo. Supuse que eso me haría sentir mejor, pero no fue así.

El prisionero colocó una mano sobre mis hombros trémulos y me guio hasta un taburete, donde me sentó. No era brusco, aunque tampoco amable, y deseé que el suelo se abriera y me tragara.

–Haz caso a los *Kapos* –murmuró–. Puede que también sean prisioneros, pero trabajan de supervisores, así que tienen algo de lo que el resto carecemos: poder.

Más guardias de las SS patrullaban por la habitación mientras contemplaban el espantoso trámite. El hombre me levantó la trenza y se oyó el sonido del metal contra el metal cuando abrió las tijeras. El pelo era lo único que me quedaba de la niña que había sido. La niña que ya no volvería a ser.

–Por favor.

Era una súplica inútil, pero no pude evitarlo. Y aunque no hubiera sido inútil, ya era demasiado tarde. El hombre me rebanó el pelo y dejó a un lado la trenza cortada antes de cambiar las tijeras por la navaja.

–Intentaré no cortártelo mucho, pero tengo que ir rápido –dijo al tiempo que la fría cuchilla tocaba la piel de mi nuca–. Tengo un cupo que cumplir.

Una vez Karol había encontrado un escarabajo muerto en el suelo de la cocina. Lo diseccionó y estudió las patas, el exoesqueleto y las entrañas; no dejó ni una sola parte de la desgraciada criatura sin escudriñar. Ahora, mientras unos desconocidos me afeitaban y me exploraban, me sentí como el escarabajo de Karol. Una vez que terminó la humillante ceremonia, me pasé la mano por la pelusa que quedaba en mi cabeza. Era lo único que conservaba que pudiera considerarse pelo. Si no me lo tocaba e ignoraba el frío en el cuello, casi podía fingir que aún lucía mi larga melena rubia. Pero no tenía sentido engañarme.

A Zofia no le iba a gustar nada aquello. Si había algo que adoraba eran sus rizos.

El escozor que me provocó el desinfectante al introducirse en los cortes que me cubrían el cuerpo fue horrible, pero después de todos los sitios que me habían profanado con manos, ojos e instrumentos extraños ni siquiera la salvaje depuración del antiséptico consiguió que me volviera a sentir limpia. Alguien me plantó unas prendas a rayas grises y azules entre las manos. Agradecí el espantoso y áspero uniforme y me lo puse tan rápido como pude. Nunca más volví a subestimar el valor de la ropa.

El uniforme me quedaba grande, pero a nadie pareció importarle. Sobre el pecho izquierdo había estampado un triángulo rojo con una «P» dentro y, debajo de la letra, una tira de tejido blanco con mi número, el 16671, en negro. Mi nuevo nombre. Intenté convencerme de que el pañuelo de la cabeza disimulaba mi calvicie, aunque lo más probable fuera que la acentuase. Me calcé un par de voluminosos zuecos de madera.

En la siguiente habitación intenté rellenar un formulario de registro, pero la mano no paraba de temblarme y mi letra apenas resultaba legible. Otro hombre vestido a rayas tomó varias fotografías de cada nuevo prisionero y a continuación los guardias nos escoltaron al exterior.

Lo peor debía de haber pasado. Me situé en la parte de atrás del grupo mientras marchábamos por las inmensas instalaciones. Aquel lugar se parecía más a un campo que a una cárcel. La lluvia caía sin parar y entorné los ojos para buscar a mi familia. Entre las cabezas rapadas y los uniformes a juego resultaba imposible distinguir a nadie, pero albergaba la esperanza de ver a un hombre y una mujer con dos niños.

Un prisionero solitario se acercaba por la calle, uno que llevaba pañuelo en lugar de gorra. Una mujer. Gracias a Dios, por fin otra mujer. Al acercarse aminoré el paso y le toqué el brazo para llamar su atención. Ella se apartó y me miró con unos ojos oscuros, hundidos en unas cuencas huecas y enmarcados por un rostro demacrado. Estaba delgada, demasiado delgada.

—Eres una chica.

El incrédulo murmullo tenía un leve acento que antes de la guerra escuchaba todo el tiempo.

«Tú también», sentí deseos de contestar. Me había hartado de ser la única chica entre los hombres. En cuanto me reencontrara con mis padres y mis hermanos, mi siguiente misión era encontrar más mujeres. Esta lucía una «P» en su uniforme y dos triángulos superpuestos, uno rojo como el mío y otro amarillo, que formaban una estrella de David. Su número era el 15177. Supuse que eso significaba que era una judía polaca. Por su aspecto debía de ser diez años mayor que yo, aunque era difícil decirlo con certeza.

—¿Sabes dónde puedo encontrar a mi familia? Hemos llegado hoy, pero me han separado de su grupo. Creo que se han registrado antes que yo. ¿Los has visto? Tata es alto y tiene cojera, Mama es un poco más alta que yo y mis hermanos pequeños…

Mi voz se rompió. Era incapaz de pronunciar las palabras debido al nudo que la expresión cautelosa de la mujer me generó en la garganta.

La mujer judía lanzó una mirada furtiva por encima del hombro y bajó la vista.

—Los verás pronto —dijo y se marchó sin esperar respuesta.

Si algo había aprendido de estudiar a mis adversarios durante las partidas de ajedrez era interpretar a las personas. Las pistas de que alguien mentía eran sutiles: un cambio de postura, las narinas hinchadas, la incapacidad de sostenerme la mirada. Aunque estos indicadores no siempre eran fiables, por lo general era capaz de determinar cuándo sí lo eran. En este caso, las señales eran tan obvias como la porra del *Kapo* que me crujió los hombros y me obligó a moverme.

La mujer había mentido. No iba a ver a mi familia. ¿Adónde los habían mandado? ¿A un campo distinto? ¿A una cárcel? ¿Acaso volverían? Hice rodar la pequeña pieza de ajedrez sobre mi palma. Deseé con todas mis fuerzas que no se me hubiese caído y que me hubiese podido quedar con el grupo correcto.

Mientras caminaba e intentaba ignorar el uniforme húmedo que me picaba sobre la piel desnuda, vi una verja de hierro abierta que llevaba a un patio entre los Bloques 10 y 11. A pesar de haber aprendido la lección de lo que pasaba cuando me retrasaba, la visión me dejó demasiado débil para moverme.

Un camión esperaba junto a la verja y varios prisioneros apilaban cadáveres en su interior. En el extremo más alejado del patio había un muro gris frente a la pared de ladrillos y parecía que de allí era de donde los prisioneros sacaban a los muertos. Lanzaban los cuerpos desnudos sobre el montón igual que uno coloca las astillas para encender una hoguera. No sabía qué me horrorizaba más: el desprecio por la muerte o la indiferencia con la que los prisioneros llevaban a cabo su tarea.

Un oficial canoso de las SS los supervisaba a unos metros de distancia, pero no me detuvo cuando me acerqué al camión. El intenso olor metálico a sangre me invadió la nariz y me agarré el estómago para contener una oleada repentina de náuseas.

–¿Qué les ha pasado? –pregunté a nadie en concreto.

Un hombre que arrastraba un cuerpo hizo un gesto con la cabeza para señalar el muro gris del patio.

–A los miembros de la Resistencia y a los prisioneros políticos polacos los llevan al muro para ejecutarlos.

Ejecutarlos. Aquellas personas no habían muerto, las habían matado. El nudo de mi garganta se apretó.

–Esos seríamos mi familia y yo. ¿Nos van a…?

–No, si te han registrado es que te consideran apta para trabajar. No diría que has tenido suerte, pero al menos aún no estás muerta –repuso el prisionero con una risita siniestra.

Cargaba el cuerpo de un hombre y vi un pequeño agujero sangriento en la nuca del cadáver. Mi estómago se rebeló de nuevo con una arcada y lo apacigüé con gran esfuerzo. El prisionero dejó al hombre en el camión y por accidente desplazó a otro, que cayó en un montón desmañado sobre el suelo mojado. Volvió a introducirlo con un movimiento rápido y mecánico.

–A algunos prisioneros políticos les permiten trabajar, a otros les pegan un tiro, sobre todo a los enfermos, los ancianos, las mujeres y los niños. No le desearía esto ni a mi peor enemigo, mucho menos a un niño. Si te han mantenido con vida quiere decir que necesitan desesperadamente trabajadores y ya no se fijan en esas cosas.

La retahíla de características que te convertían en persona no apta resonó en mis oídos.

«Tata está lisiado. Mama es una mujer. Zofia y Karol son niños. Yo soy una niña».

«De todas formas, acabaréis todos en el mismo sitio».

La lluvia caía con más fuerza y me empapaba el fino uniforme. Me temblaba todo el cuerpo, pero no era por la humedad ni por el frío.

No quería mirar a las personas del camión, no podía, pero tenía que hacerlo. Así que miré. Y fue entonces cuando distinguí unos rizos rubios que conocía muy bien entre el montón de cuerpos.

Una vez que localicé a Zofia, encontré al resto de mi familia agrupada a su alrededor. Mama, Tata, Zofia, Karol. Muertos. Toda mi familia estaba muerta porque la Gestapo me había atrapado.

Algo en mi interior se rompió y me hizo caer de rodillas mientras un dolor agonizante y virulento me atravesaba el pecho. Habría dado cualquier cosa con tal de reemplazar aquel tormento por mil porrazos de Ebner. Me habría sometido a un interrogatorio de la Gestapo una y otra y otra vez. Lo que hiciera falta para cambiar lo que había hecho.

«Haz que vuelvan, Dios mío, por favor, haz que vuelvan».

Alguien me agarró con brusquedad y me puso en pie.

—Si vuelves a salirte de la fila desearás que te hubieran mandado al muro como a esos polacos.

La voz ronca dejó que la amenaza me calara antes de que su dueño me arrastrase de nuevo hacia el grupo y me empujase hacia la fila.

Mi destino tenía que haber sido ese muro. Si no me hubiese perdido, Fritzsch no me habría mandado a la oficina de registro. Debería haber estado con ellos. No, ellos deberían haber estado a salvo en casa. Me habían capturado a mí, pero el precio lo habían pagado ellos. Mis padres, mi hermana, mi hermano: todos masacrados, con el pelo apelmazado por la sangre escarlata y amontonados entre desconocidos.

Un grito nos ordenó que nos dirigiéramos al Bloque 18.
Cuando la puerta se cerró a nuestra espalda, ni siquiera me
preocupé por inspeccionar el interior. Estaba temblando y
me ahogaba; tenía que escapar. Me dirigí apresuradamente
a la esquina más alejada de la habitación, apartada del resto
de los prisioneros, y me desplomé.

Los violentos y dolorosos sollozos me estrangulaban y las
lágrimas que me caían por las mejillas dejaban un rastro
abrasador. Las llamas de la culpa y la desesperación eran más
agonizantes que cualquier dolor que hubiera experimentado
antes. Toda mi familia estaba muerta.

Ahora sabía lo que era el infierno. La cárcel no era el infierno; la tortura no era el infierno. Auschwitz era el infierno.

—Sabía que había visto a una chica.

La voz del hombre sonaba junto a mí. Aunque nadie llevaba
armas, mi mente me lanzó una advertencia: en ese cuarto
había innumerables hombres y yo estaba sola. Cualquiera
de ellos podía ser como Protz.

Me incorporé de golpe y blandí un puño en dirección a
la voz y algo crujió y cedió bajo el impacto. Con un grito,
el hombre se llevó ambas manos a la cara y me miró con
los ojos muy abiertos antes de entornarlos y lanzarme una
mirada asesina. Al levantar la cabeza, la sangre le chorreó
de la nariz torcida.

—¿Qué coño te pasa?

Apreté el puño, preparada, pero él se levantó y se alejó
mascullando algo así como que estaba chalada. Yo volví a
hacerme un ovillo. Los sollozos incontrolables no se detuvieron y sentí un dolor palpitante en la mano, pero no era
nada comparado con la congoja que me embargaba.

—Ya sé que todo te parece desolador, pero no te desanimes.
No estás sola.

Las palabras eran un lugar común, un tópico inútil en un intento infructuoso de consolarme, pero había algo distinto. La nueva voz era tan reconfortante que ni siquiera me planteé pegarle un puñetazo. Las palabras no sonaban huecas, sino llenas de pura confianza.

—¿Cómo te llamas?

Aunque no levanté la cabeza, me calmé lo bastante para contestar en un susurro:

—Uno, seis, seis, siete, uno.

—¿Cómo?

—Me llamo 16671.

Escupí el nombre mientras se me saltaban de nuevo las lágrimas. Era el único nombre adecuado para mí. Responder al nombre que me habían dado mis padres era un honor que ya no merecía.

A pesar de mi hostilidad, el hombre soltó una risa.

—Bueno, siguiendo tu lógica, yo me llamo 16670. Encantado de conocerte.

Eché un vistazo a su uniforme. Nos llevábamos solo un número de diferencia y lucía un triángulo rojo con una «P» en el pecho. Apoyó una rodilla en el suelo para quedar a la altura de mis ojos, aunque mantuvo una distancia respetuosa, como si quisiera asegurarme que no iba a hacerme daño.

—Soy fraile franciscano. En mi monasterio imprimíamos publicaciones antinazis y por eso nos detuvieron a varios hermanos y a mí. ¿Por qué estás tú aquí?

Una pregunta muy sencilla y, sin embargo, una respuesta muy compleja. «Porque hice que arrestaran a mi familia, porque me he perdido, porque mi familia está muerta». Me tragué las lágrimas y me sequé las mejillas mojadas.

—Trabajaba para la Resistencia en Varsovia.

No hacía falta que le contara toda la verdad.

–Debes de ser una chica muy valiente –murmuró, pero de todas las palabras que yo habría usado para describirme «valiente» no era una de ellas–. Soy el padre Maksymilian Kolbe.

El cura tenía una leve hendidura en la barbilla y un montón de arrugas profundas y cortes de navaja en la cara. Debía de llevar barba antes de que se la afeitaran –lo que tenía sentido, ya que era un fraile– y parecía unos años mayor que mi padre. Me contemplaba con una expresión tremendamente amable, una amabilidad que yo podía borrar de su cara si le contaba la verdad. En el fondo de sus ojos brillaba una luz sincera, pero no importaba cuánto confiara en él: no pensaba confesarle lo que había hecho.

Aun así, él esperó a que respondiera. A que le dijera mi nombre. Pero yo ya le había dicho cómo podía llamarme.

Maria Florkowska era una niña estúpida que se había creído que podía convertir un humilde peón en una reina poderosa. Era un peón en un juego que nunca ganaría, una tonta ridiculizada, superada y escarnecida por un adversario mucho más inteligente y poderoso. Y su familia lo había pagado con su vida mientras ella se convertía en una *Häftling*, la prisionera 16671.

Y la prisionera 16671 no era nada. Yo no era nada.

–En casa me llamaba Maria. En la Resistencia me llamaba Helena. Ahora me llamo prisionera 16671.

Mi voz sonaba ronca, brusca y enfadada, muy enfadada. El padre Kolbe asintió con un leve movimiento de cabeza.

–Ya veo.

Se dio la vuelta para consolar a un hombre que maldecía y lamentaba su destino. Yo miré a mi alrededor el tiempo suficiente para confirmar que era la más joven del barracón y la única mujer. Me abracé las rodillas, acurrucada contra la esquina, y contemplé las rayas de mi uniforme. Cuando el afligido hombre se tranquilizó, el padre Kolbe fue a hablar con varios más y luego se sentó a mi lado. Yo no lo miré.

–Mi nombre de pila es Raymund, pero al tomar los votos recibí dos nombres nuevos. El primero es Maksymilian y el segundo Maria, en honor a la Inmaculada, la Virgen, la Madre de Dios. Este nombre ocupa un lugar muy querido en mi corazón y en momentos como este hasta las pequeñas alegrías tienen importancia. ¿Te importa si te llamo Maria?

El nombre ya no me pertenecía, así que debí haberme negado, pero se lo veía tan esperanzado… Haría una excepción, aunque solo fuera para reconfortarlo. Asentí.

–¿Cuántos años tienes, Maria? –preguntó el padre Kolbe y soltó una risita–. Lo siento, se han quedado mis gafas.

–Catorce.

–¿Estás con alguien? ¿Una amiga, quizá, o tu familia?

Al oírlo mencionar a mi familia se me llenaron otra vez los ojos de lágrimas, así que negué con la cabeza para ocultarlas. No era lo que se dice una mentira.

–Bueno, después del arresto a mis hermanos y a mí nos separaron. Yo tampoco he venido con nadie, o sea que en ese sentido estamos igual tú y yo. ¿Quieres que seamos amigos?

No se habría ofrecido a ser mi amigo de haber sabido que mi familia estaba muerta y tirada en un camión en ese mismo campo. Muerta porque yo había hecho que los apresaran. Debería haberme castigado a mí misma rechazándolo, pero su oferta de amistad era lo único que tenía, la única oportunidad para apartar mis pecados de mi pensamiento.

Como no me fiaba de la firmeza de mi voz, me limité a asentir una vez.

Su pequeña sonrisa fue muy amable y comprensiva.

–Entonces trato hecho. Amigos.

Capítulo 6

Auschwitz, 30 de mayo de 1941

Era poco después de la medianoche de mi primer día en el Bloque 18. Había pasado el tiempo haciéndome a la idea de mi nueva existencia. La prisionera 16671, huérfana y sola, con la excepción de un amable cura que no sabía nada de mí ni de lo que le había ocasionado a mi familia.

El sonido constante de las respiraciones y algún que otro ronquido ocasional rompían el inquietante silencio. Yo no había dormido nada. Me había quedado en un jergón de paja infestado de piojos que había en el suelo contemplando la oscuridad y aferrada al pequeño peón de mi padre. Al distribuirnos para pasar la noche, los dos hombres embutidos a ambos lados de mí me aseguraron que no había motivos para tenerles miedo, pero no había nada que pudieran decirme para tranquilizarme y hacer que me sintiera a salvo.

¿Cómo podía alguien dormir tras las atrocidades a las que nos habían sometido? Había habido varios ataques de pánico y arrebatos en nuestro bloque, pero ahora reinaba el silencio. Tal vez los demás habían aceptado la situación, estaban tan agotados que no les importaba o no habían visto a su familia apilada con un montón de cuerpos.

Cerré los ojos, estaba tan oscuro que era como si los tuviera abiertos. Aunque hubiese querido dormir, no habría podido. Los horrendos acontecimientos del día se repetían en mi cabeza, a pesar de mis esfuerzos por pensar en recuerdos felices y alegres de la vida antes de la guerra. Casi podía oler el embriagador aroma a pan recién hecho en el horno mientras mi familia y yo nos reuníamos en el salón para escuchar programas de radio o nos entreteníamos con juegos de mesa, pero era incapaz de retenerlo mucho rato.

Los recuerdos se desvanecían, reemplazados por un tablero de ajedrez familiar y tranquilizador que me daba un respiro de las atrocidades a las que me enfrentaba. Las piezas eran negras y rojas y cerré los dedos alrededor del cuello estilizado de un peón rojo. Me resbalaron; estaba recién pintado y aún húmedo. Examiné la sustancia de un vivo escarlata que inundaba los surcos de las yemas de mis dedos mientras un olor metálico se me metía en la nariz. Sangre.

Solté un grito ahogado y me froté la mano sobre la falda escocesa, solo que no era mi falda escocesa, era un uniforme a rayas. Cogí un peón negro, pero estaba pegajoso y mis dedos se cubrieron de sangre oscura y coagulada. Miré al otro lado del tablero y descubrí no un adversario, sino cientos: cuerpos desnudos amontonados en un camión. Los encontré enseguida. O quizá ellos me encontraron a mí. Mama, Tata, Zofia, Karol. Sus ojos, que en su día habían brillado llenos de vitalidad y amor, tenían ahora una mirada ausente y desprovista de vida que estaba fija en mí, acusándome, recordándome que aquello era culpa mía, mía y solo mía.

Me despertaron unos gritos sollozantes y tardé un instante en darme cuenta de que eran los míos. Me había quedado dormida a pesar de mi certeza de que nunca volvería a dormir.

–¡Silencio! –gritó una voz airada y adormilada.

La reprimenda debía de estar dirigida a mí y varios prisioneros se quejaron por la disrupción, pero yo era incapaz de contener el llanto.

–Shhh, todo está bien, Maria.

–Mi familia…

Esas palabras ahogadas surgieron de mi garganta antes de que pudiera controlarme para no decir nada. «No. No le cuentes lo que ha pasado».

El padre Kolbe me ayudó a levantarme y me acompañó hasta la pared y nos sentamos con la espalda apoyada en ella en medio de las siluetas durmientes. Me rodeó los hombros temblorosos con el brazo y me dejó llorar.

–¿Te sentirías mejor si me hablases de tu familia? –me susurró en cuanto mis sollozos se convirtieron en un hipo, pero yo negué con la cabeza–. No pasa nada, nos quedaremos aquí sentados hasta que estés lista para volver a dormir.

–No voy a volver a dormir.

–En ese caso, nos quedaremos aquí sentados el tiempo que haga falta. –A pesar de mi estado de pánico, siguió hablándome en un tono sosegado–. Ten fe, pequeña. Aunque tu familia no esté aquí, siempre están contigo en espíritu. Y tú estás siempre con ellos.

Sus palabras disiparon parte de la ansiedad que me embargaba. No le contesté y el padre Kolbe se quedó callado y luego empezó a murmurar unas palabras que me resultaban conocidas. Estaba rezando el rosario. Mi familia y yo nos reuníamos en el salón para recitar esa misma oración cada noche antes de irnos a la cama. Las cuentas grandes y pequeñas del rosario eran un recordatorio tangible de cada uno de los padrenuestros y avemarías que salían de mi boca mientras reflexionaba sobre la vida de Jesucristo. En ese momento casi pude imaginar que la voz del padre Kolbe era la de mi padre, casi pude sentir las cuentas entre mis dedos.

Si pensaba en mi familia me echaría a llorar otra vez, así que me concentré en permanecer despierta y escuchar la plegaria del cura. Pero nada podía aliviar el peso que notaba en el pecho.

El dolor que sentía abarcaba mi corazón y mi mente, mi cuerpo y mi alma. Era un dolor que nunca se aliviaría. En esta partida mi contrincante me rodeaba por todas partes y no me dejaba una vía de escape en un futuro cercano.

«Escucha las plegarias, piensa en las plegarias. No te duermas. Quédate despierta, solo quédate despierta».

A pesar de mi determinación, los suaves rezos del padre Kolbe me acunaron hasta dormirme. En esta ocasión, mis sueños fueron plácidos.

Me despertó el ruido de unos gritos impacientes. Tras despegar la cabeza del hombro del padre Kolbe, él se puso en pie, me tendió la mano y me ayudó a levantarme. En medio de la oscuridad pude distinguir sus ojos inyectados en sangre bajo los párpados caídos, aunque me dedicó una sonrisa dulce. Me pregunté si habría conseguido dormirse después de que yo despertase a todo el mundo.

Fuera, en una especie de gran patio de armas que se abría entre los Bloques 16 y 17, los soldados nos ordenaron que formáramos hileras de diez para el «*Appell*», como lo llamaban en alemán. Algunos polacos parecieron no entender la orden, pero las porras de los guardias hablaban un idioma universal. Mi uniforme apenas me protegía del frío de la mañana, pero todo el que se movía o se quejaba recibía un golpe, así que traté de no sucumbir a los escalofríos. Me quedé cerca de la parte delantera, junto al padre Kolbe, quieta y en silencio mientras los guardias contaban a los prisioneros.

–Están todos, Herr Lagerführer –anunció un hombre después de tenernos allí plantados durante una eternidad.

El Lagerführer apareció ante nuestros ojos, un hombre con uniforme de campaña gris.

Era Fritzsch.

Como no era capaz de mirarle, centré mi atención en el estoico oficial que había a su lado. Las oscuras ojeras que tenía bajo los ojos, los párpados caídos, las líneas de expresión alrededor de su ancha nariz, los labios fruncidos y la amplia frente le hacían parecer mayor de lo que seguramente era. De la cadera le colgaba una Luger P08 parecida a la que Tata guardaba en el armario junto a su uniforme militar de la Gran Guerra. Mi padre me había enseñado a limpiarla y cargarla mientras me contaba cómo había salvado a sus compañeros de armas de una bala alemana y luego se había quedado la pistola. También me había enseñado a dispararla y me había prometido que un día iríamos a practicar. Ese día nunca llegó.

No era momento para lágrimas. No podía pensar en mi familia.

Decidida a mantener mis pensamientos a raya, volví a concentrarme en el hombre que acompañaba a Fritzsch. Este ordenó a un prisionero que se desplazara varios centímetros a la izquierda para que la fila estuviera recta. El *Häftling* obedeció, aunque yo no percibí la diferencia.

–Me llamo Rudolf Höss y soy el Kommandant de Auschwitz –dijo una vez que quedó satisfecho con nuestra formación–. Cada mañana formaréis en el patio para el recuento en el mismo sitio en el que estáis ahora. Cuando hayamos contado a todos los prisioneros, os presentaréis en vuestro lugar de trabajo. Obedeceréis las órdenes sin rechistar y trabajaréis con precisión y eficacia. De ahora en adelante quedáis en manos del jefe del campo, Karl Fritzsch. Confío plenamente en que estará a la altura de las expectativas que tengo en cuanto a la dirección de mi campo –concluyó Höss.

Su tono de voz no reflejaba la misma confianza en Fritzsch que transmitían sus palabras. Se dispuso a alejarse y miró al grupo una última vez antes de pararse.

–¿Eso es una chica?

Todas las miradas se volvieron hacia mí, la única que llevaba pañuelo. A mi lado, el padre Kolbe se puso tenso. Era muy considerado de su parte, pero ni siquiera su preocupación pudo evitar que se me subiera el corazón a la garganta. Más que nunca, deseé que me tragara la tierra.

Un hombre de las SS consultó frenéticamente un puñado de papeles.

–Debe de haber un error, Herr Kommandant.

–¡No tengo tiempo para errores! –gritó Höss, interrumpiendo la farfulla del hombre–. Necesito hombres que trabajen, que trabajen duro, y una chica no es apta para la tarea. Ocúpese de esto, Fritzsch.

Se alejó con la cara encendida, vociferando algo con respecto a la absoluta estupidez que reinaba entre los hombres asignados a su campo.

Una vez que el Kommandant se hubo marchado, contemplé la grava, incapaz de enfrentarme a los ojos de Fritzsch, que me fulminó con la mirada de un modo que me despojó de todo hasta reducirme a un terror visceral. Me había hecho pasar por el proceso de registro tan solo para mandarme al muro de las ejecuciones. Estaba segura. Todas las prisioneras habían acabado allí excepto la mujer judía con la que me había encontrado y esta debía de haberse librado porque les servía para alguna cosa. El miedo se me enroscó alrededor del cuerpo y me estrujó hasta el punto de que me convencí de que me mataría antes de que pudiera hacerlo una bala. Cerré con fuerza el puño sobre el pequeño peón.

Me llegó a los oídos el sonido de unos pasos que se acercaban a mí y no me hizo falta levantar la mirada para saber que era él. Primero vi sus pies y luego su palma abierta. Debía de haberse dado cuenta de que sujetaba algo.

No tenía elección. Dejé caer el peón que me había hecho Tata en la mano de Fritzsch.

Esperaba que después de eso se alejara, pero no lo hizo. Alcé la cabeza y Fritzsch me miró con la misma avidez que había percibido en el andén de llegada, como si él fuera un niño y yo su juguete favorito.

–No cabe duda. Eres hija de intelectuales, ¿verdad, polaca? –Su cínica suposición era correcta: mis padres habían sido licenciados universitarios. Había vivido el tiempo suficiente bajo la ocupación de los nazis para saber que estos despreciaban a los polacos intelectuales y planeaban reducirnos a una raza de trabajadores ignorantes–. No apta para el trabajo –prosiguió mientras me evaluaba–. No apta para la supervivencia. No apta para nada excepto esto… durante un rato.

Sostuvo el peón por el esbelto cuello entre el pulgar y el índice y lo hizo girar de atrás adelante, de atrás adelante, de una manera lenta y calculada. A medida que lo apretaba con más y más fuerza los dedos se le pusieron blancos.

Di un respingo al oír un chasquido y el peón decapitado cayó a mis pies. El último regalo de mi padre.

Mientras lo contemplaba y me esforzaba por que no se me cerrara la garganta, Fritzsch regresó con sus compañeros. No oí lo que decían, pero los guardias se dispersaron en diversas direcciones. Al volver, uno llevaba consigo una mesita, otro dos sillas y otro una caja. Lo colocaron todo frente a mí, espantaron a los prisioneros y me ordenaron que me sentara. Lancé una mirada rápida a los desconcertados rostros que me rodeaban mientras Fritzsch señalaba a un prisionero que se encontraba a unos metros.

–¿Sabes jugar al ajedrez?

El hombre abrió mucho los ojos, pero al entender lo que significaba la pregunta expulsó el aire de manera ostensible y asintió.

–Soy un jugador decente, Herr Lagerführer.

Fritzsch le indicó que se sentara frente a mí. Cuando se hubo acomodado, el guardia que sostenía la caja la dejó entre nosotros. Un juego de ajedrez.

Después de que Fritzsch hiciera un gesto con la cabeza, tragué saliva para calmar mi corazón desbocado y miré al padre Kolbe. A continuación, abrí la caja y saqué las piezas de los dos compartimentos interiores. Según el sello que había dentro, se trataba de un juego Deutsche Bundesform. Qué adecuado que nos obligaran a jugar con un juego fabricado por los nazis.

Las sólidas piezas no eran ni por asomo tan delicadas y ornamentadas como las del juego Staunton que yo tenía en casa. Tras colocar las piezas blancas realicé el primer movimiento de mi apertura: peón de dama dos casillas hacia delante. Decidí concentrar mi ataque en la casilla débil de las negras, defendida solo por el rey. Las negras movieron su peón de dama para enfrentarse al mío, así que coloqué mi alfil de casillas blancas en la diagonal izquierda, poniendo mi plan a prueba. Si mi adversario no lograba defender a su rey, movería a mi reina pronto; era un movimiento arriesgado e imprudente, pero estaba dispuesta a utilizarlo si mi contrincante se mostraba descuidado.

El hombre estudió el centro del tablero y pareció concentrarse en estabilizar el control allí y no en defender a su rey.

Excelente. Desarrolló el caballo negro a mi izquierda, lo que no afectaba en absoluto a mi estrategia. Yo moví a mi reina de modo que tanto esta como mi alfil tuvieran una línea directa de ataque a la casilla débil de las negras, una ofensiva devastadora para el rey negro. Las negras continuaron acumulándose en el centro con su segundo caballo, desaprovechando así la oportunidad de defenderse.

La reina blanca capturó al peón negro de la casilla débil; el alfil blanco estaba en posición de ataque y el rey negro no podía moverse sin arriesgarse a que lo capturasen. Peón de dama a d4, alfil de casillas blancas a c4, reina a h5, reina a f7.

Cuatro sencillos movimientos, un solo descuido del adversario.

Dejé el peón negro capturado sobre la mesa y alcé la vista del tablero.

—Jaque mate.

El *Häftling* abrió la boca como si se preparase para rebatírmelo y luego la cerró mientras los guardias estallaban en carcajadas y gritos. Le ofrecí el peón negro que había capturado y él tendió la mano para aceptarlo.

De pronto, Fritzsch desenfundó su pistola en un movimiento rápido y fluido y disparó a mi adversario en la frente.

La gente jadeó y algunos gritaron —tal vez yo también— mientras el hombre se desplomaba, pero cuando Fritzsch se volvió hacia mí se hizo el silencio. Mi único consuelo radicaba en saber que la muerte del prisionero había sido instantánea, así que seguramente la mía también lo sería.

En lugar de disparar por segunda vez, Fritzsch se guardó el arma en la funda y me hizo un gesto de aprobación con la cabeza.

—Bien hecho.

Me pitaban los oídos por el ruido del disparo. El hombre muerto había caído al suelo. El agujero de su frente era pequeño, un tiro experto, y la sangre que salía de la herida formaba un charco alrededor de su cabeza. Los ojos en blanco, el rostro inmóvil. En un momento vivo, al siguiente muerto.

Fritzsch se acercó a los mirones. Sus palabras flotaron en la helada brisa, preguntó algo así como si a alguien le apetecía jugar contra mí, pero yo era incapaz de concentrarme ni en su desafío ni en nada. Otro sonido rompió el silencio, una risa, aunque no podía ser. Nadie se reiría de la muerte.

Mientras la risa del guardia se apagaba, mi propia respiración trémula inundó mis oídos. El padre Kolbe rezó una plegaria en voz baja por el descanso del alma del muerto. Me pareció que me decía que apartara la mirada, pero yo estaba paralizada por la conmoción y sentía una curiosidad morbosa. Nunca había presenciado un asesinato.

Cuando aprendí a jugar al ajedrez con mi padre, en ocasiones hacía un movimiento y luego me daba cuenta de que debía haber elegido otro. Desanimada y frustrada, le preguntaba a Tata si podía cambiar la jugada, empezar de nuevo la partida o retirarme y ya está. Él nunca me dejó. «Termina la partida, Maria». Esta era su respuesta en cada ocasión, no importaba cuánto insistiera yo.

La única opción que me quedaba era obedecerle. A veces acababa ganando a pesar de mis errores. Otras me costaban la partida. Esas derrotas eran las más amargas.

—Prisionera 16671.

Mi nombre sonó duro y ronco en la boca de Fritzsch y yo cerré los ojos al tiempo que me acercaba. «Por favor, Dios, haz que cambie de idea y permite que me dispare; que sea rápido, por favor, sácame de aquí».

–Llévate el cuerpo.

Sin duda lo había oído mal. Al abrir los ojos, Fritzsch señaló un bloque cercano con la cabeza. El sol del amanecer bañaba los ladrillos en una luz carmesí e iluminaba una pila oscura apoyada contra el edificio, un revoltijo de brazos, piernas y torsos. Cadáveres.

«Deja que me retire, Tata, por favor. Deja que me retire».

Antes de que pudiera hacer otra cosa que palidecer, el padre Kolbe dio un paso adelante, se quitó la gorra a rayas y habló en un alemán claro y preciso:

–Herr Lagerführer, ¿me permite que la ayude?

El puño enguantado de Fritzsch impactó en la mandíbula del padre Kolbe y yo ahogué un grito. El cura, por su parte, no emitió sonido alguno. Fritzsch se volvió hacia mí.

–¿Necesitas la ayuda de este patético desgraciado?

A pesar de ser una pregunta, algo me dijo que solo había una respuesta posible si no quería añadir más cuerpos a la cuenta de muertos. Negué.

El padre Kolbe agachó la cabeza en señal de acatamiento. Mientras regresaba a su sitio habría jurado que sus labios se movían y casi pude oír una plegaria musitada.

Algo en mi interior me impulsó a acercarme al hombre muerto, aunque de buena gana me habría cambiado por él. Nunca habría imaginado que envidiaría la suerte de un cadáver. Me levanté de la silla, lo cogí por los tobillos con las manos trémulas y, con movimientos torpes y fatigosos, recorrí penosamente el trayecto hasta el montón de cuerpos. Todos me miraban. Mientras cruzaba la plaza, mis tirones intermitentes se convirtieron en una maniobra de arrastre lenta y continua sobre la tierra y la grava, pero eso no me detuvo. Tenía que seguir adelante.

Al llegar al montón de cadáveres, me detuve.

Pawiak olía a sufrimiento, pero Auschwitz olía a muerte. Un hedor repugnante impregnaba el aire alrededor de los cuerpos desnudos. Dejé al hombre junto a la pila de cadáveres en descomposición plagados de gusanos y hundí la nariz en el hueco del brazo para sofocar una arcada. Aunque no me quedaban fuerzas para correr, me aparté trastabillando. Cuando me hube alejado lo suficiente para volver a respirar, me agarré el uniforme con las manos, manos que habían tocado un cuerpo muerto.

En cuanto regresé junto al padre Kolbe me mordí el interior de la mejilla, rezando para que el dolor me distrajera, aunque este no era tan intenso como para evitar que reparara en el tablero de ajedrez manchado de sangre o en los ojos de Fritzsch clavados en mí.

Caí sobre las manos y las rodillas, incapaz de contener las arcadas y sin ganas de hacerlo esta vez. El vómito se desparramó sobre la grava y me salpicó el uniforme y la piel. Mi cuerpo se purgó de todo lo que antaño le había resultado vital hasta que no quedó nada dentro. Estaba hueca, inservible. No era nada más que un número.

Capítulo 7

Auschwitz, 20 de abril de 1945

A pesar de verme obligada a jugar con las negras, estoy satisfecha con mi desarrollo hasta el momento. Fritzsch y yo estamos igualados, ambos con defensas seguras alrededor de nuestro rey y con ataques potentes.

Mientras doy vueltas a mi siguiente jugada, un repentino estrépito rompe tanto el constante tamborileo de la lluvia como mi concentración. Doy un respingo y levanto la cabeza con un movimiento brusco. En el lado del tablero donde está Fritzsch hay varias piezas caídas.

–Culpa mía –dice al tiempo que las endereza.

Dejo escapar el aire lentamente para calmar el aleteo de mi corazón y me concentro de nuevo en el tablero para evaluar mis piezas. Se hace el silencio entre nosotros hasta que extiendo el brazo hacia un peón. Se vuelve a oír el mismo ruido y retiro el brazo con otro soplido.

–Condenada lluvia. Lo deja todo resbaladizo, ¿verdad? –Fritzsch recoge de nuevo las piezas–. ¿Por qué estás tan nerviosa? Unas piezas caídas no deberían…

–Déjame concentrarme.

La réplica me sale antes de que pueda detenerla, pero no alcanzo a comprender por qué lo he hecho, por qué me he mostrado insolente precisamente, de entre todos los guardias, con Fritzsch.

–Perdone, Herr Lagerführer.

Intento desdecirme, pero es demasiado tarde. Mi lengua me ha traicionado. Fritzsch no es mi superior. Sé que no lo es, pero mi mente me lleva la contraria y me asegura que es él quien ostenta el poder. No es cierto, ya no…

Cierro los ojos para abrirme paso a través del caos, aunque no sirve de nada. La línea entre mis recuerdos y la realidad es borrosa e imposible de definir.

Al oír a Fritzsch removerse en la silla, abro los ojos y veo que me está analizando. Hace un gesto hacia el tablero, indicando que me toca, así que cojo mi peón y capturo uno de los suyos en el centro del tablero. Esta vez, al oír su risita, me aseguro de reprimir mi furia antes de alzar la mirada. El control es esencial si quiero dar lo mejor de mí.

–Juegas con mucha intensidad –dice él–. Te tomas el ajedrez como si cada movimiento fuera cuestión de vida o muerte.

No tiene sentido fingir que no he captado la indirecta, aunque no pienso reaccionar. Lo que hago es reclinarme y coger los dos peones que he capturado hasta el momento para tener las manos ocupadas, con la esperanza de que eso mantenga a raya los escalofríos.

Capítulo 8

Auschwitz, 17 de junio de 1941

La luz cruda de los focos ubicados en lo alto de las torretas de vigilancia atravesó el cielo oscuro y amenazador para iluminar la plaza de recuento, rodeada por los Bloques 16 y 17 y la cocina del campo. Aún no era la hora del conteo, pero Fritzsch me había convocado igualmente. Cuando llegué ya había dispuesto el tablero a unos metros de la garita de madera que se hallaba cerca de la cocina y varios guardias se habían reunido para mirar.

–Jaque. Te toca, 16671.

El sonido de la voz de Fritzsch me desconcentró y reprimí una punzada de frustración. Ya sabía que me tocaba, pero me obligué a contestar lo que él quería escuchar.

–Sí, Herr Lagerführer.

Un leve vestigio de humo de cigarrillo flotaba en el aire, acre y opresivo. Los guardias formaban un círculo a nuestro alrededor. Algunos observaban en un silencio tenso mientras que otros conversaban y predecían nuestros próximos movimientos. Yo era su espectáculo circense; ellos, mis maestros de ceremonias.

En mi lado del tablero, mi rey blanco estaba rodeado por una potente defensa, pero tenía que salir del jaque. Mientras desplazaba mi rey una casilla a la izquierda, la luz de los focos bañó un moratón desvaído en mi muñeca. Los cardenales del interrogatorio de la Gestapo casi habían desaparecido y los había visto pasar por varias tonalidades de amarillo, lila, azul y negro. Una parte triste y retorcida de mí deseaba que nunca se curaran. Eran un recordatorio físico de mis últimos días con mi familia. Ahora hasta eso me habían arrebatado.

Lo único que me quedaba eran las quemaduras de los cigarrillos. Mientras Fritzsch colocaba una torre negra junto a su rey en su esquina derecha, me pasé los dedos por el brazo para sentir la superficie irregular de mi piel. Las quemaduras habían pasado de ser ampollas supurantes a costras y, ahora, cicatrices feas y de un rojo intenso y despiadado. Por alguna extraña razón me sentía agradecida por ellas. Eran cicatrices que nunca sanarían.

No esperaba que el dolor por la muerte de mi familia se esfumara como mis morados. El enfado y la pena eran intensos y debilitantes y lo teñían todo hasta dejarlo irreconocible. La cárcel en la que estaba encerrado mi cuerpo era una nimiedad en comparación. Mi verdadera cárcel era la que constreñía el alma.

Un ruido sordo atravesó el silencio de la mañana. Al instante, me eché hacia atrás. Fritzsch sostenía varias piezas capturadas en sus manos y dejó caer una segunda.

—Te toca.

—Sí, Herr Lagerführer —susurré y traté de no reaccionar cuando soltó una tercera, que dio contra la mesa.

Tanto Fritzsch como yo teníamos la mayoría de nuestras piezas en juego, pero ya veía que la victoria era mía. Lo único que me quedaba por hacer era lanzarle el cebo, un peón que se comió vorazmente. Mi trampa había funcionado. Movió la reina y capturé el peón que protegía a su rey.

—Jaque mate.

Nuestro público tardó un momento en darse cuenta de que yo había ganado; cuando se percataron, estallaron en ovaciones o gruñidos y se cobraron las exorbitantes apuestas, cualesquiera que fueran, que habían hecho para nuestra partida.

La victoria no me proporcionó la satisfacción habitual. Lo que me molestaba no era jugar ante un grupo de gente –al fin y al cabo, en su época había soñado con competir en campeonatos–, sino saber que, jugara contra Fritzsch, otro guardia o un prisionero elegido para enfrentarse a mí, ya estuviéramos solos o ante todo el campo, el ajedrez se había convertido en algo que me veía obligada a jugar. Nada más. Yo era el juguete viviente y tangible de Fritzsch, con el que seguiría jugando hasta que se aburriera o ganara. Lo que llegara antes.

Fritzsch sacó otro cigarrillo y de inmediato un joven guardia prendió una cerilla y le ofreció fuego.

–Perdone que haya apostado contra usted, Herr Lager-führer, pero como ganó hace unos días me he imaginado que la chica había aprendido la lección.

Fritzsch no correspondió la sonrisa forzada del soldado, sino que me observó como siempre hacía: buscando mi reacción.

La acidez de la bilis casi me subió por la garganta, igual que en nuestra última partida; me concentré en el tablero hasta que se transformó en una mancha borrosa blanca y negra. Tras su triunfo aquella otra mañana, Fritzsch me había agarrado de repente la muñeca de mi mano dominante, me la había estampado contra la mesa y había hundido la pistola en ella.

Mi palma quedó sujeta por el cañón mientras los dedos se extendían sobre el tablero, listos para que la carne mutilada y los chorros de sangre se sumaran al cuadro. Había jugado fatal. Fritzsch había conseguido que me resultara imposible concentrarme a base de analizarme, hablarme y dejar caer piezas sobre el tablero. Un mal juego conllevaba una partida aburrida y el precio sería la mano con la que jugaba.

En una ocasión Fritzsch me contó que, de niño, su familia se mudaba tan a menudo que no había podido recibir una formación consistente, pero sí había aprendido a jugar al ajedrez. A lo mejor trataba de demostrar que mi educación no me hacía mejor que él a la hora de jugar y que no me servía de nada en aquel lugar, donde yo no tenía ningún poder y él lo tenía todo.

El aire de la mañana se había vuelto tóxico y el silencio tenso me había atravesado, laminando mi respiración hasta convertirla en jadeos entrecortados. Al tiempo que aplicaba más presión sobre la pistola, me estudió igual que lo había hecho tras mi llegada, como si quisiera confirmar su impresión inicial. «No apta».

Entonces apartó el arma.

En ocasiones estas eran las consecuencias: horas de partidas sin descanso hasta que yo hubiera ganado suficientes veces para que quedara satisfecho o una bala en el cráneo de mi oponente. En otras no ocurría nada. Fritzsch dictaba las normas a su antojo, aunque la más importante era inamovible: una de esas partidas sería, al final, la última.

Cerré el puño para enterrar el recuerdo. Fritzsch me ordenó que me pusiese en pie y a continuación los guardias recogieron el tablero, la mesa y las sillas antes de dispersarse para hacer el recuento. Mientras él fumaba, yo contuve un bostezo. La jornada de trabajo aún no había comenzado, pero yo ya deseaba que terminara.

–¿Sabías que el Kommandant Höss juega al ajedrez? Le propuse que jugara una partida contigo. –Fritzsch tiró la ceniza del cigarrillo mientras se paseaba de arriba abajo–. Todavía no te lo ha propuesto, ¿verdad? A lo mejor es porque no está contento con mi decisión de perdonarte la vida.

El silencio cubría la mañana, roto solo por el sonido de pasos de botas en la distancia mientras los guardias se preparaban para despertar a los prisioneros. Una leve brisa traía consigo unos hilillos tenaces del humo del cigarrillo de Fritzsch, que flotaban a mi alrededor, obligándome a contener la respiración.

Se paró delante de mí, aunque yo sabía demasiado bien que no debía mirarlo.

–Le aseguré al Kommandant que mi decisión era la más conveniente para el Reich. Eres una buena influencia tanto para los guardias como para los prisioneros. A los guardias les gusta observar cómo te desenvuelves con los hombres y todo el mundo disfruta de tus partidas de ajedrez. Los espectáculos públicos sirven para levantar la moral… hasta que los espectadores se aburren. Entonces se vuelven innecesarios.

Se calló y yo no supe si tenía que contestar o si lo único que Fritzsch pretendía era que fuese consciente de que mi único cometido era proporcionar entretenimiento. Como tenía claro que no debía hablar si no me lo indicaba, me quedé callada con la esperanza de que fuera la decisión correcta.

–Han pasado casi tres semanas desde tu llegada, prisionera 16671. Ya veremos durante cuánto tiempo más puedes entretenernos.

Si creía que la amenaza de mi muerte inminente me iba a asustar, Fritzsch se llevaría una decepción. La muerte no me asustaba ni de largo tanto como la idea de pasar un segundo más en Auschwitz.

Unos gritos distantes me llegaron al oído y a continuación los prisioneros salieron en masa de sus bloques y se dirigieron apresuradamente hacia el patio para el *Appell*. Fritzsch me dejó marchar y se colocó ante ellos para poder observar al mugriento grupo en busca de una mala postura o alguien que moviera los labios. En cuanto localicé a los miembros de mi bloque me coloqué en mi sitio habitual junto al padre Kolbe, a quien no pareció sorprenderle que ya estuviese fuera. No era la primera vez que Fritzsch me convocaba antes del recuento para empezar el día con una partida de ajedrez. Mientras formábamos, el padre Kolbe me miró y me dedicó una pequeña sonrisa. Incluso en medio de aquel infierno viviente, de alguna manera lograba conservar su alegría.

Cuando todo el mundo estuvo en su lugar, el repentino silencio me provocó un escalofrío que me recorrió la columna, a pesar de que la mañana era cálida comparada con otras. Había miles de personas reunidas en el patio, pero el único sonido que se oía era el de los oficiales de las SS voceando números.

Mientras continuaban con el recuento me concentré en la prominente garita de madera que se veía en la distancia. En su interior, la borrosa silueta de un guardia sostenía una enorme metralleta. Una bala, no hacía falta más. Una bala podía liberarme de una cadena perpetua y condenarme a otra; del infierno viviente al castigo eterno. Sin duda, el sufrimiento sería más soportable en el siguiente averno.

Contraje los dedos de los pies y apreté los dientes, irritada e impaciente, hasta que el delicado murmullo de un himno mariano rompió el silencio. Cada vez que el padre Kolbe murmuraba oraciones o himnos me sorprendía lo silencioso que era. El único motivo de que lo oyera era que había entrenado mi oído para detectar sus reconfortantes susurros.

Tras el *Appell* me mezclé con la muchedumbre, esquivando los golpes de los *Kapos* e ignorando los gritos de los guardias, y me uní a mi batallón de trabajo. Una vez en fila, alguien que no pertenecía a mi Kommando se abrió paso entre el grupo: la otra mujer, la prisionera 15177.

–¿Dónde está la chica?

No hacía falta que fuera más específica.

Aunque no tenía intención de contestarla, otro prisionero me empujó hacia ella. Me volví y lo fulminé con la mirada.

–No me toques.

–*Oy vey*, he preguntado dónde estaba, no he pedido que me la tiréis encima –dijo la mujer judía con el ceño fruncido mientras se acercaba.

El hombre esbozó una sonrisita, como si mi rabia y el descontento de ella le divirtieran. Luego se abrió camino hasta el centro del grupo para buscar un refugio seguro y evitar así los golpes que nos iban a caer encima mientras marchábamos.

La mujer miró por encima de su hombro para asegurarse de que los guardias estaban distraídos y bajó la voz.

–Vaya, me alegro de haber averiguado por fin a qué Kommando te asignaron. Tenemos que hablar.

Si creía que quería hablar con ella seguro que no recordaba lo que había hecho.

–Me mentiste. Me dijiste que no tardaría en volver a ver a mi familia cuando sabías que ya estaban muertos.

Antes de que pudiera exigirle que reconociera lo que había hecho, ella se encogió de hombros con frivolidad.

–No pensé que te hiciera ningún daño dejarte creer que los verías otra vez. En un lugar como este hasta las falsas esperanzas son mejores que la desesperación.

Tras oír sus palabras, fui incapaz de obligar a mi voz a responderla. Hasta el último rayo de esperanza se extinguió cuando descubrí a mi familia en el muro de la muerte. La esperanza podría haberme sustentado, pero la realidad me doblegó. De repente me descubrí deseando poder aferrarme a ella un instante más. Pero era demasiado tarde ahora que me había convertido en nada. Un peón apagado e inútil, impotente, al que habían capturado con facilidad. La existencia no tenía significado para una cosa identificada por un número.

El día que murió mi familia todo en mi interior murió con ella. La muerte ya se había cobrado mi corazón, mi mente y mi alma, y lo siguiente era mi cuerpo. Lo único que tenía que hacer era esperar. Y mi impaciencia crecía cada día.

–¿Por qué te perdonaron la vida?

Respiré hondo para deshacer el nudo que se me había hecho en el pecho.

–Mala suerte. ¿Y a ti?

–Hablo cinco idiomas: yidis, polaco, alemán, checo y francés, y los convencí para que me dejaran trabajar como intérprete; así podrían utilizar a un hombre con mis mismas cualificaciones para una labor física. Si quieres sobrevivir aquí, hay varias cosas que debes aprender. –Se quedó mirando los zuecos de madera que cubrían mis pies hinchados y llenos de ampollas–. Los zapatos pueden suponer la diferencia entre la vida y la muerte. Así que ya puedes agenciarte otro par.

–¿Agenciarme?

–Robar, birlar, como quieras llamarlo. Los de las SS tienen almacenes donde guardan los artículos confiscados a los transportados. Te puedo conseguir unos, pero en el mercado negro la mayoría de la gente te pedirá algo a cambio.

Así que allí también había un mercado negro para conseguir artículos adicionales, igual que en Varsovia. La mujer se quedó callada el rato suficiente para asegurarse de que los guardias aún no se habían percatado de su presencia antes de continuar.

—Los prisioneros, los *Kapos* y hasta algunos guardias están dispuestos a intercambiar bienes por servicios si les haces la oferta adecuada. Comida. Dinero. Habilidades. Tu cuerpo.

Al escucharla bajé la mirada y reprimí un estremecimiento. Ella llevaba unas botas de cuero que parecían haber sido bonitas en su época. Robadas a una persona inocente que ahora estaba muerta. Las normas que regían aquel lugar —o la ausencia de normas— me asombraban. Sus zapatos me recordaban que había personas allí que deseaban sobrevivir, personas que aún tenían algo por lo que vivir. A juzgar por su propuesta, la mujer debía de tener la impresión de que yo era una de esas personas.

—No quiero zapatos nuevos y no necesito tu ayuda.

—Lo siguiente es que te asignen un trabajo bajo techo. Dame unos días…

—He dicho que no necesito tu ayuda.

—Sí que la necesitas. ¿O conoces a alguien más que sepa lo que significa ser una mujer en un campo de hombres?

Dejó que asimilara sus palabras y cruzó los brazos sobre el pecho, pero yo no cedí. No quería ayuda, no quería amigos y no quería otra cosa que largarme de allí. Su amabilidad le habría sido más útil a cualquier otro.

Al cabo de un momento, suspiró.

—Si no quieres mi ayuda no pasa nada, pero si cambias de idea, búscame. Me llamo Hania. Hania Ofenchajm. ¿Y tú?

Señalé el número estampado en mi pecho.

—Míralo tú misma.

Hania se quedó en silencio y a continuación lanzó una mirada cautelosa a su alrededor y se acercó a mí.

—Los prisioneros que quieren sobrevivir no se andan con tonterías a la hora de deshacerse de los eslabones más débiles para mejorar sus propias perspectivas. Tú y yo somos mujeres, ¿cómo crees que nos ven? Somos un derroche de espacio, un derroche de ropa, un derroche de raciones. El momento en que lo olvides será el momento en que mueras.

Esperó a que le respondiera, pero no lo hice. Aunque admiraba su tenacidad, sospechaba que se sentiría decepcionada al saber que yo no la compartía.

Antes de que pudiéramos decir nada más, los hombres de las SS ordenaron marchar a mi Kommando. Hania masculló algo en yidis y se fue apresuradamente.

Aparté de mi mente sus palabras mientras nuestro grupo cruzaba la verja principal, donde la orquesta del campo tocaba una animada marcha alemana para acompañarnos en la ardua jornada que nos esperaba. La música alegre hacía que ir a trabajar resultara todavía más duro. Aunque era peor cuando nos arrastrábamos de vuelta, abrumados por los prisioneros que no habían logrado sobrevivir al día y marchando para llegar a tiempo de evitar que nuestros cuerpos se añadieran a la lista de muertos.

Había prisioneros que envidiaban a los que salían del campo para trabajar, pero yo creía que era peor que quedarse. Al salir podías vislumbrar el mundo exterior. Al cabo de pocas semanas me había olvidado ya de que había gente cuya existencia era muy distinta de la mía. Gente que llevaba una vida normal. Yo ya no formaba parte del mundo que se extendía más allá de la alambrada de púas y nunca volvería a hacerlo.

Mientras marchábamos por la carretera principal, llegó a mis oídos el sonido de unas ruedas levantando polvo y grava y localicé a un chico que a menudo montaba en bicicleta por nuestra ruta. Llevaba una bolsa destartalada colgada y, como era habitual, nos observó mientras pedaleaba. Por lo general su curiosidad solía centrarse en mí, la única chica entre todos esos hombres que destacaba a pesar de la uniformidad, que nos reducía a una única entidad anodina de cabezas rapadas y uniformes a rayas. Intenté no mirarlo, pero no pude evitar darme cuenta de que el muy idiota dejó la bicicleta al borde del camino y se puso a andar a mi lado.

–¿Trabajabas para la Resistencia? –preguntó antes de que me diera tiempo a procesar la absoluta estupidez de sus actos. Al menos fue lo suficientemente listo como para hablar en voz baja–. ¿Por eso te trajeron aquí? No conozco a nadie que trabaje para la Resistencia, aunque puede que su trabajo sea clandestino… Ese es el objetivo, supongo, así que no me hagas caso. Menuda estupidez.

El comentario del chico no era lo único estúpido de él. Se pasó los dedos por el pelo castaño y se metió una mano en el bolsillo. Sus raídos pantalones negros eran demasiado cortos.

–No tienes que contarme nada –dijo al tiempo que se encogía de hombros–. Vivo en el pueblo, pero me gusta pedalear por esta carretera para poder mirar a los prisioneros y… –Vaciló y las siguientes palabras salieron de su boca más atropelladas–: Perdona, eso ha sonado fatal y no era mi intención. Es que nunca he visto a tantas personas en un solo sitio y no puedo veros a menos que salgáis, porque no está permitido acercarse al campo. Y por lo que sé nunca ha habido una chica antes de ti, así que la primera vez que te vi… No sé, supongo que tenía ganas de saludarte, nada más. Para preguntarte si… si puedo hacer algo por ayudarte…

El cielo estaba atravesado por rayos rojizos y dorados. Me concentré en el amanecer y en la masa de cuerpos que me precedía. Otra persona que me ofrecía una ayuda que no deseaba ni necesitaba; y si él, un civil, se creía que hablar conmigo, una prisionera, resultaba de ayuda, estaba tremendamente equivocado.

—Por cierto, me llamo Mateusz. ¿Y tú?

Los guardias estaban más adelante, pero era cuestión de tiempo que alguien reparara en el chico. Mantuve la vista fija al frente y hablé en voz baja.

—Déjame en paz.

Antes de que Mateusz pudiera contestar oí pasos y percibí la figura que se cernía sobre mí. No me dio tiempo a prepararme: en un santiamén estaba en el suelo con un ojo dolorido y lloroso.

—Mantén el pico cerrado, 16671.

—No ha hecho nada malo —dijo el estúpido chico.

«No lo hagas», sentí deseos de decirle mientras me ponía de rodillas, pero él ya me había tendido la mano para ayudarme. Aunque no era tan tonta como para aceptarla, el frío cañón de la pistola del guardia se me clavó en la sien.

No podía pensar en nada que no fuera aquel metal frío e implacable sobre mi piel. Un simple movimiento se interponía entre la vida y la muerte. ¿Era esto lo último que había sentido mi familia? ¿Había llegado el arma a tocarlos?

Aparté esos horribles pensamientos de mi mente al tiempo que Mateusz retiraba su mano y se alejaba con el rostro pálido. Daba la sensación de querer protestar, pero mantuvo la boca cerrada. Me lanzó una última mirada culpable con sus deslumbrantes ojos azules, recorriendo mis rodillas arañadas e hincadas en el suelo arenoso, la hinchazón de mi ojo, el arma que me apuntaba a la cabeza. Luego retrocedió y, cuando estuvo a unos diez metros, nos dio la espalda.

En cuanto Mateusz se dio la vuelta, el guardia apuntó con su pistola al cielo, disparó y me dio una patada. Al oírlo, Mateusz se volvió a tiempo de ver cómo me caía al suelo y se quedó mirando, boquiabierto y más pálido que nunca. El guardia se rio de su propia broma y dejó que me pusiera en pie y luego procedió a darme un empujón para que siguiera avanzando. Nos unimos al grupo. Aunque no me atreví a mirar a mi espalda, sabía que Mateusz me estaba siguiendo con la mirada.

Al final los guardias nos ordenaron que nos detuviéramos. Habíamos llegado a la casa del Kommandant Höss, una hermosa villa donde residía con su esposa y sus cuatro hijos pequeños. Una vez, mientras trabajaba en su jardín, había visto de reojo al Kommandant. Había invitado a Fritzsch a cenar en la villa. Me quedé mirando cómo besaba a su mujer y cogía en brazos a sus encantadores hijos; Fritzsch ofreció una botella de vino a los adultos y caramelos a los niños. Fue el día más desconcertante desde mi llegada al campo. No podía entender cómo un hombre que dirigía una operación tan retorcida podía asumir el papel de padre y marido mientras su despiadado subordinado se comportaba como un invitado educado; sin embargo, ahí estaban, justo ante mis ojos.

Los prisioneros y yo pasamos horas bajo el sol abrasador. Cavamos la tierra, plantamos parterres, regamos plantas y arrancamos malas hierbas para asegurarnos de que el jardín del Kommandant quedaba inmaculado. Antes de Auschwitz yo no sabía mucho de plantas y jardinería, a pesar de que a mi madre le encantaban las flores, pero estaba aprendiendo lo más rápido que podía. Trabajamos sin pausa hasta que el día casi llegó a su fin, momento en que desarraigué un azafrán en lugar de una mala hierba. La porra del *Kapo* no tardó en señalar mi error.

Tras marchar de vuelta al campo, cansados y sucios y doloridos, recibí mi comida vespertina, que siempre me hacía echar de menos el dudoso paquete de carne envuelta en papel encerado que Mama traía a casa después de recoger las raciones. Me llevé mi comida al Bloque 18, donde el padre Kolbe me recibió con su habitual sonrisa y me acompañó entre los hombres hasta nuestros jergones.

La mayoría de los hombres de mi bloque apenas me hacían caso ya, con la excepción de miradas ocasionales de frustración o fastidio, como si por alguna razón mi presencia los molestara. Aun así, me mantuve pegada al padre Kolbe mientras pasábamos a su lado. Aunque nunca bajaba la guardia ni me veía segura del todo, el padre Kolbe me hacía sentir a salvo.

Antes de tomarse su exigua ración de pan oscuro y denso y de sopa gris aguada, el cura se santiguó, inclinó la cabeza y juntó las manos, llenas de ampollas y callos después de trabajar en la obra en construcción. No se quejó, aunque a juzgar por su aspecto debían de dolerle un montón.

Le toqué el brazo.

—Pare. Le castigarán.

Seguramente era un pecado interrumpir una plegaria, sobre todo si quien la rezaba era un fraile.

El padre Kolbe abrió un ojo y se llevó un dedo a los labios.

—Shhh. No he acabado.

Sonrió y volvió a cerrarlos.

Para cuando alzó la cabeza yo ya había tomado la sopa. Me pasó la mitad de su pedazo de pan. Con un esfuerzo considerable, me contuve y no me lo metí en la boca de inmediato. En lugar de eso le di un codazo e intenté devolvérselo, pero él fingió no darse cuenta. Le di otro codazo, esta vez con más fuerza.

—Será mejor que te lo comas, Maria, porque no lo voy a coger —dijo con un brillo travieso en los ojos.

No pude evitar esbozar una sonrisa.

—Vale, pero usted también tiene que comer.

–Me tomaré mi sopa.

–Ya, claro. No vaya a darse un atracón.

Con una risita, el padre Kolbe cogió su comida y se dirigió hacia un hombre de cara triste que se hallaba a unos metros. Le dedicó palabras de ánimo al prisionero y lo más seguro es que le diera el resto de su pan. Era lo que solía hacer. Por más que intentara disuadirlo, no me hacía caso.

Mientras me llevaba el pan a la boca una sombra se cernió sobre mí. Un joven prisionero corpulento y fornido se había colocado a mi lado y su mirada voraz estaba clavada en la comida que me quedaba. Un pan y medio.

–No vas a durar mucho aquí. Dámelo.

«Somos un derroche de espacio, un derroche de ropa, un derroche de raciones».

Agarré el pan como si tuviera tenazas por manos y abrí la boca para tragármelo entero, pero antes de que pudiera hacerlo el hombre me agarró por la muñeca. Mientras me abría los dedos para hacerse con mis raciones yo solo podía pensar en el hambre que me desgarraba las entrañas. Sin el pan no me quedaba nada más para aguantar hasta la mañana. Luché con uñas y dientes, pero cuando él levantó la mano reculé y me protegí la cabeza y la cara. Ya tenía un ojo morado y no me hacía falta otro. El golpe no se produjo. Alcé la cabeza y vi cómo el prisionero se dirigía hacia su siguiente víctima: el padre Kolbe.

Como sospechaba, este le había dado el pan al hombre que se encontraba a su lado y estaba a punto de tomarse la sopa. Antes de que la primera cucharada alcanzara su boca, el ladrón llegó junto a él.

–No hay que malgastar raciones en gente como tú, viejo.

Tendió la mano hacia el cuenco, pero el padre Kolbe ya se lo estaba ofreciendo.

—Eres joven y fuerte y necesitas el alimento mucho más que yo, hermano.

La voz del padre Kolbe no dejaba traslucir resentimiento alguno. Tampoco miedo, tan solo amabilidad.

Al joven no hacía falta que le dijeran más. Vertió la sopa del cura en su propio cuenco y se alejó, en apariencia satisfecho con su hazaña. El padre Kolbe regresó a mi lado y me dedicó una breve sonrisa. No dijo nada, ajeno al hecho de que había presenciado su interacción, ajeno al hecho de que había sido víctima del mismo prisionero. Contemplé mi cuenco vacío mientras la ira que me corría por las venas se mezclaba con el asombro.

En un lugar donde la gente se peleaba por las sobras como perros rabiosos, aquel hombre era capaz de conservar su humanidad. Y yo no entendía cómo ni por qué.

Tras la comida vespertina llegó el tiempo libre, la única parte del día mínimamente soportable. Me apresuré hacia los baños. Una hilera de feos lavamanos de cerámica recorría la pared del baño, como si fueran abrevaderos, y me dirigí al grifo de la esquina más alejada. Lancé una mirada discreta por encima del hombro antes de llenar el cuenco y llevármelo a los labios. A lo mejor si saciaba mi sed aliviaría mi estómago vacío.

Mientras me lavaba el uniforme con un pedazo minúsculo de jabón me imaginé que Mama estaba a mi lado con su ropa sumergida en agua caliente. En casa a veces me la encontraba armada con una pastilla de jabón de lejía y una tabla de lavar frotando la suciedad de las alcantarillas que cubría su falda, su blusa, sus medias y sus zapatos. Una señal de que había sacado clandestinamente a niños del gueto la noche anterior.

Mama insistía en que podía desinfectar su ropa ella sola, pero yo no me iba sin antes ayudarla. Juntas reponíamos el agua numerosas veces, frotábamos hasta el último resquicio de porquería de sus prendas y limpiábamos el lavabo y a nosotras mismas de arriba abajo. Al acabar, recogía la ropa de Tata y la mía para lavarla y tenderla junto a la de Mama. Zofia y Karol no tardaban en aparecer con su propia ropa sucia y se quejaban de que Mama se negara a ir a la lavandería que había calle abajo.

Un guardia nos ordenó que nos diéramos prisa, así que me puse el uniforme húmedo y salí de allí regañándome por pensar en mi familia. No era una buena idea.

Con cada día que pasaba estaba más decidida a marcharme de Auschwitz. Cómo sucedería, no lo sabía. Al pasar junto a la alambrada de púas me planteé la electrocución, pero sería difícil pasar inadvertida ante los guardias de las torretas, y si se percataban de que me acercaba demasiado a la valla, me dispararían. Si tenía que morir a causa de una bala, había métodos más sencillos que no incluían el riesgo de morir electrocutada si los guardias no se molestaban en detenerme. A pesar de mi determinación de abandonar aquel lugar, no estaba segura de tener el valor suficiente como para tocar la valla; semejante muerte me resultaba aterradora. ¿Para qué arriesgarme cuando podía provocar con la misma facilidad a un guardia para que me disparase durante el recuento o en el trabajo? Tal vez dejara de comer, pero si lo hacía el padre Kolbe se daría cuenta e insistiría en que conservara mis fuerzas. Con su costumbre de compartir pedazos de comida, la inanición no era una posibilidad. Seguí andando y tiré de la piel suelta de mis palmas desgarradas. A lo mejor las heridas se infectaban o tal vez acababa sucumbiendo al agotamiento o a una enfermedad.

Siempre me quedaba Fritzsch. En cuanto perdiera el interés en nuestras partidas, se desharía de mí.

Lo único que sabía era que estaba cansada y que echaba de menos a mi familia. Me iría de Auschwitz y solo había una manera: a través de las chimeneas del crematorio.

«Termina la partida, Maria».

Planearía mis ataques y engatusaría a mi adversario para lograr el final que deseaba, pero me quedaba poca paciencia y estaba tan desgastada como el uniforme que llevaba.

Tras regresar al Bloque 18 me senté en un jergón y me deleité con el breve respiro. La mayoría de los prisioneros se quedaban fuera durante el tiempo libre, así que me aprovecharía del espacio extra mientras pudiera. En silencio, conté las picaduras de insectos que me cubrían el cuerpo y descubrí siete más que el día anterior.

El padre Kolbe no tardó en entrar en el bloque y repartir sus habituales sonrisas, bendiciones y palabras de ánimo entre los prisioneros. Al final colocó su jergón frente al mío y dejó algo a su lado, fuera del alcance de mi vista. Dibujó un cuadrado grande en el polvo del suelo y añadió una serie de líneas que formaban cuadrados más pequeños dentro del grande. Cuando acabó, había ocho columnas con ocho cuadraditos en cada una. A continuación cogió lo que había dejado a su lado: un puñado de grava. Colocó la piedra más grande en uno de los cuadrados centrales de la última fila. Luego puso la segunda más grande. Dos más acabaron a ambos lados de estas y siguió disponiendo el resto hasta que las más pequeñas quedaron en las esquinas. En la fila de delante alineó ocho guijarros.

Después sacó unas ramitas y las colocó en el extremo opuesto de la cuadrícula, ordenándolas por tamaño igual que había hecho con la grava. Al acabar marcó las columnas horizontales de la A a la H y las filas verticales del uno al ocho. Por último, observó su obra.

–No es perfecto, pero servirá. Las ramitas son las piezas negras y las piedras las blancas. Sé que ya juegas más que suficiente al ajedrez, Maria, pero si alguna vez te apetece hacerlo solo para divertirte estaré encantado de jugar contigo. –El padre Kolbe me dedicó una sonrisa de complicidad–. Dicen que se me da bastante bien.

Sonreí y me coloqué frente a él, pero luego entrelacé las manos para contener el impulso de coger la primera pieza. No importaba cuánto anhelara mi antiguo yo los sencillos placeres de mi antigua vida: no podía hacerlo. No era justo. No después de lo que había pasado.

Maria Florkowska era una temeraria que danzaba alrededor del tablero movimiento a movimiento, planeando estrategias y reaccionando con base en los contraataques del adversario, sin dudar nunca de que emergería victoriosa. La prisionera 16671 sabía que un movimiento equivocado bastaba para echar por tierra toda la partida.

–Tú juegas con las blancas, yo con las negras –dijo el padre Kolbe con los ojos brillantes–. Y te lo advierto: juego para ganar.

Las dudas me carcomían y me inundaban los pensamientos con gritos airados, pero una voz débil y persistente les llevaba la contraria. El padre Kolbe se había tomado la molestia de hacer algo bueno por mí, de devolverle la alegría al juego que ahora se había convertido tan solo en mi salvavidas. Él era mi amigo, mi único amigo, y habría sido una crueldad por mi parte rechazarlo. Las dos voces que retumbaban en mi cabeza se turnaron en un intento de convencerme antes de que las silenciase con mi decisión.

Había hecho una excepción con el padre Kolbe en lo referente a mi nombre, así que, en este caso, podía hacer otra. Solo una más.

Me vino a la mente mi estrategia, nítida y definida: abriría con el gambito de dama y si el padre Kolbe respondía con el gambito de dama rehusado me decantaría por el ataque Rubinstein. Así pues, cogí mi peón de dama y lo desplacé a d4.

Aquella era la manera en que se suponía que había que jugar al ajedrez. Dos adversarios reunidos por voluntad propia para entablar una batalla de ingenio. Aquella era la manera en que el ajedrez había formado parte de mí durante tantos años. Fritzsch podía utilizar el juego para controlar mi tiempo en aquel lugar, pero cuando todo se reducía a mí y al tablero jugaría como si nada hubiese cambiado, como si no necesitara desesperadamente abandonar aquel lugar. Mientras me mantuviera con vida jugaría al ajedrez y jugaría bien.

Y vaya si jugué bien, aunque cuanto más nos enfrascábamos en el juego más angustioso se volvía cada instante que pasaba. El padre Kolbe me había ayudado mucho durante el mes anterior y ahora había hecho esto sin otra motivación que darme una alegría. Y lo único que había hecho yo era ocultarle mis secretos.

Darme cuenta de la verdad empezó a consumirme por dentro, hasta el punto de que cuando sonó el segundo aviso que señalaba el comienzo del silencio nocturno murmuré un agradecimiento apresurado por la partida, recogí las piezas y me di la vuelta. Mientras nos acostábamos, recé para quedarme dormida de inmediato y conseguir así que esa molesta sensación se esfumara, pero no funcionó. Solo había una manera de quitarme aquel peso de los hombros.

El padre Kolbe se había mostrado comprensivo conmigo. Lo menos que podía hacer yo era ser honesta a cambio.

Dejé pasar varios minutos para dar tiempo a que la gente se durmiera y me levanté. Si hubiera esperado más me habría echado atrás. Extendí el brazo hacia el padre Kolbe y le di una palmadita en el hombro, intentando no molestar a los grupos de hombres amodorrados.

Nos dirigimos a la esquina más alejada de la sala, donde nos sentamos mientras yo reunía el valor para hablar. Aunque él no podía ver mi expresión en la oscuridad, me imaginé que sabía que tenía algo importante que decirle. Esperó en silencio. Si le contaba la verdad no habría marcha atrás, pero no era capaz de seguir mintiéndole.

Así que le conté lo que no le había contado a nadie más: la historia de cómo mi familia y yo habíamos acabado en Auschwitz, empezando por el día de nuestro arresto.

Capítulo 9

—Vamos a jugar al *Monopoly*, Maria —dijo Zofia al tiempo que se enroscaba un rizo suelto alrededor del dedo.

Le pasó una pelota a Karol, pero él no la atrapó, así que esta acabó a los pies de la silla de Tata. Él bebió un sorbo de sucedáneo de café y utilizó el bastón para devolvérsela a mis hermanos.

—Lo siento, Zofia, no puedo.

Me abstuve de mencionar por qué, aunque no hacía falta que le diera explicaciones. Cuando me negaba a jugar con ella un domingo siempre era por el mismo motivo.

—¿Te vas al convento? ¿Puedo ir, Mama?

—No —se apresuró a contestar Mama.

Cogió el trapo que le quedaba más cerca y se puso a recoger migas de la mesa con meticulosidad. Yo ignoré las quejas de Zofia, me fui a la habitación y me puse un fino jersey rosa pálido sobre la blusa blanca. Contemplé mi reflejo en el espejo mientras me hacía mi habitual trenza con movimientos seguros. Cuando acabé solo me quedaban varios mechones rebeldes; por lo demás me había quedado bien. Me alisé la falda escocesa verde y me aseguré de llevar mi Kennkarte en el bolso. Luego cogí mi cesta de la cocina, comprobé el falso fondo para asegurarme de que los documentos estaban dentro y coloqué un par de patatas sobre el compartimento. Al volver a la sala, Zofia seguía balbuceando.

–Por favor, Mama. Cada domingo le llevamos comida a la madre Matylda. A veces vas tú y a veces va Maria, pero yo no voy nunca.

Salpimentó sus palabras con un tono de queja al tiempo que me lanzaba una mirada de envidia.

–¡Yo quiero ir con Maria y Zofia! –exclamó Karol y tiró de la falda de Mama como si ir al convento fuera la mayor alegría de la vida.

«¿Él también?, no». Miré a mi hermana con expresión acusadora y señalé a Karol con la mano.

–Mira lo que has conseguido.

Al no encontrar una réplica adecuada, ella abrió mucho la boca y llamó a Mama para reclamar justicia. Yo me senté en la alfombra, junto a la mesa de centro, y cogí una torre blanca de mi tablero de ajedrez. Una torreta suave y minúscula con un poder muy grande. «Más poder que un peón», se burló una voz chillona en mi cabeza, pero un leve susurro la espantó. No bastaba con el poder para ganar una partida de ajedrez; la estrategia era mucho más importante.

–¿Planeando tu famoso final de torre, Akiba Rubinstein?

Ante la pregunta de Tata, sonreí y dejé la torre. De uno de mis grandes maestros de ajedrez preferidos había aprendido a tener en cuenta el final desde el primer movimiento. Era una estrategia interesante, intensa y agresiva y solía funcionarme. Rubinstein dominaba los finales de torre, pero mis variaciones de su estrategia reivindicaban el papel del peón.

Mientras Tata llevaba su taza vacía a la cocina realicé el movimiento de apertura con un caballo blanco. El ajedrez requería toda mi atención y me afilaba la mente como si fuera una espada en una piedra de amolar. Reinas, reyes y alfiles, caballos y torres y peones. Todos interconectados hasta convertir el tablero en una intrincada red blanca y negra diseñada para mí. Dos contrincantes, negro contra blanco, unidos en una búsqueda común de la victoria pero que por lo demás eran irreconciliables. Uno de los dos triunfaba a costa del otro. En caso de llegar a tablas, cuando ninguno de los dos jugadores salía triunfante, solo era posible establecer el ganador jugando más partidas. Dos enemigos, un único vencedor y una forma definitiva de establecerlo. El jaque mate.

Pero para mí y mi hermana no había jaque mate. Permanecíamos enrocadas en tablas y ni la torre de Rubinstein ni mi peón podían cambiar el resultado.

—¿No tienes tiempo para jugar al *Monopoly* pero sí para jugar al ajedrez?

No me había dado cuenta de que Zofia se había acercado, pero el comentario despectivo sonó justo a mi lado y arruinó mi concentración.

—Solo estoy jugando unos minutos antes de irme. Cállate para que pueda acabar.

—Vas con Irena, ¿verdad?

Lo dijo como si yo hubiera cometido el crimen más atroz imaginable. Estudié el tablero y escogí una torre.

—No, pero aunque fuera con ella no es asunto tuyo. Deja de molestarme.

Era lo peor que podía haber dicho y lo supe en cuanto oí mis propias palabras. Abrí la boca en un intento desesperado de encauzar la conversación, pero Zofia estalló.

Un destello repentino de movimiento y a continuación varias piezas repiquetearon sobre la mesa y cayeron al suelo. Con un grito ahogado me lancé tras ellas, pero apenas las había recogido cuando Zofia tiró unas cuantas más, animada por mis protestas. Un grito de enfado —seguramente de

Mama– resonó en mis oídos en medio del tercer ataque de Zofia y yo empujé a mi hermana con la mano que no sujetaba piezas de ajedrez. Sin inmutarse, ella arremetió de nuevo. Le grité que parara, le bloqueé el paso con mi brazo y forcejeé con ella para apartarla, porque si esa mocosa rompía mis piezas de ajedrez…

–Niñas.

Por su tono suave pero firme ambas sabíamos que más nos valía obedecer. Nos quedamos petrificadas. Aferré mis piezas y me las llevé al pecho, negándome a soltarlas o a bajar el brazo que sujetaba a mi hermana por la espalda, y Zofia se quedó agazapada sobre mí, con una mano a centímetros del tablero. Intenté reprimir un estremecimiento cuando mis ojos se cruzaron con la mirada implacable de Tata.

–Ya basta.

Por lo general, cuando en su voz se percibía ese tono de advertencia ni siquiera Zofia se atrevía a seguir. En esta ocasión no había nada que pudiera apagar las llamas de su mal genio, ni siquiera la reprimenda de Tata ni las órdenes de Mama de que me fuera al convento ya y Zofia lavara los platos de inmediato. Con un resoplido rabioso, me apartó, se marchó hecha un basilisco a nuestro cuarto y cerró de un portazo. El silencio que se hizo a continuación fue opresivo.

Durante los últimos meses, en mi trabajo en la Resistencia me había sumergido en el corazón de las mentiras, el peligro y la insurrección, un mundo que no tenía nada que ver con el de mi hermana. La guerra nos había separado, pero hasta que no hubiera pasado el peligro no veía cómo podía remediarlo. Mientras reprimía las lágrimas que me emborronaban la visión me aseguré de que el berrinche de Zofia no hubiera dañado ninguna de las piezas de ajedrez. Mama se arrodilló a mi lado y yo acaricié la reina negra. Mis piezas estaban intactas, pero por alguna razón me daba la sensación de que no era así.

Mama me apartó unos pelos sueltos de la frente.

—¿No se lo puedo contar? —susurré.

Ella suspiró y me cubrió las manos con las suyas.

—Lo único que podemos hacer es rezar para que esta guerra termine pronto.

Tablas hasta que las cosas cambiaran. Si es que lo hacían.

Mama me dio un beso en la mejilla antes de ir a nuestra habitación a ver cómo estaba Zofia y yo recogí mis cosas. Tata se puso su chaqueta de *tweed* marrón sobre el chaleco a juego y se caló su fedora favorito, gris con una cinta de gorgorán azul. En la seguridad de mis pensamientos le supliqué que no me siguiera, pero él cogió su bastón y frustró mis esperanzas. Siempre que quería hablar conmigo a solas después de una discusión yo tenía la sensación de que se avecinaba un castigo. Permanecimos en silencio hasta salir al corredor del edificio, donde aproveché la oportunidad para defender mi caso.

—Lo siento, Tata, pero Zofia no me dejaba en paz y casi rompe mis…

Él carraspeó, así que me callé. Había valido la pena intentarlo. La espera era angustiosa, pero miré por encima de su hombro y me concentré en la puerta del apartamento, donde se leía FLORKOWSKI, nuestro apellido familiar. Al final Tata lanzó un suspiro.

—Bueno —empezó lentamente—, debo decir que tienes unos reflejos impresionantes.

De inmediato sus palabras me dibujaron una sonrisa en la cara y Tata se rio mientras yo me acurrucaba entre sus reconfortantes brazos. Me abrazó con fuerza. Con una mano me acarició la cabeza como si yo fuera una niña y casi sentí deseos de volver a esa época. Cuando era pequeña no había guerra. Y no tenía que ocultarle tantos secretos a mi hermana.

–Tú comprendes por qué has estado tan ocupada estos últimos meses, Zofia no –murmuró Tata–. No puede. Lo único que te pido es que intentes ser más considerada con sus sentimientos.

Suspiré.

–Sería más fácil si pudiera contarle la verdad. Pero haré todo lo que pueda.

–¿Prefieres que hoy vaya yo al convento en tu lugar?

–¿El ladrón que le robó el bolso a Mama encontró vuestras Kennkarten dentro y las ha devuelto?

Se rio.

–No, pero teniendo en cuenta que ninguna de la información es veraz, me habría sorprendido que lo hiciera. Deberían tener los nuevos documentos preparados en unos días y entonces podré volver a trabajar. –Me dio un beso en la frente–. Ten cuidado, mi niña valiente.

En lugar de soltarlo, me mantuve aferrada a él un momento más. En su conocido olor había vestigios de cera y pino, un rastro del betún que había usado para abrillantar su bastón esa mañana. La combinación resultaba extrañamente fascinante. Cuando levanté la cabeza, Tata me pasó el pulgar por la mejilla, siguiendo el rastro del hilillo de una lágrima.

En cuanto entró en el piso, dejé de lado la discusión con Zofia y troté escalera abajo. La visita al convento era justo lo que me hacía falta para levantarme el ánimo. Fuera, el sol besó mis mejillas y tiñó de dorado el estuco beis de nuestro edificio de cuatro plantas, pero el hermoso día se vio empañado por una desagradable visión.

Un camión largo y dos coches atravesaron el cruce. Al verlos me detuve en seco y me quedé junto a la puerta mientras aparcaban. Varios oficiales de las SS y hombres vestidos de civil descendieron como una colonia de hormigas en busca de carroña. Al bajar del coche, uno de los hombres se metió algo en el bolsillo interior del abrigo. La luz del sol hizo destellar una cadena y un disco plateado.

Una placa identificativa.

Nunca había visto una, pero Irena y mis padres me las habían descrito en incontables ocasiones. Era la única manera de identificar a las personas a las que más temíamos. Alguien había traicionado a mi familia, estaba segura… De lo contrario, la Gestapo no hubiera venido.

Al ver que los agentes de la Gestapo no irrumpían en mi edificio, solté el pomo de la puerta. Se quedaron de pie junto a sus vehículos mientras uno consultaba un pedazo de papel y comentaba que tenían que ir una manzana más abajo, pero uno de los oficiales de las SS escudriñó la calle Bałuckiego hasta fijar la vista en un nuevo blanco: yo.

—Ven aquí.

Los miembros de la Resistencia y los agentes de la Gestapo jugábamos a un juego parecido. Ocultábamos nuestra identidad y completábamos nuestras misiones en secreto sin que nadie de los que nos rodeaban conociera nuestra verdadera identidad. Seguramente había pasado innumerables veces junto a agentes de la Gestapo por la calle sin saberlo, quizá incluso me habían parado hombres de las SS que también iban de incógnito, pero en esta ocasión era plenamente consciente de quién me hacía señas.

Tragué saliva y me obligué a dar pequeños pasos para ganar tiempo y poder pensar. La calle estaba desierta y silenciosa y eso magnificaba el sonido de mi respiración entrecortada, que anunciaba mi pánico como los altavoces de la plaza anunciaban cada una de las victorias alemanas.

Era imposible que sospecharan de mí si lo único que había hecho era salir del edificio…

Agarré el cesto con más fuerza para poner en orden mis pensamientos. «Mantén la calma. Estúdialos».

Eran seis, y a juzgar por la insignia que establecía su rango y por el número de medallas que lucía en el uniforme, el hombre que había hablado estaba al mando. A medida que me acercaba su mirada implacable siguió clavada en mí.

–Identificación –dijo.

Por más veces que escuchara esa orden no se volvía más fácil. Busqué mi Kennkarte demorándome tanto como pude. Aquel oficial no era un chico que fardara de botas lustrosas, armas enormes y títulos. Era un oficial con la misión de aplastar a la Resistencia. Tenía que asegurarme de que no me considerara una amenaza. Tras tenderle mi Kennkarte, me tomé un instante para recuperar la compostura y luego subí mi tono una octava.

–Si me disculpa, Herr Sturmbannführer, he… –tanto mi voz como mi valor se esfumaron en cuanto me miró. Nunca me había costado tanto intentar mostrarme calmada ante un oficial– he quedado con una amiga.

–El cesto.

Todo en mi interior me gritó que me negara.

–Claro, pero mi…

El Sturmbannführer hizo un gesto con la cabeza a otro hombre, que me arrancó el cesto. Mi plan no estaba funcionando. Tenía que descubrir qué hacía mal y tenía que reclamar mis pertenencias, pero me había quedado sin palabras. Solo podía pensar en la placa identificativa.

El hombre rebuscó dentro del cesto.

–No hay nada, Sturmbannführer Ebner.

Mantuve la vista baja para que no percibiera mi alivio, pero fui consciente de cómo me tendía el cesto. Antes de que pudiera devolvérmelo, Ebner se lo arrancó de las manos y yo reprimí un grito de protesta.

–Nombre –dijo Ebner mientras lo registraba a conciencia.

–He… Helena. –Hice una pausa con la esperanza de que eso hiciera desaparecer el temblor de mi voz. Nadie me había interrogado nunca sobre la información incluida en mis papeles falsos. La había memorizado, por supuesto, pero me resultaba difícil recordarla mientras se me salía el corazón del pecho–. Helena Pilarczyk.

Esta vez cuando Ebner me miró me obligué a devolverle la mirada y vi lo que temía ver.

Sospecha.

No. Estaba en mi cabeza, solo en mi cabeza. No sospechaba nada; su meticulosidad y la placa me habían puesto nerviosa, eso era todo. Irena y yo nos habíamos librado de soldados en incontables ocasiones y yo sola también. Si lo había hecho antes, podía hacerlo ahora.

–Fecha de nacimiento.

Cuanto más rato estuviera allí más preguntas me haría y más rebuscaría entre mis pertenencias. Tenía que contestar con rapidez. Tenía que pensar una manera de hacer que se fueran o convencerlos para que me dejaran marchar.

«Cálmate y piensa. Analízalo. No hagas caso de las armas que te están apuntando. Piensa».

–Fecha de nacimiento.

El tono de impaciencia me hizo darme cuenta de que no había dicho una palabra, así que balbuceé la fecha falsa e intenté planear una huida, pero tenía la mente en blanco. No me venía nada a la cabeza, solo una abrumadora sensación de urgencia que me carcomía por dentro pero no se traducía en acción, y menos cuando Ebner dejó caer el cesto y lo pisoteó, menos cuando el mimbre se astilló y algunos pedazos de patata quedaron aplastados bajo su bota, menos cuando le dio una patada al cesto roto y los certificados de bautismo se desparramaron sobre los adoquines.

«Corre».

Era una solución estúpida, era una solución desesperada, era lo único que podía hacer. Salí disparada, pero antes de que pudiera dar tres pasos uno de los hombres de las SS levantó la culata de su arma. Un dolor intenso y cegador me dejó sin aire en los pulmones y me lanzó al suelo. Tosí y jadeé hasta que una barra de hierro me puso en pie. Ebner estaba chillando, pero yo estaba demasiado distraída por el palpitar de mis tripas como para escucharle, así que me agarró de la cara y me la giró en dirección al puñado de documentos en blanco.

—Contéstame, estúpida niña. ¿De dónde los has sacado y adónde los llevas?

Podría haberle escupido en la cara o haber implorado clemencia y ninguna de las dos cosas habrían servido de nada. Aunque no estaba en condiciones de mostrarme desafiante, lo hice de todos modos. Era lo único que me quedaba.

—No lo sé, Herr Sturmbannführer. Solo soy una estúpida niña.

La bofetada casi valió la pena. Casi.

El contundente golpe me partió el labio y estaba demasiado ocupada escupiendo sangre para escuchar lo que dijo a continuación. Entonces el agente de la Gestapo me hizo darme la vuelta para que viera a alguien.

Era la señora Kruczek, nuestra vecina. No podía haber escogido un peor momento para salir del edificio, pero ya era demasiado tarde. Se quedó inmóvil en el portal, petrificada, y agarró a su bebé Jan contra el pecho. La contemplé, suplicando en silencio.

Varias armas que me apuntaban a mí se volvieron hacia la señora Kruczek. Esta ahogó un grito y abrazó con más fuerza a Jan, como si de alguna manera sus brazos pudieran repeler las balas.

—Identifique a esta chica y díganos dónde vive o morirán los tres.

Otro hombre repitió la orden de Ebner en polaco. A la señora Kruczek no le quedaba otra opción que obedecer. Yo sabía que era así y, sin embargo, seguí rezando.

«Por favor. Por favor, que no lo haga. Mi familia».

Su mirada vidriosa se cruzó con la mía como si quisiera transmitirme una disculpa silenciosa y luego la bajó. Le temblaba tanto la voz que apenas consiguió pronunciar las palabras.

—Maria Florkowska. Segundo piso.

«Piensa, piensa. Por el amor de Dios, piensa».

Me arrastraron al interior mientras la señora Kruczek sollozaba y luego fuimos arriba. Gracias a Dios que a Tata y Mama les habían robado su documentación falsa. Mis padres no se verían implicados y Zofia y Karol eran unos niños. Seguro que la Gestapo no se preocupaba por los niños y solo iban a nuestra casa a informar de mi detención a mi familia, nada más.

Un puño llamó con fuerza a la puerta en la que se leía nuestro apellido, pero nadie tuvo ocasión de contestar antes de que una bota le propinara una patada rápida y contundente. La madera cedió con un crujido de astillas. Me lanzaron al interior y me tambaleé hacia los brazos abiertos de mi padre.

Al levantar la cabeza me di cuenta de que mi sangre le había manchado la camisa. Tan solo dispuse de un instante para mirar a los ojos horrorizados de Tata antes de que los hombres invadieran el piso y me arrancaran de la seguridad de su abrazo. Sus rugidos se mezclaron con el grito de Mama.

Los agentes de la Gestapo volcaron muebles, vaciaron armarios y cajones, rompieron platos, levantaron alfombras y arrasaron con todo a su paso. Agradecí a Dios que el periódico de la Resistencia de Tata, la única prueba que habrían podido encontrar, hubiese desaparecido del lugar en el que solía estar escondido: debajo del cojín del asiento de su silla. Uno de los agentes de la Gestapo derribó la mesa de centro y mi tablero se estrelló contra el suelo al tiempo que las bonitas piezas se desparramaban.

El sonido de mi nombre se abrió camino entre los violentos gritos en alemán y distinguí a Mama con la espalda pegada a la pared. Tenía aferrados a mis hermanos y me imploraba que fuera con ella. La voz de Tata se alzó entre el barullo asegurando que era él quien había impreso los certificados de bautismo y los había distribuido, que su hija había cogido el cesto equivocado por error, y yo me quedé petrificada en medio de la caótica escena.

Un soldado de las SS se volvió hacia mi padre con una expresión desdeñosa y condescendiente.

–¿Pretendes hacernos creer que repartes documentos?

Para hacer hincapié en su razonamiento, pateó su pierna mala. Tata se cayó y su bastón repiqueteó contra el suelo al tiempo que a él se le escapaba un gemido entre los dientes apretados. Solté un grito y me lancé hacia él, pero otro golpe en el estómago provocó que me cayera de bruces y me hice un ovillo deseando que el dolor remitiera mientras a mi alrededor el mundo se volvía borroso. Los chillidos de Mama sonaban distantes. Una voz desconocida se unió a las demás, seguida de una bofetada contundente y deliberada.

Unas manos me encontraron y, al tiempo que el dolor en mi estómago se disipaba, un agente de la Gestapo me arrastró escalera abajo. Intenté resistirme, pero tenía demasiada fuerza. Era como pelearse con un pilar de piedra. Me arrojó al camión, donde mi cadera recibió el impacto de la caída y una punzada de dolor me recorrió la pierna. Mientras me arrastraba por el suelo vacío algo cayó a mi lado con un ruido seco acompañado de un conocido jadeo. Mama. Le siguieron más golpes secos, uno por cada miembro de mi familia, y luego la puerta se cerró con fuerza.

El camión se puso en marcha. Me incorporé apoyando las manos en el suelo y me cubrí el dolorido estómago con un brazo. Tata se sentó e hizo una mueca ante el movimiento que castigaba su pierna. Luego ayudó a Mama. Ella apretaba a Zofia y Karol como si no fuera a soltarlos nunca y los sollozos entrecortados de los tres sonaban como si fueran uno. Mama se acurrucó entre los brazos de Tata y se tocó ligeramente la marca de un rojo intenso que tenía en la mejilla.

–Dios mío –susurró; una plegaria breve y desesperada.

Menuda idiota estaba hecha. Y pensar que casi me había convencido a mí misma de que mi familia se iba a librar.

–Se han parado en nuestra calle y he visto que uno llevaba una placa identificativa. No sabía qué hacer y después me han cogido el cesto y han encontrado los certificados y han obligado a la señora Kruczek a identificarme y lo siento, lo siento mucho.

Mi voz empezó a temblar y Tata me acercó a él y me secó la sangre del labio partido.

–No hay que avergonzarse de tener miedo. No has hecho nada malo, Maria.

Aunque no era verdad, no dije nada. Si hubiera pensado con más rapidez no le habría costado la libertad a toda mi familia.

–¿Hemos incumplido la ley? –murmuró Zofia.

Tata le cubrió la mano con la suya en un gesto afectuoso.

–Esta guerra ha sido increíblemente cruel con los judíos, así que tu hermana, Mama y yo los hemos estado ayudando. Ayudar a los inocentes a escapar de la persecución no es algo malo.

Zofia me contempló como si fuera una desconocida. Nadie dijo nada más y yo me aparté de mi familia y me coloqué en el rincón más alejado, agarrotada por la magnitud de lo que había hecho.

Cuando el camión se detuvo, las puertas se abrieron y el cañón de un fusil nos dio la bienvenida. El soldado que lo sostenía lo movió para indicarnos que bajásemos. Mama salió gateando a una velocidad sorprendente y se dirigió apresuradamente a otro soldado que había detrás del primero.

–Por favor, son solo niños, ¡por el amor de Dios!

Él la agarró del brazo antes de que pudiera decir nada más y ella se puso rígida y se quedó callada. Tata fue el siguiente en bajar y tendió los brazos hacia Karol, que era el que estaba más cerca de la puerta, pero un soldado lo apartó de un empujón mientras otro tiraba de Karol y lo sacaba del camión.

Nunca había oído a mi hermano ni a mis padres chillar como lo hicieron; luego, el grito de Mama se elevó sobre el resto.

–Déjenme cogerlo, por favor, ¡déjenme cogerlo!

Sus súplicas aumentaron de volumen y se volvieron más frenéticas hasta que su captor pareció tan irritado que la soltó. Ella arrancó a Karol de los brazos del otro hombre, se lo pegó al pecho y le habló en voz baja mientras él se acurrucaba contra ella. Cuando miró a Tata, una lágrima furtiva brilló en la mejilla de Mama.

Al tiempo que dos soldados más se adelantaban para agarrarnos, la mano de Zofia encontró la mía. Los soldados nos dejaron caminar hasta la puerta por nuestros propios medios, seguramente para evitar otro arrebato de Mama. Le di a Zofia un pequeño apretón para tranquilizarla, aunque me sentía incapaz de reconfortar a nadie. Sabía exactamente qué era lo que me recibiría en cuanto pisé la calle.

Un muro de piedra gris rodeaba el enorme complejo. Antes incluso de la invasión siempre me había parecido que la prisión de Pawiak era austera y fría, una mácula en una ciudad de una deslumbrante belleza. Ahora ya no era tan solo un edificio espantoso: también era la manifestación de todos mis miedos.

«Hay un lugar especial en el infierno para los miembros de la Resistencia a los que capturan».

Auschwitz, 17 de junio de 1941

—A mis padres y mis hermanos los fusilaron en cuanto llegamos a Auschwitz. A mí también me seleccionaron para ejecutarme, pero me perdí y Fritzsch me incluyó en un grupo de trabajadores. A mi familia la mataron y yo sobreviví por el mero hecho de que a Fritzsch le gusta jugar al ajedrez.

Al terminar mi relato el padre Kolbe no me contestó de inmediato y yo agradecí la oscuridad. No quería ver la sorpresa y el disgusto que me imaginaba reflejándose en su rostro. Pero cuando habló su voz no respondía a la expresión que le había supuesto.

—Lo que le pasó a tu familia es terrible. No hay palabras para describir lo mucho que lo siento por ti, Maria.

—No quería separarme de ellos. —Se me rompió la voz, pero necesitaba desesperadamente confesarme, transferir el peso de mis pecados a aquel pobre y gentil sacerdote que había sido tan tonto como para hacerse amigo mío–. Después de perderme creí que los encontraría una vez que nos hubieran registrado. No sabía que un grupo estaba condenado a muerte y el otro no. Durante todo este tiempo lo he utilizado, padre Kolbe, y he dejado que creyera que soy alguien que no soy, lo siento.

–Lo que yo pienso de ti no es una mentira, Maria, te lo aseguro. Y si nuestra amistad ha servido para aliviar aunque sea una mínima parte de tu sufrimiento, entonces doy gracias a Dios por concedernos esa gracia.

Menos mal que el padre Kolbe no podía ver las lágrimas que estaban a punto de rodar por mis mejillas.

–No me merezco la gracia de Dios.

–Nadie se la merece y, aun así, él nos la concede de todos modos.

–¿De verdad lo cree, en un lugar como este?

–Precisamente en un lugar como este es donde más lo creo. ¿Cómo si no vamos a encontrar significado en medio de tanto sufrimiento?

Nos quedamos callados y me llegó a los oídos el sonido del leve repiqueteo de la lluvia. No sabía por qué motivo me resultaba reconfortante, pues pocas cosas lo eran ya. El consuelo era algo que pertenecía a mi pasado y a lo que no podía aspirar en este mundo nuevo, un mundo en el que el consuelo brillaba por su ausencia. La presencia del padre Kolbe era lo único que me transportaba de nuevo a ese estado. Que la lluvia también lo lograse era poco habitual, como si estuviera sentada junto a la ventana en el piso de mi familia en Varsovia y contemplara las gotas caer por el cristal. Pero ni el padre Kolbe ni la relajante lluvia bastaban para hacerme cambiar de opinión.

El sacerdote no aprobaría mi decisión, pero estaba harta de mentirle. Era necesario que escuchara la verdad, toda la verdad.

—Estoy preparada para irme.

Traté de decir algo más, pero no me salieron las palabras. Mi decisión estaba tomada; hacía mucho tiempo que era así, pero no me imaginaba que sería tan difícil compartirlo.

Se hizo de nuevo el silencio entre nosotros, un silencio que resonó en mis oídos hasta que casi no fui capaz de soportarlo. Esta vez, en lugar de sorpresa y disgusto, imaginé que lo que se reflejaba en el rostro del padre Kolbe era ira. Incluso en mi mente la idea resultaba absurda.

—Esa no es la respuesta, amiga mía.

—Siento decepcionarle, padre, y no espero que Dios ni usted, ni nadie, se apiaden de mí, pero soy incapaz de vivir después de lo que les hice —contesté en un tono apenas audible—. Además, me enviaron aquí a morir.

—Así no.

No supe qué contestar. Ojalá me hubiese gritado, maldecido. Ojalá me hubiese dicho que estaba condenada para toda la eternidad. Por alguna razón, eso habría hecho que me resultara más sencillo mantenerme firme en mi decisión. En su lugar, lo único que percibí fue una empatía silenciosa. Claro que no iba a intentar disuadirme con un arranque justificado de ira. No era su estilo, pero de alguna manera era más difícil aún resistirse a su amabilidad.

—Tu vida es un regalo, incluso en medio de un sufrimiento atroz. Ha sido un regalo para mí. Tu familia no querría que renunciaras a ella.

Era extraño oírlo hablar de los deseos de mi familia después de haber dedicado tanto tiempo a reprimir mis recuerdos de ellos. Se suponía que ocultarlos me protegería del dolor, pero lo único que me había dejado era un vacío. En ese momento me permití imaginarme a mi familia, dejar que llenara el hueco. Durante el tiempo que llevaba en Auschwitz había mantenido las distancias con mis recuerdos y los había contemplado desde fuera. Recordaba sin recordar. Esta vez estaba dentro. «Mama. Tata. Zofia. Karol».

El padre Kolbe depositó algo en la palma de mi mano. Aunque la oscuridad no me permitía verlo reconocí al tacto las cuentas suaves y redondas. Un rosario.

–Al llegar aquí le pregunté a un soldado si podía conservar mi rosario. Quiero que te lo quedes. Te bautizaron con el nombre de la santísima Virgen y el rosario glorifica la vida de su hijo; incluso su pasión y su muerte. En la vida de Cristo encontrarás la fuerza para hacer las paces contigo misma y sobrevivir en este sitio.

En medio del silencio, mis dedos se deslizaron por las cuentas y encontraron el crucifijo. Cerré la mano sobre él y ese sencillo gesto derribó mis barreras. Todo lo que había mantenido tras ellas salió en cascada y lloré con tanta intensidad como cuando murió mi familia. Apreté el rosario en la mano mientras los recuerdos inundaban mi cabeza, recuerdos de noches pasadas rezando esas conocidas oraciones con mi familia. Por alguna razón, el dolor se volvió más soportable. Y por alguna razón me sentía menos despreciable de lo que me había sentido en semanas.

Al remitir mi llanto, el padre Kolbe cerró una de sus manos demacradas sobre la mía. Yo no solté el rosario mientras su delicado murmullo inundaba hasta el último rincón de la habitación.

–Vive, Maria. Vive por tu familia. Lucha por tu familia. Y sobrevive por todos ellos.

No me hacía ilusiones de que hubiera garantía alguna de que la muerte fuera a dejarme en paz. Nadie estaba a salvo de ella. Las piezas de ajedrez estaban colocadas sobre el tablero y me enfrentaba a un adversario más despiadado e impredecible que cualquiera al que me hubiera enfrentado antes. Habíamos realizado nuestros primeros movimientos y la partida estaba en marcha.

Tras mi conversación con el padre Kolbe me había quedado despierta casi toda la noche cosiendo un pequeño bolsillo con solapa y botón en el envés de la falda de mi uniforme. A la tarde siguiente, al volver al campo después de mi jornada de trabajo, llevaba el rosario metido dentro.

Al cruzar la verja vi a Fritzsch junto al Bloque 24, donde solía esperarme si quería terminar el día con una partida de ajedrez. Después de hacer un gesto con la cabeza a los guardias, estos me dejaron marchar y me acerqué a él.

—La misma partida de ajedrez de siempre se está volviendo aburrida.

Tras este brusco saludo no sabía qué esperaba que le contestara. Igual me estaba poniendo a prueba. Si para lo único que le servía era para entretenerlo con el ajedrez, a lo mejor quería saber si estaba dispuesta a poner mi muerte sobre la mesa o a suplicar por mi vida. No tenía muy claro si alguna de las dos opciones modificaría su decisión cuando llegara el momento. Mientras Fritzsch permaneciera al mando, mi tiempo en aquel sitio estaba en sus manos. Pero solo mientras permaneciera al mando. Si sobrevivía a aquel lugar, quizá sentiría que le había dado a mi familia alguna forma de justicia. Y, si iba a sobrevivir a aquel lugar, tenía que sobrevivir a Fritzsch.

–Podríamos organizar un torneo.

Su expresión no se alteró al oír mi propuesta. Durante un momento se hizo el silencio entre nosotros y luego él se dio la vuelta y se alejó.

Mientras lo observaba, algo despertó en mi interior, un sentimiento que reconocí de mi época en la Resistencia. Mi estrategia había cambiado. Después de todo, tal vez pudiera ganar esa partida.

Capítulo 10

Al oír el rumor distante de voces en el exterior, recogí las ramitas y los guijarros del suelo del Bloque 14, adonde el padre Kolbe y yo, entre otros, nos habíamos trasladado hacía poco.

—Volveremos a jugar esta noche —susurré mientras él pasaba la mano por el suelo sucio para borrar nuestro tablero—. La próxima vez puede jugar con las blancas y yo jugaré con las negras. Le hace falta la ventaja de mover primero.

Ahogué una risita al tiempo que el padre Kolbe arqueaba una ceja en expresión burlona.

—Te acuerdas de que acabo de ganar la última partida, ¿no?

—Y yo le he ganado la anterior. Es usted un adversario digno, padre Kolbe, pero espero que no se sienta decepcionado cuando reclame mi título de vencedora.

—¿Me estás desafiando?

—Ni mucho menos.

—Acepto —dijo y me dedicó una sonrisa competitiva al tiempo que me ayudaba a levantarme—. Pero si ganas exijo una revancha.

Trepé a mi litera, una grata mejora con respecto a los jergones del otro bloque.

—Esperaba que me lo pidiera.

El padre Kolbe se rio mientras regresaba a su litera y yo me acomodé bajo la fina manta. En cuanto cerré los ojos para fingir que dormía, la puerta se abrió y se oyó la voz de un guardia que me llamaba por mi número.

Me froté los ojos como si acabara de despertarme, bajé y me dirigí apresuradamente hacia los dos guardias que esperaban en el umbral. Aunque no dijeron nada, sabía por qué habían venido. Los seguí a través de la sombría mañana hasta la plaza de recuento, donde la gente ya se había reunido.

–Hoy es el último día de nuestro torneo de ajedrez –anunció Fritzsch cuando llegamos–. Ya conoces las reglas, prisionera 16671. Al terminar el recuento, en lugar de unirte a tu partida de trabajo, vendrás conmigo a la garita. La primera ronda constará de cinco partidas entre los guardias. Los cinco ganadores jugarán contra ti.

Mientras Fritzsch continuaba con su perorata sobre quién iba a competir ese día y otros asuntos igual de triviales, reprimí un suspiro. Aunque el torneo había sido idea mía, prefería mis partidas con el padre Kolbe a aquellas continuas rondas contra los guardias que me obligaban a pasar el día entero en la plaza de recuento sin otra compañía que la de Fritzsch y los hombres de las SS. Había perdido la cuenta de las partidas que había jugado cada día, pero los guardias habían disfrutado tanto que Fritzsch ya había prometido que pronto celebraríamos un nuevo torneo. Al menos mi plan me libraba del trabajo manual y, por encima de todo, me mantenía con vida. Los dos guardias permanecieron a mi lado, y mientras Fritzsch seguía hablando, uno se volvió hacia el otro y le dijo en voz baja:

–¿Tú por quién apuestas?

–Hoy no voy a mirar el torneo –murmuró su compañero al tiempo que se encendía un cigarrillo–. Ni se me ocurriría ahora que el Kommandant Höss ha regresado de Berlín. Si me pilla holgazaneando después de lo que pasó ayer, me corta la cabeza.

–Es verdad, me lo contaste –dijo el primero mientras hacía girar su porra–. ¿Cómo es que se pilló tal cabreo por una simple pregunta?

El otro guardia se encogió de hombros.

–Le di la bienvenida y le pregunté cómo había ido el viaje y entonces me prohibió que hurgara en los asuntos secretos del Reich y amenazó con trasladarme. Si llegara a suceder mi familia no me lo perdonaría, así que, a partir de ahora, me limitaré a cumplir órdenes y mantener el pico cerrado. –Se sacó un reloj de bolsillo y miró la hora–. Supongo que el Kommandant Höss no tardará en llegar. Anoche dijo algo de pasar el día en el campo principal.

–Después del recuento deberíamos advertir a Fritzsch para que reprograme el torneo. Dios no quiera que alguien desobedezca las órdenes del Kommandant –dijo el otro hombre con una risita.

Mientras escuchaba la conversación mi mano se fue acercando al bolsillito del envés de mi uniforme. Froté la tela con los dedos para notar las cuentas azul celeste del rosario y el crucifijo plateado que guardaba dentro.

«Vive. Lucha. Sobrevive».

Quería vivir. Cada parte de mi ser quería vivir. Auschwitz me había quitado mucho, pero no iba a dejar que se quedara también conmigo. No si podía evitarlo. Esa era una partida que había jurado ganar. Y la conversación entre los guardias me había inspirado la siguiente fase de mi estrategia.

En cuanto el resto de los prisioneros se unió a nosotros para el recuento, ocupé mi lugar junto al padre Kolbe. Aunque había ganado algo de tiempo gracias a los torneos de ajedrez, no me bastaba con ellos para privar a Fritzsch de su control; sin embargo, con esta nueva fase que se me acababa de ocurrir puede que hubiera encontrado la solución. Lo único que tenía que hacer era lograr que funcionase antes de que él decidiera que yo ya no le servía de nada.

A mi izquierda, el padre Kolbe tarareaba una pieza de Schubert que servía de acompañamiento a una conocida plegaria mariana: el avemaría.

La melodía me transportó de vuelta a casa y cerré los ojos. Mama estaba ahí, sentada al tocador y armada con horquillas. Mientras retorcía y daba forma a sus mechones rubios, no dejaba de contemplar su reflejo en el espejo y cantar en voz baja, como hacía a menudo cuando estaba concentrada. Su tono era digno, reverencial, y sus labios pronunciaban cada término latino al tiempo que sus meticulosos dedos insertaban horquillas en la elegante creación que le coronaba la cabeza. Tata se detuvo en el umbral y se quedó escuchando, reacio a interrumpirla. Ella sonrió al cruzar su mirada con la de él en el espejo, pero no dejó de cantar.

La melodía del padre Kolbe llegó a su fin, llevándose consigo la voz de Mama y trayéndome de vuelta a la plaza de recuento. Esperé a oír los pesados pasos de Fritzsch mientras se paseaba entre las filas. Era el momento de poner mi plan a prueba.

Respiré hondo para reunir valor y bajé el tono de mi voz hasta convertirla en un susurro.

—Mi madre cantaba ese himno todo el tiempo.

Fritzsch se acercó. Supuse que me había oído. Aunque no lo miré, noté cómo él me escudriñaba. Tenía que ser así para que mi plan funcionase, pero eso no hacía que resultara más fácil respirar con regularidad mientras la amenaza de su cólera pendía sobre mí.

Fritzsch me observó, tomándose su tiempo.

–Prisionera 16671, ¿has dicho algo?

–Sí, Herr Lagerführer.

«Sé concisa al contestar. Nunca les des detalles que no te pidan».

–¿Con cuál de estos pobres desgraciados hablabas?

Intenté decir algo, tragué saliva y probé de nuevo.

–Con ninguno. Hablaba… hablaba sola.

Era la mentira más patética que había contado nunca, pero no importaba. Incriminar al padre Kolbe no formaba parte de mi plan; solo había usado una excusa para decir algo. Con el rabillo del ojo vi que el cura abría la boca, aunque no le dio tiempo a intervenir, porque la porra de Fritzsch me impactó en la barriga y me arrojó al suelo. Apreté los dientes para aplacar el conocido dolor lacerante en un intento por privarlo de la satisfacción de oír mi grito agónico, pero, por supuesto, no lo logré.

–Esto por tu desobediencia –dijo Fritzsch–. Y por tu mentira.

El golpe en las costillas fue potente e hiriente y lo único que pude hacer fue soltar un gemido. Al intentar inspirar se me llenaron los ojos de lágrimas, pero Fritzsch me ordenó a gritos que me levantara y tuve que obedecer. Una vez que estuve de pie, me agarró la cara con su mano enfundada en un guante de piel y me obligó a mirarlo a los ojos, que tenían una expresión maliciosa.

–Escúchame bien, 16671. Vas a decirme con cuál de estas alimañas estabas hablando o te lo sacaré a golpes.

–Perdone, Herr Lagerführer, ha sido culpa mía –intervino el padre Kolbe–. No tiene por qué castigar a la chica.

Nunca sabía cómo se las apañaba el cura para sonar siempre tan calmado, aunque esta vez deseé que retirase sus palabras. Aquello no formaba parte de mi plan. Se suponía que Fritzsch debía pillarme desobedeciendo a mí y solo a mí. Había olvidado tener en cuenta que, hablase o no, el padre Kolbe iba a intentar ayudarme de todas formas. No podía haber escogido un peor momento para poner a prueba mi estrategia.

Tras apartarme de un empujón, Fritzsch se acercó a su nuevo objetivo. El padre Kolbe no emitió ningún sonido cuando Fritzsch le cruzó la cara, pero a mí me costó un mundo reprimir mis protestas.

—Quedaos los dos aquí después del recuento —dijo Fritzsch y se alejó golpeando a varios prisioneros a su paso.

No volví la cabeza para mirar al padre Kolbe, aunque le pedí perdón mentalmente, en silencio. Aun así, ante mí se abrió un rayo de esperanza. No estaba segura de si retener a los prisioneros después del recuento iba en contra de los deseos del Kommandant, pero me imaginaba que sí.

Al terminar el recuento nos quedamos quietos mientras los demás prisioneros se ponían en marcha y abandonaban el patio con su partida de trabajo. Cuando se fueron todos, nos quedamos solos con Fritzsch. No había ni rastro del Kommandant Höss.

Aunque ya era demasiado tarde para echarse atrás, me arrepentía de lo que había hecho. A lo mejor los guardias se habían equivocado y el Kommandant no iba a venir al campo. Había provocado sin motivo a Fritzsch para que me castigara y había condenado al padre Kolbe a correr la misma suerte.

Fritzsch nos miró alternativamente.

—Así que sois amigos…

Yo meneé la cabeza de inmediato en un gesto de negación, sin saber muy bien por qué. Mentir no me iba a servir de nada. Fritzsch asintió y luego levantó la porra y se acercó al padre Kolbe.

—Espere, no… Quiero decir, sí. Sí, Herr Lagerführer. —Dejé escapar un suspiro al ver que Fritzsch se detenía justo un instante antes de soltar el golpe—. Somos amigos.

—En ese caso, me habéis facilitado el trabajo. —Fritzsch bajó la porra y se volvió hacia mí—. Elige su castigo. Y él escogerá el tuyo.

Me empezaron a caer hilillos de sudor por la frente y el cuello y no era solo porque hiciera cada vez más calor. Antes de que me diera tiempo a encontrar las palabras, el padre Kolbe dio un paso adelante.

—Herr Lagerführer, asumo toda la responsabilidad y aceptaré las consecuencias por los dos.

—Cierra la puta boca u os mando a los dos a la horca.

Fritzsch le dio un empujón y el padre Kolbe se colocó en su sitio y se quedó callado. Esperó a que yo hablara, pero no podía. Qué plan más estúpido e insensato se me había ocurrido. Miré al padre Kolbe, que me dedicó un leve asentimiento, como para asegurarme que no iba a recriminarme la decisión que tomara.

—Cuanto más tardes, más duro tendrá que ser el castigo.

Fritzsch se acercó, tenía los ojos brillantes como si estuviéramos en medio de una partida de ajedrez y acabara de dejarme en jaque.

¿Qué se suponía que debía elegir? ¿Dos semanas con medias raciones? Nuestras raciones ya eran bastante lamentables. ¿Una semana en una de las minúsculas celdas del Bloque 11, donde te veías obligado a permanecer de pie? Al acabar la jornada de trabajo el dolor en los pies era lancinante, así que perder la posibilidad de descansarlos habría sido insoportable. ¿Veinticinco latigazos? No tenía ni idea de lo dolorosa que sería una flagelación, pero tampoco tenía interés en averiguarlo. Y aunque hubiera sido capaz de decidir cuál era la opción más compasiva, no podía imponerle ninguna al padre Kolbe.

–¿Por qué no están los prisioneros en sus puestos de trabajo?

Por un instante pensé que el calor mareante y mi garganta reseca me habían hecho imaginar la nueva voz, pero no era así. Había venido.

–Los prisioneros se han puesto a hablar durante el recuento, Herr Kommandant –dijo Fritzsch–. Estamos decidiendo su castigo.

–Privarlos de trabajar no ayudará a mejorar su comportamiento –declaró el Kommandant Höss con el ceño fruncido mientras se reunía con nosotros–. Su trabajo es castigarlos en el momento oportuno, no impedir que trabajen. Lo único que ha conseguido es interferir en la eficiencia de mi operación. –Höss se volvió hacia mí y el padre Kolbe–. Tomáoslo como un aviso. Si volvéis a desobedecer, no seré tan indulgente.

–Sí, Herr Kommandant –respondimos al unísono.

Tras indicarle a Fritzsch que se presentara en su despacho para discutir su viaje a Berlín, el Kommandant Höss nos dedicó una última mirada. Su ceño fruncido se acentuó al mirarme a mí. Apretó los labios y se alejó al tiempo que les gritaba a varios guardias que esperaran a las órdenes de Fritzsch. Estos se acercaron y Fritzsch miró al padre Kolbe.

–Prisionero 16670, ¿cuál es tu trabajo?

–Construcción, Herr Lagerführer.

A Fritzsch pareció complacerle la noticia. Ordenó a los guardias que nos escoltaran hasta la obra, aunque ese no era mi Kommando, y nosotros los seguimos fuera del campo.

El trabajo de construcción debería haberme aterrorizado, pero en ese momento mi atención no estaba centrada en la dificultad de la tarea. Mi estrategia había tenido éxito. Tenía que continuar hasta alcanzar mi objetivo principal: provocar a Fritzsch para que violara el protocolo en un momento en que el Kommandant pudiera pillarlo. Para sobrevivir en honor a mi familia, tenía que conseguir que trasladaran a Fritzsch.

Capítulo 11

Auschwitz, 20 de abril de 1945

—Los Aliados están dando caza a las personas como tú. No sé por qué he soltado esas palabras. A lo mejor tengo la esperanza de pillar a Fritzsch con la guardia baja, ponerlo nervioso. La alianza de naciones, que está a punto de derrotar a Alemania y sus socios del Eje, sin duda les impondrá consecuencias. Tratará de que hombres como Fritzsch paguen por lo que han hecho. A lo mejor teme el destino que le espera y en ese caso mi amenaza debería picar su curiosidad. Alza la vista mientras da vueltas en la mano a uno de los caballos negros que ha capturado.

—¿Ah, sí?

Habla en un tono calmado, indiferente, inmune al miedo que esperaba despertarle; o a lo mejor solo se niega a revelármelo. Aun así, asiento, aunque no estoy segura de la veracidad de mi afirmación. Pero no hace falta que Fritzsch lo sepa.

—Sí, y también dudo que sea la única exprisionera que te ha buscado. Alguien más te encontrará, igual que lo he hecho yo.

Me las apaño para sonar mucho más confiada de lo que me siento. Aunque Fritzsch me crea, estoy segura de que no lo reconocerá; por un instante, eso sí, podría jurar que algo cambia en la expresión de su rostro. No dura lo suficiente para que pueda descifrarlo, pero me proporciona una pequeña dosis de aliento.

Fritzsch suelta una risita burlona.

–¿Los Aliados dan caza a hombres que han servido a su país? ¿Qué han intentado eliminar a las alimañas de este mundo y hacer que fuera un lugar mejor? ¿Y esas mismas alimañas creen que tienen alguna clase de poder sobre los que somos leales al Reich?

Esta vez soy yo la que suelta una risita burlona mientras muevo un alfil.

–Si esos a los que llamas alimañas no tienen ningún poder sobre ti, ¿por qué te has molestado en quedar con uno aquí?

Aunque Fritzsch no contesta, sus dedos se cierran sobre el caballo. El éxito es sereno y tranquilizador y purifica la agitación que retumba en mi interior como un trueno en la distancia. Soy yo la que tiene el control, no Fritzsch.

Mientras se prepara para mover, suspira y se seca las gotas de lluvia de la cara.

–Esperaba que la lluvia amainara, pero no ha sido así; deberíamos ponernos a cubierto. ¿Qué te parece? ¿Vamos al Bloque 11?

Un trueno distante sacude el cielo mientras los recuerdos afloran de nuevo en un intento de arrebatarme el control. Aunque he aprendido que es mejor no provocarlo, acabo de hacerlo. Acabo de hacerlo porque soy estúpida e insensata.

–Te acordarás de dónde están tus piezas, ¿verdad? –pregunta, haciendo un gesto hacia el tablero–. Vamos, tú coges las tuyas y yo las mías. Estaremos más cómodos dentro.

Me froto la nuca y la parte superior de la espalda, donde la piel dura y con relieve delata la telaraña de cicatrices. De repente me duelen como si fueran recientes.

–No me voy a mover de aquí.

–No me lo pongas difícil. Estaremos mucho mejor en el Bloque 11, ¿no crees? –Fritzsch coge varias fichas y luego sonríe–. Podemos instalarnos en la celda 18.

Cómo no. Sabía que eso era lo que iba a proponerme, pero, al oír las palabras, tengo la sensación de que algo en mi interior está a punto de desmoronarse. Me clavo las uñas en la palma de la mano para no desbocarme.

–No vas a acercarte a la celda 18.

–¿No coges tus piezas?

–No me voy a mover de aquí. He dicho que no me voy a mover…

–No tienes por qué ponerte nerviosa –dice Fritzsch, acallando la histeria que trasluce mi voz–. Creía que te gustaría la idea de protegernos de la lluvia, pero solo era una sugerencia. Un simple «no, gracias, Herr Lagerführer» habría bastado.

Coloca de nuevo las piezas sobre el tablero, mueve un peón y me hace una seña con la cabeza.

–Te toca.

Me toca. Las cicatrices de mi espalda me duelen tanto que no estoy segura de que vaya a conseguirlo.

Capítulo 12

Auschwitz, 29 de julio de 1941

El sol del amanecer asomó sobre los bloques en lo que prometía ser un día de calor sofocante. Pero no era el calor lo que me impedía respirar: eran los recuentos y los gritos alarmados de los guardias.

Se había escapado un prisionero. Un prisionero de mi bloque. Aquellos que intentaban escapar y no lo conseguían sufrían un castigo y a menudo los mataban; aquellos que de alguna manera tenían éxito hacían que los que nos quedábamos atrás sufriéramos las consecuencias.

Me esforcé por pasar desapercibida e ignoré las maldiciones que soltaba Fritzsch. En cuanto los guardias terminaron el recuento, anunció el castigo.

—Los siguientes diez prisioneros del Bloque 14 están sentenciados a emparedamiento.

Aislamiento y hambre. Qué manera más terrible de morir. Fritzsch se paseó entre el grupo de prisioneros petrificados, evaluándolos, y escogió a sus víctimas una a una. A medida que anunciaba los números, los guardias iban sacando de la fila a los pobres prisioneros inocentes y los reunían para escoltarlos hacia su destino fatal. Me daban pena, pero tenía la mente demasiado ocupada en una única súplica como para centrarme en la pena.

«Por favor, que no diga mi número ni el del padre Kolbe».

La frase anulaba cualquier otro pensamiento y se repetía una y otra vez en mi cabeza, como si de alguna manera mi desesperación pudiera controlar la decisión de Fritzsch. Sin duda no iba a escogerme a mí. Tenía planes para futuros torneos de ajedrez, a menos que hubiera cambiado de opinión y decidido que ya se había cansado de mí. Ninguna estrategia me había preparado para esto. Estaba sometida a su campo, sus normas, sus decisiones aleatorias. No importaba lo decidida que estuviera a conseguir que lo trasladaran para honrar a mi familia con mi supervivencia: su próximo movimiento podía destruirlo todo.

Al llegar a mi fila a Fritzsch le quedaba una persona por escoger. Con cada paso que daba en mi dirección mi súplica silenciosa aumentaba de volumen hasta convertirse en un grito en toda regla. «Por favor, que no diga mi número ni el del padre Kolbe; por favor, que no…».

Fritzsch se detuvo al llegar a mí y el grito de mi cabeza se calló.

Mirarle a los ojos habría supuesto un desafío y ese habría sido el peor movimiento que podía hacer. Me limité a mirar sus botas militares, rezando, deseando que se alejara, maldiciendo mi plegaria porque no había servido de nada, a pesar de que ya sabía que sería así. Fritzsch se quedó plantado ante mí, inmóvil, y noté cómo su mirada se clavaba en mi número mientras tomaba aire.

Con una risita, nos pasó de largo al padre Kolbe y a mí. Apenas había asimilado nuestra suerte cuando anunció el décimo y último prisionero condenado a emparedamiento.

–Prisionero 5659.

La última víctima se encontraba cerca de mí y, al oír su número, palideció y cayó al suelo con un penetrante gemido.

–Mi mujer, mis hijos… No volveré a verlos…

Después de que el grito saliera de la boca de aquel hombre desolado, el padre Kolbe dio un paso al frente sin dudarlo. Dijo algo que nadie oyó en medio de las súplicas de clemencia del prisionero, pero Fritzsch se dio cuenta de que el cura se había salido de la fila. Levantó la mano y el guardia se paró antes de poder llevarse al prisionero 5659. Fritzsch ordenó al hombre sollozante que se callase y luego contempló al padre Kolbe con una sonrisa mordaz.

–¿Qué diablos quieres? –preguntó.

El padre Kolbe repitió lo que había dicho con su habitual tono tranquilo y delicado:

–Soy un sacerdote católico. Me gustaría ocupar el puesto de este hombre, ya que él tiene mujer e hijos.

Al oírlo se hizo el silencio. Nadie daba crédito: ni los prisioneros ni los guardias ni sobre todo el joven. Hasta Fritzsch se había quedado sin palabras. Tardó un momento en recuperarse y, cuando lo hizo, miró al padre Kolbe con un interés renovado.

–¿Eres un sacerdote católico?

–Así es, Herr Lagerführer.

Fritzsch intercambió una mirada de satisfacción con los guardias, le dio una patada al joven, que estaba mudo de asombro, y le ordenó que volviera a la fila.

–Reemplazad al 5659 por el 16670. Llevad a los prisioneros al Bloque 11.

El cambio sucedió tan deprisa que yo aún no había tenido tiempo de procesarlo cuando los guardias cogieron al padre Kolbe y se alejaron. Él se volvió para mirarme. Mi querido y abnegado amigo. Casi podía oír su tranquilizadora voz despidiéndose de mí, implorándome que lo entendiera. Y lo entendía. Pero mientras él desaparecía de mi vista, la voz estridente de mi cabeza le gritó que retirase su ofrecimiento y siguió gritando hasta que mi otra voz, la más calmada, atravesó la devastación.

Lucharía por cada momento que me quedara con él.

Mi plan iba a funcionar, estaba segura. Conocía a Fritzsch y sabía perfectamente cómo reaccionaría a lo que estaba a punto de hacer.

Con un estremecimiento, caí de rodillas frente a él.

–Por favor, Herr Lagerführer, no mate al padre Kolbe, ¡por favor!

Mientras chillaba y suplicaba, Fritzsch me dio una patada con un gruñido de asco, pero nada iba a detenerme. Más histérica que nunca, me arrastré por el suelo y le imploré en alemán y en polaco, aferrada a sus tobillos, hasta que me apartó.

–Cállate, sucia polaca. –Fritzsch me agarró por los hombros y me sacudió con los ojos iluminados por un placer malicioso–. Quedas asignada al Bloque 11. Podrás ver morir al prisionero 16670.

Me arrojó al suelo, donde me hice un ovillo y lloré a moco tendido.

«Sabía que funcionaría, estúpido y malvado cabrón».

Fritzsch ordenó a los prisioneros que despejaran el espacio a mi alrededor y que observaran mientras seguía haciéndome pagar por mi arrebato. Tenía la sensación de que su impaciencia le impediría esperar al castigo público que acompañaba siempre al recuento de la noche. Alcé la cabeza para estudiar a mi público, formado por prisioneros indiferentes y oficiales de las SS entretenidos. Un oficial destacaba sobre el resto, un hombre mayor que parecía incómodo; me sonaba de algo, pero no tenía tiempo para recordar de qué.

Sabía lo que se me venía encima: el castigo del que dependía que mi plan funcionase o no. Era una apuesta arriesgada, pero también la única forma de conseguir lo que quería. A pesar de estar aterrorizada ante la perspectiva de lo que pendía sobre mí, me enfrentaría a mi miedo.

Estaba acurrucada en el suelo, esperando a que me dieran el visto bueno médico para recibir mi castigo, cuando los pasos de Fritzsch se acercaron. Me agarró por la parte de atrás del cuello del uniforme y estrujó la fina tela con ambas manos. Me encogí, esperando que me levantara, pero se limitó a tirar de la ropa. El desgarrón sonó como un alarido de muerte. ¿Por qué me había roto el uniforme?

El látigo cortó el aire con un silbido.

Un dolor desnudo y cortante me atravesó la espalda y me arrancó un sonido de la garganta, un aullido que no se parecía a nada que me hubiera salido antes. Fritzsch no estaba siguiendo el protocolo en absoluto. Se moría de ganas de verme sangrar.

Mi interrogatorio con la Gestapo había sido un juego de niños comparado con aquello. El dolor era peor incluso que lo que había temido, pero sabía lo que se esperaba de mí.

–*Eins. Zwei. Drei.*

Con palabras que sonaban como sollozos, conté los latigazos en voz alta, pero al cuarto impacto la mente se me quedó en blanco.

«Cuatro, ¿cómo se dice "cuatro" en alemán? Rápido, sé hablar alemán desde que era pequeña…».

Un silbido cortante, la punzada en mi espalda. El quinto latigazo. Era demasiado tarde. Había perdido la cuenta. Y sabía lo que pasaba cuando un prisionero perdía la cuenta.

–¡Vuelve a empezar! –gritó Fritzsch.

La satisfacción era evidente en su voz. Los ojos se me llenaron de lágrimas mientras el cuero se hundía en mi carne y la palabra luchó por salir entre mis dientes apretados.

–*Eins*.

El tormento siguió azote tras azote; mis gemidos sollozantes señalaban cada nuevo impacto. El dolor era insoportable, más penetrante que nada que hubiera experimentado antes, y no podía cometer otro error, pues no podría soportarlo mucho rato más.

Mientras contaba los latigazos, me vino a la mente el momento en que el Sturmbannführer Ebner había encontrado las partidas de bautismo en mi cesto y había amenazado con torturar a mi familia para obligarme a confesar. Ebner sabía que me había derrotado; ahora, mientras me imponía mi castigo haciendo caso omiso del protocolo, Fritzsch pensaba que también lo había conseguido. Una vez más, me enfrentaba a un hombre que creía haber ganado. La diferencia era que Ebner había sido más listo que yo mientras que Fritzsch había caído en mi trampa.

Tras el decimoquinto latigazo, se detuvo.

–¿Tienes ganas de volver a hablar cuando no toca, 16671?

Enfrentarme al Sturmbannführer Ebner después de que me llamara «estúpida niña» había sido un acto de rebeldía insignificante pero satisfactorio. Una vez más no estaba en situación de provocar a mi captor. No había sido una decisión acertada en su momento y no lo era ahora. Pero mis planes siempre eran imprudentes.

Me costó un gran esfuerzo alzar la cabeza y mirar a Fritzsch. Con cada paso que daba para alejarse de mí la sangre iba goteando del látigo que sujetaba en su mano. Mi sangre. Mientras me daba la vuelta, uno de los guardias avisó a Fritzsch, que se paró a mirarme. Al hablar, mi voz sonó ronca, pero no vaciló.

–Me llamo Maria Florkowska.

Estaba preparada para lo que venía a continuación. La rebeldía me daba fuerzas.

Se abalanzó sobre mí y me asestó latigazos a diestro y siniestro con tal rapidez que no podría haberlos contado en voz alta aunque hubiese querido. Mientras chillaba bajo los agonizantes azotes, una energía renovada me recorrió el cuerpo. Estaba viva y estaba luchando.

—Fritzsch, ¿qué demonios hace?

Para cuando el grito alcanzó mis oídos, Fritzsch ya se había apartado. Me pareció que la voz pertenecía al Kommandant Höss, pero no estaba segura. El dolor me impedía concentrarme.

—Esta zorra polaca tiene la boca muy grande, Herr Kommandant. —No había arrepentimiento en su voz, aunque tampoco lo esperaba.

—En ese caso, siga el protocolo para disciplinarla. No veo que haya un potro de azotes. ¿La han examinado médicamente antes de aplicarle el castigo?

—No, Herr Kommandant.

—Por el amor de Dios, no quiero oficiales incompetentes en mi campo. La próxima vez que penalice a un prisionero, siga el protocolo, ¿me ha entendido?

El mundo empezó a dar vueltas a mi alrededor, convertido en un mar de agonía desgarradora, pero tras dirigirse a otra persona la voz del Kommandant se fue apagando, así que supuse que se alejaba. Los guardias ordenaron a los prisioneros que se dirigieran a sus respectivos trabajos y sus pasos se fueron acallando a medida que se alejaban arrastrando los pies; sin embargo, otros pasos se oyeron con más claridad.

Una mano firme se cerró sobre mis hombros escuálidos y descarnados, prendiendo el fuego de nuevo, y solté un grito.

—El Bloque 11 te espera, 16671.

Su comentario desdeñoso alcanzó mi oído mientras un escalofrío me recorría la espalda a pesar del calor sofocante. Me arrojó al suelo y todo siguió dando vueltas a mi alrededor.

Sentía un ardor pegajoso en la maltrecha espalda y restos de sudor y lágrimas saladas me caían por la cara. El dolor era insoportable. Pero eso no me impediría ir a mi nueva ubicación.

Ni siquiera había conseguido ponerme a gatas cuando me desplomé. Tenía que levantarme. Tenía que reunirme con el padre Kolbe, tenía que vivir y luchar, pero estaba terriblemente cansada y dolorida, aunque no me arrepentía de lo que había hecho. Mi plan había tenido éxito y desafiar a Fritzsch me había proporcionado un vigor renovado. Ese mismo vigor me dijo que me pusiera en pie, que podría hacerlo, que debía hacerlo; sin embargo, el sol me golpeaba con la misma avidez con que lo había hecho Fritzsch y me despojaba de la poca energía que me quedaba, y mi boca, mis labios y mi garganta estaban tan resecos como el suelo ardiente y polvoriento bajo mi mejilla. Igual podía descansar un momento…

Una sombra se cernió sobre mí y me trajo de vuelta al presente, recordándome que tenía que llegar junto al padre Kolbe. Me arrastré varios centímetros por el suelo mientras la áspera gravilla empapada en sangre se me clavaba en el pecho y las palmas y el doloroso esfuerzo me provocó arcadas. Al mismo tiempo, me tensé a la espera de recibir más golpes que me obligaran a incorporarme, pero no llegaron. En lugar de eso, las manos que me tocaron lo hicieron con suavidad. Debían de ser las del padre Kolbe… No, era imposible, el padre Kolbe estaba en el Bloque 11. A lo mejor las de mi madre…

–Shhh, no voy a hacerte daño. No cierres los ojos, ¿me oyes? Tienes que mantenerte despierta.

Una voz de mujer. No era la de Mama. Era un poco más grave y tenía un acento que me resultaba familiar.

No sé cómo terminé levantándome del suelo. A lo mejor estaba caminando o a lo mejor me arrastraban o cargaban conmigo, pero el caso era que estaba yendo a otro sitio. Entre los reconfortantes murmullos de la mujer, una frase me llamó la atención: «No te preocupes». Algo muy extraño que decir. En mi experiencia, ese comentario significaba que en realidad debía preocuparme. Al darme cuenta debería haberme inquietado, pero estaba demasiado cansada. Así que cerré los ojos a pesar de que la mujer me había dicho que no lo hiciera.

Capítulo 13

Auschwitz, 30 de julio de 1941

Al recobrar el sentido, una penetrante punzada me recorrió la espalda y los hombros. Algo cubría la sensación palpitante, algo tirante. Vendas. Abrí los ojos y parpadeé mientras el mundo se enfocaba. Estaba tendida bocabajo sobre lo que debía de ser un delgado colchón, en una gran habitación atestada de gente. Algunos llevaban vendas y a otros se los veía frágiles y enfermizos; otros se movían de catre en catre para reconocer a los pacientes. ¿Cuándo me habían ingresado en una de las enfermerías?

«El padre Kolbe».

En cuanto el pensamiento me vino a la cabeza empecé a incorporarme, pero me interrumpí con un grito agónico cuando el dolor hizo que se me revolviera el estómago.

—No te muevas. Ayer te flagelaron, ¿recuerdas?

Giré lentamente la cabeza para ubicar a la dueña de la voz. De pie a mi lado estaba Hania Ofenchajm, la joven judía.

—Llevo aquí casi cuatro meses y nunca había visto a un prisionero provocar a los guardias para recibir latigazos de más —dijo—. Hay que tener *chutzpah*.

No tenía ni idea de lo que significaba «*chutzpah*», pero me daba la sensación de que no me estaba dedicando un cumplido. Mis sospechas se vieron confirmadas por su ceño fruncido en un gesto de desaprobación.

–De todos los hombres de las SS a los que podrías haber cabreado, ¿vas y eliges a Fritzsch? El campo entero escuchó tu numerito por ese cura. Y por si no bastara con los azotes, ¿decides ponerte chula? ¿Qué esperabas conseguir aparte de un castigo más duro? –Hania dejó que sus preguntas me calaran y luego respiró hondo y suavizó el tono–. No puedes arriesgarte así. No si quieres sobrevivir.

Tenía razón, por supuesto. Por muy intencionados que fueran mis actos, sabía que eran estúpidos. Pero no me arrepentía.

–¿Qué haces tú aquí?

El sonido ronco y áspero que salió de mi boca me desconcertó. Carraspeé, aunque sabía que no serviría de nada.

–Traducir e interpretar es un buen trabajo comparado con otros. Tengo privilegios adicionales, como la libertad de moverme por el campo si tengo obligaciones aquí y no en las oficinas administrativas de las SS. Hoy me necesitaban en el campo, así que me he colado en la enfermería para ver cómo estabas.

Debía de ser agradable tener libertad para pasearse. No le di muchas vueltas a la idea.

–Me llamo Maria.

–Ya lo oí en el patio de recuento. ¿De dónde eres?

–De Varsovia.

Arqueó una ceja y me dedicó una sonrisa complacida.

–Yo también. ¿Trabajabas para la Resistencia? ¿Qué clase de trabajo hacías?

–Tenía distintas tareas, pero sobre todo ayudaba a un grupo de religiosas que sacaban clandestinamente a niños judíos del gueto.

–¿Cuánto tiempo estuviste en la Resistencia antes de que te pillaran?

–Un par de meses. Desde marzo hasta mayo. –Hice una pausa y cambié de postura con una mueca de dolor–. Fuiste tú la que me trajo a la enfermería, ¿verdad? ¿Por qué lo hiciste?

–No iba a dejar que te desangraras en la plaza de recuento.

Miré a Hania y estudié sus facciones. Sus pómulos altos se marcaban sobre las mejillas demacradas. Tenía veintipocos años, aunque parecía mayor. Estaba delgada, pero no tanto como yo, lo que tenía sentido, ya que las condiciones de los trabajos que se realizaban bajo techo eran menos arduas. Ojos grandes y hundidos tan oscuros y cálidos como el tinte del bastón de mi padre. El pelo trasquilado que asomaba bajo el pañuelo era del mismo color. Pese a su delgadez y a aparentar años de más, era guapa. Su mirada cautelosa no era insólita, así que no me sorprendió ni me preocupó. Allí todos nos protegíamos como podíamos.

–Te he dicho que te estés quieta –dijo Hania al ver que volvía a moverme.

–Se me está clavando algo a través del colchón.

–¿Qué esperabas? Esto no es el Hotel Bristol.

Deseé que no hubiera mencionado el hotel, porque, de repente, no pude pensar en otra cosa. Se elevaba en el centro de Varsovia y presumía de una exquisita fachada de estuco blanco, un estilo neorrenacentista, si recordaba bien lo que me habían dicho mis padres. El majestuoso mirador era mi zona favorita del edificio. Me imaginé que había ido al café del hotel a desayunar y me estaba dando un banquete de huevos, salchichas, *chutney* de manzana y ciruela, zumo de naranja recién exprimido y un surtido de panes con jamón, miel y mantequilla. Me aferré a la fantasía hasta que una nueva voz se abrió paso entre el deseo que inundaba mis papilas gustativas.

–¿Cómo está?

–Despierta –contestó Hania–. Maria, esta es la doctora Janina Ostrowska.

–Enfermera, Hania, enfermera. Mi titulación no cambia el hecho de que soy una polaca incompetente, ¿recuerdas? Janina no disimuló la amargura en su voz.

–¿Una polaca incompetente o una judía incompetente? –preguntó Hania con una risa sarcástica.

–Las dos, supongo. Tómate esto, Maria.

Janina me dio unos analgésicos, que me tragué obedientemente mientras ella me quitaba las vendas.

Hania se asomó por detrás de Janina para echar un vistazo a mi espalda.

–*Merde* –masculló en lo que me imaginé que era francés.

–Estoy segura de que Maria agradece el consuelo –dijo Janina–. Sigue consolándola así y te echo de aquí.

Hania se rio por lo bajo y dijo algo en yidis y Janina respondió en el mismo idioma mientras inspeccionaba mis heridas. Tenía el ceño fruncido en un gesto de concentración; las cejas se cernían sobre sus ojos, que eran de un marrón claro salpicado de dorado, y la pelusa de su cabeza era de un color rojizo que me recordó a la achicoria en polvo que Mama y Tata le añadían al café cuando este comenzó a escasear. Aunque me resultaba difícil mantener la vista en ella estando bocabajo, la contemplé mientras me curaba con manos expertas.

–¿Sabes? Mirar al médico es una cura excelente. Es lo que les digo siempre a mis pacientes.

El irónico comentario me sacó de mi estupor y me encendió las mejillas.

–Lo siento. Estoy sorprendida de ver a otra mujer, nada más.

–Tú y todos. Hania me vio cuando llegué la semana pasada, hizo un trato con un hombre de las SS para que me perdonara la vida y me aseguró un puesto aquí.

–Janina y yo éramos vecinas antes del gueto –explicó Hania–. Mi familia se mudó, pero, con la ayuda de documentación falsa, ella se hizo pasar por gentil y se quedó en el distrito ario trabajando para la Resistencia.

–Hasta que alguien me delató y ahora aquí estamos, vecinas de nuevo –dijo Janina mientras terminaba de colocarme vendas limpias–. Estás tan bien como cabría esperar, pero seguiremos tu progreso durante los próximos días. Ahora intenta descansar.

–Gracias, doctora Ostrowska.

Me dedicó una sonrisa lánguida.

–No dejes que los guardias oigan eso. Llámame Janina.

Se alejó de cama en cama, era un torbellino de instrucciones y vendas y medicamentos. Cuando se hubo marchado me apoyé en el catre y me empujé hacia arriba.

–¿Adónde crees que vas? –me preguntó Hania mirándome.

–Al Bloque 11 a cumplir con el trabajo que me asignen. Ayúdame a levantarme, por favor.

–Ya has oído a Janina, no puedes…

–El padre Kolbe es lo único que tengo –susurré–. Y no me queda mucho tiempo con él.

Se quedó callada. Al final masculló una queja ininteligible en yidis antes de suspirar.

–Janina nos matará por esto.

Me incorporé con cuidado, pero, incluso con la ayuda de Hania, me costaba moverme y lo hacía muy lentamente. Cuando por fin me quedé sentada, estaba agotada y mareada. Hania me ofreció un vaso de agua y un bocado de pan y, mientras me lo comía, se quedó mirando la espalda de mi uniforme. Aún estaba rajado hasta la zona de mis lumbares, gracias a Fritzsch, y apenas se sostenía sobre mi escuálido cuerpo.

–Te he arreglado el cuello mientras estabas inconsciente, pero no tenía suficiente hilo para el resto del desgarrón –dijo Hania.

–No pasa nada. Lo coseré luego.

Palpé el bolsillito oculto hasta que encontré las cuentas que había dentro y reprimí un suspiro de alivio.

Después de darme instrucciones para que me reuniera con ella en la enfermería durante el descanso para que Janina pudiera examinar mis heridas, Hania me ayudó a llegar a la puerta. Nuestro avance era aún más lento que mis intentos de sentarme, pero la determinación me impulsaba hacia delante. Una vez fuera me detuve un momento para recuperar el aliento.

–Hania, la última vez que hablamos yo…

Ella levantó una mano cortando en seco mi disculpa.

–No pasa nada. Escucha, ¿estás segura de que puedes trabajar?

Asentí mientras seguíamos adelante. Me apoyé en ella hasta que nos acercamos al Bloque 11 y entonces me dejó continuar sola. Me miró mientras me marchaba, supongo que para asegurarse de que podía caminar sola, y luego oí cómo se alejaba.

–Hania –la llamé y ella se dio la vuelta–. ¿Sabes jugar al ajedrez?

–No –contestó y esbozó una sonrisa–. Pero me gustaría aprender.

Tras llegar al Bloque 11 y cruzar la puerta tambaleándome, insistí en que estaba en condiciones de trabajar y el *Kapo* no me lo discutió. Me asignó la tarea de recoger los cubos de las deposiciones, así que me pasé el día en el sótano.

A pesar de que el trabajo en el exterior había sido duro, el del Bloque 11 era peor. Los prisioneros que se hacinaban en las celdas estaban condenados a castigos horribles y a muertes lentas y dolorosas. Gemidos, maldiciones y lamentos reverberaban por los lóbregos pasillos mientras yo iba entrando en las celdas. Avanzaba lentamente; a pesar de haber tomado analgésicos, cada movimiento que hacía me provocaba dolor. Algunos hombres me fulminaban con la mirada, como si les molestara mi relativa libertad; otros estaban demasiado débiles para percatarse de mi presencia. Yo dedicaba un momento a observar los desoladores rostros en busca del padre Kolbe y luego bajaba la vista mientras completaba mi tarea. Sus miradas atormentadas y desconsoladas me recordaban mi incapacidad de aliviar su sufrimiento.

El día llegaba a su fin cuando lo encontré. Celda 18.

Su dulce voz conducía las oraciones, acompañada por los murmullos del resto de los prisioneros, y me quedé parada frente a la puerta. Estaban recitando la última decena del rosario. Cerré los ojos, metí la mano en el pequeño bolsillo de mi uniforme, cogí las cuentas de mi rosario y escuché mientras su familiar murmullo se elevaba por encima del resto y me llenaba con su habitual paz. Cuando terminó la oración, se hizo un silencio reverencial en la celda.

Respiré hondo para mantener el equilibrio, me aseguré de que el *Kapo* no andaba cerca y abrí la pesada puerta. El esfuerzo hizo que se me abriera una herida y ahogué un grito mientras mi espalda se inflamaba de dolor. Los hombres se volvieron al oír el ruido. El padre Kolbe estaba arrodillado en el centro del grupo y me miró con los ojos como platos. Se puso en pie y abrió la boca para hablar, pero yo me adelanté.

–Lo que hizo por ese prisionero, ofrecerse a ocupar su lugar… –Se me rompió la voz y tardé un momento en poder hablar de nuevo–. Es usted un hombre increíble.

Él meneó la cabeza.

–Ese joven tiene familia. Si Dios quiere, se reunirá con ella. –El padre Kolbe dejó que la plegaria flotara en nosotros y luego me tomó la mano y la cubrió con la suya–. En cuanto a ti, amiga mía…

Le tembló la voz y tragó saliva. Yo le dediqué una sonrisa triste a través de los ojos anegados de lágrimas.

–¿Cómo voy a seguir sin usted, padre Kolbe?

La respuesta era evidente, pero necesitaba oírsela a él.

–Vivirás y lucharás, Maria. –Me apretó levemente la mano al tiempo que se acercaba a mí y observaba mis heridas–. ¿Qué te han hecho, hija mía?

Lancé una mirada a mi hombro lacerado, que había empapado de sangre las vendas hacía horas.

–Un precio muy pequeño para conseguir el traslado que quería.

Mientras asimilaba mis palabras y sus implicaciones, vi en su cara la impresión que le habían causado. Asentí una única vez con la cabeza, confirmando su pregunta implícita, y sus ojos se llenaron de lágrimas de agradecimiento.

–Chica lista, menudo sacrificio has hecho por mí –susurró.

Hizo la señal de la cruz sobre mis heridas y, cuando terminó, cerré la mano alrededor de su muñeca, la giré hacia arriba y coloqué algo sobre su palma. Un guijarro que había cogido de la plaza de recuento, como los que él me había dado para jugar al ajedrez.

Capítulo 14

—Hania, ¿no te meterás en un lío por esto?

Como Hania y Janina insistían en que me quedara en la enfermería para recuperarme de los latigazos y yo tenía claro que quería ir a ver al padre Kolbe, acabamos por llegar a un acuerdo. Iría a la enfermería para descansar y que Janina me explorara, pero trabajaría en el Bloque 11 el rato suficiente para aprovechar el tiempo que me quedaba con el cura. Hania me llevaba a rastras de vuelta al Bloque 19 cada día –no confiaba en que cumpliera mi parte del trato–, y siempre que mantuviera mi promesa de volver, a Janina le parecía bien.

Había bañado mis heridas en antiséptico, un proceso casi tan doloroso como las heridas en sí mismas y me había cambiado las vendas por otras limpias. Yo le hice la pregunta a Hania mientras ella me pasaba el uniforme. Echó un vistazo a la habitación y bajó la voz.

–Tengo que traducir unos informes de este bloque de todas formas. Todo irá bien, pero, si no es así, yo me encargo.

Las implicaciones de sus palabras estaban claras. Hablar cinco idiomas con fluidez le proporcionaba una excelente ventaja. Me había contado que hacía tratos tanto con los prisioneros como con los guardias: les hacía de traductora y a cambio recibía artículos que se guardaba para trocarlos.

Aun así, la idea de negociar con nuestros captores me hizo arrugar la nariz.

–Mis contactos son el motivo de que recibas un trato especial –dijo Hania arqueando una ceja–. Los analgésicos que te ha dado Janina, por ejemplo. La mayoría de los prisioneros tienen suerte si les dan media pastilla. Gracias a mis hilos, Janina está viva, trabaja aquí y me sirve como contacto en la enfermería, pues tiene acceso a los recursos que le entregan varios proveedores que tengo dentro y fuera del campo y eso significa que te puede dar la dosis apropiada.

–Vale, lo siento. Estoy muy agradecida por todo lo que has hecho por mí –contesté con una sonrisa de corderito mientras volvía a ponerme el uniforme sobre los vendajes nuevos–. Pero tú eres judía. Deberías odiar a los nazis aún más que yo.

–Si alguien te oye hablar así, todos mis esfuerzos para que te recuperes no habrán servido de nada. –Lanzó otra mirada a nuestro alrededor–. Ya has dejado claro que no estás de acuerdo, Maria, pero la verdad es que trabajarse relaciones con los prisioneros y también con los guardias tiene sus ventajas. ¿Cómo te crees que conseguí que me perdonaran la vida? Además, tengo que cuidar de mi hermano pequeño, así que toda ayuda es bienvenida.

–¿Tu hermano está aquí?

Asintió y luego se sentó a los pies de mi catre.

–Izaak trabaja de cerrajero. Tengo un contacto en las SS que lo trasladó. Cuando llegamos aquí formaba parte del grupo de trabajo asignado a las carreteras.

Se trataba de uno de los trabajos más duros, en el que los prisioneros tenían que transportar pesados cilindros de cemento para igualar el suelo.

–¿Puedes conseguir traslados de trabajo? –pregunté, genuinamente impresionada.

–Siempre que el pago sea el adecuado, sí. En un sitio como este hay que dar algo para conseguir algo. No siempre es agradable, pero haré lo que haga falta para volver con mis *kinderlach*. –Una sonrisa triste y cariñosa se dibujó en los labios de Hania, que procedió a traducirme la palabra–. Mis hijos.

–¿Cuántos tienes?

–Dos, ambos varones. Jakub y Adam. –Una expresión ausente le atravesó el rostro, así que esperé a que continuara–. Uno tenía tres años y el otro cuatro meses cuando se los entregamos a la Resistencia. Eliasz, mi marido, dijo que era lo mejor, aunque yo no estaba convencida. Al menos hasta que nos detuvieron.

–Les salvaste la vida –murmuré–. ¿Cómo te detuvieron?

Hania se estudió un pequeño agujero del uniforme antes de contestar.

–En el gueto, mi hermana mayor, Judyta, perdió a su marido y a su recién nacido por culpa de la disentería –explicó–. Su hija de cuatro años, Ruta, era todo lo que le quedaba y se negó a entregarla. Una tarde mi familia y yo íbamos andando por una calle cuando vimos a cuatro hombres de las SS que se acercaban en sentido opuesto, así que continuamos por la cuneta. Mi sobrina estaba persiguiendo a una paloma y esta voló hacia la acera, así que fue tras ella. Judyta la llamó e intentó detenerla, todos lo intentamos, pero Ruta no nos prestó atención. Mi hermana fue a buscarla y se disculpó ante los hombres de las SS por infringir la ley y les aseguró que no había sido su intención. No sirvió de nada. Sin mediar palabra, los oficiales las arrojaron a la calle y empezaron a golpearlas.

–¿Por estar en la acera? –pregunté en voz baja.

Hania asintió.

—Izaak, Eliasz y mis padres intentaron protegerla, pero los agredieron a ellos también. Esos hombres apalizaron a mi familia mientras yo los miraba. Les grité que pararan, pero era incapaz de moverme. Estaba paralizada. Solo podía pensar en que a mis hijos les habría pasado lo mismo si no los hubiera sacado de allí. Cuando los de las SS se dieron por satisfechos, mi sobrina estaba muerta, tirada en la calle. Le habían aplastado el cráneo. Judyta no paraba de llorar sobre el cuerpecito de Ruta, así que los oficiales le pegaron un tiro y a nosotros nos detuvieron. Mis padres murieron en Pawiak debido a sus heridas y a Eliasz, Izaak y a mí nos trasladaron aquí.

—Lo siento mucho. —Mis palabras resultaban banales y vanas. No había lamento que pudiera cambiar semejante injusticia—. ¿A qué trabajo está asignado tu marido?

Hania dejó vagar la mirada por la habitación con el rostro inexpresivo mientras se clavaba las uñas en las palmas de la mano.

—Eliasz murió de una herida que se hizo trabajando en la construcción hace dos meses. Yo estaba a punto de cerrar un trato para que lo trasladaran, pero no fui lo bastante rápida. Mis hijos son lo único que nos queda a Izaak y a mí. Nos prometimos que sobreviviríamos para poder encontrarlos.

Se pasó la mano por el dedo en el que debería haber estado su alianza. Mientras contemplaba ese sencillo gesto, noté un doloroso peso en el pecho.

—Hania, hay un guardia que te busca —dijo Janina al tiempo que pasaba apresuradamente a nuestro lado de camino a su siguiente paciente.

«Sabía que se metería en problemas».

El joven de las SS apareció y, al ver a Hania, sus labios se curvaron en una sonrisita. A mí se me secó la garganta: era

Protz, el guardia que me había golpeado al llegar a Auschwitz. Antes de darme cuenta de lo que hacía, crucé los brazos sobre el pecho.

Si no hubiera sido tan repulsivo, sus rasgos marcados podrían haber resultado atractivos. Se pasó la mano por el pelo rubio oscuro con el corte rapado por los lados típico de las SS y miró a Hania de arriba abajo con sus ojos azul claro. Era el perfecto ejemplar ario que veneraba Hitler. Su figura alta y musculosa avanzó a grandes zancadas mientras de él emanaba una arrogancia tan opresiva como nauseabunda.

–Aún no me has pagado esos cigarrillos, 15177 –dijo.

–¿Por qué no lo discutimos fuera, por favor, Herr Scharführer? –contestó ella con una sombra de zozobra en la voz.

Al pasar a su lado para dirigirse a la puerta Protz la cogió por el brazo y la obligó a detenerse de golpe. Ella no lo miró, pero cerró un instante los ojos y apretó la mandíbula. Al abrirlos, su expresión era tan controlada y desprovista de emociones como las palabras que pronunció a continuación:

–¿Cuándo quiere que le pague, Herr Scharführer?

Ni Hania ni Protz parecían recordar que yo seguía ahí, ni que estaban en medio del bloque de la enfermería, para el caso. Busqué en mi mente agitada una manera de intervenir si era necesario, pero, por el momento, me limité a observar y contener la respiración.

–Esta noche. –Protz se acercó a ella y la apretó con la fuerza suficiente para que Hania se tensara–. *Scheisse-Jude.*

Aunque ella no contestó, Protz dejó que digiriese el insulto y luego la apartó de un empujón.

En cuanto se marchó, el rostro de Hania adoptó una expresión de repugnancia que enseguida reemplazó con una indiferencia glacial. Carraspeó al tiempo que sacaba sus cigarrillos y cerillas de un bolsillo secreto, se colocaba uno en los labios y le daba varias caladas para encenderlo.

Sumida en silencio, repasé mentalmente el diálogo sin atreverme a creer que lo había entendido correctamente. Pero no se me había olvidado el día en que Hania me aconsejó cómo sobrevivir allí utilizando un recurso en particular que podía canjear por bienes o servicios: una misma.

—Me habías dicho que traducías para ellos.

—No dije que fuera lo único que hago. Cuando me separaron de Eliasz e Izaak y me enviaron al Bloque 11 supuse que me esperaba la ejecución. Protz me llevó aparte y habría conseguido lo que quería de todos modos, así que le propuse un trato. Yo, a cambio de mi vida y cualquier artículo que le pidiese. —Dio una larga calada y soltó una risa amarga—. Te sorprendería la de veces que hacen la vista gorda con lo que llaman «leyes de pureza racial».

Me estremecí, asqueada, y ella me ofreció un cigarrillo que rechacé negando con la cabeza.

—¿Me has advertido que no me arriesgue y tú te acuestas con un guardia? Si te pillan te castigarán con dureza y a él también. Lo sabes, ¿no?

—Claro que lo sé, pero la familia de Protz está muy involucrada en el partido nazi. Tiene tíos, hermanos y primos en el frente y su padre es un oficial de alto rango de las Waffen-SS que ha desempeñado un papel fundamental en varias victorias alemanas. Mientras, él está aquí zafándose del peligro real, robando lo que le place de los transportados y utilizando el apellido de su familia para librarse de cualquier problema. Vamos con cuidado, faltaría más, pero si nos pillan él me protegerá.

—Ya… Tú confía en un hombre que nos considera *Untermenschen*.

Escupí el término en alemán.

–Si para mantenerme con vida por mi hermano y mis hijos tengo que irme a la cama con un *schmuck*, que así sea. Además, le gusta tener a una subhumana entre sus pertenencias. No dejará que nadie le arrebate eso.

Aunque me costaba llegar a entender una lógica tan extraña, la pena que me había abrumado al enterarme de la historia de su familia regresó con fuerza renovada.

Todos los momentos volvieron a mí como un torrente. Las manos de Protz cerradas con fuerza alrededor de mis muñecas, mi propia impotencia, su mirada lasciva recorriendo mi cuerpo. Un golpe de pura suerte era lo único que había impedido que consumase sus deseos. La experiencia había sido repugnante, así que la idea de acceder a sus demandas escapaba a mi entendimiento, sobre todo cuando el acuerdo podía acabar perjudicándola.

Hania era una mujer judía, lo que la colocaba en una posición todavía más baja que la mía dentro de la jerarquía de los *Untermenschen*. Por muy inteligente o capaz que fuera, eso no cambiaba su credo o la sangre que le corría por las venas. Aprovecharse de la lujuria de un hombre era lo único que podía hacer para beneficiarse de una especie de retorcida influencia y hasta eso podía no ser suficiente. A pesar de haber encontrado a un hombre tan lascivo como para ignorar los peligros de su relación prohibida, el acuerdo pendía de un hilo que podía cortarse en cuanto él diera la orden.

Hania estaba en jaque. Un movimiento equivocado y sería jaque mate.

Tiró al suelo la colilla y se quedó mirando mis brazos cruzados sobre el pecho. Los bajé. En sus ojos solía brillar algo parecido a la preocupación o la simpatía; aunque quizá lo había imaginado. Ahora lo único que veía era un fulgor morboso e intencionado.

–Te dio una cálida bienvenida en el registro, ¿verdad?

Me costó relajar la mandíbula antes de poder responder.

–No tiene gracia.

–¿Lo hizo?

–No.

–No mientas a tus mayores, pequeña.

–No me acuses de mentir, vieja. Jaque mate.

Fui incapaz de reprimir una sonrisa triunfante mientras ella me reprendía en francés. Además, no era mentira. La bienvenida de Protz no había llegado tan lejos como ella pensaba.

–*Oy vey*, eres insufrible –dijo Hania meneando la cabeza pese a sonreír. Al cabo de un momento, su sonrisa se esfumó–. No serás una *yenta*, ¿no, Maria?

–¿Puedo ser una *yenta* si no sé lo que es?

Soltó una risita.

–Es verdad, eres una gentil, casi se me olvida. Preguntaba que si eres una cotilla porque puede que Protz me proteja si nos descubren, pero prefiero no tener que averiguarlo.

–No diré nada. Pero ahora que sé lo que significa *yenta*, tengo ganas de serlo para poder reclamar el título.

–Eso me pasa por abrir la bocaza.

Hania me acompañó de vuelta a mi bloque. Por el camino se levantó una brisa que arrastraba consigo un leve e inconfundible olor a jazmín. Aunque debía proceder de un lugar cercano, no conseguí localizar el origen. A lo mejor estaba más allá de la alambrada. El aroma me hizo olvidar el dolor constante de mis heridas, pero despertó un dolor de otra naturaleza, uno que solía presentarse de repente antes de que pudiera controlarlo. Era un dolor que hacía que anhelase encontrarme dondequiera que estuviera el jazmín, en algún lugar más allá de la verja.

Puesto que teníamos tiempo antes de la primera llamada, preparé un tablero con ramitas y grava y nos pusimos a jugar. Hania no era Vera Menchik, pero estaba aprendiendo. Hasta los campeones habían sido principiantes en algún momento.

Apenas habíamos comenzado la partida cuando le hice un gesto con la mano para indicarle que debía parar. Mientras recolocaba sus peones, Hania resopló.

—Solo he movido dos piezas.

—Y ambas han debilitado a tu rey, de modo que me has puesto mucho más fácil la victoria. Tienes que proteger al rey.

—¿A Fritzsch también le enseñas así? —preguntó meneando la cabeza mientras yo hacía mi primer movimiento—. ¿Cómo te has convertido en su gran maestra personal?

Cambié de postura, intentando que no me dolieran las heridas.

—¿Te acuerdas de cuando me preguntaste por qué me habían perdonado la vida? Mientras Fritzsch se lo pase bien jugando al ajedrez conmigo, me dejará vivir.

Hania asintió y luego soltó una risa irónica.

—Supongo que a las dos nos dejaron vivir para darles placer. —Al ver que no contestaba, lanzó un suspiro y alargó la mano hacia su caballo—. Era una broma…

Coloqué mi mano sobre la suya para impedirle que moviera y ella la retiró con un movimiento rápido. Me miró como si no supiera cómo interpretar mi gesto. Algo en ella flaqueó, algo que pareció atravesar su muro y dejarla expuesta a la verdadera naturaleza de las realidades a las que costaba demasiado enfrentarse. Luego parpadeó, se refugió de nuevo en su guarida y se rio, aunque su risa sonó un poco forzada.

–No me digas que estás preocupada por mí.

–Yo tan solo tengo que jugar a un juego.

–Un juego del que depende tu vida, si lo he entendido bien. En mi caso, Protz es un *schmuck* arrogante, pero es inofensivo siempre que lo tenga contento. Fritzsch, en cambio…

Dejó que su voz se apagara y arqueó una ceja inquisitiva al tiempo que movía el caballo.

Dudaba que Protz fuera tan inofensivo como a Hania le habría gustado que me creyera, pero me mordí la lengua y me incliné hacia ella.

–Puedo confiar en ti, ¿verdad?

–Depende. ¿Confiarías en alguien que te ha salvado la vida?

–También me llevaste con Janina y a veces pienso que prefiero los latigazos a sus tratamientos. –Sonreí mientras ella se reía y bajé la voz–. ¿Quieres ayudarme a conseguir que trasladen a Fritzsch?

Se quedó quieta. Como si esperara que retirase mis palabras. Al ver que no lo hacía, abrió los ojos de par en par.

–*Oy gevalt*, Maria, ¿dónde te azotó Fritzsch, en la espalda o en el cerebro?

–Lo digo en serio. Mi vida depende del ajedrez, como has dicho, pero si consigo deshacerme de él primero puede que tenga la oportunidad de sobrevivir. Además, no soy la única prisionera que quiere quitárselo de encima.

–Claro que todos quieren quitárselo de encima, pero a menos que el Kommandant Höss decida… –Hizo una pausa y se le desencajó la mandíbula–. No me digas que lo provocaste para que te latigara solo para llamar la atención del Kommandant.

–No exactamente –contesté mientras estudiaba el tablero antes de escoger la reina–. Eso fue un golpe de suerte.

–Tú y yo tenemos diferentes definiciones de «suerte». –Se quedó callada el rato suficiente para mover una torre, que le capturé–. ¿Qué pasa si Fritzsch averigua tus intenciones?

–Quiere matarme de todos modos, así que al menos habré hecho todo lo posible. Por favor, Hania. –Le cogí la mano de nuevo y esta vez no la retiró–. Tú tienes acceso a las oficinas administrativas; lo único que necesito es que me avises si te enteras de que el Kommandant Höss va a estar en el campo principal. Nada que pueda ponerte en peligro. ¿Te lo pensarás?

Hania hizo otro movimiento y se quedó en silencio mientras yo hacía jaque mate, pero parecía pensativa.

–¿Estás segura de que Fritzsch te matará cuando pierda interés en el ajedrez? –preguntó, y al verme asentir se puso en pie–. Bueno, no podemos permitirlo, ¿no?

Sonreí.

–Otra partida mañana, pero solo si has aprendido a defender a tu rey.

Me respondió en checo, se dirigió a la puerta y desapareció. Yo recogí las piezas de ajedrez y me deleité en el reconfortante abrigo de la gratitud. Con su ayuda, mis posibilidades de lograr que trasladaran a Fritzsch habían aumentado considerablemente.

Me estaba acomodando en el catre cuando alguien me llamó por mi número de prisionera. El *Häftling* me tendió un papelito y se marchó antes de que pudiera pedirle explicaciones.

A la chica que me dijo que la dejara en paz:

Soy consciente de que esto va en contra de tus deseos, pero hace tiempo que no te veo y quería asegurarme de que estabas bien. Si me escribes y me lo confirmas, te prometo que a partir de ahora respetaré tus deseos. Mi familia tiene una panadería en el pueblo, así que si se le das la nota al prisionero que trabaja allí él me la pasará. No sé si te llegará este mensaje, pero si lo lees y no contestas, que sepas que es de mala educación y debería darte vergüenza.

Atentamente,
Mateusz Kolczyk

P. D.: Siento mucho lo de tu ojo morado.

Vaya, el estúpido chico no era tan estúpido al fin y al cabo. Podía darle una oportunidad. Había pocas posibilidades de que volviera a verlo, pero pasarle clandestinamente cartas a un civil era mucho menos arriesgado que hablar con uno y la idea de tener otro amigo era inesperadamente atractiva. Rebusqué entre varios artículos bien ordenados que me había dado Hania hasta que encontré un pedazo de papel y un lápiz para escribir mi respuesta.

Querido Mateusz:

Estoy bien, pero me han cambiado de trabajo y por eso no me has visto. Hace ya un tiempo que me asignaron a labores dentro del campo, así que me temo que nuestros caminos no se cruzarán en el futuro. En cuanto a mi ojo morado, hace mucho que se me curó. Todo perdonado.

Tu amiga,
Maria Florkowska

P. D.: Es de mala educación no respetar los deseos de una chica y debería darte vergüenza.

Capítulo 15

Auschwitz, 14 de agosto de 1941

—Puedes hacerlo mejor, Maria. Es Ofenchajm.
    —Ofenchajm.

La risa interfería en mis intentos de añadir un tono gutural a mi pronunciación, que era la única manera que se me ocurría de hacer que sonara bien.

—Ofenchajm —repitió Hania, esta vez con más vigor.

Sin dejar de reírme, la imité y ella lanzó un suspiro.

—Cada vez suenas más como una gentil. ¿Por qué no recitas el *Shemá*?

—Si ni siquiera sé pronunciar tu apellido, ¿te crees que puedo recitar una plegaria entera en hebreo? —pregunté con una sonrisa mientras movía mi caballo por el tablero que habíamos dibujado en el suelo sucio—. Ahora te toca a ti. ¿Te acuerdas de algo?

Hania se lo pensó un momento.

—*Pater noster, qui es in cælis, sanctificétur nomen tuum. Fiat volúntas tua, advéniat regnum tuum...* —Hizo ver que se ofendía cuando yo no pude reprimir una risita y luego se dio cuenta de que había intercambiado el orden de los dos últimos versos. Hizo un gesto con la mano para quitarle importancia y movió la torre—. No lo he hecho tan mal.

Mientras continuábamos con la partida, nos tomamos un vaso pequeño de leche de yegua y varias pieles de patata, el pago que había recibido Hania a cambio de favores por parte de un trabajador de los establos y otro de la cocina. Había insistido en compartirlo, aunque yo traté de disuadirla, ya que era ella quien se lo había ganado.

Cuando se acabó la leche mastiqué dos pieles de patata poco a poco para que me duraran más y cerré los ojos. Ya no eran pieles de patata, eran *pierogi* rellenos de carne y calabaza, patatas y cebolla, champiñones y, lo mejor de todo, fresas y arándanos.

Al terminar la partida metimos las piezas en una bolsita para joyas que guardé en una esquina de mi catre. Hania se sacudió el polvo.

—Yo practicaré el padrenuestro y tú repasa las matemáticas que hemos estudiado hoy, y luego tu yidis y mi apellido. Te hace falta toda la ayuda que puedas conseguir —dijo con una sonrisita burlona—. Reservaremos el hebreo para cuando mejores el yidis.

—Mi yidis no está tan mal, diría. Lo escuchaba todo el tiempo antes de la guerra.

—Tu pronunciación dice otra cosa. —Esta vez me tocó a mí fingir que me ofendía y ella se rio—. Duerme un poco esta noche y mantén las heridas lo más limpias posible. Se están curando bien, pero tienes que descansar y…

—Y asegurarme de que no se infecten. —Era lo que me decía cada vez—. ¿Sabes, Hania? Creo que me das tanto la tabarra como mi madre.

—Dar la tabarra es la obligación de cualquier madre, gentil o judía.

Años atrás iba con regularidad al colmado judío y había aprendido a decir «abuela» en yidis, así que le lancé una mirada traviesa mientras me ceñía el pañuelo.

—Gracias por cuidarme, Bubbe.

Los ojos de Haina se iluminaron de orgullo, aunque se apresuró a protestar:

–¡Tengo veintitrés años!

Después de que se marchara me saqué la última carta de Mateusz del bolsillo y la dejé sobre el catre. En ella describía una discusión que había tenido con un viejo cascarrabias en su ruta de reparto y me decía que la panadería iba bien, aunque sus padres no soportaban que los oficiales de las SS la hubieran tomado. Redacté mi respuesta, en la que le puse al día sobre los progresos de Hania con el ajedrez y sus quejas sobre mi yidis. Las partes más livianas de mi día habían cobrado aún más importancia para mí, ya que eran las únicas que compartía con él.

Resultaba extraño ser amiga de un chico al que estaba segura de que no volvería a ver, un chico que podría haber sido mi amigo en Varsovia. Si las circunstancias hubieran sido distintas, habríamos quedado con nuestros amigos en el cine, montado en bicicleta por la ciudad, hablado sobre nuestras familias y compartido nuestros sueños de futuro. En lugar de eso, Mateusz disfrutaba de libertad para hacer todas esas cosas –al menos tanta libertad como le permitían los ocupantes– mientras que yo no estaba segura de sobrevivir al día.

–Maria.

Una voz desconocida alcanzó mis oídos en cuanto salí de mi bloque. Aparte del padre Kolbe y Hania, todo el mundo me llamaba por mi número de prisionera. El hombre que había hablado me hizo un gesto para que le siguiese al callejón que había entre los Bloques 15 y 16. Le obedecí, no sin antes cerrar el puño. Nunca era buena idea seguir a un desconocido a un callejón.

Incluso entre los prisioneros se hacía difícil saber en quién podías confiar. El hombre se detuvo y se volvió hacia mí y yo observé su aspecto. Triángulo rojo, «P» mayúscula, prisionero 4859. Delgado pero robusto. Mandíbula cuadrada y un pequeño hoyuelo en la barbilla. Nariz alargada y ojos tan claros y azules como un cielo sin nubes, aunque penetrantes como el hielo. Me contemplaban desde debajo de unas cejas pobladas y rubias. Porte impecable y mirada escrutadora, igual que mi padre. Tal vez también fuera militar.

Tras examinarlo me sentí mejor, aunque mantuve las distancias.

–¿Cómo sabes mi nombre?

–Te oí decírselo a Fritzsch entre un latigazo y otro –contestó–. Montaste una buena después de que ese cura se ofreciera voluntario para ocupar el lugar de otro.

–El padre Kolbe es amigo mío.

–Seguro que sabías que te ganarías un castigo al intentar salvarle la vida.

–En ese momento no pensaba en nada.

Sonrió. A lo mejor se había dado cuenta de que mentía.

–Te he visto jugar al ajedrez y también te he observado cuando no estás inmersa en ese espectáculo público. Pareces una chica inteligente. Muy prudente. No alguien que reaccionaría sin pensar.

–Es difícil ser prudente cuando condenan a muerte a tu amigo.

El hombre asintió.

–Sin duda. Y aún es más difícil manipular a Fritzsch sin que se dé cuenta.

Yo no le llevé la contraria y él se quedó callado; sospeché que esperaba que el silencio me incitara a una confesión que confirmase que lo que decía era verdad, pero no pensaba contarle nada. Si sabía que estaba en lo cierto cabía la posibilidad de que se lo dijera a Fritzsch y si este descubría que mis actos eran premeditados nunca volvería a caer en mis provocaciones.

Al ver que yo no decía nada el hombre se rio.

–No te preocupes, tu secreto está a salvo conmigo. De hecho, eres exactamente la clase de persona que necesito. Tú y yo nos parecemos mucho. –Antes de proseguir se acercó a mí y yo no retrocedí–. A pesar de ser una chica, has conseguido sobrevivir en un campo de hombres, te las apañaste para que Fritzsch cambiara tu asignación y aceptaste el consecuente castigo. Yo salí a la calle en Varsovia durante una redada para que me enviaran a Auschwitz.

No podía haber dicho lo que creía que había dicho.

–¿Viniste aquí a propósito?

Asintió.

–Los nazis han hecho un gran trabajo encubriendo lo que ocurre en estos campos, así que quería destapar la verdad y enviar informes a la división militar de la Resistencia. El Ejército Nacional tiene que saber lo que está ocurriendo en realidad. Desde que llegué aquí hace casi un año me he dedicado a recabar información, pero no puedo hacerlo solo. Por eso necesito a personas como tú.

Aquel hombre atípico era fascinante, pero no pude evitar plantearle una pregunta peligrosa.

–¿Cómo sé que no trabajas para los nazis?

–Porque algo te dice que no es así, igual que algo me dice a mí que no me delatarás. Ahora sabes exactamente lo que hago aquí y bastaría una mera palabra tuya al guardia más cercano para que me mataran. Pero no me traicionarás. Tú y yo nos entendemos.

Por extraño que resultara, tenía razón, aunque me recordé a mí misma que no debía precipitarme. Después de lo que me había pasado la última vez que trabajé para la Resistencia, no estaba segura de querer hacerlo de nuevo.

—Cuando el Ejército Nacional disponga de suficiente información, nos ayudará. Estoy seguro. Y cuando eso ocurra estaremos preparados. Tendremos armas y hombres; lucharemos y no dejaremos de luchar hasta que seamos libres. —El hombre se quedó callado y me observó mientras sopesaba sus palabras. «Libres»—. Serías muy valiosa para mi organización, Maria. Tómate el tiempo que necesites para pensártelo y, cuando estés lista, búscame. Me llamo Tomasz Serafiński.

Al decir su nombre hubo una sutil variación en el tono, tan leve que podría haberla pasado por alto si no hubiera tenido todos mis sentidos alerta. Sonreí.

—No te llamas así.

—Claro que me llamo así. —Al inclinarse hacia mí detecté un brillo cómplice en su mirada—. Si buscas a Witold Pilecki te diré que no conozco a nadie con ese nombre.

Me guiñó el ojo y luego salió del callejón y se metió en el Bloque 15.

Intrigada, lo observé mientras desaparecía, pero aparté el encuentro de mi mente por el momento y me apresuré hacia el Bloque 11. Durante las dos últimas semanas había acudido a la celda del padre Kolbe cada día para vaciar el balde de las deposiciones, aunque llevaba días seco. La sed había llevado a los hombres a la desesperación, empujándolos a beberse su contenido. Cada vez que iba me encontraba al padre Kolbe de pie o de rodillas entonando oraciones o himnos en voz alta. La tranquilidad que inundaba su celda nunca dejaba de sorprenderme, pero ni siquiera su celo podía evitar que la muerte se cobrase la vida de sus compañeros de cautiverio.

Cómo había sobrevivido el padre Kolbe al confinamiento durante dos semanas escapaba a mi entendimiento.

En cuanto entré en el Bloque 11 y cerré la puerta a mi espalda, una voz familiar reverberó en el pasillo vacío.

–Prisionera 16671.

Él estaba cerca de la escalera que llevaba al sótano y no fui capaz de obligarme a alejarme de la puerta. Por encima de su cabeza, la bombilla amarilla parpadeaba, confiriendo un brillo espeluznante a la cruel sonrisa que se dibujaba en sus facciones. Esa sonrisa significaba que tenía planeado algo terrible para mí.

Las botas de Fritzsch resonaron sobre el suelo de cemento mientras él acortaba la distancia entre nosotros. Me quedé inmóvil con la esperanza de que creyera que no me sentía intimidada por él, aunque en realidad era el miedo y no el valor lo que me impedía moverme. Estaba sola. Sola en el bloque de la muerte con el hombre más malvado de Auschwitz.

–Esperaba encontrarte aquí –dijo al llegar junto a mí–. Me has evitado la molestia de tener que buscarte.

Algo duro me impactó y me aplastó la espalda contra la puerta. El golpe desató el dolor de las heridas de los latigazos y solté un grito al tiempo que bajaba la vista para encontrarme con la pistola de Fritzsch hundida en mi pecho.

–Ese cura es tozudo como él solo, ¿eh? Dos semanas sin comida ni agua y el cabrón sigue con vida. –Fritzsch me agarró por la parte de atrás del cuello del uniforme y yo me encogí, pero él tiro de mí–. Bueno, pues tengo algo pensado para ti y el prisionero 16670.

Aunque hubiera podido encontrar las palabras, no me dio tiempo a pronunciarlas antes de que Fritzsch me hundiera la pistola entre los magullados omóplatos y me arrastrara escalera abajo hacia la celda húmeda y oscura. Me mordí el labio para aliviar el dolor, pero cada vez que daba un traspié Fritzsch me hundía el cañón en la espalda, lo que me obligaba a avanzar más rápido para mitigar el calvario.

Se oían voces que salían de la puerta abierta de la celda 18 y eso quería decir que había guardias allí. El oficial mayor al que había visto mientras me latigaban estaba fuera de la celda, solo y mirando al suelo. Fritzsch me obligó a cruzar el umbral, de modo que nada me tapaba la visión del interior. El padre Kolbe estaba sentado con la espalda apoyada en la pared. A pesar de la fragilidad de su cuerpo atormentado, su rostro estaba sereno y sus ojos brillaban con su gentileza habitual. Aparté la vista de él y miré a los guardias; no entendía lo que pasaba, por qué estaban los guardias allí, por qué me quería Fritzsch allí.

Hasta que reparé en un guardia que preparaba una inyección.

—Padre Kolbe...

Cuando lo miré, Fritzsch tiró de mí hacia atrás; el cuello del uniforme se me clavó en la garganta y acalló mi grito jadeante. Esa era precisamente la reacción que esperaba de mí. Lo sabía y no debí darle la satisfacción, pero no me importaba. Lo único que me importaba era despedirme de mi amigo. Tan solo deseaba un momento, un último momento.

Con los ojos anegados de lágrimas, me volví hacia Fritzsch.

—Por favor, Herr Lagerführer —susurré.

Mientras la súplica escapaba entre mis labios trémulos, sus ojos brillaron con perfidia. En lugar de contestarme, hizo una seña con la cabeza hacia el guardia que sostenía la jeringuilla, dándole permiso para proceder.

Debería haberle dicho algo al padre Kolbe, ya que Fritzsch no me permitía acercarme a él, pero fui incapaz de encontrar las palabras. Cuando nuestras miradas se cruzaron, de pronto sentí que mi presencia bastaba. Por alguna razón, en medio de su agonía, el sacerdote aún era capaz de reconfortarme.

Fritzsch me había llevado allí por su propio placer vengativo, y aunque la desesperación me atenazaba sin piedad, una pequeña parte de mí estaba agradecida. Había acudido cada día a esa celda temiendo encontrarme muerto al padre Kolbe y, cuando sus compañeros de cautiverio empezaron a fallecer, me daba miedo que él muriera solo. Ahora no estaba solo.

El padre Kolbe extendió el brazo y se lo ofreció al verdugo. El guardia vaciló, claramente desconcertado por el gesto; durante un breve y ridículo instante me convencí de que no iba a ejecutar la sentencia. Pero luego miró a Fritzsch, tragó saliva y procedió.

Mientras las lágrimas me rodaban por las mejillas y caía al suelo de rodillas, el guardia administró la inyección y la dulce voz del padre Kolbe se elevó en una última plegaria.

—Ave María.

Cuando Fritzsch me arrojó fuera del Bloque 11 fue como si me hubiera despertado de un trance. Un trance inundado de una pena cruda y desgarradora que había succionado toda mi energía, pero del que emergía con una claridad más intensa que la que había experimentado nunca.

Le había prometido al padre Kolbe que lucharía por sobrevivir y hasta ese momento no me había dado cuenta de que la empresa a la que me había comprometido servía a un propósito más elevado. Fritzsch utilizaba el ajedrez contra mí, pero utilizar a mis amigos era un movimiento tan audaz y agresivo que no me dejaba otra opción que redoblar mis esfuerzos y recuperar el control del tablero. La partida que jugábamos se había vuelto mucho más despiadada y había llegado el momento de modificar mi estrategia.

Me sequé las últimas lágrimas de los párpados hinchados, bajé por la calle bordeada de álamos hasta el Bloque 15 y no aminoré el paso hasta cruzar la puerta y gritar su alias:

—¡Tomasz Serafiński!

Pilecki se volvió hacia mí y yo giré sobre mis talones y me dirigí hacia el callejón que se abría entre los bloques.

—Quiero unirme al movimiento de resistencia de los prisioneros —dije cuando se reunió conmigo.

Pilecki no pareció sorprenderse ni alegrarse; se limitó a mirarme pensativo. Al final las comisuras de sus labios se curvaron en la más imperceptible de las sonrisas.

—Bienvenida a la Związek Organizacji Wojskowej, Maria. La ZOW, para abreviar.

No me hacía falta más. Cerré los ojos y saboreé las palabras mientras la energía inundaba mi cuerpo hasta llenarlo.

Las violaciones del protocolo me resultaban útiles para alcanzar mi objetivo, pero si el campo entero se rebelaba a Höss no le quedaría otra opción que castigar a Fritzsch haciendo uso de todo su poder. Traslado y degradación, sin duda. Y tal vez algo peor.

Capítulo 16

C ada movimiento de esta partida de ajedrez hace que el nudo de mi garganta se apriete más. Llevo años esperando esta conversación con Fritzsch, y ahora que casi ha llegado el momento, de repente tengo miedo de no ser capaz de expresar todo lo que necesito decir. Mientras el medio juego de nuestra partida se desarrolla, la reina de Fritzsch captura a mi alfil y él se queda con la pieza entre los dedos.

–Estás muy callada, 16671. Seguro que no has venido aquí a aburrirme.

Sus palabras me hacen erguirme en el asiento. Mi plan era permanecer en silencio hasta que la partida estuviera más avanzada o yo sintiera que estaba preparada; ahora resulta que él se ha cansado de esperar. Fritzsch deja al alfil junto a las demás piezas que ha capturado mientras yo sigo callada para ganar unos segundos preciosos. Al ver que su pulgar acaricia la pistola que le cuelga de la cintura, no me queda más remedio que cambiar de estrategia.

–Fuiste tú, ¿verdad?

Fritzsch se seca la lluvia del dorso de la mano.

–Con una pregunta tan vaga me temo que no puedo responderte.

Aprieto la mandíbula para reprimir el enfado que siempre consigue provocarme. Para que esta partida termine como yo quiero debo mantener el control.

–El muro de ejecución, en 1941. Eran prisioneros políticos. Los mataste tú, ¿verdad?

–¿Para eso querías verme? ¿Para importunarme con preguntas absurdas? –Fritzsch espera a que conteste, pero mi lengua es incapaz de articular la pregunta que quiero formular y él entorna los ojos para protegerlos de la lluvia–. Más te vale que las próximas palabras que salgan de tu boca no sean una pérdida de tiempo.

La pregunta se desprende de mi garganta, así que suelto el aire poco a poco y me concentro en cada palabra para que no salgan atropelladas.

–¿Mataste a mi familia?

He esperado tanto para hacerle esta pregunta, para obtener la confirmación que llevo años buscando, para hacerles justicia. Pero cuando se me quiebra la voz Fritzsch atrapa la oportunidad al vuelo igual que ha atrapado a mi alfil del tablero. Su mandíbula se relaja y se ríe por lo bajo.

–No esperarás que me acuerde de unos prisioneros en concreto… –Suspira y menea la cabeza–. Además, yo era el oficial al mando del campo, no el verdugo, ¿recuerdas?

Está desplegando su juego, ampliando su control al centro del tablero, situándome justo donde me quiere. No dejaré que apague el fuego que corre por mis venas, así que trago saliva e insisto:

–Dime si los mataste.

–Tendrás que concretar un poco. ¿Te mandaron aquí con tus padres? ¿Tus hermanos? ¿Tus abuelos? ¿Y no registraron a ninguno? –Cruza los brazos y se reclina en la silla–. Vaya… Qué pena que no me acuerde.

–¡Mentira!

La acusación sale de mi boca antes de que pueda detenerla y lo siguiente que sé es que casi me caigo de la silla y estoy

CAPÍTULO 16 • 199

agarrada a los bordes de la mesa. Es una sensación que conozco demasiado bien, la que siempre me asalta cuando estoy a punto de derrumbarme, y si no doy marcha atrás no habrá manera de recuperar el control. Con un esfuerzo considerable, aflojo la presión de mis manos sobre la mesa.

La única respuesta de Fritzsch a mi exabrupto es un profundo suspiro.

—¿Vas a seguir con tus tonterías o podemos continuar?

Me hace un gesto para que mueva mi siguiente pieza al tiempo que una sonrisita se dibuja en sus labios. No me cabe duda de que sabe la verdad y voy a hacer que lo admita. Me hundo en mi silla y muevo el alfil que me queda sin apartar la mirada de él.

—Alguien que estaba presente me lo contó todo. Recuérdalo antes de contestarme de nuevo. —Le doy un momento para que asimile mis palabras antes de volver a preguntarle—: ¿Mataste a mi familia?

—Por lo que parece, ya has decidido que sí, así que tampoco importa lo que yo diga. —Se inclina hacia mí—. A lo mejor puedes refrescarme la memoria. ¿Por qué no me dices lo que crees que sabes?

Capítulo 17

Auschwitz, 11 de enero de 1942

El invierno en Auschwitz era una bestia despiadada. Nunca había pasado tanto frío como en los últimos meses. Cuando se volvía insoportable, me ponía a pensar en las noches pasadas bebiendo té caliente en nuestro acogedor piso de la calle Bałuckiego y jugando al ajedrez con Mama y Tata o al *Monopoly* y las damas con Zofia y Karol. Los recuerdos me daban más calor que cualquier fuego.

Un anochecer, durante el rato que teníamos libre, Hania y yo fuimos a pasear por el campo mientras la nieve caía a nuestro alrededor y me transportaba a los días de invierno en los que iba con toda mi familia al parque Dreszera. El letrero con las palabras ARBEIT MACHT FREI que había sobre la verja de entrada no tardó en recordarme que no estaba en Varsovia. A su derecha se balanceaban cuatro cuerpos rígidos por el frío y la muerte, cubiertos de una capa de nieve. Ahorcados por haber intentado escapar, los habían dejado colgados en un espectáculo dantesco para desanimar a cualquiera lo bastante valiente –o lo bastante estúpido– como para seguir su ejemplo.

Al balancear los brazos mientras andaba mis dedos se posaron sobre el rosario del padre Kolbe y dejé la mano ahí. Hania se dio cuenta de que acariciaba mi bolsillo oculto y esbozó una sonrisa. Aunque no sabía lo que había presenciado el día que lo ejecutaron, sabía que siempre guardaba cerca su rosario.

–Maria, ¿ha sido idea tuya dar un paseo? –Al oír a Izaak, el hermano pequeño de Hania, volví la cabeza y lo vi darle la última calada a su cigarrillo y tirar la colilla a la nieve. Luego se ciñó el cuello para protegerse del viento cortante–. Solo tú estás tan loca como para proponerle salir con este frío.

Por toda respuesta hice una bola de nieve y se la tiré directamente al pecho. Izaak me la devolvió, pero yo me escondí detrás de Hania y la bola impactó en ella. Soltó una maldición en yidis mientras él y yo nos reíamos, y luego nos dedicó una mirada de desaprobación al tiempo que se sacudía la nieve del hombro.

Izaak me señaló con un dedo acusador.

–Ha empezado ella.

–Pero eres tú quien ha alcanzado a Hania –repuse–. Jaque mate.

Antes de que pudiera lanzar mi siguiente misil, Hania me sacudió la nieve de las manos.

–Ya basta, *kinderlach*.

–¿Tregua, Maria? –preguntó Izaak–. Mi hermana es una aburrida.

Asentí con una risita y Hania e Izaak continuaron picándose en yidis y checo. Me recordaron a cuando yo le tiraba de los rizos a Zofia o achuchaba a Karol y le daba un beso en la mejilla antes de que pudiera escaparse.

Al pensar en mi familia me acordé de cuando los había encontrado delante del Bloque 11 y de la partida de ajedrez que había tenido lugar poco después de unirme a la Resistencia del campo. El recuerdo era tan intenso que me alejó de ese día frío y me sumergió en el calor de aquella tarde de verano en la plaza de recuento.

El sol estaba bajo y bañaba el tablero con una luz naranja rojiza. Fritzsch no había convocado público, así que estábamos solos. Yo intentaba concentrarme en el juego en lugar de en él, pero al mover un alfil oí un sonidito gutural en su garganta. O bien estaba impresionado o bien se burlaba de mí; no estaba segura.

—Juegas bien para la edad que tienes —dijo—. ¿Quién te enseñó?

La pregunta me había traído recuerdos de mi hogar. Innumerables noches jugando al ajedrez con mi padre. Su paciencia mientras me guiaba por los entresijos del juego, desde la estrategia más básica hasta la más compleja. Sus dedos moviendo las piezas sobre el tablero y el brillo en su mirada cada vez que yo le pedía que jugáramos otra partida.

Su cuerpo, con la piel blanca y reluciente por la lluvia, amontonado con decenas de cadáveres en la caja de un camión.

Oí el familiar sonido de una pieza de ajedrez que cayó sobre el tablero y que siempre me desconcentraba. Fritzsch ya tenía otra en la mano. Antes de que la soltara, me apresuré a contestar su pregunta.

—Mi padre. —Mi voz sonó demasiado estridente. Inspiré, temblorosa, y lo intenté de nuevo—: Él me enseñó a jugar.

Fritzsch asintió y movió su caballo.

—Cuando nos vimos por primera vez en el andén de llegada estabas buscando a tu familia. ¿Tu padre estaba con ellos?

Aunque no había dejado caer una pieza, me encogí como si lo hubiera hecho.

Me removí en la silla en un intento de disimular mi reacción y jugué con el peón que me quedaba más cerca. Le resultó sencillo capturarlo.

—Espero que al final los encontrases.

Sus palabras me habían atenazado la garganta y fui incapaz de responder. Fritzsch sostuvo mi peón entre los dedos mientras lo estudiaba con curiosidad. Era la misma mirada que me había llevado al registro de llegada. Algo se escondía detrás de ella, una intención y un propósito que se me escapaban.

Cerré el puño, aunque esta vez el peón de Tata ya no estaba en mi mano para aferrarlo. ¿Por qué ahora? ¿Por qué me preguntaba ahora por mi familia? Fritzsch lo controlaba todo: mi nombre, mi castigo, mi vida, y todos sus movimientos eran intencionado y calculados. Me sobrepuse a mi respiración trémula y diseccioné sus palabras y su mirada como si estudiara a un gran maestro. Había algo en mi familia que despertaba su interés, pero ¿qué?

Y entonces caí en la cuenta. Su partida. Esa partida. Disfrutaba viéndome reaccionar y recordar. Sabía algo que yo desconocía y esta era su forma de decirme: «Te toca, prisionera 16671».

¿Había algo en sus muertes que se me escapaba? Quizá no había tenido en cuenta esa posibilidad porque me resultaba más sencillo pensar que su destino había sido el mismo que el de innumerables personas. Ahora esa posibilidad se había vuelto real. Observé a Fritzsch mientras la certeza me llenaba los pulmones. Sus palabras eran una pieza de ajedrez demasiado fácil de capturar y su objetivo era tenderme una trampa para que hiciera mi siguiente movimiento. La única manera de descubrir la verdad –de descubrir lo que sabía Fritzsch– era encontrar a alguien en el campo que hubiera presenciado la ejecución de mi familia.

A esas alturas me había olvidado de cualquier estrategia para la partida así que hice otro movimiento precipitado. Esta vez me colocó en jaque mate.

Apenas le había prestado atención a la derrota. Tenía una nueva misión: buscar a mis nuevos compañeros de la Resistencia para que me ayudaran a encontrar a alguien que hubiera visto a mi familia después de que nos separáramos. Alguien que hubiera estado en el Bloque 11 aquel día de mayo de 1941.

—Maria, si supieras las cosas que le ha dicho Hania a su propio hermano.

Escapé de la mirada escrutadora de Fritzsch y regresé al presente, donde Izaak meneaba la cabeza como si no se lo creyera.

—Claro, porque tú eres inocente como un corderito, ¿verdad, Izaak Rubinstein? —contestó ella.

—¿Sois familiares de un hombre que se llama Akiba Rubinstein? —pregunté al oír el conocido apellido—. Es un gran maestro de ajedrez.

—¿Tu amiga Irena es familiar del escritor Henryk Sienkiewicz? —replicó Izaak.

—Cuando se lo pregunté creo que sus palabras exactas fueron: «No, idiota».

—Ya veo. ¿Qué me has preguntado?

—¿Sois familiares de Akiba Rubinstein, el gran maestro de ajedrez?

—No, idiota.

Salí disparada para que Hania no pudiera atraparme y me agaché para coger más nieve, pero, antes de que pudiera hacerlo, Izaak soltó una maldición en checo. Me incorporé mientras él se sacudía la nieve del brazo y Hania se alisaba el uniforme con las manos, la mar de tranquila, entre mis risitas y la sonrisa irónica de Izaak. Hania nos ignoró y mantuvo su aire de inocencia hasta que resbaló en una placa de hielo y soltó un grito.

Izaak la ayudó a recobrar el equilibrio.

–Te vas a caer y te romperás un hueso, *schlemiel*.

Se apartó de un salto al ver que ella intentaba darle un toque juguetón en la cabeza a modo de reprimenda.

–*Toi, toi, toi* –contestó Hania, repitiendo tres veces la palabra como si la escupiera.

Él soltó un bufido.

–No hace falta que te molestes en protegerte del mal de ojo. Ya nos ha alcanzado.

Hizo un gesto que abarcaba todo lo que nos rodeaba para respaldar sus palabras y Hania entornó los ojos y contestó en francés:

–*Tu me fais chier.*

Izaak la señaló con un dedo acusatorio y me miró.

–Ahora intenta fastidiarnos para que no la entendamos.

Ella esbozó una sonrisa petulante.

–*Je réssuis, n'est-ce pas?*

–¿Cómo es que hablas tantos idiomas? –pregunté.

–La familia de nuestra madre emigró de Checoslovaquia a Varsovia cuando ella era pequeña y mi padre era de Cracovia. En mi casa mis hermanos y yo siempre hemos hablado en checo, polaco y yidis; estudiamos alemán en la escuela y Judyta y yo estudiamos francés juntas. Siempre se nos dieron mejor los idiomas que a Izaak.

Él se rio.

–Es verdad, aunque a ninguno se nos daban tan bien como a Judyta. Ella también hablaba inglés.

Hania asintió para confirmarlo. Se hizo un silencio melancólico que se alargó hasta que Izaak se quejó del frío y se alejó rápidamente en busca de calor. Tenía razón: hacía demasiado frío, pero a mí no me importaba. Era agradable poder pasear sin un destino concreto y no tener que apresurarse para acudir al recuento o a trabajar. Mis pasos crujieron sobre la nieve mientras Hania y yo girábamos a la derecha en el siguiente cruce y continuábamos paseando por delante de los Bloques 6 y 7.

—No te creerás lo que he conseguido hoy —dijo Hania.

—Siete cajas de bombones alemanes y tres botellas del mejor champán después de hacer un trato con el mismísimo Kommandant Höss.

—Por supuesto. El Kommandant Höss siempre rompe sus sagradas normas, así que quién sino él iba a hacer un trueque con un prisionero, ¿verdad? Y con una mujer judía, para más inri. —Yo me reí y ella esbozó una sonrisita antes de continuar—: Como no son bombones ni champán, ahora mis ganancias parecerán una birria, así que muchas gracias. Me han dado un peine, tres cepillos de dientes, cigarrillos, cerillas y aspirinas.

—Está casi tan bien como el champán y los bombones. —Noté el sabor del chocolate en mi boca, derritiéndose bajo el calor de mi lengua. El antojo era tan seductor que resultaba insoportable. Era culpa mía por picarla—. La semana pasada pasé cartas a varios hombres a Alemania y conseguí pan, jabón de lejía y una salchicha —dije mientras girábamos de nuevo a la derecha y avanzábamos entre los Bloques 18 y 19—. Y Mateusz nos ha enviado pan de la panadería.

Cada vez que me acordaba de mis discretos intercambios con Mateusz me entraban ganas de escribir a Irena. En el campo se permitía enviar cartas no como un gesto de bondad sino como parte de una estrategia nazi para tranquilizar a la familia y los amigos de los deportados, aunque en ocasiones el deportado en cuestión estuviera ya muerto, cosa que sus seres queridos no sabían. Para que el plan funcionara todas las cartas pasaban por la censura, así que si hubiera escrito no le habría podido contar la realidad de mi situación ni compartir los buenos recuerdos de nuestro tiempo en la Resistencia. Además, habría sido una estupidez ofrecer su nombre a los que trabajaban en la oficina de censura. ¿Y si investigaban a todo el mundo y descubrían su participación en la Resistencia? El riesgo a exponerla era demasiado grande.

—Hora de calentarnos, *shikse* —dijo Hania al tiempo que giraba otra vez a la derecha hacia el Bloque 14.

—Sé que eso significa «niña o mujer gentil», pero ¿no es un insulto? Me doy por ofendida.

—No me hace falta que me enseñes mi propio idioma. —Me dio un leve empujón mientras yo me reía entre dientes, que me castañeteaban—. Llevamos mucho rato fuera y he quedado con...

Se interrumpió, pero yo la agarré del brazo para que me mirara.

—¿Protz?

No debería haberme molestado en preguntar. Conocía la respuesta.

—No me mires así, Maria. No soporto a la gente que se *kvetsh* cuando ha de devolver un favor, incluida yo. Y ya que hablamos de favores, ¿te hacen falta más medicinas?

Negué con la cabeza. Aunque había estado unos días con fiebre me negaba a ir a ver a Janina a la enfermería del campo o a saltarme el trabajo. Ir a la enfermería significaba que el crematorio estaba más cerca. Hania había conseguido medicinas y raciones extra de comida, y gracias a eso por la mañana me había bajado la fiebre.

—Tienes derecho a *kvetsh* de que ese *paskudnik* te toque —murmuré.

—¿Cuándo te has convertido en un diccionario de yidis? —preguntó Hania con una risita—. Un trato con un *paskudnik* sigue siendo un trato.

—Pero no es un trato justo para ti.

Las palabras debían de haber sonado más duras de lo que pretendía porque su regocijo se transformó de repente en una mirada fulminante.

—Mandaría al cuerno al Kommandant Höss si Protz quisiera, siempre que me diese lo que le pido a cambio. Tenemos un acuerdo que es más de lo que puedes decir tú de tu *paskudnik*. ¿O es que Fritzsch ha empezado a cubrirte de regalos cada vez que ganas una partida de ajedrez?

Bastó con que mencionara a Fritzsch para que me quedase sin palabras. Hania debió de arrepentirse ya que dejó de fruncir el ceño, pero yo me crucé de brazos ante el viento y di varios pasos por la calle vacía. La nieve había dejado de caer, reemplazada por un silencio tan sombrío como el cielo gris.

En un lugar donde la muerte era casi inevitable, la combatíamos lo mejor que podíamos. La supervivencia era el objetivo final, pero cada prisionero utilizaba su propia estrategia, y la justicia era irrelevante. A la muerte le daba igual la justicia.

Hania suspiró y entrelazó su brazo con el mío.

—*Je suis désolé, shikse* —murmuró, injustamente. Sabía que de todas las lenguas que hablaba, el francés era mi favorita—. Aunque no hace falta que te preocupes por mí. Teniendo en cuenta lo que gano, el precio que pago es insignificante. Además, Protz no me tocaría a menos que estuviera tan limpia como para estar a su altura, así que cada encuentro incluye una ducha en condiciones y una limpieza a conciencia de mi uniforme.

Aunque la limpieza era casi más tentadora que la comida, ni siquiera eso justificaba el precio que pagaba. La cogí de la mano y lo intenté una última vez.

–Por favor, Hania, no vayas. Sigamos paseando.

Ella soltó un resoplido.

–¿Cómo crees que se lo tomaría? «Lo siento, Herr Scharführer, no le he pagado porque estaba paseando». –Imitó la sonrisa de suficiencia de Protz y adoptó un tono más grave para que se pareciera al suyo–: «Oh, no hace falta que me pagues, prisionera 15177, faltaría más. Aquí tienes una docena de hogazas de *challah* que he horneado con mis propias manos, cinco pastillas de jabón de lavanda y la lana más cálida que el dinero puede comprar. Solo lo mejor para mi *Untermensch*».

Intenté no premiarla con mi risa, pero su imitación era tan buena que no lo conseguí. El humor se desvaneció de sus ojos y su habitual mirada cautelosa ocupó su lugar.

–Por cierto, anoche me quedé rondando por la plaza de recuento para que Fritzsch me viera y me propusiera jugar una partida de ajedrez. El Kommandant Höss se presentó tal y como me dijiste y nos encontró justo cuando Fritzsch celebraba su victoria –dije mientras ella tiraba de nuevo de mí y me abrazaba, protegiéndome un poco del gélido viento.

–Es la tercera vez que os pilla jugando, ¿verdad? –preguntó–. No es una violación total del protocolo, teniendo en cuenta que Fritzsch insiste en que tus partidas de ajedrez levantan la moral y Höss ha accedido, pero todo el mundo sabe que le parece que Fritzsch abusa de su decisión. ¿Qué más hay que hacer para lograr que lo trasladen? A lo mejor deberíamos esforzarnos más.

–Si cada vez que Höss se presenta en el campo lo pilla violando las normas, Fritzsch empezará a sospechar. Tenemos que espaciarlo en el tiempo como hemos hecho hasta ahora.

–¿Y si te quedas sin ideas antes de que Höss tome medidas? No sé cuántas cosas más se te pueden ocurrir para provocarlo para jugar una partida.

–La próxima vez que me diga que se aburre le propondré que me deje jugar con los ojos vendados.

Me metí los pulgares insensibles en las mangas. Mientras el ajedrez mantuviera su interés en mí, podríamos engatusarlo para que rompiera el protocolo. Höss no tardaría en hacer algo.

–Te estás arriesgando mucho –dijo Hania, que me estrechó con más fuerza para protegerme de una ráfaga de viento–. Ahora te vas adentro, ¿me oyes? No podemos permitir que pilles una neumonía.

El *toi* que esperaba no llegó. A lo mejor estaba más de acuerdo con Izaak de lo que nos quería hacer creer.

–Tú siempre preocupándote por mí, Bubbe Ofenchajm.

–Si la verdadera Bubbe Ofenchajm oyera tu pronunciación, diría que es *fercockt*.

–Me imagino que no es algo bueno –dije con una sonrisa tímida.

Hania me dio una palmadita en la mejilla mientras me acompañaba por la calle nevada.

–Es lo que tú quieras que sea, pequeña *shikse*. Si quieres que sea bueno, es bueno.

No sé por qué no me la creí, aunque apreciaba su intención.

Al día siguiente, al terminar la jornada de trabajo, salí apresuradamente del Bloque 11 y me dirigí al Bloque 14. Hania tenía muchas ganas de compartir el último botín que había recibido a cambio de sus favores y habíamos quedado en encontrarnos en mi bloque.

Al pasar frente al Bloque 16 vi bajar a Hania por la calle principal tal como esperaba, ya que pasaba la mayor parte del tiempo en las oficinas administrativas, al otro lado de la verja de entrada. Me di prisa para alcanzarla, pero entonces aparecieron dos prisioneros que le dieron un empujón. Los tres se quedaron de pie frente al Bloque 15.

Yo me lancé hacia el callejón que había entre los Bloques 15 y 16 y me acerqué a la esquina mientras rebuscaba frenéticamente en mi mente un plan para atajar lo que fuera que estuviese a punto de ocurrir. Su conversación me llegó a los oídos y me quedé quieta. Con el cuerpo pegado a la pared de ladrillo, ahuequé las manos y respiré sobre los dedos para calentármelos, poco a poco, para que no se formara un vapor que delatara mi presencia.

–¿Le has pedido a este que te pague? –preguntó uno de los hombres, un judío alemán.

–Eso es asunto mío, no tuyo, *yenta* –replicó Hania.

Al oír el término en femenino, el hombre se enfadó.

–El mes pasado, cuando me diste tu jabón, dijiste que me pedirías que te devolviera el favor cuando necesitaras algo y yo acepté al trato. Luego viniste a reclamar el pago y me pediste tres raciones de pan, y no tuve más remedio que acceder. ¿Tres raciones de pan por un trozo de jabón? Me timaste, pero no voy a dejar que le hagas lo mismo a mi amigo.

La acusación hizo que me arrimara aún más a la pared. El hombre se equivocaba, estaba segura. Esperé, anticipando la aclaración que no me cabía duda de que le daría Hania. En lugar de eso, sonrió con desdén.

–Tú lo llamas timo, yo lo llamo un trato justo.

–Cuando te ofreciste a traducir mi carta pensé que me ayudabas para hacerme un favor –dijo el otro hombre, que hablaba en alemán con un marcado acento checo–. ¿Cómo iba a saber que me pedirías algo a cambio?

–¿Tan tonto eres para creerte que haría algo a cambio de nada? –preguntó Hania, y se rio de una manera tan mordaz que me provocó un escalofrío–. En el momento en que aceptas algo de alguien, estás en deuda con esa persona. Si no lo sabías ahora ya lo sabes, y puedes darme las gracias por haberte enseñado una lección tan valiosa.

El hombre judío la estampó contra la pared y mientras yo aspiraba para lanzar un grito que los distrajera vi la expresión del rostro de Hania. La sombra de una sonrisa bailaba en sus labios, como si lo retara a hacer algo más. Su expresión me dejó sin aire en los pulmones y clavada en el lugar donde me escondía, mientras el hombre la agarraba por los hombros con más fuerza.

–Te crees muy lista, ¿eh? –dijo–. Pues que sepas que te he estado observando y sé muy bien lo que haces para engatusar a tus hombres de las SS.

Se calló, esperando quizá que ella palideciera durante su pausa dramática, pero en cambio Hania arqueó las cejas.

–¿Celoso?

–Ni muerto estaría con alguien de tu calaña y, a partir de ahora, nadie más lo estará tampoco. No eres más que una *nafka* retorcida. –A juzgar por la manera en que le espetó la palabra en yidis, que yo aún no había aprendido, me imaginé lo que la había llamado–. Los oficiales al cargo estarán encantados de enterarse de que una judía está contaminando a sus guardias –continuó–. ¿Qué te parece eso como pago?

Los dos hombres eran altos, pero su confianza se resquebrajó bajo la mirada implacable de Hania.

–Tengo mucho más poder del que te imaginas, y tengo ojos y oídos por todo el campo –dijo–. Si no mantienes el pico cerrado, mis contactos en las SS te darán caza y se encargarán de silenciarte. No me costará convencerlos porque sé exactamente cómo hacerlo. –Sus labios se abrieron en una sonrisa sugerente y peligrosa antes de seguir hablando en checo y yidis, tal vez profiriendo más amenazas.

Terminó en yidis, y lo que dijo debió de ser una amenaza especialmente seria o un insulto grave porque el hombre judío levantó el brazo, pero el checo se lo agarró antes de que la golpeara.

Hania ni parpadeó. Se limitó a hacer un gesto con la cabeza hacia su puño cerrado.

–Hazlo, si quieres que te reasignen al grupo de trabajo de las carreteras.

El hombre judío no se movió, pero pareció sopesar sus palabras. Hania se inclinó hacia delante, tanto como le permitía su posición, y le lanzó una mirada asesina.

–Quítame las manos de encima.

Él obedeció, aunque por su expresión parecía que lo que quería era rodearle el cuello con las manos. Ambos hombres se dieron la vuelta y echaron a andar por delante de donde yo estaba escondida. Cuando estuvieron a una distancia segura, se pararon y el judío lanzó una mirada fulminante por encima del hombro.

–*A khalerye, nafka.*

–*A khalerye, yenta.*

Hania contempló cómo se alejaban mientras yo la observaba, petrificada, pero no era la temperatura gélida lo que me impedía moverme. Al final me obligué a hacerlo y corrí por el callejón. Giré a la izquierda, hacia la parte de atrás del bloque, y seguí por otro callejón entre los Bloques 13 y 14, resbalando sobre el hielo y la nieve sucia. Luego me paré y me asomé por la esquina. Hania no se había movido y sostenía un cigarrillo encendido entre los dedos. Después de entrar en el Bloque 14 me dirigí rápidamente a mi catre y me lancé encima. Calmé mi respiración mientras fingía estudiar los arañazos y moratones de mis brazos. Al cabo de unos minutos llegó Hania y me sonrió.

–Perdona que llegue tarde. Me he tenido de ocupar de unos asuntos. Nada importante. –Hizo un gesto con la mano quitándole importancia a la escena que yo acababa de presenciar, como si hubiera sido una molestia insignificante–. Deja que te enseñe lo que he traído, empezando por los cigarrillos. Sé que los odias, pero son un bien muy preciado para la mayoría, así que coge alguno para intercambiarlo.

Mientras Hania repasaba los artículos, nos pusimos a jugar una partida de ajedrez y yo me esforcé por mostrar interés aunque no podía quitarme de la cabeza la imagen de la sonrisita arrogante que les había dedicado a los hombres. Me sentía como si hubiera llegado a los compases finales de la partida y hubiera ignorado el consejo de mi padre: «Cuando quedan pocas piezas sobre el tablero, es necesario activar el rey». Había confiado en Hania sin otro motivo que el hecho de que fuese amable, mujer y una amiga; había seguido protegiendo a mi rey. Un error de principiante que no debería haber cometido. En Auschwitz, confiar demasiado podía ser la diferencia entre la vida y la muerte.

Tras pasar mi pulgar insensible por el suelo sucio para repasar las líneas del tablero, moví uno de mis caballos y cerré la mano en un puño para calmar el temblor que la agitaba. A lo mejor podía culpar al frío.

–¿Estás segura de que ya no tienes fiebre, *shikse*? No deberías haber hecho eso.

Hania me lanzó una sonrisa burlona, pues mi movimiento me había dejado en una posición vulnerable al jaque.

–¿Qué quieres?

La pregunta salió de mis labios y ella hizo una pausa con la mano a medio camino de coger su caballo. La dejó por encima del tablero un momento y luego agarró el guijarro, lo dejó en el suelo a su lado y me puso en jaque.

–¿Ahora mismo? Ganar esta partida de ajedrez.

A pesar de la broma, detecté una tirantez en su tono y una leve arruga se dibujó en su ceño al mirarme.

–Te he visto, Hania. Con esos hombres. –Dejé que asimilara mis palabras y erguí la espalda–. Dime lo que quieres de mí.

Su expresión no cambió. El silencio se alargó entre nosotras, pero la voz estridente de mi cabeza exigía saber por qué la había provocado. El latido del corazón me resonó en los oídos mientras ella se tomaba un momento para encenderse un cigarrillo, soltar humo en un hilillo constante y carraspear.

–Cuando mi marido y yo les entregamos nuestros dos hijos a la Resistencia, lo único que sabía era que los harían pasar por católicos. No conozco sus nombres falsos, adónde los mandaron, nada. Después de la guerra me hará falta alguien que haya trabajado para la Resistencia en Varsovia para que me ponga en contacto con la mujer que se los llevó. –Contempló cómo la ceniza caía sobre el suelo helado y luego me miró con sus ojos oscuros–. Vas a ayudarme a localizar a mis hijos cuando volvamos a casa.

–¿Cuánto tiempo llevas planeando esto?

Me daba la sensación de que conocía la respuesta, pero quería oírsela a ella. Quería que fuera sincera conmigo por una vez.

–Desde que me enteré de que habías sido miembro de la Resistencia en Varsovia.

–Justo después de que me latigaran. Lo has tenido en la cabeza todo el tiempo que hemos sido amigas. Y si me niego a ayudarte, me chantajearás como has hecho con esos hombres.

Era inútil fingir que no era cierto, así que no lo hizo. Le dio una lenta calada al cigarrillo y volvió a adoptar su máscara de glacial indiferencia que ya le había visto en otras ocasiones, aunque en esta me di cuenta de que en realidad nunca la había visto. No por lo que era: impasibilidad. Hacia mí, hacia ella, hacia todo.

–Con contactos en las SS es fácil hacer que la gente colabore –dijo Hania con una risita–. Creí que sería sencillo hacer un trato contigo, dada tu situación, pero nunca me diste la oportunidad. Hasta lo de tus latigazos.

Me llevé una mano al omóplato y noté los bultos irregulares sobre mi piel, que de repente palpitaban como si fueran recientes.

–Me ayudaste porque yo no estaba en condiciones de negarme.

Una nueva nube de humo nos envolvió, densa y acre, impidiéndome decir nada más ni aunque hubiera encontrado las palabras. Hania contempló cómo el humo se elevaba desde la punta del cigarrillo y luego me miró.

–Mi intención era conseguir un pago sustancioso por salvarte la vida, pero, después de hablar contigo, decidí que este trato sería distinto de los otros. Tenía que ayudarte a mantenerte con vida y permanecer a tu lado hasta que llegase el momento adecuado.

Las palabras escocían más que el humo que me había alcanzado los ojos.

–¿Por eso me ayudas a librarme de Fritzsch?

–Por supuesto. –Se terminó el cigarrillo y utilizó la suela del zapato para apagar los rescoldos–. Si se cansa de ti y te mata, eso interferiría en mis planes.

–Así que mantienes con vida a tu *shikse* porque te resulta útil. –Escupí la palabra que me había enseñado, me levanté y pasé junto a ella en dirección a la puerta–. Supongo que a estas alturas ya debería estar acostumbrada.

La dejé con la partida a medias y salí a la gélida noche. La puñalada de su traición era tan cortante como el viento que soplaba a través de mi fino uniforme. Yo no era más que su trato más preciado. No alcanzaba a comprender por qué me había enfrentado a ella; era una estupidez, pero me había salido así. Ya era demasiado tarde para arrepentirse.

Además, no me arrepentía. Si Hania intentaba ponerme la zancadilla lucharía con uñas y dientes. Aunque no tuviera contactos en las SS.

Mientras me alejaba penosamente por la calle helada, nuestra conversación seguía flotando en al aire a mi alrededor y oía su eco en cada ráfaga, hasta que un nuevo grito cortó el viento que me azotaba los oídos.

–¿Te crees que puedes irte sin más? Ya es demasiado tarde, Maria.

Hania me agarró del antebrazo y yo intenté soltarme, pero ella me sujetó con fuerza y me obligó a darme la vuelta.

–No me harás daño si me necesitas viva –afirmé, aunque no estaba segura de que fuera cierto.

–También necesito que cooperes y si tengo que obligarte, que así sea. Protz hará lo que le pida y no tendrá piedad, así que a menos que quieras vértelas con él…

–¡Basta, Hania! –Esta vez conseguí soltarme de sus garras–.

Si crees que te hace falta obligarme a encontrar a tus hijos es que no me conoces muy bien.

Al oír mis palabras Hania se quedó boquiabierta y luego entornó los ojos, como si sopesara si debía creerme o no. Respiré hondo para aplacar el calor que me corría por las venas. Las amenazas no disfrazaban la súplica muda que había en el fondo de sus ojos oscuros, ojos en los que se reflejaba un dolor que yo ni siquiera alcanzaba a imaginar, ojos que revelaban la guerra que se libraba en su interior. Yo no era más que alguien a quien había escogido para utilizar en su provecho a toda costa. Pero también era alguien de quien se había hecho amiga a pesar de sus intenciones originales, y también era una chica que había perdido a sus padres igual que sus hijos habían perdido a los suyos.

Hania ya no era la misma mujer taimada que había visto hacía un momento. Era una joven viuda desesperada por reunirse con sus hijos. Probablemente mis padres habían experimentado esa misma desesperación al darse cuenta de que yo no estaba con ellos. Al darse cuenta de que mis hermanos iban a pagar por mis actos. Al darse cuenta de que les habían robado su esperanza de volver a reunir a su familia.

Crucé los brazos para protegerme de una ráfaga de aire frío, me volví hacia ella y le hablé en voz baja.

–Mientras trabajaba para la Resistencia, a veces Mama y yo imaginábamos cómo sería la vida después de la guerra. Las dos esperábamos con impaciencia poder reunir con sus familias a los niños a los que habíamos ayudado. Para nosotras habría sido un honor, pero hacerlo por una de mis mejores amigas… –Me interrumpí con un suspiro trémulo–. Solo tenías que pedírmelo.

La miré y vi que ella tenía la mirada perdida en la distancia y que se hallaba en un lugar muy lejos de allí. Sus lágrimas relucían en la oscuridad hasta que parpadeó como si saliera de un trance, se secó una lágrima extraviada y me dijo en un susurro:

—Maria, yo…

Meneé la cabeza para interrumpirla. Éramos hijas de la guerra y a veces nos transformábamos en una copia irreconocible de quienes habíamos sido antes. No me hacía falta que me pidiera perdón por algo que la guerra había creado. Solo me hacía falta que volviera a ser la mujer que yo conocía.

Le tendí la mano y ella me la cogió; me acerqué lo suficiente como para secarle otra lágrima de la mejilla.

—Los encontraremos, Bubbe. Te lo prometo.

Me dio un ligero apretón.

—En un sitio como Auschwitz, es fácil olvidar que aún existen personas decentes.

De vuelta en mi bloque, nos sentamos en mi catre. Acurrucadas juntas y con mi delgada manta sobre nuestros regazos, la vida regresó poco a poco a los dedos de nuestras manos y nuestros pies, resucitada por el exiguo calor que desprendía la pequeña estufa de leña. Aunque no bastaba para calentar el espacio, era mejor que no tener calefacción alguna. Había prisioneros que no eran tan afortunados.

—Cuando termine la guerra, me pondré en contacto con Irena y su madre; ellas pueden ayudarnos —dije cuando dejaron de castañetearme los dientes—. Cuéntame más cosas de tus hijos. ¿Cuánto hace que los sacaron del gueto?

—Nueve meses. El cumpleaños de Jakub es en marzo así que está a punto de cumplir cuatro años, y Adam tiene catorce meses. —De repente pareció darse cuenta de algo, algo a lo que suponía que le había dado muchas vueltas en el pasado con un dolor renovado en cada ocasión—. Mi hijo mayor se está haciendo un hombrecito y me he perdido las primeras palabras del pequeño, su primer cumpleaños... –Al cabo de un instante, respiró hondo para calmarse–. Nunca olvidaré la noche en que se los llevaron. Fue un sábado, el 12 de abril. Habíamos celebrado nuestro último *sabbat* en familia. Al resto nos detuvieron una semana después.

La fecha me llamó la atención. Algo importante había ocurrido el 12 de abril. Me había prometido recordarlo porque era el día que completé mi primer encargo en solitario para la Resistencia: entregar una documentación. Mama tendría que haberme acompañado, pero al final fui sola porque ella se había marchado al gueto.

Me senté más erguida y me recordé que debía respirar. Era una coincidencia, nada más.

–¿Y la persona que se llevó a los niños?

–Era una mujer a la que había visto varias veces y a la que más de un amigo le había entregado sus hijos. Fue ella la que me convenció de que dejara marchar a los míos. Era bondadosa y afable, aunque no sabía mucho de ella aparte de su nombre. Dudo que fuera su nombre real, pero se hacía llamar Stanisława.

Una mujer de la Resistencia llamada Stanisława que había rescatado a unos niños el 12 de abril. Era el mismo alias que utilizaba Mama y la misma noche en la que había ido al gueto.

–¿Cómo era Stanisława? –dije en un tono despreocupado.

Si mi suposición no era acertada, no quería alimentar las esperanzas de Hania. Estaba segura de que había un montón de mujeres de la Resistencia que usaban ese nombre y habían ido al gueto esa noche.

–Era una gentil y mayor que yo; debía de llevarme unos diez años. De estatura mediana, pelo rubio, guapa. Llevaba alianza, o sea que debía estar casada. –Hania se quedó un momento callada–. Una vez dijo que tenía un hijo un poco mayor que Jakub, que por entonces tenía tres años.

En esa época, Karol habría tenido unos cuatro años.

–¿Te contó Stanisława algo más de su vida personal?

–No, pero hablaba alemán como una nativa. Se llevó a mis hijos durante el toque de queda. Adam iba sedado para que no llorara y Jakub estaba muy confundido. Me preguntó por qué, por qué no iba con ellos, por qué los mandaba lejos, y yo… –A Hania se le quebró la voz y se quedó un momento callada–. ¿Cómo se supone que iba a explicárselo? Antes de que pudiera decirle nada, Stanisława se arrodilló, lo cogió de la mano y dijo: «Jakub, escúchame. Tu madre y tu padre os quieren mucho a ti y a Adam. Muchísimo. ¿Me prometes que serás un niño valiente por ellos?». Eso lo tranquilizó. Asintió y ella no le soltó la mano. Fue la última vez que los vi.

Mientras Hania se calmaba, pensé en todo lo que me había contado. No podía ser, pero tenía que ser. Había demasiadas coincidencias para que mi suposición fuera errónea. Cerré los ojos y pude ver a Mama arrodillada frente a Jakub, cogiéndole la mano para que supiera que ella estaba allí, tranquilizándolo en murmullos mientras él se concentraba en ella, solo en ella, y no en la pena ni en la angustia ni el dolor. Era exactamente lo que había hecho tantas veces por mí y mis hermanos.

Ahora me imaginé que Mama estaba arrodillada frente a mí, y la miré a los ojos de un azul intenso y noté la calidez de sus manos sobre las mías. Su presencia hizo desaparecer el frío, el hambre y el miedo que me rodeaban continuamente en aquel lugar. Me aferré a ella, buscando la confirmación que ya me había dado. Una tenue sonrisa se dibujó en sus labios mientras se levantaba y ponía su mano sobre mi mejilla.

«Por favor, no te vayas, Mama».

Mantuve los ojos cerrados un momento más, aferrándome a la calidez y la paz, y luego los abrí. A mi lado, Hania estaba callada, perdida en su propio mundo.

–Stanisława Pilarczyk –susurré–. Ella fue quien rescató a tus hijos, Hania.

–*Oy gevalt*, ¿la conoces? ¿Estás segura de que es la misma mujer?

Asentí al tiempo que me pasaba los dedos por las cicatrices que me habían dejado las quemaduras de cigarrillo.

–Su nombre real era Natalia Florkowska. Era mi madre. –Tomé aire, temblorosa, y me volví hacia Hania, que tenía una mirada de incredulidad–. Lo que quiere decir que sé cómo encontrar a tus hijos.

Capítulo 18

A pesar de lo mucho que aborrecía trabajar en el Bloque 11, donde había tantos prisioneros condenados a sufrir palizas y ejecuciones, había días en los que tenía sus ventajas. Por lo menos estaba bajo techo.

Durante el *Appell* de una implacable mañana de enero, me quedé tan quieta como pude mientras me castañeteaban los dientes y mis rodillas entrechocaban. El viento rugía bajo el cielo gris y la nieve y una lluvia gélida acribillaban mi cuerpo demacrado. Cuando el *Häftling* que tenía al lado se desplomó, mantuve la vista al frente y escuché cómo su respiración se debilitaba y al final se detenía.

Los hombres de las SS estaban resguardados en sus torretas, protegidos de las inclemencias del tiempo. Al terminar el recuento debería haber corrido al Bloque 11 si no me hubieran informado de que debía marchar escoltada por las SS. Mientras permanecía de pie en la fila esperando la orden, Pilecki apareció a mi lado.

—¿Te acuerdas de que el día en que pasaste por el registro de llegada hablaste con el hombre que retiraba los cuerpos del muro de la muerte?

Incliné la cabeza para asentir discretamente.

—Ese prisionero es ahora uno de nuestros reclutas y le he preguntado si sabía algo de ti o de tu familia. Se acuerda de que ese día habló contigo y también de un oficial de las SS que no trabajaba muy a menudo en el Bloque 11, pero que estaba allí cuando te acercaste al camión. Su consejo es que hables con él. El oficial se llama Untersturmführer Oskar Bähr. Es de mediana edad, con canas. Hoy está asignado al Bloque 11.

Recordé haber reparado en un oficial de mediana edad cuando encontré a mi familia. Abrí la boca para darle las gracias, pero Pilecki ya había desaparecido entre la multitud. Los hombres de las SS nos ordenaron que nos dirigiésemos al Bloque 11 y los miembros de mi Kommando se abrieron paso a codazos, empujones y trompicones para llegar al interior.

Durante mi tregua del terrible frío llevé a cabo tareas de todo tipo y busqué al oficial canoso de las SS. Al final lo encontré. Estaba apostado al final de un pequeño pasillo que llevaba al patio, tranquilo y observando con atención a los hombres condenados que desfilaban frente a él. Su uniforme indicaba que era un Untersturmführer, como había dicho Pilecki, pero para asegurarme de que era el hombre que buscaba intenté recordar todos los sitios en los que lo había visto antes. En la celda del padre Kolbe durante su ejecución. En la plaza de recuento mientras me latigaban. Y en el patio ubicado entre los Bloques 10 y 11 cuando encontré a mi familia.

«No te hagas ilusiones. No puedes permitirte hacerte ilusiones».

Retomé mi trabajo y me di cuenta de que combatir mi ilusión era más difícil de lo que creía. El oficial se quedó todo el día cerca de los baños y el patio. Al terminar la jornada, los guardias le gritaron a mi Kommando que nos alineáramos fuera. Yo ignoré la orden y regresé apresuradamente al pasillo al tiempo que el oficial se dirigía a la salida.

—Herr Untersturmführer, ¿podría hablar con usted?

Se detuvo, probablemente desconcertado por mi osadía, pero antes de bajar la mirada me fijé en que la suya no reflejaba enfado mientras me estudiaba.

−¿Sobre qué? −preguntó.

−Mi familia. Los mandaron al muro en mayo del año pasado. Ese día lo vi a usted allí así que tengo motivos para creer que…

−He visto a miles de prisioneros marchar hacia ese muro −dijo con una risa amarga−. Aunque hubiese visto a tu familia, no me acordaría de ella.

Se dio la vuelta para marcharse y yo lo agarré del brazo.

−Será solo un momento.

«Oh, Dios mío, ¿cómo se me ocurre tocar a un oficial?». Lancé un jadeo y lo solté, previendo las consecuencias de mi atrevimiento. En lugar de golpearme, vi que el oficial tendía una mano hacia la mía antes de vacilar y retirarla. Pese a haber sido ya demasiado audaz, ahora no había vuelta atrás. Alcé la cabeza y lo miré a los ojos, y descubrí en ellos algo que hacía mucho tiempo que no veía: compasión. Mi voz se redujo a un temblor.

−Por favor, haré lo que sea. Por favor, ayúdeme.

Él se mordió el labio y ponderó su decisión. Al cabo me hizo una seña para que lo acompañase. El oficial dijo a sus compañeros que necesitaba que me quedara para acabar varias cosas y que él me escoltaría hasta el bloque más tarde. Ellos parecieron tragarse la excusa. En cuanto el bloque se vació me llevó a una sala de interrogatorios. Lanzó una mirada furtiva hacia el pasillo, me hizo entrar y cerró la puerta tras nosotros.

−¿Cómo te llamas? −preguntó al tiempo que se sentaba frente a mí.

Qué pregunta más extraña, teniendo en cuenta que mi número de prisionera estaba cosido en mi uniforme, donde lo podía ver con facilidad. Esperé a que rectificara, pero no lo hizo. Me estaba preguntando de verdad por mi nombre, mi nombre real, y me resultó tan desconcertante que no supe si reír o llorar. Pronuncié cada sílaba escuchando mi nombre mientras este salía rodando por mi lengua, tan familiar y sin embargo tan singular y preciado para mí en aquel momento.

—Bueno, si yo te llamo Maria tú puedes llamarme Oskar —dijo—. ¿Cómo era tu familia?

—Mi padre era alto y tenía el pelo castaño claro y una pierna lisiada, y mi madre y mis hermanos eran rubios. Hablaban un alemán perfecto. Zofia tenía nueve años y era la única con el pelo rizado, y Karol tenía cuatro. Mis padres se llamaban Aleksander y Natalia, y de apellido Florkowski. Como le he dicho, fue en mayo del año pasado; usted estaba cerca del patio cuando los encontré, así que esperaba que hubiese visto algo.

Se quedó en silencio con una expresión inescrutable y luego asintió.

—Por esas fechas hubo una familia que encaja con tu descripción. Me llamó la atención porque estaban todos en los baños de hombres y nunca había visto a mujeres allí. Alguien me contó que la mujer había preguntado si podían permanecer juntos. Su marido no era capaz de andar solo.

Parpadeé para despejar mi visión borrosa. Por supuesto que mis padres habían encontrado la manera de asegurarse de estar juntos.

—Fritzsch entró en los baños, pero no pareció sorprenderle que hubiera una mujer y niños allí. A lo mejor fue él quien permitió que se quedaran juntos, no estoy seguro. Una vez que se quitaron la ropa se puso a mirar a la mujer… —Oskar se interrumpió con las mejillas encendidas y carraspeó—. Por casualidad yo estaba cerca de la familia, y la verdad es que me intrigó. La mujer… Natalia, ¿verdad? Se dio cuenta de que Fritzsch la miraba…

–¿Seguro que era Fritzsch? ¿Y seguro que vio a mi familia?

Oskar asintió.

–Habló con ellos. –Volvió a abrir la boca y luego la cerró–. ¿De verdad quieres saberlo?

Asentí.

–Por favor, continúe.

–Dime cuando quieres que pare –contestó–. Fritzsch regresó al pasillo y Natalia habló con su marido y después lo siguió. Como te he dicho yo estaba intrigado, así que la seguí a distancia. No oí toda su conversación, pero sí lo último que dijo Fritzsch antes de…

–¿Qué dijo?

Se le desencajó la cara. Su silla gruñó en señal de protesta al cambiar de postura, y Oskar se frotó la nuca.

–Preferiría no repetirlo.

–¿Qué le dijo Fritzsch? –insistí con toda la fuerza que pude reunir–. Las palabras exactas.

Oskar respiró hondo y pasó el pulgar por una hendidura de la mesa.

–Sonrió y dijo: «No voy a hacer nada por tus hijos, sucia zorra polaca».

Las palabras quedaron flotando entre nosotros y yo me mordí el labio inferior hasta que noté el sabor de la sangre. No me cabía duda de que mis padres eran conscientes del destino que les esperaba, y su primera preocupación habría sido cómo salvar a sus hijos. Habrían coincidido en que Mama debía hablar con Fritzsch, aunque a Tata le tenía que haber dolido poner a Mama en esa tesitura. Ya que iban a morir, querían hacerlo sabiendo que habían hecho todo lo que podían. Mama le habría ofrecido cualquier cosa a

Fritzsch, lo que fuese con tal de salvar la vida de sus hijos. No la suya, ni siquiera la de Tata. Solo la de sus hijos.

Y Fritzsch debía de haberse recreado en su desesperación antes de rechazarla.

Mis padres habían hecho todo lo posible, pero no había bastado.

—Fritzsch la mandó al calabozo donde habían encerrado al resto de la familia y cuando les llegó el momento de ir al muro, lo hicieron juntos. Él también salió y yo me quedé en el extremo más alejado del patio. No creo que el niño se diera cuenta de lo que pasaba. Tu padre lo tenía distraído, pero la niña, es decir, tu hermana, parecía aterrada hasta que tu madre se arrodilló junto a ella y le dijo algo. Entonces se calmó. Los cuatro se pusieron a hablar en polaco y aunque yo no los oía muy bien y tampoco les entendía, no me pareció que estuvieran expresando su patriotismo, y tampoco cantaban el himno nacional polaco. No sé lo que dijeron, pero sonaba... —pareció buscar la palabra adecuada— reconfortante. Casi como una oración.

Mi mano se deslizó hacia el bolsillo secreto de mi uniforme. Habían rezado el rosario.

—Se cogieron de la mano y se colocaron de cara al muro, y Fritzsch...

Oskar dejó que su voz se apagara.

—Fritzsch no dejó que lo hiciera el verdugo —terminé por él—. Los mató él mismo.

Oskar no me miró, pero asintió con la cabeza.

—Primero a tus hermanos, uno detrás del otro. Fue rápido, no sufrieron —añadió en un tono de disculpa, como si quisiera reconfortarme.

Carraspeó y se quitó la gorra de las SS de la cabeza, pero yo ya me imaginaba lo que venía a continuación.

–Fritzsch esperó antes de matar a mis padres, ¿verdad?
Oskar hundió la cabeza en señal de asentimiento.

Claro que había esperado. No iba a dejar pasar la ocasión
de atormentar a dos padres con la visión de los cuerpos sin
vida de sus hijos.

–Tu madre cayó de rodillas junto a los niños –continuó
Oskar, absorto de repente en el emblema del *Totenkopf* de su
gorra–. Yo pensaba que se iba a desmayar, pero se quedó allí
en silencio contemplando sus rostros. Tu padre la tomó de la
mano, tiró de ella y la rodeó con los brazos durante un momento. Luego se dieron la vuelta para enfrentarse a Fritzsch.

Mama y Tata habían confortado a Zofia y a Karol de la única
manera que habían podido y de algún modo habían conseguido mantener la calma hasta que todo terminó. Y cuando
les tocó a ellos enfrentarse al mismo destino, lo hicieron con
valentía y dignidad. No podían hacer más.

–Tu padre fue el siguiente –prosiguió Oskar–. Cuando
cayó, tu madre se estremeció, pero aparte de eso no mostró
ninguna señal de flaqueza. Se arrodilló y le dio un beso en
la mejilla, y luego besó a los dos niños antes de colocárselos
sobre el regazo, coger la mano de tu padre y enfrentarse a
Fritzsch. Le sostuvo la mirada a ese cabrón hasta el final.

En el silencio que siguió a las palabras de Oskar oí el viento que rugía fuera y, a través de las pequeñas ventanas, vi
la nieve que caía constante. En la habitación hacía un frío
húmedo que me hizo tiritar, pero no estaba segura de si era
por el frío, por la rabia, por la pena o por las tres cosas. Mis
padres habían visto morir a sus hijos. Mi madre había visto
morir a su marido. Y todo por culpa de Fritzsch.

«Espero que al final los encontrases».

Su voz resonó en mi cabeza, su comentario sobre mi familia durante nuestra partida de ajedrez. No era posible que

estuviera insinuando esto. No era posible que supiera que la familia a la que había disparado era la mía. A lo mejor suponía que estaban muertos y sus palabras solo tenían como intención recordarme ese hecho. No podía saber que era él quien había asesinado a mi familia.

Pero en sus ojos se había reflejado algo más profundo.

¿Y si lo sabía? ¿Y si lo sabía todo?

Me pasé la mano por las cicatrices de las quemaduras.

«Mama. Tata. Zofia. Karol».

Cuando recuperé la voz, apenas fue audible:

—Usted me vio ese día, ¿verdad? ¿Cuánto rato hacía que estaban muertos?

Una vez más, Oskar no me miró a los ojos.

—Minutos.

Minutos. No había encontrado a mi familia por minutos. Sus momentos finales, mi oportunidad de salvarlos, de unirme a ellos, de despedirme, lo que fuera que hubiese pasado si hubiera llegado a tiempo no había podido ser por cuestión de minutos.

—He pedido que me releven del cargo así que me iré a finales de semana —dijo Oskar contemplando su gorra—. Sé que eso no cambia nada, pero no soporto lo que ocurre aquí.

Tenía razón. No cambiaba nada.

—Si hubiese podido ponerle fin, a las ejecuciones o a los latigazos o a todo lo demás, lo habría hecho, pero soy un solo hombre y si… —Oskar se frotó los ojos, carraspeó y continuó con voz suave—: Si te sirve de algo, tus hermanos parecían estar en paz. E incluso después de lo que acababan de presenciar, tus padres también.

Vaciló antes de volver a calarse la gorra en la cabeza.

Me puse en pie y me agarré al respaldo de la silla con las dos manos para no caerme. Él esperó, como si se imaginara que iba a decir algo. Cuando lo hice no me preocupé por controlar el temblor de mi voz.

—Si es verdad lo que ha dicho de que no soporta lo que ocurre aquí, tiene que prometerme una cosa.

Aunque tardó un poco en reaccionar, al final inclinó la cabeza en un leve asentimiento.

—Mañana, quiero que acuda al Kommandant y le cuente todo lo que sabe sobre Fritzsch.

Tras mi conversación con Oskar, me dirigí rápidamente a mi bloque. Hania y yo habíamos quedado en jugar una partida, pero en lo último que pensaba en aquel momento era en el ajedrez. Al llegar, Hania me esperaba fuera y me dijo que me diera prisa, pero yo pasé a su lado sin detenerme.

—Me voy a buscar a Fritzsch.

Me agarró del brazo.

—Espera, Maria, no puedes hacerlo.

—¡Sí que puedo! —exclamé mientras me la quitaba de encima—. Puede latigarme tanto como quiera, pero voy a encontrarlo. Tengo que…

—Escúchame, *shikse* —murmuró Hania cogiéndome por los hombros—. No puedes encontrarlo porque no está aquí.

—Vale, pues esperaré a que vuelva y entonces…

—No va a volver. —Me cogió de las manos y me las apretó emocionada, radiante—. Esta mañana, los hombres de las SS que trabajan en las oficinas administrativas han dicho que el Kommandant Höss lo convocó a una reunión muy larga y que Fritzsch se marchó en cuanto se acabó. Höss ordenó su traslado inmediato y lo mandó a un campo de concentración en Flossenbürg. Se ha ido para siempre.

Imposible. No podía haberse ido. Todavía no. Con el testimonio de Oskar y las numerosas transgresiones de Fritzsch, estaba casi segura de que el Kommandant Höss acabaría trasladándolo, pero le había pedido a Oskar que entregase su informe al día siguiente para que me diera tiempo a enfrentarme a él primero.

—Es verdad, *shikse*, te lo prometo. —La voz de Hania me hizo parpadear y ella se acercó con una ligera sonrisa—. Lo has conseguido. Se ha marchado.

Fritzsch se había marchado.

Me había pasado meses esforzándome para que lo trasladaran, pero mi propio plan lo había arruinado todo. Si hubiera sabido que era él quien había matado a mi familia podría haberle preguntado si era verdad, si era consciente de que había perdonado la vida a un miembro de esa familia a pesar de haber condenado al resto. Se suponía que la supervivencia debía hacer justicia, como una forma de honrar a mi familia, de ser más fuerte que aquel lugar que tantas vidas se había cobrado, de desafiar a Fritzsch y los planes que tenía para mí.

Una vez más me enfrentaba a un movimiento que no había previsto, uno que lo cambiaba todo. Despojar a Fritzsch de su puesto y luchar por mi supervivencia no era suficiente. La justicia consistía en escuchar la verdad de boca del asesino de mi familia. Encontrar una forma de hacer que pagara por ello. Pero era demasiado tarde: se había marchado.

Había perdido mi oportunidad.

No, aquella partida no había terminado, aquel peón seguía en juego.

Aunque la nieve me llegaba casi a las rodillas y el viento implacable hacía que me llorasen los ojos, no tenía frío. El calor de la furia me descongeló y me dejó con las ascuas de mi determinación; un fuego lento y constante que no se apagaría.

«Un día saldré de Auschwitz. Y cuando lo haga encontraré a Fritzsch».

Capítulo 19

Auschwitz, 20 de abril de 1945

Ahora que ha llegado el momento de confrontar a Fritzsch con todo lo que me contó Oskar, mi conversación con este me brota entre los labios, aunque me cuesta un esfuerzo considerable mantener la voz firme. Cuando acabo, me quedo en silencio y respiro. La verdad se extiende entre nosotros, tan clara y definida como las casillas del tablero de ajedrez. A Fritzsch no le queda otro remedio que mover ficha.

Se queda callado, observándome, y luego captura mi reina, así que mi caballo captura al suyo.

—Te contaron que ejecuté a tu familia y fue por eso por lo que trataste de arruinar mi carrera, ¿verdad?

Aunque ya sospechaba que a estas alturas se habría dado cuenta de mi plan, oírlo de su boca desata una vorágine de terror en mi interior, tan intenso como si hubiera descubierto mi implicación en su momento. Para apaciguarlo, me recuerdo que no tengo nada que temer. El final de la partida se desarrollará tal como he planeado.

—Contesta, polaca. ¿Trataste de arruinar mi carrera?

El grito me devuelve a la realidad. No me había percatado del rato que llevo callada. Fritzsch me mira con el ceño fruncido, sin parpadear, así que estudio el tablero, aunque sé que si tardo más de unos segundos en mover él tomará medidas.

—Mis esfuerzos comenzaron mucho antes de saber lo que

habías hecho, pero la carrera te la arruinaste tú solo. Yo me limité a darte oportunidades para que violaras el protocolo. No te obligué a aceptarlas.

—Así que fuiste tú quien provocó mi traslado —dice en voz tan baja que tengo que concentrarme para descifrar sus palabras—. Y planeaste tus pasos basándote en dónde se encontrara el Kommandant, ¿verdad? —Yo asentí y él meneó la cabeza en un gesto de desaprobación—. Te doy la oportunidad de ser de utilidad y tú vas y te vuelves contra mí.

—No hagas como si tú hubieras mostrado piedad por alguien —replico, aunque me cuesta hablar—. No lo hiciste por mí ni por mi familia.

—Mi trabajo era mantener a los prisioneros bajo control y eso fue lo que hice —dice Fritzsch, que ha recuperado la calma, mientras mueve un peón—. Por lo visto debería haberme centrado en controlar también a los guardias.

Retiro la mano con la que estaba a punto de coger el peón.

—¿A qué te refieres?

Fritzsch se quita la gorra para secar la lluvia del emblema del *Totenkopf* y a continuación se la cala de nuevo.

—El que te contó lo de tu familia. ¿Te has planteado la posibilidad de que te mintiera?

La lluvia me cae por la espalda y reprimo el impulso de tiritar. Estudio el rostro de Fritzsch en busca de la menor señal de que se trata de una artimaña, pero él se limita a esperar mi respuesta, expectante. Carraspeo antes de dársela.

—Después de hablar conmigo, Oskar le contó la misma historia al Kommandant.

—Si te mintió a ti, ¿por qué no iba a mentirle al Kommandant? Me acuerdo del hombre en cuestión. No estaba hecho para esta clase de trabajo y me tenía ojeriza. No me sorprende que aprovechara la oportunidad para sabotearme.

Lo habían relevado del cargo y yo ya me había marchado, así que no tenía nada que perder. Al hablar contigo me pintó como quiso y luego le pasó la misma información a Höss, seguramente alabándolo por transferirme e intentando ganarse sus simpatías después de haberlas perdido por ser demasiado débil para su tarea en el campo. Y todo mientras yo no estaba presente para abordar las acusaciones contra mí.

Me remuevo en la silla, pero el cambio de postura solo sirve para hacerme sentir aún más incómoda.

—No tenía motivos para mentirme.

—Pero eso no es cierto, ¿no crees? Estabas en un momento vulnerable, buscabas respuestas desesperadamente y acudiste a ese hombre para pedírselas. Él te dijo que era poco probable que se acordase de tu familia, pero, ante tu insistencia, aprovechó la oportunidad para desautorizarme, se inventó una historia que te dejara satisfecha y esperó a que le mostraras tu gratitud. —Fritzsch se inclinó hacia mí y me sostuvo la mirada—. ¿Lo recompensaste como se merecía?

El lascivo murmullo desata mi ira.

—No, yo nunca…

—¿Acaso no le dijiste que harías lo que fuera? No deberías hacer promesas que no tienes intención de cumplir.

—No me pidió que lo compensara de ninguna forma.

—Algunas recompensas pierden su valor si tienes que pedirlas —dice con una sonrisa de suficiencia—. Además, la otra prisionera contribuyó a la corrupción de la raza…

—No la metas en esto.

—No te hagas la sorprendida. Yo estaba al tanto de todo lo que pasaba en este campo.

—No sabías que estaba maquinando para conseguir tu traslado.

Una sombra de cólera cruza el rostro de Fritzsch.

–Lo sospeché cuando el Kommandant enumeró las violaciones del protocolo que lo habían ocasionado y me di cuenta de que la mayoría estaba relacionada contigo. Fue una pena que el traslado fuera inmediato, de otro modo me habría dado tiempo de abordar el asunto contigo antes de marcharme.

El desaire de su tono me proporciona una pequeña satisfacción, aunque mi victoria sigue siendo insignificante. Es imposible que Oskar me mintiera. La insinuación despierta mis recuerdos y noto cómo el dolor se pone en marcha, ese leve malestar que precede a los implacables e incontrolables ataques de migraña. Aprieto los dientes para aplacarlo, pero este persiste.

–Me dijiste que esperabas que acabara encontrando a mi familia –conseguí articular al fin–. Querías que…

El dolor de cabeza se intensifica y me deja sin habla, y él arquea una ceja con actitud condescendiente.

–¿Siempre sacas conclusiones tan drásticas de un simple comentario?

Cierro los ojos mientras noto una opresión que me dificulta la respiración. El control ha estado jugando conmigo todo este rato, poniéndose a mi alcance, dejando que lo tome y volviendo a alejarse. Cuanto más me peleo con él, más me derrota.

–Si te hubieras centrado en tu familia en lugar de en conseguir mi traslado, nunca me habría ido a Flossenbürg. En lugar de eso, esperaste demasiado para investigar la muerte de tu familia y confiaste en un hombre cuya historia nadie podía desmentir. Yo soy el único que puede confirmar o rebatir sus afirmaciones. Por eso estabas decidida a encontrarme, ¿verdad? –Hace un gesto con la cabeza en dirección a la mesa para indicar que me toca jugar y se reclina en la silla–. Si no fui yo quien ejecutó a tu familia, quiere decir que te has pasado todos estos años persiguiendo al hombre equivocado.

Capítulo 20

La vida en Auschwitz resultaba extraña sin Fritzsch. A medida que un calor sofocante reemplazaba el gélido invierno, nadie me obligaba a jugar al ajedrez contra mi voluntad y yo ya no me pasaba los días conspirando contra él o esperando que no se cansara de mí. Aunque agradecía el respiro, me había quedado con un vacío que no se llenaría hasta que no fuese libre para ejecutar los planes que había hecho para encontrarlo.

Una calurosa mañana de verano salí apresuradamente del Bloque 8 y me dirigí al recuento. El Bloque 8 se había convertido en mi residencia en marzo, cuando comenzaron a llegar transportes de mujeres y los guardias nos trasladaron a nuestro propio grupo de bloques separado del de los hombres por un muro de cemento. Mientras caminaba me miré la manga para asegurarme de que la pequeña incisión de mi brazo no me sangraba a través del uniforme. Hania se las había apañado para conseguir vacunas contra el tifus para mí, Izaak y ella que nos equipaban para luchar contra la epidemia que asolaba el campo y empeoraba cada día. Me había asegurado que se había hecho con ellas de manera honesta, pero sospechaba que había habido amenazas vacías de por medio… a pesar de que Hania no admitiera que eran vacías ni que los hombres de las SS no eran conscientes de que utilizaba sus nombres para protegerse. Había tejido una intrincada telaraña que no se rompería hasta que ella lo decidiera.

Después del recuento avancé con mi Kommando hasta el Bloque 11 y me resistí al deseo de rascarme la parte superior de la espalda. Probablemente era una picadura de pulga. Las pulgas les habían cogido el gusto a los bloques de las mujeres. Cuando el picor se volvió insoportable sucumbí a él y me lo froté velozmente, y al hacerlo mis dedos pasaron sobre una protuberancia dura de mi piel. Una de las cicatrices de los latigazos. Luego me llevé la mano al bolsillo secreto de mi falda que contenía mi rosario mientras una sonrisa melancólica se dibujaba en mis labios. «Padre Kolbe».

La sonrisa desapareció en cuanto entré en el Bloque 11. La primera oleada de víctimas del día no tardaría en ser ejecutada; prisioneros a los que habían capturado por participar en la resistencia del campo o miembros de la Resistencia clandestina a los que habían enviado allí tan solo a morir. Mientras bajaba por el pasillo en dirección a los baños de mujeres pasé frente a varias salas acondicionadas como celdas. Dentro había civiles detenidos a la espera de juicio. No entendía por qué los hombres de las SS se molestaban en llevar a alguien a juicio. Al fin y al cabo, ya habían sentenciado a muerte a casi todos. Distinguí un pelo moreno bajo un pañuelo un poco más adelante y estiré el cuello para verlo mejor mientras su dueña avanzaba por el pasillo. Cuando la prisionera se acercó, mi esperanza se esfumó. No era Hania. Por su propio bien, me alegraba que no tuviera que traducir los juicios o interrogatorios de ese día. Debido a las torturas que se veía obligada a presenciar, aborrecía trabajar en el Bloque 11. Por mi propio bien, sin embargo, deseaba que hubiera sido ella.

Al llegar frente al pequeño baño me detuve en el pasillo. «Concéntrate —me dije a mí misma, repitiéndome el mantra que recitaba al comienzo de cada jornada de trabajo—. Concéntrate en vivir. En luchar. En sobrevivir».

Pero no había concentración que hubiese podido prepararme para la sorpresa de ver a Irena Sienkiewicz entrar en el Bloque 11.

Era ella; no cabía duda, era ella. Tenía el mismo aspecto con el que la recordaba, aunque más demacrado porque debía de acabar de llegar desde Pawiak y yo sabía cómo era aquello. Iba vestida todavía con ropa de civil y tenía la barbilla levantada con su habitual actitud desafiante, pero su mirada vagaba por la habitación con rapidez e incertidumbre. Los guardias encaminaron a varios prisioneros políticos hacia el juzgado o a un cuarto de detención y luego enviaron a otros en mi dirección, incluida Irena. Esta siguió al grupo y no me vio, así que me apresuré para alcanzarla.

—¿Irena Sienkiewicz? ¿O debería llamarte Marta Naganowska para que no me grites por usar tu nombre real delante de las SS?

Ella se apartó y se me quedó mirando, pero, a medida que contemplaba alternativamente mi cara, mi número de prisionera y de nuevo mi cara, mis palabras debieron de hacer clic en su cabeza. Abrió mucho los ojos y luego sonrió y meneó la cabeza.

—Maldita sea, Maria. Estás viva.

Jamás me habría imaginado que una de las maldiciones de Irena me resultaría reconfortante, pero lo cierto es que casi me llenó los ojos de lágrimas. Por más que me apenara que estuviera allí, no podía evitar emocionarme por verla. «Después de tanto tiempo…».

El pensamiento se interrumpió en seco. A Irena la habían

mandado al baño de mujeres, la última parada antes de salir al patio. Y nadie de los que salían al patio volvía con vida.

Vale que fuera mujer, pero era joven y estaba sana, y por lo general a las mujeres jóvenes y sanas las destinaban al trabajo. ¿Por qué no lo habían hecho con ella? Al notar su barriga abultada la respuesta quedó clara.

—Irena, estás embarazada.

—¡No me digas! No me había dado cuenta.

Seguimos al resto de las mujeres al interior del baño, donde un hombre de las SS les ordenó que se desvistieran. Mientras Irena obedecía, yo acepté mecánicamente varias prendas de ropa que las demás mujeres me tendieron. Una vez desnudas, las mujeres salieron de la estancia o se dirigieron a la habitación contigua para hacer uso de las letrinas.

—¿El padre del niño? —pregunté al cabo.

Irena apretó los labios en una fina línea.

—Un soldado que me pilló durante el toque de queda. El hijo de puta dijo que no me arrestaría con una condición, pero no me dio la oportunidad de decidir si aceptaba sus términos o no. Habría preferido que me detuviera. —Se quitó la blusa y prosiguió con una risa desganada—: Hay luchas que es imposible ganar aunque pelees con uñas y dientes. Como puedes ver, eso fue hace casi nueve meses, y luego me pillaron llevando a una niña judía a una familia católica en las afueras de Varsovia. —Se interrumpió un momento y dobló la blusa meticulosamente—. Alguien nos delató. En cuanto dejé a la niña dentro, la Gestapo me detuvo delante de la casa y le prendió fuego con ellos dentro. Se aseguraron de que nadie hubiera sobrevivido y después me llevaron a Pawiak. El interrogatorio casi me hizo ponerme de parto, pero mi pequeño es tan luchador como yo, así que aquí estamos.

No sabía qué historia había esperado que hubiera detrás de su embarazo o su detención, pero, en cualquier caso, no esta. Era demasiado espantosa para procesarla. Nada de lo que yo dijera podía quitarle importancia a lo que le había pasado, así que le hice la siguiente pregunta que me vino a la cabeza:

–¿Y tu madre?

Mientras daba un paso para salir de la falda una sombra le cruzó el rostro y casi la hizo derrumbarse antes de tragar saliva.

–Hasta hace unas semanas estaba bien, pero a estas alturas ya debe de saber que me han atrapado, así que no quiero ni imaginarme cómo lo lleva. ¿Y tu familia?

Mi expresión debió de delatarme. Irena abrió la boca y la cerró enseguida.

Se quitó la ropa interior y me tendió sus prendas, que añadí al montón cada vez más alto que había hecho sobre el suelo. Los moratones que le cubrían el cuerpo me hicieron retroceder en el tiempo a cuando yo misma había estado en Pawiak. La pena y la rabia me crearon un nudo en el pecho. La Gestapo había torturado a una mujer embarazada.

Se lavó la cara y las manos en la pila y se dispuso a salir del cuarto, pero se detuvo un momento en el umbral de la puerta y apoyó ambas manos sobre su barriga, ahora desnuda.

–Me van a matar, ¿verdad?

Conocía la respuesta, lo vi en su mirada, pero quería oírla de mí. Yo no podía contarle la verdad; cómo iba a contarle la verdad… pero era lo que merecía y no pensaba mentirle. Como no me fiaba de mi voz, me limité a asentir con la cabeza.

Irena no mostró sorpresa alguna, aunque se llevó la mano al crucifijo que le colgaba del cuello. Solo entonces pareció darse cuenta de que tenía que quitárselo. Se llevó las manos al cierre, pero en el último momento vaciló.

–Es el último regalo que me hizo mi padre –murmuró, más para ella misma que para mí.

Se lo quitó apresuradamente y me lo tendió. Tendría que haberlo añadido a las joyas confiscadas, pero cuando el crucifijo y la cadena cayeron en la palma de mi mano, la cerré. No podía entregarlo, todavía no.

Un oficial de las SS que bajaba por el pasillo gritando órdenes se fijó en Irena y en mí.

–Haz que marche hacia afuera, 16671.

Al oír la instrucción, el destino de Irena se volvió tan real que sentí que debía hacer algo. No podía permitir que muriese. No tenía tiempo para elaborar un plan así que solo me quedaba la opción de suplicar.

–¡Un momento! –grité al tiempo que lo agarraba el brazo–. Va a dar a luz en cualquier momento y entonces estará en condiciones de trabajar. Por el amor de Dios, déjela trabajar…

Me interrumpí cuando el hombre se soltó de un tirón y levantó la mano para golpearme, pero antes de que pudiera hacerlo Irena me cogió por los hombros y me sacudió.

–Escúchame, loca de mierda, no sé quién diablos crees que soy, pero ya te he dicho que no nos conocemos, y no quiero trabajar contigo. Déjame en paz. –Me empujó y se volvió hacia el oficial con un gesto exasperado–. Por favor, dígame adónde tengo que ir para perderla de vista.

Él le dedicó una sonrisa jocosa.

–Gira a la derecha y baja por el pasillo hasta que llegues al patio. –Hizo un gesto para indicarle la dirección y luego se alejó de nosotras.

Una vez que se hubo marchado, Irena se volvió hacia mí.

–Puede que haya aprendido un par de cosas de Helena Pilarczyk.

Una sonrisita burlona le iluminó la cara al utilizar mi nombre de la Resistencia. Lo único que me quedaba era seguirla hasta el patio, y eso fue lo que hice. Permanecería a su lado hasta que me lo impidieran. Irena se irguió, echó los hombros hacia atrás y avanzó con la cabeza alta y el pecho hinchado, una mano protectora posada sobre su abultado abdomen.

–¿Por qué me has interrumpido así? –murmuré mientras caminábamos.

Irena respiró hondo antes de contestar.

–Porque aunque me permitieran trabajar después de dar a luz se quedarían con mi hijo. Y que me parta un rayo si voy a dejar que eso ocurra. –Se le quebró la voz y una lágrima solitaria se le escapó del ojo. Se la secó rápidamente y tragó saliva; al hablar de nuevo, su tono era tan calmado como siempre–. No puedo salvar a mi hijo, pero podemos afrontar la muerte juntos.

Nos detuvimos frente al baño de hombres, a escasos metros de la verja de hierro que llevaba al patio. El muro se encontraba justo detrás, a la derecha, fuera de nuestro campo de visión. No podía ir más allá sin que me pillaran. Irena cogió mi descarnada mano y presionó la palma sobre su barriga. Noté una ondulación leve y al mismo tiempo intensa cuando el bebé se movió.

–Si hubiera sido una niña, la habría llamado Helena –dijo mientras sonreía mirando su abdomen redondeado–. Y si hubiera sido niño, Patryk.

Ambos nombres me trajeron a la memoria tan buenos recuerdos del tiempo que habíamos pasado juntas en la Resistencia, y además acababa de sentir la vida que llevaba en su interior y que estaba a punto de apagarse junto con la suya. Era demasiado, me superaba, pero no noté las lágrimas hasta que oí una voz familiar que me reprendía:

—Dios mío, ya vale. Te vas a meter en un lío.

Pero yo no pude evitar que un torrente de lágrimas me cayera por las mejillas y enterré la cara entre mis manos. Siempre que pensaba que aquel lugar había sido todo lo cruel que podía conmigo y mis seres queridos, este me mostraba lo equivocada que estaba. Mi amiga y su hijo nonato estaban a punto de morir. Y allí estaba yo, acompañándolos a su muerte, incapaz de salvar a ninguno de los dos.

Noté sus dedos alrededor de mis muñecas mientras me apartaba las manos de la cara. A través de las lágrimas miré su rostro e intenté hablar tan claro como pude para que me entendiera.

—Irena, si pudiera…

Ella me abrazó con fuerza y me dio un beso en la mejilla, acallándome, y luego me soltó antes de que alguien nos viera y puso sus manos sobre mis hombros con suavidad. Me miró con los ojos vidriosos llenos de fuerza, siempre fuerza, y con más afecto del que me había mostrado nunca. Casi podría decirse que era amor.

—Cántales las cuarenta a estos cabrones, Maria Florkowska.

Sin darme tiempo a contestarle, se dirigió a la verja. Al alcanzarla, Irena se llevó la mano derecha al centro de la frente, al pecho y a ambos hombros, santiguándose, y luego se la apoyó en la barriga. Los goznes chirriaron al abrir la puerta para salir y después la cerró con firmeza a su espalda. Con la cabeza alta, avanzó por el patio y giró a la derecha, hacia el muro, desapareciendo de mi vista. Le di la espalda a la verja y no escuché a los airados oficiales de las SS ni miré a las mujeres que pasaban a mi lado en dirección al patio, pero me quedé donde estaba. No pensaba abandonarla.

Al cabo de unos segundos, el conocido estampido de los disparos me hizo caer de rodillas.

Sollocé durante unos preciosos segundos antes de conseguir secarme las lágrimas sin saber muy bien cómo y obligarme a ponerme en pie. No sé cómo lo logré. A lo mejor porque en algún sitio enterrado en mi subconsciente sabía que mi supervivencia dependía de ello. Me colgué el crucifijo de Irena al cuello y lo metí por dentro del uniforme para que no se viera. Llevaba conmigo un pedacito de mi familia en las cicatrices de las quemaduras de cigarrillo, un pedacito del padre de Kolbe en su rosario y, ahora, un pedacito de Irena.

Regresé al trabajo.

El resto del día transcurrió en medio de una neblina. En cuanto terminó mi jornada me dirigí apresuradamente hacia la verja principal para esperar a Hania. Estaba tan distraída que casi pasé de largo junto al cartel con la calavera y los huesos negros que ordenaban a los prisioneros HALT! y STÓJ! La advertencia estaba pintada en unas placas de madera montadas sobre un poste de cemento y sentí deseos de ignorarla, de salir disparada a través de la verja e irrumpir en los edificios administrativos y encontrar a Hania, pero no lo hice. Ir más allá del letrero era un error que sabía que no debía cometer.

Los prisioneros marcharon junto a mí mientras yo pasaba el peso de un pie a otro, aunque no tuve que esperar mucho. Al llegar Hania, le hice un gesto para que me siguiera. Busqué un sitio que nos proporcionase privacidad y me paré en el callejón que había entre los Bloques 17 y 18. Aunque no nos quedaba de camino, estaba cerca de la verja y sabía que no podría mantener la compostura mucho más tiempo.

—¿Qué pasa? —me preguntó Hania cuando llegamos—. ¿Te han hecho daño? ¿Le han hecho daño a Izaak?

–Irena.

Su nombre fue lo único que fui capaz de decir antes de romper a llorar, un llanto que había reprimido todo el día y que me impidió continuar.

Apoyé la espalda sobre los duros ladrillos, me deslicé hasta el suelo y hundí la cabeza entre mis brazos hasta que noté cómo Hania se agachaba junto a mí.

–Shhh, tranquilízate, *shikse*. –Levanté la cabeza y ella me secó una lágrima de la mejilla–. Cuéntame qué ha pasado.

–Ha estado aquí –susurré–. Irena ha estado aquí.

–¿Tu amiga?

Asentí.

–En el Bloque 11. Estaba embarazada. –Fui incapaz de continuar, pero Hania solo tuvo que menear la cabeza para dejarme claro que no hacía falta–. Me dijiste que podías conseguir que reasignaran a los prisioneros. –Continué–: ¿De verdad puedes hacerlo? Por favor, Hania, no me importa dónde trabajar, pero sácame del Bloque 11. No puedo más.

–No te preocupes. Yo me encargo –dijo al tiempo que me cubría la mano con la suya en un gesto tranquilizador e interrumpía en seco mis súplicas–. Te sacaré de ahí tan pronto como pueda.

–Solo si lo único que tienes que hacer es traducir o intercambiar artículos. Nada más –susurré pensando en Protz.

A pesar de que estaba desesperada, no quería que le hicieran daño.

–Será un trueque seguro y ninguno de los implicados saldrá dañado –contestó Hania al tiempo que me dedicaba una leve sonrisa agradecida–. Te lo prometo.

Luego sacó un sedante y me lo ofreció, pero yo lo rechacé negando con la cabeza. Quería darme permiso para llorar, para sumergirme de lleno en el momento porque, por doloroso que fuera, implicaba que mis muros se habían derrumbado de una manera que no me había permitido en mucho tiempo. El dolor del amor y la pérdida me atravesó hasta el centro del alma. Y me recordó que aún era humana.

Me habían quitado a mis seres queridos. Irena era el último trocito de mi hogar, el último pedazo de la vida que había dejado atrás, y me la habían quitado con tanta facilidad y saña como a mis padres, mi hermano y mi hermana. Ella había frustrado mi intento de ayudarla, había aceptado su destino y, sin embargo, una oscuridad abrumadora se apoderó de mí, igual que después de encontrar a mi familia. Fracaso. Desesperación. Todo aquello que no podía cambiar, descarnado y salvaje como el látigo al hincarse en mi carne. El padre Kolbe me había dicho que viviera y luchara, pero cuanto más lo hacía, más perdía. Y empezaba a preguntarme si me quedaba algo por lo que vivir o luchar.

No, no podía permitirme pensar así. Aún me quedaban cosas. Tenía los recuerdos y una vida que vivir en su honor. Tenía a Hania y mi compromiso de reunirla con sus hijos. Tenía mi promesa de encontrar a Fritzsch, de escuchar de sus labios cómo le había negado a mi madre su última petición, cómo se había negado a perdonarles la vida a mis hermanos, cómo había ejecutado él mismo a mi familia. Tenía a la Resistencia.

Cuando por fin recuperé el aliento, alcé la cabeza y miré a Hania.

—Hace casi un año que trabajo para la Resistencia y tú…

—No empieces otra vez —dijo al tiempo que levantaba una mano.

Se puso en pie y yo hice lo mismo. Había intentado tener aquella conversación con ella muchas veces y esta vez no dejaría que se saliera con la suya.

—¿Qué haría falta para convencerte de que te unas?

–Basta ya. Has tenido un día difícil, estás enfadada y no voy a hablar del tema –replicó Hania, cortante, y al volver a hablar fue tajante–: Tengo hijos, Maria.

–Hijos que hace casi un año que no ven a su madre.

Aunque ya había empezado a caminar para salir del callejón, mis palabras bastaron para que se acercara a mí hecha un basilisco.

–He luchado por mis hijos día tras día, y si lo arriesgo todo, si Protz se entera…

–Nada de eso importa si no ponemos fin a esto. Al final nos matarán y seguirán matando hasta que no quede nadie. –La cogí por los hombros, pero mi voz se desgarró mientras me sobrecogía el llanto de nuevo–. ¿Cuándo acabará?

Hania soltó aire y luego serenó su expresión y me acercó a ella. Yo la rodeé con los brazos mientras intentaba controlar mi respiración entrecortada. Comprendía perfectamente sus dudas, pero la manera más rápida de reunirse con sus hijos era liberarnos. No servía de nada luchar por sobrevivir cada día si el fin era inevitable. Ese era el motivo por el que teníamos que cambiar el final.

–Si lo hago –murmuró al cabo–, ¿me prestarás algo de tu *chutzpah*?

La miré para confirmar sus palabras.

–¿Te unirás?

A pesar de la preocupación que seguía ensombreciendo sus ojos, Hania me dedicó una leve sonrisa.

–Ni se te ocurra decir «jaque mate» o renuncio ahora mismo.

Capítulo 21

Birkenau, 11 de octubre de 1942

En un lóbrego día de octubre, avancé penosamente por el barro que me llegaba hasta los tobillos con la cabeza agachada para protegerme del azote del viento y la lluvia, en dirección a las letrinas. A esas alturas debería haberme acostumbrado a la falta de calles y alcantarillados en Birkenau, teniendo en cuenta que las prisioneras se habían trasladado a la nueva ampliación de Auschwitz en agosto, pero con cada día que pasaba echaba más y más de menos las ínfimas comodidades del campo principal.

Mientras me acercaba a mi destino, parpadeé para despejar el agua de mis ojos y distinguí al guardia de las SS apostado fuera. Este buscaba refugio pegándose a la pared del edificio e hizo una mueca mientras se secaba la lluvia de la cara, pero, al verme, se le iluminó el rostro. Ahora esperaba con ganas mis visitas. Sin mediar palabra, le estampé un paquete de cigarrillos en la palma de su ávida mano y él me dejo entrar.

Janina, la doctora pelirroja y judía que trabajaba de enfermera, me hizo una seña para que me sentara a su lado en uno de los largos bancos de cemento. Hice lo que me decía, pasando de largo los agujeros que servían de retretes.

—Mis fuentes me han dicho que Pilecki se ha recuperado de su reciente ataque de tifus y que lo dieron de alta de la cuarentena la semana pasada –murmuró Janina–. Lo han trasladado al Kommando de la curtiduría y ha empezado a organizar el contrabando de objetos de valor ocultos en las piezas de cuero.

Para confirmarlo, Janina me tendió cuatro pequeños diamantes. Tras dar las gracias en silencio a quienquiera que los hubiese dejado atrás, me los metí en el bolsillo. Me servirían para futuros intercambios.

–Tengo otra novedad, pero no es buena –continuó–. Hemos perdido a un miembro, una mujer llamada Luiza. Quería evitar su traslado a otro campo así que le diagnostiqué un caso falso de tifus.

–¿Inyección o cámara de gas?

–Inyección.

–Trabajas en la enfermería, Janina, debías de saber que estaba atestada.

–Por supuesto, pero nunca me informan de cuándo la vaciarán los guardias.

Cerré los puños, me levanté y me di la vuelta. Esa era la razón por la que detestaba que los miembros de la Resistencia acudieran a la enfermería bajo falsos pretextos. Era demasiado arriesgado. Ahora Luiza había muerto en vano. Si seguíamos perdiendo mujeres a ese ritmo, cuando nos rebeláramos no quedaría ninguna.

Después de que Janina y yo nos separásemos, deshice mi camino por la calle sin asfaltar, tropezando con trozos de ladrillos, piedras y escombros. Llegué a un charco grande y profundo y avancé en dirección a un montón de cadáveres en descomposición. Mantuve la mirada fija en el barro frío y resbaladizo en busca de extremidades camufladas para no tropezar y pateé la suciedad hacia una rata que había en mi camino. Mi misil cayó con un chapoteo, pero no alcanzó a la rata, que se reunió con sus compañeras para seguir royendo la masa de formas esqueléticas de un azul ceniciento.

Al llegar a mis barracones de ladrillo, me detuve en el umbral y volví la cabeza para mirar por encima del hombro con envidia, y me imaginé que podía ver el campo principal ubicado a tres kilómetros al este. A pesar de que el Bloque 8 había estado infestado de pulgas, los suelos estaban nivelados y había letrinas y reservas de agua. La estructura actual no tenía sentido.

Me sacudí todo el barro que pude aprovechándome de la lluvia y luego sacié mi omnipresente sed con las gotas antes de entrar. Tiritando, me sequé los restos de agua, esquivé la rata que había junto a la puerta y avancé por el suelo irregular hacia las hileras de literas hechas con listones de madera. Al llegar a la mía, me subí al catre de arriba. Apenas había espacio para algo que no fuera quedarse estirado, pero me quedaban libres varios centímetros incluso cuando estiraba las piernas. No había heredado la altura de Tata.

Escogí un trozo de pan de mi alijo, que guardaba bien ordenado, y arranqué un pedazo. A pesar de la lluvia que goteaba del techo, era mi día preferido de la semana porque era domingo. Los domingos no tenía que trabajar.

Saqué el formulario para cartas que teníamos en el campo para escribir otra misiva a la señora Sienkiewicz. Antes me había dado miedo escribir a los contactos de la Resistencia, pero el destino de Irena no me había dejado otra opción. Antes de redactar mi respuesta, volví a leer la suya.

Querida Maria:

Gracias por informarme de la muerte de mi hija y mi nieto. A pesar de que la noticia fue un golpe tremendo, la agradecí por

venir de una buena amiga de mi hija, en la que ella confiaba.
Significó mucho para mí que te viera una última vez. Me alegro
de que estés bien, querida. Por favor, vuelve a escribirme pronto.

Con cariño,
Wiktoria Sienkiewicz

Una carta sencilla y segura. Como miembro de la Resistencia, la señora Sienkiewicz sabía cómo escribir cartas que pasaran la oficina de censura nazi. Tenía la sensación de que también sabía que Irena no había fallecido por complicaciones en el parto y que el bebé no nació muerto, como le había dicho en el mensaje que le había enviado tras la muerte de Irena. Un día le contaría la historia real.

Maté al piojo que me trepaba por el brazo y me puse a escribir. Puede que esta vez lograra impedir que mis lágrimas mancharan la página y corriesen la tinta.

Querida señora Sienkiewicz:

Gracias por responder a mi carta. Por favor, cuénteme cosas
de usted y de todos los que siguen allí, en casa. Yo estoy bien
y voy tirando.

Me di tanta prisa en comunicarle la noticia de su hija que me
olvidé de hablarle de mi familia. Por desgracia pillamos una
enfermedad terrible y yo fui la única que se recuperó. Aunque
los echo de menos, tengo suerte de mantenerme ocupada gracias
al trabajo. Estoy empleada en una cestería y en mi tiempo libre
me dedico a traducir para los polacos que no hablan alemán.

Hoy hace muy buen día y espero que el sol también brille en
Varsovia. Tengo muchas ganas de saber de usted muy pronto.

Me odiaba por las mentiras, por aparentar positividad y, sobre todo, por tranquilizarla acerca de mi bienestar con la fórmula habitual. Era una frase que estaba obligada a incluir para asegurarme de que mi carta pasaba la censura. Si no fuera por los censores, en mi escrito habría compartido todos los detalles de mi trabajo con la ZOW y nuestra esperanza de que el Ejército Nacional accediera a atacar cuando fuera necesario para liberar Auschwitz.

En el formulario no había mucho espacio para escribir, pero me quedaba un trozo para una línea más antes de despedirme. Mientras releía mis palabras buscando desesperadamente algo que fuera honesto, pensé en la época en que había trabajado en la Resistencia en Varsovia y se me ocurrió qué podía decirle. Y lo mejor era que la señora Sienkiewicz sabría a qué me refería.

Por favor, dé recuerdos a mis amigas Marta y Helena.

Con todo mi cariño,
Maria Florkowska

Cuando terminé de escribir la carta a la señora Sienkiewicz y otra secreta a Mateusz, dos de mis compañeros de litera seguían sin llegar, pero Hania había regresado ya a nuestro bloque. La suerte había estado de nuestra parte y nos habían asignado a vivir juntas, así que por supuesto ella era la cuarta ocupante de mi litera. Mascullando en checo, intentó escurrir la lluvia de su uniforme embarrado. A petición de Protz, tanto su ropa como ella recibían un lavado concienzudo durante sus encuentros, así que por lo general cuando volvía estaba increíblemente limpia. Pero después de atravesar el campo inundado había acabado tan sucia como yo.

—¿Cómo ha ido?

Hania arqueó las cejas y soltó una risita mientras se acomodaba a mi lado.

—No se me escapa que no cumples los dieciséis hasta febrero, Maria, pero a estas alturas ya deberías saberlo. Si tengo que explicártelo…

—Soy muy consciente de lo que ha pasado entre Protz y tú. Te ha invitado a una cena deliciosa de pato asado con salsa de serbas y te ha llevado a una ópera en el Teatr Wielki en Varsovia, y luego… —Hice una pausa como si escudriñara su cara en busca de pistas y luego ahogué un grito—. ¿Te ha besado?

Hania se llevó una mano al pecho.

—Una dama no habla de esas cosas. Qué pena que te perdieras la ópera; era *El barbero de Sevilla* y la función ha sido maravillosa.

Me reí, aunque no me pasó por alto el triste desapego que se escondía bajo su risa frívola.

—Me refería a lo que querías preguntarle. ¿Lo has hecho? ¿Te va a dejar ver a Izaak?

—Sí, se lo he pedido y ha accedido. Antes de acompañarme de vuelta a Birkenau, Protz me ha llevado a verlo para que habláramos. Nos ha dado solo unos minutos; Izaak no soporta estar en el campo principal mientras nosotras estamos aquí, pero por lo demás está bien.

—Gracias a Dios. La próxima vez dile que lo echo de menos.

Esbozó una leve sonrisa.

—Lo haré, *shikse*.

Aunque fuera a través de Protz, ver a su hermano parecía haberle dado a Hania una inyección de tranquilidad que buena falta le hacía. Una luz esperanzada brillaba de nuevo en sus ojos, eclipsando un poco la preocupación que últimamente se reflejaba en ellos. A pesar de la mejora en su estado de ánimo, detecté una nueva incertidumbre, así que esperé a que me la contara.

–Maria, si sigo pidiéndole a Protz que me deje ver a Izaak, ese será el único trato que haga conmigo. No dejará que en el mismo truque pueda verlo y también consiga artículos.

Cómo no, Protz había incluido una condición en el acuerdo. Maldito *schmuck*. Hania había renunciado a explotar a otros prisioneros a cambio de cosas, pero Protz seguía siendo su principal proveedor. Perderlo sería un golpe muy duro y no estaba segura de que nos lo pudiéramos permitir. Aun así, mientras Hania esperaba sumida en un silencio esperanzado, supe lo que debía contestar a la pregunta que no había formulado.

–Protz es tu enlace con Izaak. No tienes que pedirme permiso para escoger a tu hermano.

–No quería fallaros ni a ti ni a la Resistencia –dijo, aunque no disimuló su alivio–. Sé el efecto que tendrá en nuestros recursos.

–Izaak y tú os necesitáis el uno al otro, Bubbe. Además, eres la mejor traductora de todo el campo así que podemos conseguir un montón de intercambios para compensar lo de Protz –respondí con una sonrisa burlona, aunque eso no ayudó a deshacer el nudo de mi estómago.

Sabía de sobra que no debía proponerle que encontrase otra forma de contactar con Izaak y que rompiese el acuerdo con Protz. Insistiría en que ella no era nadie para decidirlo y me aseguraría de que le parecía bien. Pero algunas noches me la encontraba llorando en nuestra litera con una botellita de vodka vacía, que por lo general había birlado de los barracones de las SS. La noche era un refugio seguro para los secretos que acechaban en las profundidades. Estos afloraban sin miedo hasta que la exposición a la luz de la mañana los obligaba a retirarse. Una vez enterrados de nuevo, Hania se despertaba sin recordar que los había exteriorizado y yo los ocultaba en mis propias profundidades. Sus contundentes imprecaciones, los susurros frágiles condensados al final en una sencilla verdad: «He tenido que mantenerme con vida por mis hijos. Pero nunca imaginé que esto duraría tanto».

−¿Quieres jugar al ajedrez?

La pregunta aflojó levemente el nudo. Cuando nos trasladaron a Birkenau me había llevado conmigo las piezas improvisadas, y Hania apenas había tenido tiempo de acabar la pregunta cuando salté de nuestra litera. Cogí la bolsita para joyas de debajo de un ladrillo suelto en el suelo, donde la tenía escondida, y empecé a preparar la partida. Nunca le decía que no al ajedrez.

Unas semanas después, me dirigí con mi Kommando al taller de cestería que se encontraba fuera de los terrenos del campo y al que me habían asignado tras nuestro traslado a Birkenau. Me metí en el bolsillo la última nota de Mateusz mientras la fría brisa de la mañana soplaba a mi alrededor. Nuestra correspondencia clandestina se había complicado tras el traslado, pero habíamos encontrado la manera de permanecer en contacto. Aunque no lo había visto desde nuestro primer encuentro, tras nuestras últimas cartas albergaba la esperanza de que eso cambiase. Ahora yo trabajaba con civiles, y si lograba convencerlo para que me ayudara, estaría en condiciones de poner en marcha la siguiente fase de mi plan.

En efecto, entré en el taller y ahí estaba.

El chico desgarbado que recordaba ya no era tan desgarbado, aunque seguía siendo el mismo, ahí de pie entre los civiles. Sus vivaces ojos azules escrutaron a los prisioneros a medida que entrábamos en fila. En cuanto nos ordenaron que ocupáramos nuestros puestos, me apresuré a sentarme a su lado.

—Veo que recibiste mi carta, Maciek —dije con una sonrisa, y él se rio al oír el apodo—. Y no te imaginas lo mucho que van a mejorar mis días de trabajo ahora que estás aquí. ¿A tus padres no les importa que no ayudes en el negocio familiar?

—Los ayudaré cuando pueda, pero ya saben que no quiero hacerme cargo de la panadería sino ir a la universidad. Suponiendo que los Aliados ganen y se reabran las universidades para los polacos, puedo invertir el dinero que gane aquí en mi educación.

—Y he oído que confeccionar cestas es un requisito obligatorio para que te acepten en la universidad.

Mateusz se rio y dejó de trabajar el tiempo suficiente para mirarme.

—Me alegro de verte, Maria.

Disimulé mi sonrisa y fingí estar concentrada en la forma de mi cesto, aunque apenas había avanzado en mi tarea como para tener que preocuparme de ello.

—Esto no quiere decir que vayas a dejar de escribirme, ¿no?

—Nunca.

Un hombre de las SS pasó a nuestro lado y ambos nos callamos. Mientras esperaba a que estuviera lo bastante lejos para no oírnos, le lancé una mirada subrepticia a Mateusz, que estaba inclinado sobre su trabajo. Sus movimientos eran rápidos y diestros y no bajó el ritmo al tiempo que miraba de reojo al hombre de las SS. Una vez que este se encontró a una distancia segura, me miró a mí. Yo desvié la vista, aunque no había sido mi intención escudriñarlo, pero el mariposeo en mi estómago no se debía solo al hecho de que casi me pillara.

Había venido, tal como había esperado que hiciera, y esta era mi oportunidad de reclutarlo para que me ayudara en la misión personal más crucial de mi vida. Llevaba ya un tiempo ensayando lo que iba a decirle, pero lo repasé una vez más mientras revisaba el urdimbre de mi cesta. Por mucho que me esforzase nunca me salía del todo bien. Después de ajustarlo, me incliné hacia Mateusz hasta que pude distinguir en su piel vestigios de olor a pan recién hecho mezclado con el de la hierba dulce del trayecto hasta el campo y el de la sal.

–Varios de nosotros nos hemos unido a un movimiento de resistencia en el campo, pero necesitamos información y recursos del exterior –dije en voz baja–. ¿Te gustaría ayudarnos?

–Claro –contestó sin dudarlo–. Te traeré lo que te haga falta, y además tengo amigos que trabajan para la Resistencia en toda la Polonia ocupada y algunos en Alemania. Veré de qué puedo enterarme.

Había pronunciado las palabras que yo había implorado que dijera y ni siquiera le había planteado mi siguiente pregunta. Contactos en la Resistencia alemana. Aquel plan pintaba mejor aún de lo que yo esperaba.

Respiré lentamente para no sonar demasiado ansiosa.

–¿Alguno de tus contactos está cerca de Flossenbürg?

–Sí, ¿por qué?

En lugar de contestar de inmediato, extendí el brazo hacia él. Cuando abrió su palma dejé caer en ella un pequeño diamante. Mateusz se quedó boquiabierto, como si no estuviera seguro de que fuera de verdad.

–Maria, no quiero…

–Si no te lo quedas lo harán los guardias. Tú le darás mucho mejor uso, Maciek. Considéralo una pequeña muestra de agradecimiento. –Esperé a que se lo metiera en el bolsillo y volví a bajar la voz–. Ponte en contacto con los miembros de la Resistencia en Flossenbürg. Averigua todo lo que puedas sobre un hombre llamado Karl Fritzsch.

Capítulo 22

«Si no fui yo quien ejecutó a tu familia, quiere decir que te has pasado todos estos años persiguiendo al hombre equivocado».

Mientras continuamos con la partida, no me puedo quitar de la cabeza el comentario de Fritzsch. Apoyo los codos en la mesa y me llevo las manos a las sienes, intentando desesperadamente concentrarme en el tablero, pero sin conseguirlo. Me decanto por un peón, aunque sin prestar atención a si es el mejor movimiento posible.

—Eres un mentiroso.

Pronuncio las palabras en poco más que un susurro y no estoy segura de que las haya oído por encima de la lluvia. Alzo la cabeza y elevo el tono de voz.

—Eres un mentiroso. Todo lo que Oskar me contó de ti es verdad.

Fritzsch tamborilea con los dedos sobre la mesa al tiempo que estudia el tablero.

—Nunca he dicho que fuera verdad o mentira. Lo único que he dicho es que es posible que te mintiera.

—Pero no lo hizo, ¿a que no?

La pregunta flota entre nosotros hasta que lo miro. No estoy equivocada; no puedo estarlo. Al cabo de un momento, Fritzsch mueve su torre.

–La mayoría de las mujeres lloraba y mendigaba por su vida y la de sus hijos, pero tu madre no. Ella se mostró calmada y diplomática, y lo único que le preocupaba eran sus hijos. Ni ella misma, ni su marido inválido, ni tú; de hecho, no mencionó para nada que tuviera un tercer hijo. Solo los pequeños. Fue insólito ver a una mujer tan sosegada mientras se disponía a morir. Yo sabía que la calma no duraría. Al final son todas iguales.

Ahí está, la confesión que he buscado durante todos estos años declarada con tal aplomo que me deja sin palabras. Fritzsch estudia la reina negra que ha capturado y luego hace un gesto con ella hacia mí, como instándome a que mueva, pero yo soy incapaz de pensar en el ajedrez. Imagino la escena demasiado bien; veo a Fritzsch jugando con mi madre con tanta facilidad como juega con estas piezas de ajedrez. Seguro que dejó que intentase razonar con él mientras esperaba a que sucumbiera a la desesperación y el miedo de los que se alimenta. Y cuando por fin ella lo hizo, la rechazó.

–¿Por qué? –es todo lo que consigo decir.

–¿Por qué perdonar la vida a dos niños que no me servían de nada? Yo me planteé la misma pregunta. Y por eso no lo hice.

Espera, quizá dándome tiempo para que asimile sus palabras, quizá esperando una respuesta, no lo sé. Yo no puedo hacer más que mirarlo fijamente.

–¿O me preguntas por qué los ejecuté yo mismo? Pues porque cuando te encontré en el andén de llegada tenías una piececita de ajedrez, así que decidí utilizarte. Pero estabas tan aterrada por lo que le había pasado a tu familia que decidí ayudarte a encontrarlos.

Mientras las implicaciones de sus palabras calan en mí, bajo la vista hacia mi regazo, donde no veo la falda que llevo puesta sino la de rayas azules y grises. Y sobre el tablero no veo las gotas de lluvia, sino los rayos resplandecientes de la puesta de sol, y siento la brisa húmeda que me trae sus palabras.

«Espero que al final los encontrases».

Las imágenes se desvanecen, pero la sensación sigue siendo la misma. Aún estoy en la plaza de recuento jugando al ajedrez con Fritzsch, los dos solos, y su mirada confirma todas mis sospechas.

–Sabías quiénes eran desde el principio.

Esta vez no vacilo porque sus palabras han disipado cualquier duda. Pero necesito oírselo decir.

Fritzsch coge un peón entre el pulgar y el índice. Le da vueltas lenta, deliberadamente, antes de soltarlo y dejar que repique contra la mesa.

–¿No te he dicho que sabía todo lo que ocurría en este campo?

El dolor de cabeza es más agónico que nunca. Él lo sabía. Lo sabía desde el momento en que los encontré en el muro, lo sabía cuando me hizo jugar al ajedrez en mi primer recuento. Lo ha sabido todo el tiempo.

–Cuando fui al Bloque 11 para localizarlos había una familia que hablaba en alemán; no paraban de pedir que los dejaran quedarse juntos y miraban constantemente a su alrededor como si les faltara algo. Tuve el pálpito de que eran los que andabas buscando y tu madre confirmó mis sospechas al acercarse a mí y empezar a darme la tabarra sobre los pequeños. Os parecíais mucho en vuestra desesperación. Y ahora, gracias a ti, no me cabe duda de que estaba en lo cierto.

No sé si espera que responda, pero soy incapaz. Ojalá nunca me hubiera topado con Fritzsch en el andén aquel día. Ojalá hubiese permanecido junto a mi familia.

Fritzsch se levanta y me hace una seña para que lo acompañe.

–Demos un paseo hasta el patio. Te mostraré cómo sucedió

exactamente. Desnudos bajo la lluvia, un único tiro para cada uno con la misma pistola que tengo aquí. Primero el niño, luego la niña, aunque no los miré. Miraba a tus padres y escuché el sonido que hizo tu madre cuando los niños cayeron…

Lo interrumpo con un chillido, un aullido sobrenatural que articula una palabra y procede de mi garganta.

—¡Basta!

—Ahí lo tienes, tu madre sonó casi igual —dice Fritzsch con una risa—. ¿No te he dicho que os parecíais mucho? Los mocosos murieron rápido y luego solo quedaron tus padres, de pie sobre su sangre.

El chillido vuelve a subirme por la garganta y aprieto los puños ante el intenso dolor palpitante de mi cabeza.

—Basta, por favor, basta…

—Para eso has venido, ¿no? Para escuchar cómo maté a esos polacos. ¿O prefieres ir al Bloque 11 y visitar la celda 18, donde vimos morir a tu amigo el cura? —Su voz se eleva en el bramido enloquecido que tan bien conozco. Estampa ambas manos sobre la mesa y hace tintinear las piezas de ajedrez antes de inclinarse hacia mí, y yo me hago pequeña y me encojo mientras me mortifica con sus palabras y en mi interior todo da vueltas en un frenesí caótico—. ¿Quieres que siga o mejor damos un paseo? ¿Qué va a ser, 16671? Venga, dime qué prefieres.

No logro conjurar las palabras a pesar de que tengo muchas cosas que decir, a pesar de que me esfuerzo por soltar algo, lo que sea; lo único que veo son los cuerpos de mi familia en el camión y la aguja atravesando la piel del brazo del padre Kolbe. Las imágenes no desaparecen hasta que cierro la mano sobre el metal frío y duro que hay dentro de mi bolsillo, me pongo en pie y apunto con la pistola al pecho de Fritzsch.

Capítulo 23

Birkenau, 9 de febrero de 1943

Me desperté con el sonido familiar de las voces roncas y afónicas debido a los constantes gritos. Las SS-Helferinnen: las guardias femeninas. Levanté la cabeza –no demasiado para no golpearme con el techo– y parpadeé para enfocar la vista, pero la oscuridad no se disipó.

–*Oy*, ¿y ahora qué, una selección? –La voz de Hania sonó pastosa por el sueño mientras nuestras dos compañeras de litera se apresuraban a bajar al suelo–. ¿No hubo una hace pocos días?

Me encogí de hombros y le ofrecí el colorete rosa pálido que había conseguido hacía unos meses para dar un poco de vida a nuestra tez pálida, nuestra arma secreta en las selecciones. Nos dimos unos toquecitos en los labios y las mejillas, lo justo para que los guardias no lo notaran demasiado y para no malgastar un recurso tan preciado, y luego lo extendimos. El tono era tenue y natural. Me quité el crucifijo de Irena que me colgaba del cuello, me lo metí en el bolsillo junto al rosario del padre Kolbe y me aseguré de que el botón estaba abrochado para que no se cayeran. Una vez convencida, seguí a Hania y al resto de las mujeres al exterior.

El viento cortante atravesó mi fino uniforme y temí el momento en que tendría que quitármelo, al cabo de unos minutos. Ya costaba lo suyo que te consideraran apta para trabajar cuando hacía buen tiempo, pero aún era peor en días como aquel, cuando nos quedábamos desnudas sobre la nieve recién caída mientras los hombres de las SS nos inspeccionaban. El mínimo defecto podía hacer que enviaran a un *Häftling* a la cámara de gas, donde asesinaban en masa a los prisioneros antes de incinerar sus cuerpos. La última selección había sido favorable tanto para Hania como para mí, pero aquel era un nuevo día y no había ninguna garantía.

–Vigila con la Bestia –susurró Hania mientras avanzábamos penosamente por la nieve y nos colocábamos en fila.

La jefa del campo de mujeres de Birkenau, la Lagerführerin Maria Mandel, estaba de pie entre nuestras guardias. A modo de broma macabra, Hania y yo la habíamos bautizado como «la Bestia» porque la bruja era demasiado sanguinaria para ser humana, pero por alguna razón el nombre se había hecho popular y ahora corría por todo el campo, transmitido de prisionera a prisionera con tanta facilidad como las cenizas del crematorio se dispersaban en el viento. Mientras formábamos, Mandel se dedicó a maldecir y golpear a toda mujer que quedara a su alcance. Su habitual moño alto dejaba despejada su frente ancha, y sus ojos inyectados en sangre tenían una expresión salvaje bajo las pobladas cejas. Mandel era el Fritzsch del campo de mujeres y era casi tan mala como había sido él.

Ocupé mi lugar y estudié los rostros que me rodeaban. Al llegar a Auschwitz por primera vez, la mayoría de los prisioneros eran polacos no judíos. Ahora las incontables mujeres que me rodeaban eran sobre todo judías procedentes de toda Europa a las que habían enviado allí como parte de un plan demencial para erradicar una raza entera. Mientras las estudiaba, me pregunté a qué campo me habrían mandado unas semanas atrás si Hania no hubiera encontrado mi nombre en una lista de traslados. Había sobornado a los prisioneros que se encargaban de elaborarlas para que lo eliminaran. Gracias a su puesto en las oficinas de las SS, vigilaba de cerca las listas y se aseguraba de que tanto nuestros números como el de Izaak no constaran entre los trasladados.

Una vez que todas las mujeres estuvieron en posición, la Bestia se calló tras un último grito.

–*Scheisse-Juden!*

La orden sonó más dura e implacable en mis oídos que el viento contra mi piel. Aquella era una selección judía. A mi lado, Hania permanecía impasible, pero yo extendí el brazo lenta y cautelosamente hasta que nuestras manos se tocaron. Me acarició el dorso con el pulgar y luego empezó a apartarse, pero yo no la solté. No era capaz.

Hania se liberó y me dejó paralizada con una mirada fulminante, y casi pude oírla diciéndome que mi gesto estaba fuera de lugar. Y era cierto. Pero eso no hizo que me resultara más fácil tener que verla marchar con las demás mujeres judías, que obedecieron en un silencio petrificado mientras se organizaban en una nueva formación.

Desvestirse, arrodillarse, levantarse, tenderse en el suelo, quedarse quietas, una y otra y otra vez. Incluso desde la distancia, a Hania se la veía más frágil que nunca mientras realizaba los ejercicios, aunque solo habían pasado tres días desde el recuento que por alguna razón se había convertido en una selección. Mientras el cielo comenzaba a despejarse, conté las vértebras de su columna mientras ella permanecía estirada bocabajo en la nieve, inmóvil, y luego estudié los protuberantes huesos de su cadera y los omóplatos cuando do se levantó. La mayoría de las prisioneras estaban igual de esqueléticas y tenían el pecho plano, allí de pie bajo un cielo tan gris como su piel, pero otras, a las que acababan de trasladar, conservaban una leve redondez, tal vez incluso un tenue vestigio de salud. El tiempo todavía no había tenido ocasión de robarles ninguna de las dos cosas.

Un susurro insoportable invadió mis pensamientos; al intentar reprimirlo se resistió y me exigió que lo escuchase. De pronto me sentí inmune al frío, inmune a todo con la excepción de un terror atenazador que me constreñía. El susurro se preguntó si el pintalabios le bastaría a Hania en esta ocasión.

Mientras los hombres de las SS llevaban a cabo la selección con Mandel, varias guardias vigilaban a mi grupo. Yo estaba al final de mi fila así que estudié a las que me quedaban cerca y ponderé mis opciones, planeé mi jugada. La guardia más cercana era joven, tal vez de la edad de Hania, atractiva y con los ojos vivaces. Unos pendientes de diamantes brillaban en sus lóbulos, sus botas estaban forradas con una piel tupida y me imaginé que debajo de los guantes de cuero sus uñas estaban cuidadas.

Otra guardia patrullaba un poco más lejos, con los ojos entornados y los hombros rígidos mientras se paseaba de un lado a otro, dándose golpecitos con la fusta en el muslo como si se muriera de ganas de usarla. La oportunidad se le presentó cuando una prisionera se estremeció. Decidí que la guardia más joven era la mejor opción. Me saqué un objeto del bolsillo y esperé a que la guardia más estricta se dirigiera hacia el frente, lejos de mí.

—Frau Aufseherin.

Mi susurro la sobresaltó, pero antes de que pudiera silenciarme distinguió la pulsera de oro en la palma de mi mano. Yo cerré el puño. Era suficiente con aquel vistazo fugaz. Se acercó a mí poco a poco y yo le hablé sin volver la cabeza.

–La prisionera 15177 está en la selección. Ahora se encuentra en la fila, la décima desde el frente. Asegúrese de que no la elijan.

La guardia agachó la cabeza en un discreto asentimiento y luego me arrancó la pulsera de la mano extendida. Se la metió en el bolsillo y se dirigió hacia los hombres que llevaban a cabo la selección. Se tomó su tiempo, como si no tuviera un objetivo en mente. Intercambió unas palabras con varios guardias y se acercó al hombre de las SS que sujetaba un puñado de documentos. Mientras conversaban, ella le susurró algo al oído. Dejó su mano sobre el brazo de él más tiempo del estrictamente necesario; luego se alejó con una sonrisa coqueta y volvió a ocupar su puesto junto a mí.

Cuando le llegó el turno a Hania, se colocó delante del mismo hombre. Extendió los brazos a ambos lados y él le hizo un gesto brusco con el pulgar hacia la derecha, lo que significaba que estaba a salvo. Mientras se reunía con su grupo, nuestras miradas se cruzaron a través del suelo cubierto de nieve y sus labios azules se curvaron en una leve sonrisa de agradecimiento, seguramente imaginándose lo que yo había hecho.

–Tengo otra pulsera idéntica a la primera, Frau Aufseherin –susurré–. Si me trae una hogaza de pan, es suya.

–Esta noche –murmuró ella, y se alejó antes de que alguien nos pillara hablando.

Me regocijé en mi éxito y parpadeé para desprender los copos de nieve que me obstruían la visión. Negociar con los guardias conllevaba un riesgo, pero estaba dispuesta a asumirlo.

Una vez terminada la selección, los guardias empujaron a las condenadas hacia un camión. Este se puso en marcha con estruendo y se las llevó para no volver jamás, mientras las demás nos dirigíamos a nuestros trabajos. Rodeada por perros rabiosos, guardias de las SS a caballo y a pie, y el resto de las prisioneras, seguí a mi Kommando por el suelo helado y nevado hasta que llegué al taller de cestería.

Cada día en el taller era tan monótono como el anterior, aunque mucho mejor que el Bloque 11. No era el peor trabajo posible, pero mis dedos estaban hechos para el ajedrez, no para urdir con meticulosidad. A veces, mientras trabajaba, me imaginaba que entrelazaba el pelo de Zofia siguiendo los patrones de las cestas en lugar de nuestras habituales trenzas, aunque las imágenes mentales siempre iban acompañadas de un pesado dolor.

En el taller reinaba la humedad y flotaba en el aire un denso olor a humanos que no se habían duchado en condiciones desde Dios sabía cuándo. En el extremo más alejado de la sala, Pilecki estaba inclinado sobre su propia cesta. Lo habían trasladado al Kommando unos días atrás y eso hacía que todo me resultara más llevadero. Hacia el final de la jornada me coloqué a su lado. Mantuvimos la vista fija en nuestras respectivas tareas mientras le ponía al día sobre lo ocurrido en la selección de la mañana y la guardia que estaba dispuesta a hacer un trueque conmigo. Se emocionó especialmente al oír que había conseguido una hogaza entera de pan, que compartiría con tantas mujeres como pudiese. Reservaría la porción más grande para Hania, pero no le diría que el reparto no había sido proporcional.

—¿Alguna noticia del campo principal? —le pregunté al acabar mi relato.

—No hay novedades sobre la guerra, pero un amigo mío se escapó hace poco por las alcantarillas, así que le di un informe para que lo entregase. Mi idea es lograr un traslado a la oficina de correos cuanto antes. Los hombres de las SS se quedan los paquetes destinados a los prisioneros muertos, así que tenemos que hacernos con esos artículos antes que ellos.

Pilecki tenía una extraordinaria habilidad para conseguir que lo asignaran a los trabajos más ventajosos. Incluso sin sus numerosos contactos, su inteligencia y confianza bastaban para someter a cualquiera a su voluntad. El único motivo por el que estaba en el Kommando de cestería era que yo trabajaba allí y quería discutir conmigo los planes de la Resistencia femenina antes de reubicarse. A veces pensaba que Pilecki habría sido capaz de convencer al mismísimo Kommandant Höss de que renunciara al cargo.

–¿Echas de menos Varsovia, Tomasz? –le pregunté mientras terminaba mi cesta.

Me sentía orgullosa de mí por acordarme de su alias a pesar de conocer su verdadero nombre. Por alguna razón, llamarlo Tomasz resultaba mucho más sencillo que llamar Marta a Irena.

–Echo de menos la ciudad y a mi familia, pero no volveré hasta que mi trabajo aquí no haya terminado. –Pilecki hizo una pausa para inspeccionar su cesta–. ¿Y tú, Maria? ¿Volverás a Varsovia cuando seamos libres?

–Varsovia es mi hogar. Me gustaría volver, pero sin mi familia no sé lo que haré cuando llegue allí.

–Construirás una vida para ti después de Auschwitz –contestó mientras dejaba a un lado su cesta terminada y luego nos separamos para no levantar sospechas.

Una vida después de Auschwitz era lo que había imaginado durante los dos últimos años. Era un pensamiento alentador, pero al imaginarme de vuelta en Varsovia no era capaz de eliminar a mi familia de la ecuación. En mi mente, estábamos juntos como habíamos estado antes. Era un sueño hermoso, pero nada más que eso, un sueño. Era más fácil luchar por la supervivencia cuando lo único que esta requería de mí era vivir al día; cuando suponía una nueva vida en un lugar que un día fue familiar y reconfortante y que ahora estaba desprovisto de mis seres queridos, de seguridad, de vitalidad, de la sensación de hogar, me parecía imposible.

El sitio que dejó vacante Pilecki fue ocupado rápidamente por Mateusz. Al sentarse a mi lado no nos saludamos, pero mientras se concentraba en urdir encontró mi palma. Cerré la manos sobre las pastillas que me había pasado y me las metí en el bolsillo. A cambio le pasé un zafiro, de un azul oscuro como sus ojos. Las gemas valían una fortuna para él y la medicación valía una fortuna para mí.

—Tengo noticias —dijo entre dientes al tiempo que se apartaba un mechón de pelo moreno de la cara—. Mis contactos han indagado acerca del hombre de Flossenbürg, Karl Fritzsch. Todavía no se ha hecho público, pero las SS están investigado la corrupción dentro de la organización y él es el principal sospechoso.

«Corrupción. Qué apropiado».

—¿Me estás diciendo que a las SS les preocupan estos asuntos? —Tenía sentido, ya que Höss y sus iguales estaban obsesionados con el orden; por otro lado, algunos, como Fritzsch, no respetaban ningún tipo de norma. Aun así, mientras me concentraba en mi siguiente cesta, la idea de que las SS disciplinasen a los suyos hizo que una sensación reconfortante se propagara por mis venas—. ¿Lo van a detener?

—Todavía no. La investigación apenas ha comenzado, o sea que tardarán un poco en tomar medidas. Mis contactos me informarán cuando haya novedades.

—Gracias, Maciek. No sabes lo mucho que me ayuda lo que me cuentas.

–¿Te ayuda tanto como para que me expliques por qué estás tan interesada en él?

Debería haber sabido que la falta de curiosidad de Mateusz no duraría. Visualicé la expresión despectiva y malévola de Fritzsch al disparar a mi familia, cómo me había encogido yo mientras su látigo chasqueaba sobre mi espalda, cómo me había inmovilizado él agarrándome por el cuello del uniforme mientras el guardia introducía la aguja de la jeringuilla en el brazo del padre Kolbe.

–En una época fue el jefe de nuestro campo –dije al cabo.

–Teniendo en cuenta que se enfrenta a una potencial acusación por corrupción, no me parece el más indicado para ese trabajo. ¿Cómo era?

¿Cómo se suponía que debía contestar? Era un hombre que me había utilizado para su propio entretenimiento. Era un hombre que había asesinado a mi familia. Era un hombre al que tenía que encontrar.

–Me daba miedo. –No era mentira.

Mateusz dejó de trabajar y yo corregí mi última urdimbre, fingiendo que no me había percatado, pero él esperó. Levanté la cabeza y lo miré a los ojos, cuya expresión nunca dejaba de sorprenderme. Pocas personas me miraban ya como si fuera algo más que un número.

–¿Qué te hizo, Maria?

«Si tú supieras, Maciek».

–Nada. –La mentira no me hizo sentir culpable, aunque debería haberlo hecho–. Pero le hizo daño a mucha gente. Tengo miedo de que lo trasladen de vuelta aquí, nada más.

Mateusz colocó brevemente su mano sobre la mía antes de regresar a su tarea. Por un momento me quedé demasiado desconcertada para oír lo que me decía.

–Si lo envían aquí otra vez me aseguraré de avisarte. Intenta no preocuparte.

Qué poco sabía Mateusz del mundo en el que yo vivía. La preocupación era una compañera constante. En el taller él veía un atisbo de cómo trataban a los prisioneros, pero eso no era nada comparado con lo que experimentábamos cada día. Y yo no le daba detalles.

Si hubiera conocido mi historia con Fritzsch o mis planes para cuando lo encontrase, Mateusz no me habría ayudado. Me habría dicho que enfrentarse a él era peligroso, que era lo mismo que me habría dicho Hania. Por eso no podía contárselo. Si alguien se enteraba de la verdad podía interferir en mis planes y no podía permitirlo. Además, cuanto menos supiera Mateusz más a salvo estaría.

Pilecki no regresaría a Varsovia hasta que su trabajo hubiera concluido, y yo tampoco. Con la ayuda de Mateusz podía mantener una estrecha vigilancia sobre Fritzsch y, una vez que fuera libre, haría justicia. A veces, mi juramento era lo único que me ayudaba a pasar el día. Regresaría a Varsovia y viviría la vida que les había prometido a mis seres queridos.

Pero antes me enfrentaría a Fritzsch.

Capítulo 24

Birkenau, 26 de abril de 1943

Cuando la Lagerführerin Mandel anunció que ese día no trabajaríamos, debería haberme sentido aliviada. Pero la Bestia nunca era portadora de buenas noticias.

Ocupé mi lugar junto a mi grupo, pero casi habría preferido un día de trabajo duro a lo que fuera que Mandel tenía preparado. Esta ordenó a una *Häftling* que se callara por aquí y a otra *Häftling* que no se saliera de la fila por allá, al tiempo que propinaba diez veces más golpes.

Al final se colocó junto a la verja y ordenó a su querida Orquesta de Mujeres que tocara. Las prisioneras, mujeres obligadas a utilizar sus habilidades para sobrevivir como había hecho yo con el ajedrez, atacaron los primeros compases del *Horst-Wessel-Lied* y nosotras marchamos al ritmo del himno nacional nazi mientras las guardias cantaban. Gracias a Dios no nos obligaron a unirnos a ellas. Una vez que terminó la música, las guardias cayeron sobre nosotras con imprecaciones y golpes mientras sus pastores alemanes gruñían, tiraban de sus arneses y nos hacían avanzar como si fuéramos ganado, listos para hincarnos sus colmillos expuestos a una orden de sus adiestradoras.

Delante de mí, una mujer se dio la vuelta para mirar a Mandel. Al instante, una guardia la sacó de la fila. No regresaría. Aquellas que se volvían para mirar a la Bestia nunca regresaban.

Mientras avanzaba, aspiré la vivificante brisa matutina. Tras un largo y gélido invierno, la tierra despertaba de nuevo. En lugar de caminar penosamente a través de la nieve y el hielo de camino al taller, ahora veía flores silvestres a los lados del camino y dáctilos y campos en plena floración. La primavera me recordaba a Varsovia, donde los simpáticos vendedores callejeros vendían rosas, geranios, azafrán y amapolas, y Mama llenaba todos los jarrones y las macetas hasta que nuestro piso quedaba tan colorido y fragante como un jardín.

Igual que los insectos brotaban de la tierra en primavera, los habitantes de Oświęcim habían resurgido de sus hogares. A veces los vislumbraba buscando pequeños momentos de normalidad, como si los soldados de las SS no hubieran ocupado aquella zona y la vida fuera como había sido antes de la guerra. Parejas canosas daban paseos relajados, los jóvenes volvían sus rostros hacia el calor del sol y los niños reían mientras corrían campo a través.

Lo que más me llamaba la atención eran las chicas de mi edad, chicas con el pelo largo y vestidos de flores; estaban delgadas debido al estricto racionamiento y tal vez hubiera arrugas de preocupación en su ceño, pero disfrutaban de todo lo que se podía disfrutar en tiempos de guerra. Chicas que recogían flores silvestres o se escondían tras los árboles para robarle un beso a un joven atractivo. Su existencia era tan distinta de la mía… A veces tenía la sensación de que esas chicas no existían en absoluto. Eran tan solo un producto de mi imaginación, el resultado de un cuento demasiado idílico para ser verdad. Ellas no eran la realidad. La realidad era el hambre, el trabajo forzado, el sufrimiento, la muerte.

Luego evitaban mi mirada cuando pasábamos junto a ellas y yo recordaba que sus vidas eran reales. Y la mía también.

Era mi segunda primavera en Auschwitz. Mientras a mi alrededor el mundo bullía con nueva vida, el mío se deterioraba. La primavera era la época en la que el deseo de libertad era más intenso.

Al final llegamos al campo principal y nos llevaron al Bloque 26, el mismo en el que me habían registrado a la llegada. Dentro, el enorme espacio ya estaba atestado de prisioneras. No veía a Hania, así que supuse que la había perdido entre la multitud. Acabé en una fila, pero me encontraba demasiado lejos para averiguar qué pasaba.

Tras permanecer varios minutos en la fila, oí una voz conocida que me susurraba desde atrás.

–¿Te has dado cuenta de que en los últimos transportes a los prisioneros les han tatuado el número? –La dueña de la voz extendió su antebrazo para mostrar la tinta grabada en su piel.

–¿Eso es lo que nos van a hacer? –susurré mientras observaba las ampollas de sangre mezclada con tinta–. ¿Te ha hecho mucho daño?

–No tanto como esto.

Al escuchar sus palabras me di la vuelta para mirar a Hania, que hizo una mueca de dolor por el tajo reciente que le cruzaba la frente.

–Cortesía de la Bestia –dijo mientras se frotaba el exceso de sangre seca de la herida–. En fin, debería volver con mi Kommando, pero antes, ¿qué vamos a hacer con nuestro día libre, *shikse*?

–¿Me escucharás hablar en yidis? He estado practicando.

–*Oy, vey*, si no hay más remedio. Aunque la cabeza ya me duele bastante tal como está.

Entorné los ojos como si me hubiera ofendido, pero una nueva voz le borró a Hania la sonrisa de la cara.

–Prisionera 15177.

Por encima de su hombro distinguí a Protz entre las hileras de prisioneras. Hania masculló una maldición en yidis, en voz tan baja que seguramente yo fui la única que la oyó. Abrí la boca sabiendo que nada de lo que dijera convencería a Protz de que la dejara en paz, pero ella negó sutilmente con la cabeza y me hizo cerrarla.

–Practicaremos el yidis en otro momento –susurró.

Cerró los ojos y tomó aire; luego irguió los hombros y siguió a Protz fuera del bloque. Una vez que se hubo marchado, tragué saliva para intentar desatar el nudo que se me había hecho en la garganta y volví la vista al frente.

Pasaron horas hasta que al final me llegó el turno. El tatuador colocó mi antebrazo izquierdo sobre la mesa. Al notar la punzada de la aguja sobre mi piel lo aparté instintivamente, pero él me sujetó con fuerza pese a dedicarme una fugaz mirada de disculpa. Había guardias cerca y no me quedaba más remedio que acatar, así que apreté los dientes e intenté quedarme quieta mientras mi compañero de cautiverio procedía. La afilada punta de la aguja inyectaba tinta azul negro en mi piel y yo observé en un silencio, petrificada. Peor aún que el dolor era saber lo que dejaría tras de sí.

Una vez completado el proceso, el número 16671 quedó marcado para siempre en mi piel. Estaba perfectamente alineado con las cinco cicatrices de las quemaduras de cigarrillo.

Obedecí las órdenes y salí del Bloque 26 para esperar al resto de las mujeres antes de regresar a Birkenau. Mientras me preguntaba si Protz habría dejado marchar ya a Hania, un movimiento cerca del Bloque 20, uno de los bloques de la enfermería, llamó mi atención. Pilecki salió de entre las sombras del edificio. Tras asegurarme de que los guardias no me miraban, corrí hacia él.

–Ha llegado el momento de que termine mi informe y hable con el Ejército Nacional sobre el ataque –dijo cuando lo alcancé–. Me voy esta noche.

–¿Te vas a escapar?

–A través de la panadería del pueblo, durante mi turno de noche. Conseguí que me ingresaran en la enfermería hace un par de días y hoy me han dado el alta. Los de mi bloque creen que sigo enfermo, pero me he cambiado al Kommando de la panadería y he informado al Bloque 15 en lugar de al mío.

En su cara se dibujó una sonrisa pícara.

–Si tienes algún problema en la panadería, el hijo del dueño es mi amigo Mateusz. Están de nuestra parte. –Oí el grito de un guardia en la distancia y me adentré en las sombras para que no me detectaran antes de proseguir–: Y dile al Ejército Nacional que cuando llegue el momento estaremos preparados.

Si Pilecki conseguía hablar con el Ejército Nacional, la batalla que llevábamos tanto tiempo anticipando sería una posibilidad real. La idea despertó algo en mi interior, algo poderoso e irreprimible, y dejé que se expandiera hasta llenar el último rincón de mi ser.

Pronto sería libre. Y cuando lo fuera, iría a Flossenbürg.

A la mañana siguiente, en el taller, la idea de la libertad de Pilecki alimentó la esperanza de mi propia libertad, aunque no me recreé en ello. Mi realidad actual era bien distinta y, si distorsionaba mi percepción, podía ser peligroso. Por otro lado, un rayo de esperanza en ocasiones significaba la diferencia entre la vida y la muerte. Encontrar el equilibrio preciso era complicado.

Mateusz se sentó a mi lado y me incliné hacia él tanto como me atreví.

—¿Se ha escapado? —pregunté antes de que él pudiera decir nada.

—¿Te refieres a los tres hombres que se fugaron de la panadería ayer por la noche?

—¿Lo consiguieron?

Asintió mientras sus dedos volaban sobre su cesta con mucha más destreza de la que yo sería capaz nunca. A diferencia de mí, finalizó la meticulosa tarea con una agilidad excepcional.

—Por cierto, la investigación de Fritzsch sigue adelante y mis contactos creen que lo detendrán en los próximos meses. Si lo condenan, no tendrás que preocuparte de que vuelva a Auschwitz, Maria.

Buenas noticias, aunque también malas. Fritzsch se merecía eso y más, pero, si lo encarcelaban, me sería difícil confrontarlo. Sin embargo, no tenía sentido preocuparse por eso todavía. Para tranquilizar a Mateusz, le dediqué una sonrisa de alivio. Pero mientras interrumpía momentáneamente su trabajo, no me la devolvió.

—Mis padres tienen amigos en Pszczyna y les han comentado que hay una plaza vacante en el hospital. —Hizo una pausa para carraspear y se pasó la mano por la barbilla—. Como tenía pensando estudiar algo relacionado con la Medicina si iba a la universidad, tengo la sensación de que debería…

—Es una oportunidad estupenda. —Me resultó difícil obligarme a pronunciar las palabras y aún más obligarme a sonreír. Mateusz se había convertido en un apoyo incondicional para mí, un vínculo con la vida que podría haber tenido, con la chica que podría haber sido. No era capaz de seguir escuchándolo, así que la única opción que me quedaba era interrumpirlo con un entusiasmo simulado–. Por supuesto que deberías hacerlo. Me alegro por ti, Maciek.

–No está lejos, así que te prometo que seguiremos en contacto. Sobre todo si me entero de alguna cosa.

Pareció que quería decir algo más, pero entonces volvió a concentrarse en su tarea y yo hice lo mismo para distraerme de la desilusión y el pánico que me embargaban. No quería que se fuera. Me había encariñado del bobo que me había valido un ojo morado, pero iba a echar de menos muchas más cosas que su mera compañía. Perdía a un amigo, una fuente de provisiones y mi único apoyo en mi misión contra Fritzsch.

Capítulo 25

Auschwitz, 20 de abril de 1945

El ataque de cólera me lleva a levantarme y la silla cae ruidosamente sobre el suelo. Pero Fritzsch no se inmuta al verme sacar la pistola. Permanece calmado y arquea una ceja mientras se lleva la mano hacia su propia arma.

—No lo hagas.

Coloca la mano sobre su pistola, pero no la desenfunda. Espera, como si me retara a apretar el gatillo, y luego toma asiento, entrelaza los dedos y apoya los codos sobre la mesa.

—¿Esto quiere decir que te rindes?

Su frivolidad desata mi ira de nuevo, aunque no había llegado a apagarse por completo. Todo este tiempo el dolor y la rabia han sido como una marea que iba y venía; ahora fluyen por mi cuerpo y se manifiestan en cada palabra y cada acto, en cada punzada de mi cabeza y cada temblor de mi voz.

—Cállate.

—Eres tú la que no ha parado con la historia de tu familia, y ahora esto. —Hace un gesto con la mano hacia mi arma y se sacude la lluvia de la manga—. Siéntate y cierra el pico. Si te distraes te desconcentrarás y sería una pena que no lo dieras todo en la partida.

—He dicho que te calles. —Sujeto la pistola con ambas manos esperando que eso me ayude a apuntar—. Deja el arma en el suelo.

Fritzsch suspira y se masajea la sien.

—¿Podemos acabar la partida? Te toca a ti.

Sin apartar la mirada de él, retiro una mano de la pistola y la extiendo hacia una torre. Recuerdo todas las jugadas que hemos hecho y todas las posiciones del tablero y no me hace falta mirarlo para saber cuál es mi siguiente movimiento.

Jaque.

Capítulo 26

Birkenau, 20 de septiembre de 1944

La mayoría de los días me sentía como si hubiera vivido un millar de vidas en el campo. Otros era como si de alguna manera mi vida se hubiese congelado en el tiempo, y si lograba aflorar más allá de la alambrada de púas, tal vez volvería a ser esa chica de catorce años con una familia cariñosa en Varsovia, caprichos juveniles y campeonatos de ajedrez.

En el otoño de 1944 cumpliría dieciocho años, una sensación inusual y extraña, ya que cada día que pasaba parecía igual al anterior. Si no hubiera sido por la guerra me habría estado preparando para ir a la universidad, tal vez a estudiar contabilidad como mi padre o para ser trabajadora social como mi madre. Mis hermanos habrían sido adolescentes desgarbados y habríamos hecho bromas a mis padres sobre las canas que tendrían ya. Habría quedado con mis amigos en cafés y habría disfrutado de noches románticas en el *ballet* con un atractivo joven a mi lado. Habría sido una chica en todos los aspectos. En lugar de eso, mi historia era otra muy distinta.

Una mañana de septiembre, al salir de mi bloque colocándome bien el pañuelo de la cabeza, vi a una mujer judía delante del edificio. Tras asegurarme de que los guardias no miraban, me apresuré a acercarme a ella.

–Maria, ya sabes que si alguna vez quieres que te trasladen de vuelta a la fábrica de municiones Weichsel Union podemos organizarlo –dijo a modo de saludo.

–Sois vosotros los que pasáis pólvora de contrabando, no yo –contesté con una sonrisa–. Lo único que hice fue trabajar allí una temporada para mostrar mi apoyo.

–Cosa que apreciamos, porque necesitamos a los que la esconden en el campo tanto como a los contrabandistas. Pero esta vez, en lugar de una cápsula, te he traído esto.

Deslizó un trozo de papel en mi mano y luego nos separamos.

Mientras seguía al Kommando de cocina hacia mi lugar de trabajo, aferré el papelito, segura de quién me lo había enviado. En un momento en que los guardias estaban distraídos, le eché una ojeada y vi que contenía tres palabras garabateadas apresuradamente: LÍNEA DEL FRENTE.

A juzgar por la fecha, Mateusz había escrito la nota hacía varios meses, lo que significaba que le había costado pasármela. Como me había dicho, Pszczyna no quedaba lejos, pero solo enviaba o recibía cartas cuando iba a la panadería de sus padres, así que nuestros intercambios se habían vuelto más esporádicos. Aunque mientras trabajábamos juntos no me había traído muchas novedades, su presencia era reconfortante para mí y siempre había sabido que en cuanto se enterase de algo me lo comunicaría.

Cerré la mano sobre el papel y me lo metí en el bolsillo. Cualquier otra persona se habría alegrado al enterarse de que habían mandado a Fritzsch a la línea del frente. Pero yo no. Si hubiera estado encarcelado habría sido difícil ponerme en contacto con él, pero no imposible. Estaría en un sitio concreto. Ahora su ubicación estaba sometida a cambios constantes y mi plan de ir a Flossenbürg tras la liberación se había frustrado.

Fritzsch no podía caer en combate. No antes de que le dijera lo que tenía que decirle.

Al llegar a la cocina, me coloqué en mi puesto frente al fregadero para prepararme para lavar los platos, mi habitual tarea matutina. Sumergí los brazos en el agua caliente con jabón y me puse a lavar los cazos y las calderas en las que servían nuestra exigua sopa. Si hacía caso omiso de las supervisoras que echaban pestes y nos ordenaban que trabajáramos más rápido, casi podía imaginarme que estaba lavando los platos en casa.

Mientras fregaba enérgicamente una caldera, una mano firme me agarró del cuello del uniforme y tiró de mí hacia atrás. A veces ni siquiera mis mejores esfuerzos bastaban para escapar de las garras de las guardias. Me tensé y jadeé para tomar aire, y una voz despectiva me llegó a los oídos.

—No estás trabajando duro.

Cuando la guardia me soltó no me di la vuelta, pero algo en su voz despertó mi curiosidad. Me resultaba familiar. Debía de haberme gritado antes. Los insultos, las maldiciones y los improperios venían de tantas personas que al final se mezclaban unas con otras.

Un empujón en el hombro me indicó que la guardia no había acabado conmigo.

—Estúpida zorra, mírame cuando te hablo.

Me sequé las manos con un trapo sucio y me di la vuelta y lo que vi hizo que me sujetara a la encimera para no caer.

Era una guardia de las SS a la que no conocía y su parecido con Irena Sienkiewicz era extraordinario. Si Irena hubiera vivido para ver su siguiente cumpleaños, habría tenido el mismo aspecto que aquella mujer, que debía de tener también unos veinte años, era de la misma altura que Irena, delgada, de rasgos angulosos y ojos brillantes, pero con el pelo rubio bajo la gorra. Si no supiera lo que había ocurrido…

«Para, es imposible –me dije a mí misma–. Irena está muerta. Le dispararon y la mataron hace dos años junto con su hijo nonato».

La voz de la mujer me resultaba familiar porque sonaba igual que la de Irena. Una guardia nueva cuyo aspecto y cuya voz se parecían a los de mi amiga. Qué ironía más cruel. Un recordatorio diario de mi dolor.

–¿Tienes alguna puta cosa que decir?

También tenía la lengua larga como Irena.

La miré a los ojos y distinguí algo por debajo de la crueldad, algo que no podía precisar, pero lo descarté. Estaba todo en mi cabeza. Aquella mujer era mi enemiga, no mi amiga muerta.

–Perdóneme, Frau Aufseherin –murmuré antes de volverme de nuevo hacia la caldera y seguir limpiando.

Ella me agarró por el hombro y me dio la vuelta otra vez. Parecía que lo estaba haciendo todo mal con aquella guardia.

–¿Acaso he dicho que he acabado contigo? –preguntó.

–No, Frau…

–¡Cierra la puñetera boca! Maldita sea, 16671.

Y fue entonces cuando lo supe.

Era Irena.

No lo era, no podía serlo, pero cuanto más me decía que me equivocaba, más me decían mi instinto y cada nervio y fibra de mi ser que estaba en lo cierto. Irena había sobrevivido. No sabía cómo, pero no me importaba, porque estaba viva y se hacía pasar por una guardia del campo. Volví a mirarla a los ojos e identifiqué lo que antes no había podido precisar: irritación porque no la hubiera reconocido que más tarde se convirtió en satisfacción.

Ambas sabíamos exactamente lo que había que hacer.

–No puedes retomar tu tarea hasta que yo lo diga, ¿te queda claro? –preguntó Irena.

–Clarísimo, Frau Aufseherin, y si tiene la amabilidad de permitírmelo, tengo mucho trabajo –respondí, asegurándome de hablar lo bastante alto para que mi *Kapo* lo escuchara.

Al instante, Irena me agarró del brazo y, despotricando algo acerca de darle una lección a esta imbécil desafiante, me llevó por delante de mi *Kapo*, que salió disparada para apartarse del paso. Yo avancé a trompicones a su lado, demasiado aturdida para prestar atención adónde me llevaba, pero al cruzar una verja y un patio que me resultaban familiares supe cuál era nuestro destino: el Bloque 25. Aquella mañana había oído decir a una guardia que había que vaciarlo, así que Hania también debía de estar al tanto.

Dentro las literas estaban vacías, pero Irena siguió sujetándome con fuerza mientras miraba a su alrededor. Una vez satisfecha, me soltó y yo caí al suelo sin acabar de creérmelo.

–Has tardado lo tuyo en reconocerme –dijo sin inmutarse ante mi incredulidad.

–¿Cómo? –susurré–. Oí claramente los disparos.

–Debían de ser para otra. Después de despedirme de ti salí al patio, donde un guardia me dijo que le habían ordenado que me llevara a otro sitio para la ejecución. En lugar de eso me llevó a un almacén, me dio ropa de civil, me metió en un coche y me sacó del campo. La Resistencia polaca había pasado el mensaje de mi llegada a sus contactos del campo y lo habían sobornado para que me salvara.

Al oírla mencionar la Resistencia del campo, mi corazón se ensanchó con una repentina gratitud. Pilecki. Su organización le había salvado la vida a Irena.

Esta se ajustó los guantes de cuero negro y me miró a los ojos.

–Tras descubrir que habían capturado a tu familia, Mama y yo nos pasamos semanas intentando averiguar cómo podíamos sobornar a un guardia de Pawiak para que escaparais. Cuando por fin encontramos a uno dispuesto a ayudar, nos dijo que ya os habían trasladado. Creímos que os habían llevado a alguna parte y os habían matado: si no, habríamos continuado buscando. –Hizo una pausa y tomó aire–. Cuando el guardia fue a buscarme al muro de ejecución y me dijo que me dejaba libre, le rogué que volviéramos a por ti, pero me dijo que eso no formaba parte del plan y que si no nos íbamos de inmediato tendría que dispararme y yo…

Dejó que su voz se apagara al tiempo que se cubría el abdomen con un brazo. Podía visualizarlo tan hinchado como estaba la última vez que nos vimos.

–¿Y el bebé? –murmuré.

Las palabras dibujaron una afectuosa sonrisa en los labios.

–Helena tiene dos años y es una niña feliz y sana. Después de dar a luz me puse en contacto con nuestros enlaces en la Resistencia alemana y ellos me enseñaron a hacerme pasar por una guardia. Aprendí todas las mierdas nazis que necesitaba saber, obtuve la documentación adecuada, perfeccioné mi acento alemán, me teñí el pelo y me enfundé este maldito uniforme. Como habías informado a mi madre de mi muerte y seguías en contacto con ella, sabía que aún estabas viva. Sin embargo, decidimos que sería más seguro para ti no saber que yo había sobrevivido. Cuando acudí a la organización de mujeres nazis a ofrecerme voluntaria para trabajar en un campo, nuestros enlaces y varios sobornos a las personas adecuadas nos permitieron asegurarnos de que me mandaran a este. Y aquí estoy ahora: Frieda Lichtenberg, hija de unos lecheros de Wrechen con varios años de educación primaria, leal miembro de la Bund Deutscher Mädel y Aufseherin en Auschwitz-Birkenau.

Meses de estudio y preparación para infiltrarse en las SS-Helferinnen como si fuera una hija del Tercer Reich, y lo había logrado. Tenía la sensación de estar caminando por arenas movedizas y no lograba entenderlo.

—Si sobreviviste y escapaste, ¿por qué has vuelto?

—Joder, ¿a ti qué te parece? Para sacarte de aquí, burra.

Claro que había vuelto para eso, aunque apenas podía creerme lo que acababa de escuchar. Había regresado para salvarme la vida. Para brindarme la posibilidad de ser libre. Libre. Un repentino y febril anhelo inundó hasta el rincón más profundo de mi ser, pero negué con la cabeza.

—No, tienes que irte antes de que te cojan. Regresa con tu madre y tu hija. No permitiré que arriesgues tu vida…

—No te queda otra porque ya estoy aquí y no hay ni una puñetera cosa que puedas hacer para convencerme de que me vaya. Sobre todo después de la mierda que me he comido para llegar aquí. Aunque hablando de familia, tienes que prometerme algo.

Abrí la boca para preguntar lo que era, pero la expresión de Irena hizo que se me atragantase la pregunta. Un terror frío me atenazó la boca del estómago y sentí deseos de suplicarle que se quedara callada. Decirlo en voz alta haría que se volviera real.

—Mama y Helena están en el orfanato de la madre Matylda en Ostrówek —continuó Helena—. Nuestros contactos en el Ejército Nacional querían que Mama se quedara en Varsovia para colaborar en el inminente levantamiento, pero ambas coincidimos en que era necesario que se marchase para proteger a Helena. Se fueron de la ciudad una semana antes de que comenzara la rebelión y gracias a Dios que así fue. Después de lo que han hecho los cabrones de los nazis solo en el barrio de Mokotów, sé exactamente lo que le habría pasado a una mujer de mediana edad con una niña. Ahora ya sabes dónde encontrarlas si hace falta, lo que me lleva de nuevo a la promesa de la que te hablaba. –Le tembló la voz, así que se interrumpió por un momento–. Si me descubren, se lo contarás a Mama. Cuidarás de ella. Y adoptarás a mi hija.

Aunque me esperaba lo que implicaban aquellas palabras, decir que sí significaba reconocer una posibilidad demasiado terrible de imaginar, así que negué con la cabeza.

–No puedo…

–Maldita sea, Maria, no me lleves la contraria con esto.

Irena se quedó callada, a la expectativa. Por supuesto que lo haría, pero como no confiaba en ser capaz de mantener la compostura si hablaba, me limité a agachar la cabeza para confirmárselo. Sentí un repentino dolor en el pecho, igual que el que había experimentado en el vagón con mi padre cuando él me reconfortó después de que yo me disculpase por lo que había causado, aunque por entonces ninguno de nosotros conocía todavía el alcance del daño que había ocasionado. A pesar del consuelo que siempre me había proporcionado el padre Kolbe y luego su rosario y mi decisión de luchar por mi vida, ninguna de las dos cosas había erradicado la verdad. Mis errores eran los responsables de la muerte de mi familia y ahora una de mis mejores amigas estaba aquí en su nombre. Otra vida que podía perderse por mi culpa.

Escuché a Irena como a través de una bruma decir algo sobre que me traería comida más tarde y me sacaría a escondidas del bloque, y luego vi que se dirigía a la puerta. Al darse la vuelta, la cogí del brazo.

—Escúchame. No puedes hacerlo, Irena. He perdido a todos los que quiero y no pienso perderte a ti también. No por segunda vez.

Aunque su mirada acerada reflejaba más emoción de la habitual, al hablar su voz sonó firme e inflexible.

—Entonces será mejor que nos aseguremos de que las dos salgamos con vida de este condenado sitio.

Llevaba mucho tiempo soñando con la libertad. Me había prometido a mí misma que la alcanzaría; había vivido y luchado por ella, por mí y por mi familia y por el padre Kolbe, pero ahora me atrevía a creer que era posible. Algo me rodó por la mejilla y lo toqué. Una única lágrima. Contemplé la humedad que descansaba sobre mi yema sucia. Tenía la uña agrietada y rota, la piel desgarrada y con callos, cada surco y grieta revestidos de mugre, y sin embargo ahí estaba, la primera lágrima en años, transparente y prístina sobre la suciedad.

—Madre mía.

No era consciente de lo mucho que había echado de menos la queja favorita de Irena y me reí al tiempo que pestañeaba para reprimir el llanto.

—Lo siento, pero no sé qué decir.

—Deberías estar maldiciendo tu mala suerte porque Frieda Lichtenberg ha convertido oficialmente a la prisionera 16671 en su objetivo. Y Frieda es una zorra sin escrúpulos.

Incapaz de hablar, la atraje hacia mí y la abracé con fuerza, y ella envolvió con sus largos brazos mi cuerpo demacrado. Tardé un momento en darme cuenta de que estaba tan mugrienta que daba asco y que los piojos, las pulgas y Dios sabía qué más me recorrían el cuerpo. La solté rápidamente y me aparté.

Sin duda Irena sabía por qué titubeaba. Pero lo que hizo fue agarrarme y rodearme de nuevo con sus brazos.

Era la primera vez que abrazaba a alguien que no fuera Hania en más de dos años. Antes de eso, Irena había sido la última. Justo antes de su supuesta ejecución.

Mi cuerpo estaba hambriento, pero mi alma aún lo estaba más. Hambrienta de bondad, de compasión, de amor, de todo lo que una vez había dado por supuesto. El hambre en su estado más puro nunca dejaba de carcomerme, pero el hambre de calor humano era un dolor penetrante que atravesaba las profundidades de mi ser. Bastaba un solo gesto para aliviar mi agonía. Y en ese momento, en ese preciso instante, el hambre de mi alma se había saciado.

Ninguna prisionera fue trasladada al Bloque 25 a lo largo del día, así que pasé el rato sola intentando comprender lo que había ocurrido. Irena estaba viva. Tenía una hija. Y lo estaba arriesgando todo para ayudarme a escapar.

A la hora del almuerzo me trajo algo de pan y una salchicha —víveres de las provisiones de las SS, un manjar excepcional—, pero no se quedó conmigo. Verla una segunda vez fue suficiente para recordarme que los acontecimientos del día habían sido reales.

Cuando terminó la jornada de trabajo, me senté en una litera y me asomé por los barrotes de la ventana para mirar a las mujeres que regresaban al campo. Me quedé allí hasta que se abrió la puerta, y entonces me tendí bocabajo rezando para que nadie se percatara de mi presencia.

—¿Maria? Maria, ¿dónde estás? Primero trasladan a Izaak al Sonderkommando y ahora esto…

Al oír el familiar susurro frenético asomé la cabeza para que Hania me viera, y una expresión de alivio se reflejó en su cara.

—*Oy gevalt, shikse*, estaba muy preocupada. He venido en cuanto me he enterado.

Bajé rápidamente de la litera.

–¿Han trasladado a Izaak al Sonderkommando? –pregunté mientras ella se acercaba.

El nombre me supo a ceniza en la boca. Aquellos prisioneros estaban condenados a trabajar en las cámaras de gas y los crematorios, y tenían prohibido interactuar con el resto; además, a menudo los liquidaban para evitar que revelasen los horrores que presenciaban. Si su trabajo era tan espantoso como para que a los demás no se nos permitiese conocer los detalles, no quería ni imaginarme lo que le exigían hacer al Sonderkommando.

–Estaba en la oficina central y he visto el informe laboral con el listado de prisioneros reasignados al Crematorio II y su número estaba entre ellos –dijo Hania–. Ah, y esto es para ti.

Abrí la mano, imaginándome lo que había traído. Se sacó de la boca dos pequeñas cápsulas de pólvora que le habían pasado a escondidas otros miembros de la Resistencia, que a su vez las habían recibido de las mujeres que trabajaban en la fábrica de municiones. Yo se las entregaría a una mujer asignada al depósito de ropa, una persona más en nuestra larga y compleja cadena. Cuando llegara el momento de luchar, estaríamos preparados.

Hice una mueca de aversión cuando dejó caer las cápsulas mojadas en mi palma.

–Siempre es de agradecer que las lleves en la boca.

–Hay sitios peores. –Una sonrisa burlona acompañó sus palabras mientras yo me metía las cápsulas en el bolsillo, y luego se esfumó–. Estamos aquí charlando cuando en realidad no tenemos tiempo que perder. Te sacaré de aquí, te lo prometo...

La puerta se abrió de golpe e interrumpió sus palabras. Ahogando un grito, giró sobre sus talones en dirección al sonido y vio a Irena cruzar el umbral. Al instante, Hania se colocó frente a mí. Iba a intentar hacer un trato, igual que habría hecho cualquier prisionera en una situación tan desesperada. Sobrevivir en aquel lugar implicaba depender de lo que otros estaban dispuestos a dar a cambio. Un prisionero podía ofrecer cigarrillos por las medicinas de otro. Un *Kapo* podía conceder un pedazo de pan a cambio de un favor rápido, del tipo que tenía lugar detrás del bloque o en los barracones a oscuras después del toque de queda. En cuanto a hacer truques con los guardias, hasta la petición para salvar una vida podía concederse por el precio adecuado.

No me dio tiempo a decirle a Hania que no era necesario negociar: ya se había puesto a hablar en un tono teñido por la confianza y la determinación que siempre mostraba en estas ocasiones.

–Frau Aufseherin, a cambio de que la deje libre le… –Y entonces se le rompió la voz, haciendo pedazos su habitual resolución como si la propuesta que pretendía hacer se hubiese escapado. Se hizo el silencio, roto solo por el grito amortiguado de un guardia en la distancia, antes de que Hania prosiguiera en un susurro vacilante–: Por favor.

Irena se quedó demasiado acongojada para contestar mientras yo me tragaba el nudo que se me había hecho de pronto en la garganta. Puse una mano sobre el antebrazo de Hania. Esta me miró con los ojos ensombrecidos por el miedo y la desesperación, como si fuera incapaz de asumir dos golpes tan devastadores: el traslado de su hermano al Sonderkommando y mi supuesta encarcelación. Con una leve sonrisa tranquilizadora, le di un apretón de agradecimiento antes de adelantarme para dirigirme a Irena.

–Podemos confiar en Hania.

Hania me dio la vuelta para que la mirase.

–¿Conoces a una guardia que trabaja para ambos bandos?

–No exactamente –contesté con una risa–. Te presento a Irena.

Al oírlo, me miró como si me hubiera vuelto loca de verdad.

–¿Tu amiga muerta?

–Eso mismo, soy un puto fantasma. ¿Podemos irnos?

Irena se dirigió a la puerta. Cuando intenté seguirla, Hania me agarró del antebrazo.

–Han pasado tres años desde la última vez que trabajasteis juntas –dijo en voz baja mirando con recelo a Irena, que nos daba la espalda–. ¿Viene aquí como si fuera a morir por la Resistencia y luego vuelve como parte de las SS-Helferinnen?

Antes de que pudiera explicarme o calmar su ansiedad, Irena se paró en seco junto a la ventana.

–Mierda.

Varias guardias atravesaban el patio con un grupo de prisioneras, mujeres que permanecerían en el Bloque 25 hasta que las mandaran a las cámaras de gas. Y si Hania y yo no encontrábamos un motivo convincente para salir de allí, compartiríamos el mismo destino. A pesar del peligro inminente, un entusiasmo que era como un viejo conocido me recorrió el cuerpo y me imaginé paseando por las calles de Varsovia con Irena. Dos chicas de la Resistencia que habían burlado a los nazis. Era hora de que volviéramos a ser esas chicas.

Irena se volvió hacia mí y le dediqué una pequeña sonrisa.

–¿Estás preparada, Frieda?

Hania pareció más confundida que nunca.

–¿Frieda?

–Te lo explicaré luego. Por el momento, eres mi intérprete.

–Pero tú no necesitas una…

–¿Tienes una excusa mejor para explicar por qué estás aquí? Tú sígueme la corriente, Bubbe.

Pero a juzgar por la expresión en su rostro, Hania pensaba que la traición que tanto temía se había materializado y que Irena nos dejaría con las mujeres condenadas y saldría a reunirse con sus homólogas de las SS. Se equivocaba. Sabía que se equivocaba; necesitaba que confiara lo suficiente en mí como para dejar que Irena se lo demostrase.

La puerta chirrió al abrirse y las guardias hicieron entrar a las mujeres moribundas. Algunas estaban tan débiles y enfermas que se apoyaban unas en otras mientras avanzaban penosamente hacia las literas; otras suplicaban por su vida e insistían que eran aptas para trabajar. Una guardia miró a Irena y abrió la boca, pero nosotras ya estábamos enfrascadas en nuestra conversación.

—¡Solo quería descansar un rato, Frau Aufseherin! —exclamé en polaco—. He perdido la noción del tiempo, pero mi intención era regresar al trabajo, se lo juro. —Me volví hacia Hania, que se puso tensa—. Por favor, díselo.

Silencio. Las guardias esperaron y cuando todas las miradas se clavaron en nosotras, Hania abrió mucho los ojos revelando un terror renovado. Repetí mis palabras en polaco y le supliqué que lo tradujera, al tiempo que rezaba en silencio para que me siguiera la corriente. Sin ella, el plan no funcionaría.

—¿Y? —preguntó Irena en alemán—. ¿Qué farfulla esta polaca? Aligera, judía estúpida.

Hania tragó saliva y esta vez me miró con algo más de confianza antes de responder en alemán.

—Jura que ha venido a descansar y que su intención era volver al trabajo. No se ha dado cuenta de lo tarde que era.

—Sabía que no estaba enferma —dijo Irena con desdén. Me agarró del cuello del uniforme y yo dejé escapar el correspondiente gemido—. Te crees muy lista, ¿verdad? Escondiéndote en un bloque vacío para escaquearte del trabajo, ¿eh? Si te pillo haciéndolo otra vez haré que te trasladen al Bloque 25, pero esta vez de verdad.

No esperó a que Hania lo tradujera antes de empujarnos hacia la puerta. Se abrió paso entre las guardias y las prisioneras sin dar a nadie la oportunidad de cuestionarla y nos arrastró hacia el patio. Lo atravesamos con pocas zancadas, cruzamos la verja y continuamos sin que nadie nos detuviera.

Después de la cena, Hania y yo nos colamos en las letrinas para poder hablar en privado. Una vez que se lo hube explicado todo, concluí con mi decisión: no podía permitir que Irena me sacara escondidas.

—Ya no imponen un castigo colectivo por las prisioneras que se escapan —dijo Hania—. No tienes nada que perder.

—Solo nuestra vida si nos pillan.

—Irena está aquí infiltrada y la podrían pillar igual si te quedas.

—Y por eso tiene que marcharse.

—Ha vuelto por ti, Maria. Ha dejado a su hija y ha arriesgado su vida para salvar la tuya y no se irá hasta que tú también te vayas. No la obligues a estar lejos de su hija más tiempo del necesario.

No me pasó desapercibido el brillo de complicidad en sus ojos.

Después de que Irena nos sacara del Bloque 25, yo confiaba en que nuestro plan compartido hubiera demostrado que sus intenciones eran sinceras, pero en cuanto llegamos a nuestro bloque Hania se había parado en la puerta y se había vuelto hacia ella. Mi confianza se esfumó y me preparé para apaciguarlas si estallaba una discusión. Había guardias en los alrededores y sin duda podrían oírnos cuando se acercaran. Agarré a Hania del abrazo para avisarla, pero ella ya estaba concentrada en lo que decía, en voz baja pero apremiante, y no se dio cuenta.

—Mis hijos. En Varsovia. Maria me dijo que hace unos años tú y tu…

Le apreté el brazo con más fuerza mientras mi mirada se desviaba de nuevo hacia las guardias. Puede que Hania no se percatara de mi aviso, pero Irena sí lo hizo. Agarró a Hania del cuello del uniforme, cortándola en seco, y tiró de ella.

—Mi madre tiene la información de dónde se ubicó a cada niño —dijo en apenas un susurro—. Me pondré en contacto con ella en cuanto sea seguro. Te lo prometo. ¿Entendido? —añadió en voz más alta, como si fuera el remate de una amenaza.

Mientras el grupo de guardias pasaba junto a nosotras, Hania agachó la cabeza en un gesto de asentimiento obediente, aunque sus ojos echaban chispas. Irena le contestó con otro sutil asentimiento y luego nos metió a empujones en el bloque, no sin antes percatarse de mi leve sonrisa.

Yo quería que Irena y Hania estuvieran las dos a salvo, que se reunieran con sus hijos. Seguro que no tardaríamos en elaborar un plan para acortar el tiempo que Irena debía permanecer en una posición tan peligrosa. En cuanto a mí, haría lo que fuera necesario. La única manera de hacerle justicia a mi familia era marcharme de aquel lugar. La libertad bien valía el riesgo.

Ahora, en la silenciosa letrina, solté aire lentamente.

—Si tú estás dispuesta a hacerlo, yo también.

—¿Yo? —pegunté Hania, y se rio—. ¿Qué pinta en todo esto que yo esté dispuesta o no?

En su cara se reflejaba un desconcierto genuino que me impactó.

—Porque tú te vienes con nosotras —repuse—. Tú e Izaak.

Por un momento no reaccionó, como si no estuviera segura de haberme entendido, y luego se alejó unos pasos y se pasó una mano por el pañuelo de la cabeza. Por último, suspiró y se volvió hacia mí.

—A los trabajadores del Sonderkommando no les permiten hablar con nadie. Ya lo sabes. Protz se las ha apañado para que hoy me saltase la norma, y como no puedo conseguir que trasladen a un miembro del Sonderkommando, él sigue siendo mi único recurso para contactar con Izaak. Además, mi hermano y yo tenemos que hablar a través de una valla. Es imposible que se fugue.

—No, no es imposible, porque Irena puede conseguir acceso a él.

—Las probabilidades de que cuatro personas logren escaparse son escasas.

Yo no entendía por qué estaba complicando tanto el plan, pero cedí con un suspiro contrariado.

—Vale, esperaremos a que el Ejército Nacional ataque y nosotros nos sublevemos. También han llegado informes del avance del Ejército Rojo, así que no tardaremos en…

—No tenemos tiempo para esperar. Cuando Izaak y yo seamos libres, nos reuniremos contigo en Varsovia para encontrar a mis hijos, pero Irena y tú tenéis que salir en cuanto el plan esté definido.

Esta vez fui yo quien se preguntó si le había entendido bien. Al cabo de un momento, negué con la cabeza enérgicamente.

—Yo no me marcho si tú no te vienes conmigo. No te abandonaré, Hania…

—Ya basta, Maria.

La lánguida luz del atardecer se colaba entre las tablillas de madera y se derramaba por el suelo y los bancos de cemento mientras Hania y yo nos mirábamos en silencio. Por lo general, cuando nos encontrábamos a solas en las letrinas nos quedábamos poco rato porque el hedor era insoportable, pero en esta ocasión ninguna de las dos flaqueó.

De pronto, el llanto me quebrantó como nada me había quebrantado en mucho tiempo. Me acerqué a ella y la abracé. Ojalá hubiera bastado con un abrazo para evitar que un día nos separaran. La idea de la liberación me seducía y me resultaba muy tentadora. Cuando fuera libre podría encontrar la manera de localizar a Fritzsch en la línea del frente. Cuando fuera libre, podría enfrentarme a él.

La posibilidad de seguir adelante con mis planes era lo que más me tentaba.

Hania me estrechó con fuerza y me dio un beso en la coronilla; luego me hizo callar y cogió mi cara entre sus manos. Mientras me buscaba la mirada, una leve sonrisa afectuosa se dibujó en sus labios.

—Vete con Irena —murmuró al tiempo que me secaba una lágrima de la mejilla y parpadeaba para contener las suyas—. Vete a casa, *shikse*.

Capítulo 27

Birkenau, 7 de octubre de 1944

Durante las dos semanas posteriores a su llegada, Irena averiguó todo lo que pudo sobre sus compañeras de trabajo en las SS y sus rutinas. Yo le prometí que me marcharía con ella en cuanto se presentase la oportunidad, aunque aún albergaba la esperanza de que el Ejército Nacional atacara o el Ejército Rojo avanzase hacia el campo. Pilecki llevaba más de un año en libertad, tiempo más que suficiente para planear nuestra liberación, y los soviéticos estaban cada vez más cerca. La revuelta que tanto habíamos esperado llegaría, y lucharíamos desde dentro mientras nuestros aliados lo hacían desde fuera.

Estaba tan cerca, casi en condiciones de recuperar las riendas de mi vida y encontrar al hombre cuyo nombre oía en el eco de cada disparo. La idea de encontrarme con él era casi tan atractiva como la de ser libre.

Una mañana de octubre, mientras preparábamos el desayuno, cogí un caldero y lo llené con la mezcla de granos que servíamos a modo de café. No le añadí agua y lo dejé sobre el fuego para que se quemara. Si mi plan funcionaba, me echarían de la cocina y así podría acudir al breve encuentro que habíamos organizado con Irena para compartir los últimos pedacitos de información en relación con nuestra fuga.

Me dediqué a cortar patatas y nabos pasados hasta que me llegó el olor a quemado, y entonces el *Kapo* me lanzó un trozo de patata podrida y me ordenó que tirase el café chamuscado. Deshaciéndome en disculpas, vertí agua en el caldero para enfriarlo, intenté desprender los trozos que se habían quedado pegados en el interior y luego me liberé de mis responsabilidades y salí a la vigorizante mañana otoñal. Una alfombra de hojas naranjas y escarlata cubría el suelo y aspiré con fuerza la fría brisa, que constituía una agradable alternativa a la atmósfera cargada de la cocina que olía a cuerpos mugrientos y sudados, a comida podrida… y ahora, gracias a mí, también a humo.

Detrás del bloque de la cocina la visión que me recibió hizo que casi se me cayera el caldero al suelo. Irena se encontraba allí, como había previsto, pero no estaba sola. En el extremo más alejado del edificio, a su lado –cerca, demasiado cerca–, se encontraba Protz. Estaban fumando y riendo, pero a pesar de hallarme lejos percibí la incomodidad de Irena.

–¿No tendrías que estar en el campo principal? –le preguntó ella mientras yo me acercaba.

–Los prisioneros no van a ir a ninguna parte y si alguien se da cuenta de mi ausencia, no dirá nada.

Protz le dedicó una de sus estúpidas sonrisas petulantes y probablemente Irena sintió tantos deseos de abofetearlo como yo.

–No todos podemos permitirnos ese lujo.

Aunque no consiguió eliminar el sarcasmo de su voz, Protz no pareció percibirlo. Irena tiró la colilla con un papirotazo y se dio la vuelta para marcharse, pero él la cogió por la cintura.

–Tranquila, no dejaré que te penalicen. ¿Qué haces esta noche, Frieda?

Aunque ella le dedicó una pequeña sonrisa, sus palabras estaban cargadas de veneno:

—No es asunto tuyo.

La respuesta no hizo más que alentarlo. Tiró su cigarrillo a un lado, le colocó a Irena un mechón suelto detrás de la oreja y la atrajo hacia a él.

—Ahora sí lo es —dijo.

No se dio cuenta de que Irena se ponía tensa, o si se dio cuenta no le importó. Mientras posaba sus labios sobre los de ella, la acercó hasta reducir el espacio que los separaba. Al mismo tiempo, Irena echó la mano hacia atrás.

Antes de que pudiera golpearlo, fingí que daba un traspié, aparté a Protz de un empujón y derramé el café echado a perder por encima de Irena. Ambos se separaron, con gritos ahogados y soltando imprecaciones, mientras yo gateaba por el suelo para recoger el caldero vacío y balbuceaba una disculpa.

—Lo siento, Herr Scharführer, he tropezado…

Aunque ya esperaba el impacto de la bota en mi barriga, no por ello me dolió menos. Durante un momento solo pude toser y tomar aire a duras penas, mientras Protz maldecía mi estupidez. Abrí la boca para pedir perdón otra vez, pero al ver el cañón de la pistola a la altura de mi cabeza se me atragantó la disculpa.

Me había salido el tiro por la culata. Sabía que mi plan era arriesgado puesto que todos mis planes lo eran, pero no esperaba que Protz se lo tomase tan a pecho. Al fin y al cabo, no era él quien había quedado empapado de café. Tan solo pude acoquinarme, pero no me pasó por alto el inconfundible chasquido que indicaba que una bala se había alojado en el tambor del arma.

—¡Por favor, Herr Scharführer!

–Si la tocas, será lo último que hagas en tu puta vida.

Al oír las palabras de Irena, alcé la cabeza con cautela. Su chaqueta y su falda estaban caladas, y se sacudió el líquido de las manos mientras fulminaba a Protz con la mirada.

«Oh, Dios mío, me está defendiendo. Se comporta como Irena, no como una guardia, y ahora mi plan lo ha arruinado todo y Protz nos matará a las dos».

–¿Qué coño dices, Frieda?

Su pregunta se abrió paso entre mis pensamientos alimentados por el pánico, pero Protz se quedó estupefacto y en silencio cuando Irena lo agarró por el cuello de la camisa y lo atrajo hacia ella. Yo los contemplé horrorizada y me preparé para arrebatarle la pistola de la mano.

–Ya me has oído, pedazo de estúpido. Y ahora apártate, joder. –Irena lo empujó a un lado y se volvió hacia mí con la voz tomada por la ira–. Esta zorra es mía.

Mi cuerpo se puso rígido, pero por dentro podría haber llorado de alivio. Claro que había reaccionado como Irena. Había aprovechado la oportunidad para «cantarle las cuarenta», como diría ella, y le había dado la vuelta a nuestro favor. ¿Cómo había podido dudar de mi amiga?

Protz tardó un momento en reaccionar y luego se relajó y se guardó la pistola. Dio un paso atrás para observar nuestro intercambio; era el momento de interpretar el papel de nuestra vida. Irena se acercó y yo hice ver que me entraba el pánico.

–Perdóneme, Frau Aufseherin, por favor. No quería...

Irena me quitó de las manos el caldero vacío con una patada y yo me eché hacia atrás, encogida.

–Has cometido un grave error, ¿no es así, 16671?

Sin dejar de disculparme, eché un vistazo a Protz. De momento se lo veía convencido, aunque parecía estar esperando lo inevitable. Bajo su atenta mirada, a Irena no le quedaba otra. Era lo que cualquier guardia habría hecho en su situación y, si no lo hacía, su engaño quedaría al descubierto.

Tenía que pegarme.

Yo sabía que aquel momento llegaría. Entre súplicas, alcé la vista hacia ella instándola a que lo hiciera. Y ella accedió.

Me dio un bofetón en la mejilla con el dorso de la mano, interrumpiendo en seco mis disculpas, y yo caí de espaldas sobre el suelo. El habitual entumecimiento seguido de dolor se extendió por mi rostro y me di cuenta de que me había mordido el labio, así que escupí para deshacerme del sabor metálico de la sangre. Mientras mi mente se despejaba, la sombra de Irena se cernió sobre mí. Me hice un ovillo y levanté un brazo para protegerme la cabeza, como si me preparase para el siguiente golpe.

—Escúchame bien, polaca. Me vas a limpiar el uniforme hasta que los botones queden más relucientes que el puñetero sol, ¿me has entendido?

Antes de levantarme para cumplir sus órdenes, arrojé otro escupitajo de sangre. Tuve la tentación de apuntar a las lustrosas botas de Protz, pero descarté la idea por divertida que fuera y volví a meterme en mi papel. Una vez de pie, miré a Protz de reojo una vez más y lo vi satisfecho. Yo también estaba satisfecha.

«No vas a conseguir a mis dos amigas, miserable *schmuck*».

A mi lado, Irena parecía tensa, pero no le di importancia y seguí con mi actitud asustadiza mientras ella me llevaba fuera del campo. Al llegar a sus barracones, y para gran alivio mío, vimos que el resto de las mujeres estaba fuera, de servicio. La seguí a una habitación grande con literas parecidas a las que había en el campo principal, aunque por supuesto estas eran mucho más lujosas. El espacio estaba ordenado y olía a ropa de cama limpia. Irena cerró la puerta antes de conducirme a una litera inferior.

–Perdona que te haya empapado con el café quemado para que Protz te soltara. –Solté una risita y me sequé la boca con el dorso de la mano, dejando un hilillo rojo en mi cara–. Dame tu uniforme. ¿Has conseguido información útil de las guardias?

Esperaba que contestara a la pregunta y me riñera por la temeridad de mi plan, pero no me respondió. En lugar de eso, se quitó los guantes negros y buscó en los dos grandes bolsillos cuadrados de su chaqueta. Tras sacar un reloj y un pañuelo blanco, los depositó sobre su cama y se quitó la chaqueta. Pasó el dedo por el águila que había sobre la esvástica que adornaba la parte superior de la manga izquierda y luego la tiró al suelo con todas sus fuerzas.

–¡Quédate con el puto uniforme y deja que arda en el infierno, que es donde debe estar! –La chaqueta cayó sobre el suelo en un bulto e Irena se sentó en su cama con la cabeza entre las manos. Tan solo se oían sus intensos jadeos–. Maldita sea, Maria –susurró al fin con la voz apagada.

Sí, yo también habría estado alterada si Protz me hubiera besado, pero no creía que fuera eso lo que había provocado su arrebato. Irena me tendió el pañuelo aunque se negó a levantar la cabeza, y yo me reí y me senté en un pequeño taburete a los pies de su litera.

–¿Qué te crees, que no me han pegado más fuerte? Hemos hecho lo que teníamos que hacer, Irena.

–Me importa una mierda lo que tengamos que hacer. Estos cabrones te hacen la vida imposible y ahora yo soy uno de ellos. –Se concentró de nuevo en el uniforme sucio y rebajó el tono hasta decirme en un murmullo–: Todo esto ha sido una idea estúpida. Tendría que haber vuelto como prisionera.

—No. Tomaste la decisión correcta. De esta forma tienes acceso a sitios que a mí me están vetados, puedes enterarte de cosas que quedan fuera de mi alcance y estás a salvo siempre que no descubran la verdad. E incluso si algo me pasara a mí, tú seguirías siendo libre. Podrías regresar con Helena.

—Sí, mi hija estará muy orgullosa de tener una madre que ha abofeteado a su amiga para «salvar nuestra vida».

Sus palabras rezumaban desprecio.

—Teníamos que…

—No me digas que teníamos que hacerlo. No es que tuviéramos que hacerlo, es que era eso o que nos mataran. —Su risa sonó áspera y amarga—. ¿Te das cuenta de lo absurdo que es?

Sus palabras me sorprendieron y aún me sorprendió más darme cuenta de que tenía razón. Claro que era absurdo. En aquel lugar, nada tenía sentido. Pero me había acostumbrado tanto a lo absurdo que no había caído en ello hasta que ella lo había dicho.

Una expresión distante se apoderó de su mirada. Se recluyó en su propio mundo y la escuché mascullar, furiosa.

—Los guardias tienen un complejo vacacional en un bonito lago cerca de aquí. Lo llaman Solahütte. El domingo estuve allí y Heinrich me habló de sus restaurantes, museos y discotecas favoritos en Salzburgo. Johanna se echó a llorar porque recibió una carta que la informaba de que su hermano había muerto debido a unas complicaciones quirúrgicas después de que lo operaran de una herida de guerra. Fui de excursión y tomé el sol con ellos y con muchos otros. Al día siguiente estaban pegando y disparando a prisioneros, metiéndolos a empujones en las cámaras de gas, escuchando sus gritos mientras morían e incinerándolos en cantidades industriales. Tantos cadáveres amontonados por todas partes… Ni siquiera les da tiempo a deshacerse de ellos. Es inhumano, completamente inhumano. –Su voz se apagó y, al mirarme, las lágrimas brillaban en sus ojos–. Pero son personas, Maria. Los guardias y los prisioneros. Son personas. Y no entiendo cómo las personas pueden tratar así a otras personas.

Había visto la misma reacción muchas veces en mis compañeros de cautiverio, incluso en mí misma. La pura locura y la maldad de aquel lugar podían quebrantarte si se lo permitías. Casi me habían quebrantado a mí. Y ahora estaba contemplando cómo la quebrantaban a ella.

–Aunque estuve aquí cuando iban a ejecutarme no tenía ni idea de que fuera así. Sabía que la Resistencia había recibido informes, pero nunca supe lo que contenían. Cuando me presenté voluntaria para venir, el único entrenamiento que recibí fue una breve charla. Un régimen obsesionado con el orden y la eficacia, ¿y es incapaz de algo tan sencillo como prepararme para un trabajo? ¿O fueron imprecisos de manera deliberada para que no me negara? Me alabaron por servir al Reich y me informaron de que tendría que supervisar y tal vez imponer castigos. Y al llegar me dijeron que este trabajo es importante, necesario… –Irena volvió a callarse, se quedó mirando la pared y cerró las manos temblorosas en sendos puños. Al hablar de nuevo, tuvo que esforzarse por no alzar el tono–. No quiero ser la puta Frieda Lichtenberg.

Le puse una mano en el brazo con delicadeza.

–No tienes que serlo. Por favor, Irena, vete a casa. No aguantes esto por mí.

Por tentador que resultara, Irena tomó aire, temblorosa, y negó con la cabeza.

–No me voy a ir, sobre todo después de ver lo que he visto. Dios sabe que no entiendo cómo sigues viva.

Me toqué suavemente el labio con el pañuelo, contemplé la mancha de color bermellón y respiré a mi vez, también temblorosa. En algunas guerras se luchaba con armas; en otras, con la mente y la voluntad. La lucha contra Auschwitz era más honda y compleja que cualquiera de las del frente de batalla. Mermaba poco a poco la mente y la voluntad hasta despojar a su oponente de todas sus defensas. Auschwitz era un maestro, pero cada día de supervivencia era una derrota para él. Y mi intención era jugar aquella partida hasta el final.

–Cada día elijo vivir y luchar y, cada día, las personas que me rodean eligen lo mismo. Ellas son las que me dan fuerzas para seguir adelante. Juntos viviremos y lucharemos contra todo. –Hice una pausa y le cogí la mano–. Y espero que sepas que tienes un corazón enorme.

Su histeria había remitido, pero una lágrima brilló en su mejilla antes de que ella se la secase, carraspeara y esbozase una sonrisita.

–No sales mucho, ¿verdad?

–Lo digo en serio, y esto… –Señalé con un gesto el uniforme arrugado sobre el suelo–. Nunca podré compensarte por ello. Y nunca entenderé por qué volviste.

Irena siguió mi mirada.

–Ya sabes lo que pienso del instinto de supervivencia. Sigo creyendo que es la opción más inteligente en los tiempos que corren. Pero ¿qué coño sé yo?

Sonreí y ella me apretó ligeramente la mano antes de cruzar la habitación hacia un armario de madera oscura con puertas de espejo. Se quitó las botas y cogió otro uniforme gris de campo idéntico al que llevaba. Se cambió una falda de lana por otra y se alisó la larga tabla de la parte delantera, y luego se aseguró de que la blusa blanca no estuviera manchaba antes de cubrirla con la chaqueta limpia. Se puso las botas y miró su reflejo con repulsa mientras se metía el reloj y los guantes en un bolsillo. Le tendí el pañuelo, pero ella lo rechazó con un gesto, así que lo introduje en uno de mis bolsillos secretos.

–¿Me harás un favor y serás especialmente quisquillosa con cómo esperas que quede tu uniforme? –pregunté al tiempo que cogía las prendas manchadas–. Cuanto más tiempo pase lavándolo menos tendré que pasar en la cocina.

Su cara se iluminó con una sonrisa pícara.

–Frieda no estará satisfecha hasta que todos los botones queden más relucientes que el puñetero sol, ¿te acuerdas? Si eso te lleva toda la mañana, que así sea.

Fiel a su palabra, Irena me dejó disfrutar de una relajada mañana lavando su uniforme y luego me escoltó de vuelta a la cocina. Mientras caminábamos, la tarde era agradable; o lo hubiera sido si hubiésemos estado en cualquier sitio que no fuera Auschwitz. La brisa que soplaba era ligera y templada, y el cielo estaba azul y despejado, con la excepción de un humo añadido.

El cielo estaba siempre lleno del humo y las cenizas de los crematorios, pero aquel día en concreto el humo traía consigo el conocido alarido de las alarmas, un sonido que siempre desataba la histeria entre los guardias. Algo malo había ocurrido.

Mientras nos acercábamos a la cocina los guardias empezaron a correr de un lado a otro como locos, gritando, maldiciendo y blandiendo sus armas. La mayor parte estaba tan distraída que no reparaba en las perplejas prisioneras que los observaban o se apresuraban a refugiarse en otra parte. La escena era un caos absoluto.

–Espera en tu bloque hasta que vaya a buscarte –dijo Irena en voz baja–. Voy a averiguar qué pasa.

Asentí y me dirigí rápidamente al bloque, aunque tuve que desviarme cuando la Bestia se cruzó en mi camino corriendo, chillando y golpeando a cualquier desgraciada que quedara a su alcance.

En un lugar donde todo estaba estrictamente regulado, ver aquel tumulto era más satisfactorio de lo que pudiera haber imaginado. Los guardias estaban frenéticos, nadie se acordaba del trabajo y los prisioneros vagaban sin supervisión, unos confundidos y temerosos, y otros despreocupados. Una parte de mí quería unirse al alboroto o ver qué suministros podía agenciarme mientras los guardias estaban tan increíblemente distraídos, pero Irena tenía razón. Debía quedarme en mi bloque hasta que supiéramos lo que ocurría.

Solo había una razón para que los guardias sucumbieran al pánico de aquella manera. El ataque que tanto había anticipado había comenzado. Estaba segura. Mientras yo esperaba, el Ejército Nacional o el Rojo –el que hubiese llegado antes– rodearía el complejo entero, destruiría las vallas electrificadas, echaría abajo las puertas, abriría fuego. Pronto los guardias estarían ocupados con el ataque externo y, mientras luchaban, no verían venir la revuelta interior. El alarido de las sirenas, las maldiciones de los guardias: eran todos sonidos de libertad, una libertad que significaba que Irena, Hania, Izaak y yo podríamos abandonar aquel lugar.

Una libertad que significaba que estaba un paso más cerca de encontrar a Fritzsch.

Hania regresó poco después y ambas contemplamos la confusión y esperamos a Irena. La tarde ya estaba avanzada cuando apareció. En comparación con la frenética escena de antes ahora todo estaba mucho más calmado, aunque los guardias de las SS seguían rondando, así que Hania y yo procedimos con cautela al escurrirnos al exterior y salir disparadas hacia la parte de atrás del bloque, donde Irena se reunió con nosotras.

No fui capaz de refrenar mis preguntas ni un instante más.

—Es la Resistencia, ¿verdad? El alzamiento...

—No, Maria, el Ejército Nacional no va a atacar Auschwitz.

Cerré la boca de golpe. La noticia y la brusquedad de su tono me habían pillado por sorpresa. Era imposible. Después de oír el relato de Pilecki, el Ejército Nacional nos ayudaría. Tenía que ayudarnos.

—Han dicho que un ataque no es factible. —Irena suspiró mientras hundía el tacón en la tierra—. Me enteré a través de unos contactos del exterior esta semana, pero no sabía cómo decírtelo. En cuanto al motivo del alboroto de hoy, el Sonderkommando ha colocado explosivos en el Crematorio IV.

—*Oy gevalt*, Izaak, *meshuggener*, ¿qué has hecho? —susurró Hania.

Sin querer oír más, se alejó apresuradamente mascullando algo sobre encontrar a Protz.

Mis patéticas esperanzas se redujeron a cenizas. Mis esperanzas, mis planes, mis estrategias, mi rebelión, mi libertad. Todo se había esfumado.

«Dios mío, nadie va a venir a ayudarnos».

—Seguiremos luchando desde dentro —dije alzando el tono e intentando que mi voz sonara lo más firme posible—. Tenemos gente dispuesta a hacerlo, armas y pólvora por todo Birkenau, así que haré correr la voz y...

—Es demasiado tarde, Maria. Esto se ha convertido en una puta masacre. Han incrementado la seguridad y los guardias no descansarán hasta que atrapen a todos los implicados. No podemos rebelarnos sin que nos maten. —Irena tragó saliva, sus ojos brillaban por el miedo—. Y ni de coña vamos a poder escaparnos.

Perdí la noción del tiempo que había pasado fuera después de que Irena se marchase. No era capaz de obligarme a entrar en el bloque. Nadie iba a venir a ayudarnos.

Un grito airado me sacó de mi aturdimiento y a continuación una porra me envió trastabillando al lugar que me correspondía. El guardia me empujó dentro del bloque y, mientras subía a mi litera, una voz pastosa me recibió.

–No has cumplido tu promesa, Maria. –Hania estaba tendida boca arriba mirando el techo. Alzó la manta para enseñarme una botellita vacía de vodka y meneó la cabeza en un gesto de desaprobación–. ¿Te acuerdas de la última vez que conseguí vodka? Me dijiste que no me dejarías volver a hacerlo. Pero no pasa nada, *shikse*, te perdono.

Rodó sobre sí misma hasta quedar de lado y me dedicó una sonrisa tranquilizadora. Lucía un moratón en uno de sus ojos, que ya empezaba a cambiar de color, y tenía el labio partido y manchado de sangre seca.

–¿Qué ha pasado? –murmuré.

La sonrisa de Hania se disipó y ella se pasó un dedo por las heridas.

–Nunca se lo conté a Eliasz –dijo en voz baja–. Lo de Protz. Quizá lo supiera; al comienzo de la guerra juramos que protegeríamos a los niños y trataríamos de sobrevivir por ellos a cualquier precio. Pero aun así no se lo conté. ¿Para qué obligarlo a cargar con un peso que le era imposible aligerar? Cuando encontrábamos un momento para estar juntos aquí dentro, lo que quería era hablar de nuestra familia, de nuestros hijos, de cómo Eliasz tocaba el violín para ellos. No de esto. Y entonces, un día, mi marido se fue para siempre, así que se lo conté a Izaak. Ya no podía sobrellevarlo sola.

Se calló y yo esperé. Las manos me hormigueaban y me dolían por el frío, aunque no tanto como el dolor del martilleo de los latidos de mi corazón mientras estudiaba los ojos oscuros y vidriosos de Hania bajo las pobladas pestañas. Su mirada, a menudo tan reticente, era ahora transparente. Aquellos momentos eran poco habituales, pero siempre constituían una señal de que algo importante había ocurrido. Al final Hania continuó hablando.

—Izaak no me deja que vaya a verle más. Aunque no ha reconocido si participó o no en el complot, dice que no es seguro para mí que me vean con un miembro del Sonderkommando. Los guardias darán por hecho que he estado implicada en el levantamiento. No me ha dado la oportunidad de discutírselo porque se ha alejado de la valla, y cuando le he pedido que esperase, tan solo se ha parado el tiempo suficiente para decirle a Protz que no vuelva a llevarme allí.

—No te preocupes, cambiará de opinión en cuanto haya pasado el peligro.

En lugar de responder, Hania agarró la botella de vodka con ambas manos, cerró los ojos y se puso a hablar en yidis. Las palabras afloraron a través de sus dientes apretados y sonaban enfadas, casi frenéticas, pero al cabo de un momento se relajó y abrió los ojos. Sus siguientes respiraciones fueron ligeras y trémulas, y le cayó una única lágrima; luego se volvieron constantes y Hania parpadeó lentamente, calmada y aturdida.

—No sé qué me ha pasado después de que Izaak se marchase, pero el caso es que le he dicho a Protz que nuestro acuerdo se ha acabado. No estaba muy contento. —Soltó una risita y se señaló la cara, y la visión del salvaje recordatorio emponzoñó mi ínfimo alivio—. Ahora me matará, pero no importa. Mis *kinderlach* no necesitan a una *nafka* como madre.

—No eres una *nafka*, Hania.

–No, Protz no me matará –rectificó como si no me hubiera oído, y volvió a reírse–. Ha dicho que no lo hará, y no me delatará por lo de la contaminación de la raza, y tampoco me violará porque nuestro acuerdo no ha terminado, no hasta que él lo decida, y su *Untermensch* volverá arrastrándose en cuanto necesite algo y mendigará su ayuda y su perdón. Lo único que tiene que hacer es esperar. Y tiene razón. Es solo cuestión de tiempo, ¿verdad?

–No lo necesitas. Hace bastante tiempo que sobrevivimos sin sus suministros, y cuando Izaak te deje ir a verlo otra vez, Irena nos ayudará.

Hania suspiró e hizo girar la botella vacía entre sus manos.

–Ojalá tuviera tu seguridad y ojalá tuviera más vodka. Pero esta vez lo digo en serio: no me dejes agenciarme alcohol nunca más. –Era lo que decía siempre–. ¿Me lo prometes?

–Te lo prometo y quiero que tú prometas que no volverás con Protz.

Soltó una risita tonta.

–No puedo prometértelo. Además, aunque pudiera luego no lo recordaría, ¿no?

–Sí que puedes y puedes volver a hacerlo por la mañana. –Le quité la botella de las manos y le di un efusivo apretón–. Si no quieres hacerlo por ti, por favor, hazlo por mí.

A la bruma ebria de sus ojos se sumó un destello de afecto, y me dio una palmadita en la mejilla.

–Muy bien, mi pequeña *shikse*. Si tanto significa para ti, te lo prometo.

Nos acomodamos para pasar la noche, pero yo fui incapaz de conciliar el sueño. Me quedé tendida en la oscuridad, pensando en la rebelión fallida, escuchando las palabras de Irena que reverberaban en mi mente.

«Y ni de coña vamos a poder escaparnos».

Capítulo 28

Birkenau, 5 de enero de 1945

El invierno que siguió a la sublevación del Sonderkommando fue el más frío que recordaba desde mi llegada a Auschwitz. La nieve y el hielo eran tan incesantes como la pena, la culpa y la frustración que me atormentaban desde el 7 de octubre. La revuelta había sido aplastada, el Ejército Nacional no iba a venir y el Ejército Rojo no había llegado. Todo lo que deseaba se había esfumado, reducido a cenizas como tantos otros sueños en aquel espantoso lugar.

Una mañana de enero me desperté mucho antes del amanecer y me quedé contemplando la escarcha en el cristal de la ventana. Hania no estaba a mi lado. Desde la sublevación, su preocupación por Izaak había ido en aumento y le costaba dormir, así que a menudo salía del bloque para luchar a solas con sus nervios. Me ceñí la manta alrededor del cuerpo, tiritando bajo el frío implacable, y aferré uno de los pequeños guijarros que usábamos como peones. Hacía tiempo que Hania y yo no jugábamos al ajedrez.

¿Cómo había podido creer que la revuelta y la fuga eran posibles en un sitio como aquel? A pesar de que la Resistencia era numerosa, constituíamos una fuerza patética frente a los incontables guardias armados y la alambrada electrificada. No habríamos tenido ni la más remota posibilidad de triunfar ni aunque hubiéramos recibido ayuda desde fuera del campo. Auschwitz estaba construido para la muerte, no para la vida. Había sido una estúpida por creer que la vida saldría victoriosa.

La chica de catorce años con demasiada confianza y una fe ciega seguía existiendo en lo más hondo de mí y a veces dejaba que me influyera más de lo que debería. Ahora hasta ella sabía que había que renunciar a la rebelión. Puede que en algún momento hubiera sido una opción, pero ya no lo era.

La partida se acercaba a su fin. Había sido una batalla larga y ardua, pero mi contrincante había dejado mi rey en jaque. Y no estaba segura de que aquella fuera una partida que pudiese ganar.

Todavía era demasiado temprano para que alguien estuviera despierto cuando se abrió la puerta de nuestro bloque y una ráfaga de viento se coló en el interior. Las mujeres que dormían se dieron la vuelta en la cama y jadearon y gruñeron cuando el aire glacial sopló sobre su piel.

—Prisionera 16671, ven conmigo.

La voz de Irena. Lentamente, bajé de mi litera y la seguí fuera del bloque. Caminamos en silencio en la oscura y gélida mañana, mientras la nieve cedía bajo cada uno de nuestros pasos. La misma nieve que una vez había sido limpia y blanca, ahora estaba pisoteada y embarrada.

Un guardia solitario pasó a nuestro lado y se llevó la mano a la pistola al verme, pero al darse cuenta de que iba con Irena siguió su camino. Se había corrido la voz de que Frieda Lichtenberg había reclamado a la prisionera 16671, así que cuando Irena estaba cerca la mayoría de los guardias no me tocaba por miedo a desatar su ira. Había dejado claro que le pertenecía a ella y solo a ella.

Nos acercamos a la verja, donde una silueta conocida nos esperaba: Hania. Sin mediar palabra, se puso a andar a mi lado y tiró una colilla sobre la nieve. La tensión emanaba de ella y de Irena, helada como el viento que azotaba mi cuerpo. Algo iba mal. Después de cruzar la verja y emprender la caminata por los terrenos que separaban Birkenau del campo principal, ambas abrieron la boca para hablar. Pero ninguna lo hizo.

No me hacía falta una explicación. Llevaba esperando ese día desde la sublevación del Sonderkommando.

–El Departamento Político quiere hablar conmigo sobre la rebelión.

En el momento en que me había enterado de que los guardias habían encontrado restos de cápsulas de pólvora en el Crematorio IV y habían rastreado su origen hasta la fábrica de municiones Weichsel Union, también me enteré de que cuatro mujeres de la Resistencia habían sido capturadas, interrogadas y torturadas por el Departamento Político, también conocido como campo de concentración Gestapo. Teniendo en cuenta que yo había trabajado con esas mismas mujeres, intuía que vendrían a por mí.

–Los muy cabrones me convocaron a una reunión ayer por la noche –musitó Irena–. Quieren ver a todos los prisioneros que hayan trabajado recientemente en la fábrica de municiones. Como tú eres mi prisionera especial, tengo el placer de supervisar tu interrogatorio.

–E Irena les dijo que necesitarías un intérprete, así que estaré a tu lado todo el rato –añadió Hania.

Me paré en seco.

–No, no quiero que ninguna de las dos esté ahí. Presenciarlo se os hará demasiado difícil.

–Si nos ausentamos, ¿cómo voy a explicar el repentino cambio de opinión de Frieda o mi mentira sobre la intérprete? Nada, nos quedamos contigo –concluyó Irena con rotundidad.

Hania miró el perfil distante y oscuro del bosque que quedaba más allá del campo desierto, y casi pude ver cómo el plan tomaba forma en su mente.

—Quizá ninguna de las tres tenga que entrar en esa habitación. Vosotras podéis huir…

—¿Huir? —Irena soltó una carcajada mordaz—. Hasta el último rincón de este campo está infestado de guardias, incluido el perímetro cerca del bosque. Nos atraparán en un abrir y cerrar de ojos. Si no fuese por tu maldito alzamiento, podríamos habernos ido hace semanas.

—¿Mi alzamiento?

—Fueron tu hermano y sus amigos, ¿no? Aunque él no haya dicho nada, fue así.

—No me digas, *yenta*. ¿Te lo han contado tus amiguitos de las SS? —Cuando terminó de hablar, su mirada fulminante se transformó de golpe. Alzó la mano para interrumpir la réplica de Irena y echó a andar—. Retrasa el interrogatorio como puedas, Irena. No tardaré mucho.

Sabía exactamente lo que pensaba hacer y la agarré del brazo.

—No lo hagas, Hania. Lo prometiste y no dejaré que vayas con Protz por mi culpa.

—¿Acaso te he pedido permiso? —Intentó desasirse, pero yo la sujeté con fuerza y se encaró conmigo—. Suéltame, Maria.

—Dudo que ese capullo tenga influencia sobre un interrogatorio de la Gestapo —dijo Irena en tono de mofa.

Aunque pudiese ayudar, Protz se negaría por despecho. Estaba segura de ello y en algún lugar más allá de su habitual tesón Hania también tenía que saberlo. Él la obligaría a resarcirlo por haberlo enojado y luego le diría que le permitía implorar su perdón y que esa sería su forma de pagarle. Hania las pasaría canutas y no serviría de nada.

Su brazo tembló mientras yo seguía agarrándoselo y sus ojos se humedecieron a pesar de su mirada severa, y no creía que fuera debido al frío. Intentó apartarse de nuevo, pero se relajó cuando yo la solté y me acerqué a ella.

–Por favor, Bubbe.

Hania me miró a mí y luego a Irena. Al final blasfemó en yidis, suspiró y puso su mano sobre la mía.

–A lo mejor no podemos hacer que te libres de esto, pero te ayudaremos a superarlo.

Mis queridas y tercas amigas. Todo mi ser sentía deseos de conminarlas a que se marchasen, insistir en que podía hacerlo yo sola, pero mi voz las quería cerca, las necesitaba, por muy egoísta que fuera.

El aire frío me ardía en los pulmones, pero lo ignoré para poder hablar.

–Prometedme que no os inculparéis. Me pase lo que me pase a mí, necesito saber que vosotras estaréis a salvo, así que por favor, por favor, prometedme…

Hania me estrechó y su abrazó me transmitió tanta seguridad y me dio tanto consuelo como en su día habían hecho los de mi madre y mi padre. Me aferré a la áspera tela de su uniforme y dejé que su contacto calmara mi respiración trémula mientras sentía en latido de su corazón a través de su escuálido pecho.

–Te lo prometemos, *shikse*. ¿Verdad, Irena?

–Maldita sea, Maria –murmuró ella.

Me lo tomé como un sí.

Con cada paso que dábamos el aire gélido se volvía aún más frío y pestilente, como si arrastrara con él el hedor acre a pelo y carne chamuscados, y depositaba sobre mi piel polvo de ceniza. No importaba cuánto le recriminara a mi mente que me jugara malas pasadas, pues en aquel momento los crematorios no estaban en funcionamiento: el olor seguía pegándose a mi piel y no podía desprenderme de la sensación de las partículas que me cubrían. Me rodeé la cintura con los brazos. La muerte era una agresora constante y familiar, y envenenaba el aire mientras el cielo lloraba copos de ceniza gris, enlutado por cada vida robada.

En medio de la oscuridad localicé el letrero con las palabras ARBEIT MACHT FREI sobre la verja. Al verlo me acordé de cuando bajé con mi familia del vagón y me quedé con Tata para que me consolara por última vez. Casi podía aspirar el aroma a cera y pino del abrillantador que usaba para su bastón, y sentir sus dulces manos calentándome las mejillas heladas mientras su voz tranquilizadora le daba calor a todo mi ser.

«La verdadera libertad nace de la valentía, la fuerza y la bondad. Y la única que puede quitarte eso eres tú misma».

Cerré la mano, como si los dedos de mi padre la envolvieran sobre el pequeño peón.

No había estado en el Bloque 11 desde que me habían cambiado de Kommando, pero, cuando llegamos, fue como si nunca me hubiera ido. Tenía el mismo aspecto, inhóspito, frío y desnudo, y olía igual, a suciedad, muerte y fluidos corporales. Y transmitía la misma sensación de desconsuelo, desesperación y angustia.

Recorrimos los espeluznantes pasillos hasta llegar a una sala de interrogatorios, la misma en la que había pasado innumerables horas limpiando sangre, orina y vómito del suelo. Al entrar vi al agente de la Gestapo que iba a conducir el interrogatorio sentado a una mesa pequeña fumando un cigarrillo.

El Sturmbannführer Ebner.

Un terror puro me detuvo en seco. Por suerte, era la reacción apropiada para la situación en la que me encontraba, e Irena me empujó hacia el centro de la sala. No sabía que habían trasladado a Ebner de Pawiak a Auschwitz y sin embargo ahí estaba. De pronto fue como si volviera a tener catorce años y estuviera casi desnuda, sola, aterrorizada, inmovilizada por hombres robustos mientras hacía el menor ruido posible y aquel hombre me maldecía y me golpeaba. Aquel hombre que me había engañado y atormentado, y que había amenazado a mi familia. Aquel hombre que nos había enviado a Auschwitz.

Irena no conocía mi historia con él, pero me puso una mano en el hombro, como si me empujara hacia la silla, y me dio un rápido apretón. Para recordarme que no estaba sola.

Una vez sentada frente a Ebner tragué saliva y aplaqué mi pánico. «Piensa. Estúdialo».

Conocía a aquel hombre, pero al mirarlo a la cara me di cuenta de que él no parecía reconocerme. No parecía recordar a la chica a la que había torturado tantos años antes, seguramente porque había torturado a muchas después. Lo que me daba una excelente ventaja.

La última vez que me las había tenido que ver con Ebner, él había ganado. Habíamos medido nuestro ingenio, habíamos luchado largo y tendido, y él había salido victorioso. Pero ahora las piezas estaban dispuestas de nuevo. No importaba quién había ganado la última vez, lo único que importaba era cómo íbamos a jugar en esta ocasión. Y ahora yo tenía dos piezas más de mi parte y sabía cómo jugar al juego de Ebner.

«Tengo que hacerle creer que caigo en cada trampa que me ponga».

Mi estrategia estaba preparada y había llegado el momento de la revancha.

–¿La prisionera 15177 es la intérprete, Frau Aufseherin?
–Ebner señaló a Hania con un gesto de la cabeza.

–Correcto, Herr Sturmbannführer.

Él se centró en Hania.

–Solo hablarás para traducir. Si dices algo más a la prisionera 16671, daré por hecho que estás fomentando la desobediencia y tomaré las medidas necesarias con las dos. ¿Entendido?

Ella asintió brevemente.

–Sí, Herr Sturmbannführer.

Ebner se puso un nuevo cigarrillo entre los labios y lo encendió antes de volverse hacia mí.

–Me llamo Wolfgang Ebner. ¿Te apetece un cigarrillo?

Al dirigirse a mí, lo miré sin revelar en mi expresión ninguna señal de reconocimiento o de haberlo entendido, y luego esperé a que Hania tradujera. Una vez que acabó, abrí mucho los ojos, como si estuviera sorprendida por la generosa oferta.

–Gracias, Herr Sturmbannführer. No fumo, pero ¿le importa si sostengo uno en la mano?

Acepté el cigarrillo que me tendía y dejé la mano sobre la mesa el tiempo suficiente para que él percibiera el temblor que simulé en su honor. Le di vueltas al cigarrillo entre los dedos e Irena cogió otro sin esperar a que se lo ofreciera. Mientras tanto, Ebner fumaba y me observaba, dejando que el suspense me volviera loca. Así que le di justo lo que quería.

–Por favor, dígame por qué estoy aquí, Herr Sturmbannführer –exclamé, trabándome con las palabras en mi impaciencia–. Es por el alzamiento, ¿verdad?

Ebner levantó una mano para silenciarme y miró a Hania, que estaba de pie a mi lado. Ella se quedó callada por un instante, como si se recordase a sí misma que debía tratar aquel interrogatorio como todos los demás que había presenciado. Era otro día de trabajo, nada más. Cuando habló, su alemán sonó nítido y preciso, y su expresión permaneció neutra.

Ebner me dedicó una sonrisa tranquilizadora.

–Sí, pero si cooperas no tienes nada que temer.

Solté el aire para hacerle saber que sus palabras habían provocado el efecto deseado.

–Como exmiembro de la Resistencia, sé de sobras que no debo cometer de nuevo ese error. Los actos tienen consecuencias, Herr Sturmbannführer. A veces las consecuencias solo afectan a los culpables, pero muy a menudo afectan también a personas inocentes como yo. Eso es algo que muchos olvidan.

–Muy cierto. –Le dio una larga calada al cigarrillo–. ¿Me estás diciendo que te condenaron legítimamente por las actividades relacionadas con la Resistencia que acabaron contigo en Auschwitz, pero que esta vez no estás involucrada en la rebelión?

–Así es.

Jugueteé con el cigarrillo mientras Ebner tiraba la ceniza en un cenicero y consultaba los papeles que había sobre la mesa.

–Pasaste varias semanas trabajando en la fábrica de municiones Weichsel Union durante la primavera de 1944. ¿Por qué estuviste tan poco tiempo allí?

Tomé aire con dificultad y dejé que mi voz sonara trémula.

–Porque era joven cuando comenzó la ocupación. Trabajar con pólvora y explosivos me recordaba a los bombardeos de esa época.

–¿Estás implicada en el tráfico de pólvora para el levantamiento? O, aunque no sea así, ¿tenías conocimiento del plan?

–No, Herr Sturmbannführer.

Cuando Hania acabó de hablar, Ebner volvió a quedarse callado. A pesar de sus esfuerzos por mostrarse indiferente, se la veía más tensa con cada minuto que pasaba. Irena se había colocado detrás de Ebner, seguramente para poder interpretar su papel sin la inquietud añadida de que él la viese todo el rato. Yo no me atrevía a mirarlas mucho, pero su presencia me reconfortaba.

El pesado silencio bastaba para volverme loca; revolverme en la silla cuadraba con mi papel, así que no me resistí al impulso. Al final Ebner se volvió hacia Irena.

–Frau Aufseherin, me han dicho que mantiene usted bajo estrecha vigilancia a la prisionera 16671. ¿Recuerda haber detectado algún comportamiento sospechoso?

–No, Herr Sturmbannführer, pero sé dónde estaba el 7 de octubre. La muy zorra es tan torpe que esa mañana me derramó café encima del uniforme, así que la supervisé mientras me lo lavaba. Y tardó mucho más de lo debido porque es demasiado inepta para sacarle brillo a un puñetero botón como es debido –dijo Irena con una risa condescendiente mientras exhalaba el humo del cigarrillo–. Para cuando la escolté de vuelta a la cocina, el campo se había convertido en un campo de batalla.

Después de que Hania tradujera la respuesta, le agarré la falda y tiré de ella con tanta fuerza que se tambaleó.

–¡Lo del café fue un accidente! Dile a la Aufseherin Lichtenberg que fue un accidente, por favor…

–¡Silencio! –gritó Irena y yo solté a Hania y me encogí adelantándome al golpe. Ella tiró la colilla al suelo y la pisó, y luego alzó una mano para interrumpir la traducción de mi ruego por parte de Hania–. No te molestes, judía. Me importa una mierda.

Mientras hablábamos, Ebner se había desplazado al fondo de la habitación, donde los instrumentos de tortura estaban expuestos en una jaula. Hasta entonces se había mostrado relajado, seguramente para tranquilizarme de modo que me sobresaltara aún más cuando él tuviera un ataque repentino de ira. Estaba a punto de ocurrir. Lo intuía.

Al regresar y quedar de pie frente a mí, sostenía un látigo en una mano y una porra en la otra. Dejó ambos objetos sobre la mesa. Uno me recordaba a mi último interrogatorio con la Gestapo, el otro a mi paliza, pero ninguno de los dos me asustaba porque recordaba esa fase de sus interrogatorios. No iba a torturarme porque yo ya estaba cooperando. Lo único que quería era infundirme terror.

Llegamos al momento más crítico de nuestra partida. Habíamos realizado los movimientos de apertura y establecido el control sobre el tablero, gracias a nuestra estrategia y planificación. Ahora tocaba atacar.

Apliqué a mi voz un tono de urgencia exagerado.

—Ha dicho que no tenía nada que temer si cooperaba.

—Y por eso vas a seguir haciéndolo —replicó Ebner estudiando sus opciones.

Desde su puesto detrás de él, Irena estableció contacto visual conmigo, como si no estuviera segura de cómo proceder. Confié en que la expresión de mi mirada la instara a seguir con su papel como había prometido. Mientras tanto, Hania tradujo con gran esfuerzo.

—Frau Aufseherin, ¿cuál me sugiere?

A instancias de Ebner, Irena escogió la porra. Hania parecía estar demasiado atónita para traducir, pero no importaba, porque la cogí del brazo. Aunque lo hacía para simular que buscaba protección, aproveché para darle un leve apretón, instándola a que no perdiera la fe. A modo de respuesta ella me agarró el antebrazo y pude sentir el latido de su pulso, pero me devolvió el gesto.

Ebner blandió la porra en mi dirección.

—Suéltala ahora mismo.

Me eché hacia atrás mientras Hania retrocedía y Ebner se colocó junto a mí. Esta vez yo no tenía una trenza de la que pudiera agarrarme, así que su mano áspera se cerró sobre mi nuca mientras la porra me levantaba la barbilla.

—¿Estás segura de que no sabes nada de la pólvora robada? —preguntó al tiempo que me apretaba el cuello, y yo jadeé—. ¿Por qué no te dejo con la Aufseherin Lichtenberg mientras te piensas la respuesta?

Al oír que se refería a Irena, me puse tensa, y entonces me soltó y le pasó la porra a ella. Antes de que Hania hubiese terminado de traducir comencé a suplicar y sospechaba que a Ebner no le hacía falta la traducción para creer que su plan estaba funcionando.

Con los labios curvados en una sonrisa cruel, Irena jugueteó con la porra.

—¿Has oído eso, polaca? Tú y yo a solas.

Me callé bruscamente mientras Ebner nos miraba a una y luego a otra, esperando a ver qué hacíamos a continuación. Mi respiración superficial era el sonido más ruidoso de la sala y miré a Irena a los ojos.

«Te toca, Frieda».

En una repentina explosión de movimiento, Irena estampó la porra en la mesa y se lanzó sobre mí, y yo proferí el grito más aterrado del que fui capaz y salí disparada hacia la puerta cerrada. Con unos chillidos que rivalizaban con los de Mandel, ella me cogió y me obligó a sentarme en la silla, donde me inmovilizó antes de golpear de nuevo la mesa. Aun mientras dejaba escapar otro grito, percibí la esperanza y el apremio y la desesperación entre nosotras y Hania, que tenía la espalda pegada a la pared, presa del pánico tanto como su papel requería, aunque parte de él también parecía auténtico.

Antes de entrar a mi interrogatorio nos habíamos desviado para ir al baño de mujeres. Yo me había inclinado sobre la mugrienta pila y había bebido suficiente agua para llevar mi papel de prisionera aterrorizada tan lejos como hiciese falta. Era el momento de interpretar la siguiente fase.

Entre los aullidos amenazantes de Irena me acurruqué y rogué y solloce y dejé de apretar mi vejiga. El penetrante olor a orina inundó el pequeño espacio mientras el líquido caliente me calaba el uniforme, formaba un charco sobre la silla y goteaba sobre el suelo. Los insultos y las amenazas de Irena apenas se oían entre mis continuos lloriqueos, y enterré la cabeza con un último grito desesperado.

—He dicho la verdad, ¡juro que he dicho la verdad! Por favor, no me deje sola con ella.

Aparte de mi llanto y la trémula voz de Hania al terminar su interpretación, todos nos quedamos en silencio. Ebner debía de estar satisfecho. Y yo también lo estaba. Lo oí encender una cerilla y luego me llegó el olor a humo.

—Prisionera 16671, ¿hay algo más que quieras contarme?

—Se lo he contado todo, Herr Sturmbannführer, se lo prometo. Por favor, aléjela de mí —susurré apartándome más de Irena.

Ebner prolongó la tensión del momento mientras yo me sorbía los mocos con pánico y tanta fuerza que el ruido llenó la habitación y resonó tan alto como los pensamientos que me atravesaban la mente. «Tan cerca: estamos tan cerca...».

Di un respingo cuando la silla de Ebner se deslizó sobre el suelo con un chirrido estridente y pavoroso, mientras él se apartaba de la mesa.

—Hemos terminado.

Jaque mate.

Con un empujón de despedida, Irena me soltó y yo reaccioné inspirando bruscamente. Permanecí enroscada sobre mí misma, pues me daba miedo levantar la cabeza y arriesgarme a mirarla a ella o a Hania. Ahora no podíamos estropearlo.

Me concentré en el cigarrillo que había dejado caer durante la refriega y que ahora descansaba sobre el suelo, mojado y empapado en orina. La visión resultaba extrañamente grata.

—Frau Aufseherin, escolte a las prisioneras de vuelta a Birkenau —dijo Ebner—. Nos veremos mañana.

—¿Mañana? —preguntó Irena al tiempo que yo alzaba la vista.

Él asintió y dio unos toquecitos al cigarrillo, contemplando cómo la ceniza caía al suelo.

—Hoy estamos llevando a cabo los últimos interrogatorios, pero, por lo demás, ya hemos capturado a las mujeres responsables del robo de pólvora de la fábrica de municiones. Mañana, el campo de mujeres entero asistirá a su ahorcamiento.

—Sabía que tenías mucha *chutzpah*, Maria, pero no me imaginaba que tanta —dijo Hania meneando la cabeza mientras regresábamos a Birkenau—. No entiendo cómo has podido salir ilesa de un interrogatorio. Era un plan muy arriesgado.

Se había pasado todo el comienzo de nuestra caminata mascullando en varios idiomas para calmar sus nervios, así que me pareció un paso en la buena dirección.

Irena no dijo nada. Su frente estaba surcada por profundas arrugas, una señal de que se había desprendido de Frieda y se había quedado tan solo con el odio que sentía hacia ella.

Temblando y en silencio, me rodeé la cintura con los brazos mientras los copos de nieve caían a nuestro alrededor. Sin duda me sentía aliviada por no haber sido implicada, pero eso no aligeraba el consabido escalofrío de culpa. Durante el tiempo que había trabajado en la fábrica de municiones había coincidido con las mujeres judías a las que ahora habían capturado. Podrían haber dado mi nombre, el de Hania o incontables más, pero no habían traicionado a nadie. Al día siguiente lo pagarían con su vida.

Hania debió de imaginar lo que estaba pensando porque me pasó un reconfortante brazo por los hombros.

–Aunque la sublevación fracasara dio esperanzas a mucha gente. Esas mujeres morirán como heroínas.

Tenía razón, pero no podía quitármelas de la cabeza. En aquel espantoso lugar muchas personas heroicas se habían enfrentado a la muerte con un valor incomparable. Siempre admiraría su valentía.

Aunque había salido ilesa de mi interrogatorio con la Gestapo, este me había traído recuerdos que había reprimido durante mucho tiempo. Me pasé el día esperando a que Ebner me convocase para decirme que mi papel en la red de contrabando se había destapado y que me iba a unir al grupo de mujeres condenadas. Que creyera o no mis mentiras era irrelevante. Las mentiras no me habían salvado la última vez.

La última vez había creído que protegía a mi familia. La última vez mi falsa confesión los había librado del interrogatorio, pero nos había metido a todos en un tren. Esta vez no tenía motivos para creer que me había protegido a mí o a mis amigas más de lo que en su día había protegido a mi familia.

Esa noche, en nuestra litera, mientras Hania y yo nos acurrucábamos bajo la manta, apoyé la cabeza en su regazo y saqué la botella de vodka que había conseguido tras mi interrogatorio. Le di un sorbo y dejé que el calor alcanzara hasta el último rincón de mi boca antes de tragar y pasársela a Hania, que la aceptó sin decir palabra.

Cuando la botella quedó vacía, sentí el hormigueo del calor por todo el cuerpo mientras la habitación se balanceaba ligeramente. Ya no me preocupaba que Ebner viniera a por mí o que el interrogatorio arrojara resultados parecidos a los del anterior. Hania tenía la mano apoyada en mi cabeza, pero estaba callada. Por alguna razón yo había acabado bebiendo más que ella. Quizá me doliera la cabeza por la mañana. ¿Cómo podía darme dolor de cabeza una botella de líquido transparente? Lo absurdo de la idea me hizo reír.

—¿Hania?

—¿Sí?

—¿Me cuentas un cuento?

Ella soltó una risita y se sentó tan erguida como le permitía el espacio.

—¿Un cuento de buenas noches para la chica que va a cumplir dieciocho el mes que viene?

Sonreí.

—Exactamente, Bubbe.

—*Oy*, me temo que hace mucho que no cuento un cuento, Maria.

—No te preocupes, yo tampoco he escuchado uno en mucho tiempo. ¿Me lo contarás en francés?

—¿Quieres un cuento que no vas a entender? —Se rio, pero sabía lo mucho que me gustaba oírla hablar en ese idioma. Asentí y Hania pasó el dedo por un pequeño corte de mi mejilla y comenzó en un murmullo—: *Il était une fois…*

Cerré los ojos mientras su cadencia me envolvía en las mejores sedas francesas y me llenaba el estómago con los dulces más deliciosos, tal vez un cruasán, un *macaron* y un milhojas de una pintoresca pastelería de la campiña francesa. Hania tenía una voz que podría haber escuchado horas y horas sin cansarme, no importaba en qué idioma hablase, pero su francés me cautivaba. Era tan delicado y hermoso como ella. No sabía de qué iba el cuento, pero mientras me arrullaba escuché un término en yidis intercalado en el francés. *Shikse*.

Capítulo 29

—Jaque mate otra vez.

Hania soltó el aire y se masajeó la sien.

—Me has ganado cuatro veces seguidas.

—Eso es porque hoy estás un poco lenta, Bubbe. —Me reí mientras ella me reprendía en yidis—. ¿Revancha?

—¿Para que puedas seguir regodeándote?

—Esta vez solo me regodearé un poco, te lo prometo.

Estábamos acurrucadas cerca de la pequeña estufa, suspirando por el escaso calor que proporcionaba. Comencé a disponer las piezas de ajedrez, pero Hania se subió a nuestra litera, así que las recogí y me reuní con ella. Nos estiramos muy juntas y contemplamos a varias prisioneras que avanzaban penosamente sobre la gruesa capa de nieve, con la nariz roja y los labios azules. Una mezcla de nieve y lluvia gélida caía del cielo y azotaba a las desgraciadas mujeres, instándolas a seguir hasta que desaparecieron en el interior de otro bloque.

Dos guardias de las SS pasaron apresuradamente sin malgastar tiempo en buscar refugio. Los guardias llevaban varios días de un humor extraño. Se los veía más ansiosos de lo habitual y habían destruido diversos edificios e innumerables documentos, inundando el aire con el olor a papel quemado en lugar de la carne chamuscada. Irena había estado tan ocupada que yo no había tenido ocasión de preguntarle qué era lo que había provocado ese cambio.

Como si hubiera estado esperando la señal, la puerta se abrió e Irena la cerró tras ella.

—¡Madre mía, menudo frío! —exclamó al tiempo que se apresuraba a acercarse a la estufa. Se quedó un momento allí en pie antes de lanzar una mirada de desaprobación a las desaliñadas mujeres que se apiñaban en las literas—. ¿A esto lo llamáis fuego? Prisionera 16671, arréglalo.

Irena nunca irrumpía en nuestro bloque sin motivo. Había ocurrido algo.

Me apresuré a cumplir sus órdenes. Cogí fajina y avivé el fuego, fingiendo estar absorta en mi trabajo mientras ella se inclinaba sobre mí y hablaba en un susurro.

—El Ejército Rojo está cerca. Han comenzado las evacuaciones y mañana trasladarán al sector femenino cerca de Loslau.

Se trataba de una ciudad al oeste de Oświęcim, conocida en polaco como Wodzisław Śląski.

Irena no se quedó para escuchar mi respuesta.

Una vez que se hubo marchado me deleité con el calor del fuego y analicé las noticias. Nos íbamos de Auschwitz. Sin duda eso significaba que la libertad llegaría pronto. En cuanto nos reubicaran tenía que enviarle una nota a Mateusz para que supiera cómo contactar conmigo para ponerme al día sobre Fritzsch.

Tras comunicarle las novedades a Hania en un susurro, esta soltó una risa sardónica.

—Nuestros libertadores se acercan, pero cuando lleguen no habrá nadie a quien liberar.

—Podríamos toparnos con las fuerzas aliadas durante la reubicación. Si no, al menos saldremos de Auschwitz. Eso se merece una partida de ajedrez para celebrarlo.

Hania suspiró, pero no pudo reprimir una sonrisa.

—¿Más ajedrez?

—Podemos jugar junto a la estufa; estaremos más calientes que aquí.

—Vale. Una partida más, *shikse*.

Bajé de un salto y cogí la bolsita para joyas del hueco debajo del ladrillo suelto, y Hania me siguió más lentamente con una extraña expresión ausente en el rostro. Algo no iba bien. Yo había estado demasiado absorta en nuestra partida de ajedrez para darme cuenta, pero reparé en ello al verla bajar de nuestra litera. Cuando sus pies tocaron el suelo, se tambaleó y le cedieron las rodillas.

Ahogué un grito y la sujeté antes de que cayera. Para gran alivio mío, aún estaba consciente.

—¿Hania, qué ocurre?

—Nada, nada. —Hizo un gesto con las manos para que me alejara y la solté a regañadientes—. Llevo todo el día con un dolor de cabeza horrible y me he mareado. Y antes de que me lo preguntes, no, no me he agenciado vodka.

Le toqué la frente antes de que me retirase la mano.

—Tienes fiebre. ¿Te duele algo?

—Es un simple dolor de cabeza y no tengo fiebre.

—Contéstame.

—Me duelen un poco las articulaciones, pero eso es porque cumplo los veintisiete dentro de un mes. Me empiezan a pesar los años —dijo con una sonrisa burlona. Se dirigió hacia la estufa, pero tuvo que apoyarse en las literas para sostenerse. Al levantarle el uniforme, soltó una maldición en yidis, me arrancó su falda de las manos y se volvió hacia mí con el ceño fruncido—. ¿A qué ha venido eso? Deja de fastidiar y prepara el tablero. No estoy enferma.

Pero yo ya había visto lo que buscaba. El sarpullido.

–Hania. –Dejé que su nombre flotara entre nosotras mientras me esforzaba por mantener un tono calmado para lo que venía a continuación–. Tienes tifus.

Apretó los labios y me miró como si estuviese diciendo una tontería.

–Estamos vacunadas contra el tifus, ¿te acuerdas?

–Eso fue hace mucho tiempo y tú…

–Basta. Necesito descansar, eso es todo, y no quiero oír ni una palabra más sobre el tema. –Me sostuvo la mirada, pero cuando habló de nuevo suavizó el tono–: No estoy enferma, *shikse*.

Hania no me estaba negando la enfermedad para evitar que me preocupase. Se había convencido a sí misma de que no estaba enferma. Lo vi en la expresión obstinada de su mirada vidriosa, en el inusitado miedo presente en sus ojos oscuros, a pesar de lo que me decía a mí y a sí misma. No podía ceder porque admitir su enfermedad era acercarse un paso más hacia la muerte. Y tenía hijos que la necesitaban.

–Te pondrás bien, Bubbe, pero tienes tifus. –La rodeé con el brazo antes de que pudiera protestar–. Ve a descansar y yo voy a ir a buscar ayuda.

Hania avanzó tambaleándose a mi lado mientras la acompañaba de vuelta a la litera, pero siguió maldiciendo en varios idiomas, e incluso la escuché mascullar con tozudez en polaco y alemán.

–Imposible. No tengo tifus. No he sobrevivido tanto tiempo para acabar muriendo de tifus…

Una vez que estuvo acomodada bajo las mantas, salí del bloque. El aire gélido me aguijoneó como una bofetada en la cara, pero la mordedura del terror era mucho más dolorosa. «Hania no. Por favor, Hania no».

Pegué la espalda a la pared, me hundí en las sombras y respiré varias veces lentamente para mantener a raya el pánico mientras observaba mi respiración formar nubes de vaho. Al cabo de un momento emprendí el arduo camino a través de la gruesa capa de nieve y el hielo. A la enfermería. Tenía que llegar a la enfermería.

Al llegar al bloque indicado me apresuré a entrar gritando e ignorando a los médicos y enfermeras que me pedían que bajase la voz.

–¡Janina! Janina, ¿dónde...?

–Estoy aquí, Maria. Ahora deja de molestar a mis pacientes.

Las palabras procedían de una familiar cabeza pelirroja que estaba inclinada mientras su dueña administraba la medicación a un prisionero semiinconsciente.

Cuando terminó yo estaba ya a los pies de la cama del paciente, desembuchando mi historia y suplicando que me diera medicación. Janina desapareció para comprobar sus suministros y yo esperé en un silencio inquieto. Al volver, su expresión sombría acabó con mis esperanzas.

–Me queda poco de todo y los guardias han dejado de darme suministros. Esto es lo único que tengo. –Depositó tres pastillas sobre mi palma tendida–. No basta ni de lejos para curar a Hania, pero valen más unas pocas dosis que ninguna.

Disimulé mi decepción, cerré la mano sobre las preciadas pastillas y musité un breve agradecimiento antes de salir. Volví sobre mis pasos por los terrenos de Birkenau.

«Hania se pondrá bien. Valen más unas pocas dosis que ninguna. Hania se pondrá bien».

No sabía cuántas veces había repetido el mantra cuando distinguí un rostro conocido que se abría camino por el campo: Protz.

–¡Herr Scharführer! –grité, y corrí tras él incluso después de que me ignorase–. Herr Scharführer, necesito su ayuda.

Al oír mis palabras se detuvo a escucharme. Si algo había aprendido sobre Protz era que su codicia no tenía límites.

–¿Qué me ofreces? –preguntó.

–Esto a cambio de medicinas.

Su mano enguantada estaba ya tendida y dejé caer en la palma el diamante más grande que tenía. Él lo inspeccionó durante un rato mientras yo esperaba, combatiendo el frío y mi propia impaciencia. Una vez satisfecho me miró, pero al darse cuenta de quién era yo entornó los ojos.

–¿La prisionera 15177 está enferma?

Había contado con que Protz no se acordase de mí, pero me había visto con Hania en incontables ocasiones. Por suerte, yo tenía mucha práctica con las mentiras.

–Las medicinas son para mí.

–Demuéstramelo. Tráela aquí.

Al ver que no me movía esbozó una sonrisita: se me había adelantado. Empecé a pensar en otra mentira, pero renuncié al intento. Aunque se hubiera equivocado con respecto a mis motivos, parecía convencido de estar en lo cierto.

–Debería dispararte por mentir, pero prefiero modificar los términos de nuestro acuerdo. Esto –dijo al tiempo que me mostraba el diamante– es a cambio de tu vida, que no tiene ningún valor. Y si eres lo bastante estúpida como para conseguir medicinas de otra persona, lo averiguaré y nuestro trato quedará anulado.

Tenía el diamante tan cerca que podría haberlo recuperado con facilidad, pero mi vocecita interior me recordó que no podría ayudar a Hania si me metían una bala en el cráneo. Regodeándose en su victoria, Protz se guardó el diamante en el bolsillo y me dedicó una última pulla.

—Dale recuerdos a la *Scheisse-Jude*.

Sus palabras despertaron la parte de mí que hacía caso omiso de las potenciales consecuencias, la parte a la que solo le preocupaba pasar a la acción, y las palabras salieron de mi boca tan rápido que no pude detenerlas ni aunque hubiera querido.

—¡Hania! Se llama Hania, ignorante...

Antes de terminar la frase recibí un golpe en la mejilla que me dejó sin aire. Aterricé sobre la nieve recién caída mientras Protz se cernía sobre mí. Me contempló con su desprecio habitual y yo bajé la vista hacia sus pies previendo lo que se me venía encima. La sensación de la bota al impactar en mi cuerpo me resultaba más que familiar, así que si eso era lo que me esperaba quería estar preparada.

—Seguro que sabes que la prisionera 15177 tiene un hermano que trabaja en el Crematorio II. Últimamente no ha habido necesidad de utilizar esa cámara de gas, pero puedo hacer que eso cambie y darle algo que hacer a ese maldito desgraciado. Una palabra más, polaca, y tendrá que quemar el cuerpo de esa zorra judía.

No sabía si Protz tenía o no poder para cumplir su amenaza, pero no era un riesgo que pudiera permitirme. Además, no tenía sentido contestarle. En lugar de eso, miré como varias gotas de sangre caían de mi nariz sobre la nieve blanca; debía de haberme pegado un puñetazo. A veces me preguntaba por qué a esas alturas no se me daba mejor esquivar los golpes. Los pasos de Protz crujieron sobre la nieve y su sonido se fue apagando hasta desvanecerse por completo. Me había quedado sola. Me senté, pero no me moví de donde estaba, y permanecí aferrada a las minúsculas pastillas.

Era en esos momentos en que había fallado cuando más echaba de menos al padre Kolbe. Cada vez que el desconsuelo se apoderaba de mí, él siempre había sabido qué era lo que me hacía falta, ya fuera una palabra amable, su presencia reconfortante, una partida de ajedrez o su rosario. Coloqué la mano sobre el bolsillo oculto y noté las cuentas redondas a través del fino tejido. Me ayudó, pero por mucho que me hubiese esforzado en los últimos años, nunca había encontrado la resiliencia del padre Kolbe.

—¿Qué coño pasa, Maria? Vas a morir congelada y estás sangrando.

No sabía si habían pasado minutos u horas cuando la voz de Irena atravesó el aullido del viento. Mientras me levantaba fui a limpiarme la sangre que me había salido de la nariz y descubrí que se había congelado. Fue entonces cuando me di cuenta del frío que hacía.

—Hania tiene tifus. —Los dientes me castañeteaban y hablar a través de ellos era casi tan difícil como pronunciar aquellas palabras—. En el bloque de la enfermería no hay suficiente medicación para tratarla y Protz se ha negado a ayudarme. ¿Tú tienes algo?

Irena negó con la cabeza. Al principio las pequeñas pastillas en la palma de mi mano habían sido mejor que nada; ahora se reían de mí y me recordaban mi impotencia. Podía proporcionarle cierto alivio a Hania, pero no el suficiente. Y la evacuación tendría lugar al día siguiente.

Irena debió de pensar lo mismo. Bajó la voz hasta convertirla en un murmullo.

—Maria, el plan de evacuación solo incluye a las personas sanas. A los enfermos los dejarán aquí.

Tardé un momento en asimilar sus palabras. Iban a abandonar a miles de personas enfermas para que muriesen allí. Al darme cuenta de lo que eso significaba, meneé la cabeza. No estaba sorprendida en absoluto. Solo enfadada. Y no iba a permitir que eso le ocurriera a Hania.

Cada día moría gente en Auschwitz. Perder a amigos, desconocidos y compañeros de la Resistencia era algo normal en la vida que llevaba desde hacía tanto tiempo. Pero esto era distinto. Hablábamos de Hania, la amiga del campo a la que hacía más tiempo que conocía, la amiga que me había cuidado como una madre, me había instruido y me había enseñado palabras en yidis, la amiga a la que yo había enseñado oraciones católicas y a jugar al ajedrez. La mujer cuyos hijos Mama había sacado del gueto, los hijos por los que ella había luchado por mantenerse viva a cualquier precio, por desesperado que fuera, los hijos que yo había prometido que la ayudaría a encontrar. Habíamos pasado por demasiadas cosas juntas para que acabara así. No permitiría que acabara así.

Tenía un plan.

Tras asegurarme de que no se aproximaba ningún guardia, me acerqué a Irena y bajé la voz.

–Ve al Crematorio II y busca al hermano de Hania. Se llama Izaak Rubinstein y es el prisionero 15162. Tráelo y reúnete conmigo en las letrinas lo antes posible.

Ella asintió y luego nos separamos. Tras regresar a mi bloque recogí nieve recién caída con mi pequeña taza, la derretí sobre la estufa y se la llevé a Hania. Aunque estaba más delirante que antes, la desperté y la obligué a tomarse una pastilla. Después de beberse la nieve fundida, volvió a caer en su estupor febril.

Se suponía que debíamos estar en la cama, así que me vi obligada a esperar el momento en que los guardias de las SS dejaran de merodear por el exterior. Me acurruqué junto a Hania, dándole algo más de calor, y le susurré palabras tranquilizadoras. Una vez que se acallaron los ladridos tanto de las guardias como de sus pastores alemanes, me escabullí y salí a la noche gélida evitando los reflectores, camuflada en la oscuridad. Avanzaba a un ritmo exasperadamente lento, pero entre las temperaturas frígidas y los guardias prestos a disparar a la mínima ocasión era imposible ir más rápido.

En las letrinas me esperaban dos siluetas familiares ocultas en las sombras, y al ver a una de ellas me detuve en seco.

Izaak había cambiado. Era como si hubiera envejecido diez años, pero no fue eso lo que me impresionó. Fue su mirada. Esperaba encontrar alivio y alegría al verme después de tanto tiempo. En lugar de eso, en los ojos que antes estaban llenos de vida y bondad se reflejaba ahora una oscuridad turbada y dolorida, e ira. Mucha ira.

—¿Por qué estoy aquí, Maria, y quién es esta?

Señaló a Irena con un dedo acusador.

—Una amiga, pero no tenemos tiempo para explicaciones. Se trata de Hania.

Esperaba que al oír el nombre de su hermana un poco de preocupación o amor o algo espantara su hostilidad. Pero lo que hizo fue intensificar su furia.

—¿Qué le ha hecho ese cabrón?

No hacía falta que mencionara a Protz para que quedase claro a quién se refería; me contuve para no llevarme la mano a la marca dolorida que me había dejado su puño alrededor a la nariz, donde estaba segura de que me saldría un moratón.

—Nada. Está enferma. Mañana evacuan el campo y dejarán aquí a los enfermos. —Tragué saliva, nerviosa—. He pensado... he pensado que querrías quedarte con ella. Puedes esconderte en las letrinas y, cuando todo el mundo se haya marchado, podrás cuidarla hasta que lleguen los soviéticos.

—Ya he añadido tu número a la lista de muertos —dijo Irena—. Nadie notará tu ausencia.

Izaak se quedó callado. Me miró a mí y luego a Irena y a continuación asintió con brusquedad. Después de darle las gracias y prometerle que iría a verlo por la mañana, Irena me escoltó hasta mi bloque. Mientras caminábamos me pareció que se quedaba mirándome y crucé los brazos para reprimir un escalofrío.

–He estado pocas veces cerca de los crematorios y las cámaras de gas, pero han sido demasiadas –dijo Irena–. Si te permitieran ver lo que ha visto el Sonderkommando lo entenderías.

De vuelta en mi bloque, me quedé tendida en silencio, incapaz de dormir. La respiración superficial de Hania planeaba sobre mí mientras yo acariciaba con los dedos las cuentas del rosario. Había pasado casi cuatro años de mi vida en aquel lugar. Al día siguiente todo llegaría a su fin. La idea debería haberme reconfortado, pero no lo hizo. No ahora que tenía que dejar atrás a Hania e Izaak. Y la liberación. Los soviéticos llegarían en cualquier momento, pero yo ya no estaría. La libertad quedaba fuera de mi alcance y, con ella, la posibilidad de enfrentarme a Fritzsch. Hasta que oyera la verdad de su boca, mi lucha por sobrevivir –por hacer justicia– continuaría. Solo la justicia tenía la potestad de aliviar el dolor de mi pecho; el dolor que suspiraba por mi familia, el que me llevaba a imaginármelos en el patio entre los Bloques 10 y 11. Su confusión; su dolor; su terror.

Estreché con más fuerza el rosario y aparté el pensamiento de mi cabeza mientras dejaba escapar un suspiro trémulo. Un día llegaría el momento de huir; por ahora, los barrotes de mi prisión no habían perdido robustez.

Mi cautiverio no había llegado a su fin. Solo iba a cambiar.

Capítulo 30

A pesar de que le he ordenado que se desarmara, Fritzsch no ha tocado su pistola. En lugar de eso echa un vistazo a su rey en jaque antes de reclinarse en la silla y mirarme a mí y a la pistola que sujeto entre las manos.

–¿Tienes pensado matarme igual que yo maté a esos polacos? ¿Contemplar cómo me muero igual que contemplaste al prisionero 16670?

Hasta la última parte de mi ser siente deseos de matarlo, de apretar el gatillo e incrustarle una bala en el cráneo. El dolor me urge a hacerlo. Pero mi ingenio, la pieza final de mi partida, me urge a hacer un movimiento distinto. El rosario del padre Kolbe me pesa en el bolsillo y casi puedo oír su gentil voz guiándome como ha hecho tantas veces, arrancándome de la oscuridad que reina en este espantoso lugar y dentro de mí. Siento un cosquilleo en las cicatrices de las quemaduras de cigarrillos; cinco señales, una por cada Florkowski, alineadas un poco más arriba de los cinco números tatuados, marcados a hierro sobre mi piel igual que la marca que ha dejado este sitio en mi alma. Y ahora el cañón de mi pistola está tan cerca, a apenas un metro de su pecho, el pecho del hombre que asesinó a todos los que he amado.

Fritzsch espera mi respuesta, así que decido mi jugada. Y elijo mi ingenio.

–No he venido aquí a matarte. Te queda el resto de la eternidad para arder en el infierno. Deja tu arma en el suelo y después de que te entregue a las autoridades confesarás todo lo que has hecho. Te detendrán y te acusarán por tus crímenes, y yo confirmaré tu confesión y le enseñaré a todo el mundo las cicatrices que me has dejado en la espalda. Te sentenciarán a muerte o a prisión, pero espero que sea a prisión para que vivas una vida larga y miserable en cautiverio. Y no escaparás jamás.

Ha dejado de llover. Los únicos sonidos que se oyen son mi respiración inestable, el latido de mi corazón que reverbera en mis oídos y los nombres que me pasan una y otra vez por la cabeza. «Mama. Tata. Zofia. Karol. El padre Kolbe».

Fritzsch se ríe.

–Tus diatribas de loca y unas cicatrices no bastarán para ganar un juicio. ¿Para qué tomarte tantas molestias cuando puedes limitarte a apretar el gatillo?

La insinuación disipa todo lo demás; todo menos el coro de nombres que se repiten al ritmo de mi corazón. Como si tuvieran vida propia, mis dedos se mueven hacia el gatillo. Una bala. No hace falta más.

–Si tratas de testificar en un juicio, serás incapaz de no perder los estribos en algún momento y con ello perderás toda tu credibilidad. Nadie creerá ni una palabra que digas. –Fritzsch aparta la silla de la mesa y se pone de pie, exponiendo ante mí la parte delantera de su cuerpo–. Has logrado llegar hasta aquí, prisionera 16671. No lo arruines ahora.

Siento el gatillo suave y resbaladizo bajo mi dedo mojado y frío. Una bala.

Solo una bala.

Capítulo 31

Marcha de la muerte, 18 de enero de 1945

Tras pasar una mala noche, salí sigilosamente de mi bloque mientras el toque de queda nocturno seguía vigente. Armada con un fardo de pertenencias, me apresuré hacia las letrinas.

Aunque aún estaba oscuro mientras me escurría dentro y cerraba la puerta con cuidado, vi a Izaak sentado con la espalda pegada a la pared más alejada. Me acerqué de puntillas, pero él no se levantó; de repente me sentí como una intrusa.

—¿Ha muerto Hania?

Hizo la pregunta en un tono impasible. Parpadeé y me aclaré la garganta.

—Esto… no, pero le ha subido la fiebre. He traído las dos últimas pastillas, así que asegúrate de que se las tome. Ten, esto os será de ayuda hasta que llegue el Ejército Rojo.

Le tendí mi fardo. Envueltos en una manta, había guardado los artículos que Hania y yo habíamos acumulado: comida, pastillas, calcetines, guantes, sopa, un cepillo de dientes adicional, un pequeño cuenco, un peine roto, cerillas, cigarrillos y carbón. Izaak lo aceptó con un asentimiento tenso.

Murmuré un adiós y regresé a mi bloque antes de que alguien se percatara de mi ausencia. Acurrucada en nuestra litera, a Hania se la veía más pequeña y débil que nunca.

Trepé a la litera, me tendí junto a ella, le rodeé el abdomen con el brazo y contemplé cómo le subía y le bajaba el pecho, agitado. Era la única confirmación que tenía de que estaba viva.

Fuera, un murmullo de voces indicó que las guardias de las SS habían comenzado a reunir a las prisioneras y, al echar un vistazo por la ventana, vi que el cielo amenazaba nieve. Casi había llegado el momento.

Me coloqué boca abajo y me incorporé apoyándome en los codos para poder mirarla a la cara.

—Escúchame, Bubbe —susurré—. Tengo que irme, pero Izaak se ocupará de ti. Vas a sobrevivir, y nos veremos en Varsovia y encontraremos a tus hijos. Jakub y Adam te necesitan. Y yo también. Sobrevive, Hania, ¿me oyes? Sobrevive.

Permaneció con los ojos cerrados, el ceño fruncido, los labios agrietados y secos, pero mientras arrebujaba con la manta su cuerpo debilitado, recé por que una parte de ella me hubiera oído. Le di un beso en la frente ardiente, salpicada de gotas de sudor a pesar del frío que reinaba en el bloque, y le sequé una de mis lágrimas que le había caído por la mejilla.

Entonces comenzaron los gritos, los gritos que me habían recibido al llegar a Auschwitz, los gritos que había escuchado cada día desde entonces. «*Raus, schnell!*». No obedecí.

Incontables inocentes no escaparían jamás de aquel horrible lugar. Uno cuya cojera representaba un coraje y una compasión que yo había soñado con emular, otra cuyo ferviente espíritu había prendido el mío. Una cuya curiosidad había sido tan ilimitada y desbordante como sus rizos dorados, otro cuya exuberancia infantil había encontrado alegría hasta en las cosas más sencillas. Uno cuya generosa naturaleza me había sacado de la sofocante oscuridad. Allí, delante de mí, una que luchaba contra las venenosas garras de la enfermedad y la muerte y a la que solo le quedaba la promesa de una liberación que llegaría demasiado tarde. ¿Qué derecho tenía yo a marcharme cuando a tantos se les había negado esa oportunidad?

Apenas noté la porra ni oí la voz que me ordenaba que me moviera. Lo había retrasado tanto como había podido. Soltar a Hania y bajar de la litera fue una de las cosas más difíciles que había tenido que hacer nunca.

Tras recibir una pequeña ración de pan, formamos en filas de seis para marchar hacia el campo principal. Encontré un sitio al final del grupo, donde Irena rondaba en mis inmediaciones. Avanzamos hacia la verja y yo me llevé la mano al cuello para tocar el crucifijo de Irena a través de mi uniforme, y luego el bolsillo de la falda donde había metido el rosario del padre Kolbe. Pero se me había olvidado guardar algo más.

Mis piezas de ajedrez.

Había tenido la intención de llevármelas cuando me fuera. Si me daba prisa, podía volver a mi bloque, cogerlas y reunirme con el grupo antes de que nadie se diera cuenta. No tardaría mucho.

Al darme la vuelta para ejecutar mi plan, Irena me agarró. Al mismo tiempo, otra mujer vaciló y un hombre de las SS le pegó un tiro en la cabeza.

Irena me arrastró varios pasos hacia delante haciendo que pareciera que yo seguía el ritmo del resto, y luego me soltó antes de que alguien nos viera. No me quedaba otra opción. Si no me mantenía en la fila correría la misma suerte que aquella mujer. Tras mirar por última vez el complejo de edificios de ladrillo y madera que se extendían por los terrenos, donde se habían quedado Hania y las piezas de ajedrez, tragué saliva para aliviar una repentina pesadumbre en mi garganta y seguí andando.

Al llegar al campo principal se nos unieron más prisioneros y juntos caminamos varios kilómetros hasta Rajsko, donde nos esperaban más columnas. Desde allí, seguimos adelante. El frío era inclemente. Aunque bajo el uniforme llevaba varias capas de ropa que había trocado, no bastaban para combatir la ventisca que nos azotaba desde todas las direcciones mientras nos abríamos paso penosamente a través de su furia desatada.

Como me encontraba hacia el final del grupo, había innumerable hileras de prisioneros que marchaban delante de mí a través del aullido del viento y la nieve. Aunque no hubiera seguido a la fila, el camino era evidente. Cuanto más avanzábamos, más personas se retrasaban o se desplomaban por el frío o el agotamiento. Prisioneros nuevos y antiguos, amigos y desconocidos. Y a todos les pegaban un tiro. Algunos suplicaban por su vida; otros no se molestaban. Los cuerpos muertos alfombraban ambos lados del camino y la sangre roja teñía la nieve. Un cuerpo me llamó la atención mientras marchaba y distinguí un pelo corto y pelirrojo que me resultaba familiar… Janina.

Cuando se terminó la ración de pan no recibimos nada más. Delante de mí, un hombre se pasó el día entero consumiendo puñados de nieve, plantas, verduras podridas, cualquier cosa que encontrara por el camino, y metiéndose sigilosamente en la boca trozos de comida obtenida en trueques. Conseguía sus recursos tanto de guardias como de prisioneros y comía con una voracidad que reconocí. Yo misma guardaba artículos varios en los bolsillos secretos de mi uniforme, aunque la comida se la había dejado a Hania e Izaak. Combatí el hambre acuciante en silencio.

Mientras miraba con envidia cómo comía, el estómago del prisionero no tardó en traicionarlo. Me di cuenta porque cada vez le costaba más caminar y luego se rodeó el abdomen con los brazos y dejó de buscar comida. Mi envidia se transformó en camaradería y deseé que siguiera adelante, que aguantara el dolor que asolaba sus entrañas, pero la situación había escapado a su control. Tras unos agonizantes minutos, el *Häftling* se agachó sobre el camino, incapaz de proseguir, mientras los demás pasaban a su lado hasta que la última columna lo rebasó y lo dejó expuesto a los guardias. Una bala terminó con su vida antes de que pudiera hacerlo la indisposición.

«Sigue andando. Vive. Lucha. Sobrevive».

A pesar del intenso frío, avanzamos a buen ritmo durante todo el día. Me arracimé con mis compañeros de cautiverio en busca de calor y permanecí al borde del grupo para estar cerca de Irena. La mujer que tenía a mi lado se cayó y me dijo que la dejara atrás, pero yo tiré de ella para levantarla y le pasé el brazo por mis hombros antes de que los guardias nos vieran rezagarnos. Juntas, seguimos adelante.

Sostuve a la mujer hasta que ella se desprendió de mí con cautela. Caminamos en silencio durante varios minutos. Luego echó a correr.

Uno de los hombres de las SS desenfundó su pistola y apuntó hacia ella. La mujer entró en el bosque, donde tropezó y cayó al suelo con un grito agonizante. Su rostro se retorció en una mueca de dolor y pude ver un hueso reluciente que asomaba por su pierna mientras sus gritos desesperados sobrevolaban la carretera.

—Dispare, por favor, ¡dispare!

El hombre que la apuntaba bajó el arma. El resto de los guardias tampoco desenfundó las suyas. Los ruegos de la mujer quedaron ahogados por el ruido de los pasos.

«Sigue andando. Vive. Lucha. Sobrevive».

Al llegar a las afueras de Miedźna nos paramos para pasar la noche. Cubiertos de nieve y hielo, con la piel agrietada y sangrando en carne viva, delirando, poco más que cadáveres ambulantes, entramos dando traspiés en un vasto granero que nos serviría de refugio para la noche. Tras dejarme caer sobre un jergón de paja improvisado, el dolor punzante que asaltaba mi cuerpo me resultó insoportable, pero el agotamiento pudo más y me sumergió en sus turbias profundidades.

Apenas había cerrado los ojos cuando alguien me ordenó que me despertase. Solo podía pensar en el hambre que tenía. El dolor me resultaba familiar, pero no había manera de acostumbrarse a él porque era más intenso que cualquier otra cosa, incluso el debilitante frío y mis pies cansados y llenos de ampollas. No quería moverme, quería quedarme tendida sobre la paja sucia que me picaba, y dejar que la inanición o el frío o una bala pusieran fin a aquella espantosa experiencia. Pero me levanté y formé con los demás fuera del granero.

Irena se encontraba junto a la puerta, mirándonos mientras salíamos. Al pasar junto a ella, me cogió del brazo para meterme prisa. Al mismo tiempo rozó mi mano con su mano libre, con tanta rapidez que nadie se dio cuenta. Yo cerré los dedos sobre el pedazo de pan que había deslizado en mi mano.

El segundo día fue todavía más arduo que el primero, aunque el patrón fue el mismo. Caminar, hambre, frío, disparos, vivir, luchar, sobrevivir.

Más prisioneros trataron de huir. Algunos lo consiguieron. La mayoría no. A algunos les dispararon mientras corrían; a otros los atraparon y los trajeron de vuelta para que pudiéramos presenciar su ejecución. Sangre y muerte. Tanta sangre, tantas muertes…

Intentar escapar habría sido una temeridad. Pero cada vez se me hacía más difícil dar un paso y ya no podía sacarme la idea de la cabeza. Y cuando le robé un instante a Irena para mirarnos a los ojos, albergué la sospecha de que a ella le pasaba lo mismo.

El único personal de las SS que había a nuestro alrededor eran varios hombres y mujeres entre los que estaba Protz. Iba montado en una moto y recorría de arriba abajo la columna de prisioneros, disparando a la menor oportunidad. Nadie me prestaba atención, así que volví a mirar a Irena. Ella me devolvió la mirada antes de dirigirla hacia la carretera que se extendía antes nosotros, y luego asintió con sutileza y rapidez. Habíamos llegado a un acuerdo.

En cuanto se presentara la oportunidad nos escaparíamos.

Para cuando llegó el mediodía, tenía la sensación de llevar semanas caminando. Moví los dedos de los pies para aliviar la dolorosa hinchazón y el entumecimiento provocado por el frío, y luego recogí discretamente un puñado de nieve. Al incorporarme, me lo metí en la boca. El calor de mi lengua, la única parte de mi cuerpo que lo conservaba, fundió la nieve, y la hice durar tanto como pude. Una vez terminada, el vacío que sentía en el estómago no había mejorado, aunque intenté convencerme de que sí.

Me cubrí los dedos congelados con las mangas con la esperanza de que eso los calentara. Ignorando los gritos y los disparos que se producían a mi alrededor, me pasé los dedos por la piel dura e irregular de las cicatrices de mis quemaduras y reseguí mi número de prisionera, a pesar de que no podía ver ni notar el tatuaje.

Cuando tuve los dedos más calientes, me rodeé con los brazos y agaché la cabeza contra el viento mientras seguía avanzando. Pasé por encima de un cuerpo caído en el camino. Había dejado de nevar, lo que suponía un leve alivio en aquella evacuación condenada. Me encontraba en el extremo de mi fila, en el lado izquierdo de la carretera, así que mis compañeros situados delante y a la derecha me proporcionaban una ligera protección, y por detrás había otra fila de prisioneros. No era una posición ideal, pero era la mejor manera de estar cerca de Irena sin levantar sospechas.

Un sonido familiar se coló entre el de nuestras rítmicas zancadas. El hombre que iba detrás de mí había tropezado. No se había caído, pero ahora se encontraba a varios pasos del final de la fila, lo que significaba que yo ya sabía lo que venía a continuación. Un disparo.

Cuando la detonación cortó el aire, algo impactó en mi espalda y me hizo caer de bruces. La caída fue dura y dolorosa, lo bastante para dejarme sin respiración. Aturdida, parpadeé para enfocar mi vista. ¿Me habían disparado? No sentía ninguna herida y no creía que me hubiese rezagado, pero mis pulmones no podían expandirse lo suficiente para tomar aire en condiciones.

No, no era una herida lo que me dificultaba la respiración; había algo encima de mí que me aplastaba contra el suelo. El hombre muerto.

Habíamos caído medio sobre la carretera y medio en la cuneta. Desde mi posición, no creía que nadie pudiera verme. Si una guardia me veía correr hacia mi puesto me dispararía y si un guardia me encontraba bajo el cadáver también me dispararía. Pero si permanecía escondida y no me descubrían, habría conseguido escapar.

Así que no me moví.

Contuve la respiración y eché un vistazo a través del hueco que quedaba entre la gravilla de la carretera y el hombro del muerto, por donde contemplé las columnas de prisioneros. Ninguno de los hombres o mujeres de las SS se detuvo, nadie se preguntó dónde estaba, nadie le prestó atención al hombre muerto. Nadie se dio cuenta de nada.

Lo único que tenía que hacer era advertir a Irena.

Ella avanzaba por el lado izquierdo de la carretera, cerca de la última fila de prisioneros, y vi pasar sus pies. Protz rondaba cerca de ella. Una vez que estuvo a varios metros de mí y el hombre muerto, lanzó una mirada cautelosa por encima de su hombro. Por supuesto, no hacía falta que la advirtiera. Ya lo sabía.

Tras comprobar que nadie la miraba, se dejó caer y se agarró la pierna izquierda.

—¡Mierda!

Al oírla gritar, Protz detuvo su moto y se bajó de ella.

—Condenado tiempo. ¿Es el tobillo?

Irena asintió con una mueca. Él se acercó, pero ella se mordió el labio y le hizo un gesto para que se alejase, como si le doliera demasiado para hablar.

Los prisioneros habían seguido marchando y se hacían cada vez más pequeños en la distancia, pero uno de los guardias se dio la vuelta.

—Protz, Lichtenberg, ¡vamos! —gritó.

—Perfecto, me pondré a gatear —respondió Irena fulminándolo con la mirada.

—Ya os cogeremos —dijo Protz—. Frieda se ha hecho daño.

El guardia asintió y volvió a unirse al grupo. Protz se sentó junto a Irena, que se sujetaba su extremidad supuestamente lesionada al tiempo que hacía muecas y maldecía. Me daba la sensación de que disfrutaba de la exageración que acompañaba a nuestras farsas, aunque nunca lo reconocería.

Protz se inclinó sobre ella e Irena le dio un manotazo.

–No me toques, capullo.

Cómo no, había encontrado la manera de cantarle las cuarenta.

Protz no le llevó la contraria y ella lo ignoró, concentrada en su lesión, mientras la columna de prisioneros desaparecía carretera abajo. Al final, después de que los disparos se perdieran en la distancia, Irena suspiró.

Protz parecía estar valorando si era seguro decirle algo a Irena.

–¿Estás mejor?

–Para nada.

–Muy bien. Durante unos días irás conmigo en la moto.

–Vaya, me alegro de que obtengas tanto placer de mi desgracia, Ludolf –dijo ella con una risa sardónica.

Hice una mueca. «¿Ludolf?».

Irena se concentró de nuevo en su tobillo, pero Protz la cogió por la barbilla y apretó sus labios contra los de ella. De golpe ella se tensó y yo tuve que hacer acopio de toda mi voluntad para permanecer oculta. De alguna manera Irena aguantó, pero en cuanto él le puso la mano en la parte interior del muslo, lo apartó con un grito ahogado.

–¡Quita!

El frenético grito le salió en polaco, no en alemán.

«No, no, no».

–¿Qué coño has dicho, Frieda? ¿Desde cuándo hablas polaco?

«Por el amor de Dios, Irena, recomponte».

Ella no respondió al momento. Al final se obligó a soltar una risita nerviosa.

–Madre mía, he pasado demasiado tiempo con esas polacas. Ayúdame a levantarme.

Protz se puso en pie y la dejó en el suelo.

–¿Eres una *Volksdeutsch*? ¿Por qué no me lo habías contado?

Irena habría podido decir que sí. Habría sido la respuesta más fácil y segura. Pero cuando me miró, tan brevemente que Protz no se percató, sospeché que su respuesta sería arriesgada. Estúpida. Imprudente, incluso.

Su decisión debería haberme aterrorizado. Pero mientras me deslizaba para salir de debajo del cuerpo muerto lo que hizo en cambio fue tranquilizarme.

Desde su lugar sobre el suelo, Irena miró a Protz y sonrió.

–No soy una *Volksdeutsch*. Tampoco soy alemana. Y por supuesto no soy la puñetera Frieda Lichtenberg.

Mientras Protz se llevaba la mano a la pistola yo me puse en pie de un brinco. Al notar el movimiento repentino, Protz disparó; al mismo tiempo, Irena le dio una patada en las piernas desde abajo. El tiro se perdió en el bosque y cuando Protz cayó de espaldas el arma acabó volando por los aires. Irena salió disparada hacia ella, pero él no se quedó atrás. Atrapó a Irena por la pierna y ella trató de soltarse mientras ambos luchaban para llegar a la pistola.

Aferré dos piedras que había cogido mientras estaba escondida y corrí en dirección a ellos, pero para entonces Protz ya tenía a Irena sujeta sobre el suelo para impedirle alcanzar el arma. Mientras ella se retorcía, él se estiró por encima de ella y sus dedos quedaron a centímetros de su pistola.

–¡Suéltala, estúpido hijo de puta!

Mi grito distrajo a Protz tan solo durante un instante, pero fue suficiente. Me miró por encima de su hombro y eso le dio a Irena el espacio que necesitaba para hincarle el codo en el pecho y desenfundar su propia pistola. Él arremetió de nuevo al tiempo que yo le arrojaba las piedras, y mientras sus dedos se cerraban sobre su arma, Irena levantó su pistola y le golpeó en la parte de atrás de la cabeza. Protz se desplomó.

Irena se lo quitó de encima de un empujón. Yo no estaba segura de si Protz estaba vivo o muerto, pero no nos quedamos a comprobarlo.

Echamos a correr. Los prisioneros habían desaparecido hacía mucho rato, pero era solo cuestión de tiempo que otro guardia regresara para ver por qué Protz e Irena no los habían alcanzado. Salimos disparadas hacia el bosque, donde nos abrimos paso entre arbustos y matorrales que nos desgarraban la ropa, avanzando penosamente sobre la nieve, resbalando sobre el hielo, tropezando con las ramas, y pusimos tanta distancia como pudimos entre nosotras y la carretera. Cuando ya no pudimos correr más, nos paramos. Por un instante no pudimos hablar porque nos habíamos quedado sin aliento.

Ni de lejos podía considerarse que aquella fuga hubiera tenido éxito todavía; aun así, una extraña combinación de tensión y euforia se extendió por mi pecho. Estábamos un paso más cerca de la libertad. De encontrar a Fritzsch y adoptar medidas contra él ahora que la posición de Alemania en la guerra se había debilitado. Si los nazis eran derrotados, no cabía duda de que les harían pagar por sus incontables crímenes; en cuanto Fritzsch admitiera que había matado a mi familia, me aseguraría de que rindiera cuentas.

—Ha sido una actuación impresionante, Marta Naganowska —dije al tiempo que le dedicaba a Irena una sonrisa burlona por utilizar su nombre de la Resistencia.

—Gracias, Helena Pilarczyk. He aprendido de la mejor. Y si no me equivoco esta ha sido la primera vez que te oigo decir una palabrota.

—He aprendido de la mejor.

Sonrió complacida antes de quitarse el abrigo y ofrecérmelo. Yo vacilé y ella soltó un suspiro de exasperación.

–¿Vas a fingir que no tienes frío con esa ropa? Ponte el maldito abrigo. Y sí, luego me lo pondré yo –añadió levantando la vista hacia al cielo.

Satisfecha con el trato, la complací. El abrigó era pesado y de lana, más cálido que nada que hubiese llevado en mucho tiempo. Me envolví en él y me puse los guantes de cuero de Irena en las manos entumecidas. Ahora que habíamos recuperado el aliento, continuamos caminando.

Hacía años que no estaba en un bosque. Aunque estaba helada, el frío que una vez había sido mi acérrimo enemigo también se había convertido en una fuente de asombro. De las ramas y las ramitas colgaban témpanos de hielo que capturaban la luz del sol poniente que se colaba entre los árboles. Una telaraña congelada relucía sobre un arbusto mientras que una manta de copos de nieve cubría un tronco caído. Destellos de movimiento revelaban pequeñas criaturas que buscaban refugio tan rápido que no me daba tiempo a verlas bien, aunque podía distinguir el diminuto rastro que dejaban. El suelo estaba helado y cubierto de nieve, pero las hojas y las ramitas caídas formaban una capa que cedía bajo mis pies, mucho más mullida que el barro helado sobre el que había caminado durante los últimos inviernos.

Había salido de un mundo para entrar en otro completamente nuevo. En uno reinaban el sufrimiento y la muerte; en el otro, la belleza y la calma. Resultaba difícil concebir que el mismo invierno pudiera crearlos a ambos.

–¿Por qué no le hemos robado la moto a Protz para conducir hasta el pueblo más cercano? –murmuró Irena después de caminar un buen rato.

Cruzó los brazos con más fuerza para protegerse del azote de una ráfaga de viento gélido, tan frío que hizo que me llorasen los ojos.

—¿No lo podías haber propuesto antes de que echáramos a correr?

—No se me ha ocurrido hasta ahora. ¿Por qué no lo has propuesto tú? Es a ti a quien se le ocurren planes ridículos, no a mí.

—Vale, pues lo siento. Por cierto, ¿cómo está tu tobillo?

Irena entornó los ojos, pero no pudo disimular una sonrisita. Soltó un improperio al tropezar con una raíz camuflada por la nieve. A pesar de la dureza de las condiciones, me alegraba de no haber pasado ni un instante más del necesario en la carretera. Si nos hubiéramos acercado más a la ciudad en nuestra huida, nos habríamos arriesgado a que nos viera un civil, los hombres de las SS o cualquier otra persona. Al menos allí estábamos solas. Pero una ciudad conllevaba calor, comida y refugio y por eso casi habría valido la pena arriesgarse.

—¿Sabes siquiera cómo conducir una moto, Irena?

—No.

Mientras seguíamos adelante, me llamaron la atención unas rayas azules y grises. Le devolví a Irena el abrigo y los guantes, porque le tocaba llevarlos un rato, y ella siguió mi mirada hasta el cuerpo y se hizo a un lado mientras yo lo inspeccionaba. Un hombre joven, de aproximadamente mi edad, rígido y frío, cubierto de nieve y hielo. El uniforme hecho jirones, demasiado harapiento para resultar útil. Los bolsillos vacíos. Me arrodillé a su lado y le levanté la muñeca huesuda. Había algo atrapado entre sus dedos congelados, algo que reconocí de inmediato: media ración de pan. Debía de habérsela guardado e intentaba comérsela cuando el frío le había imposibilitado hasta hacer aquel esfuerzo. Con cierta dificultad, le abrí a la fuerza los dedos para acceder al regalo y apreté el pedazo sagrado entre las manos para asegurarme de que era real.

La supervivencia era un instinto egoísta. La desesperación no dejaba tiempo para la gratitud. Aun así, cuando tenía buena suerte me esforzaba por agradecerlo, como si al reconocer el favor alentara al destino para que me concediera más bendiciones. Incluso cuando la supervivencia dependía de ello, aprovecharse del sacrificio de otro nunca parecía justo.

Le di las gracias al muerto en un susurro antes de regresar junto a Irena. En cuanto conseguí partir el pan en dos, le ofrecí un trozo. Ella negó con la cabeza mientras fruncía la boca en un gesto de asco.

—Todo tuyo. Prefiero no comer nada que venga de un cadáver.

Una reserva válida, pero al mirarla a los ojos ella apartó la mirada, así que ese no era el único motivo de su rechazo.

—He visto cómo me miras, Irena. No puedes tratarme como si fuese débil.

—Por el amor de Dios, Maria, estás débil. Después de lo que has vivido deberías saberlo mejor que nadie.

—El hambre no hace distinciones. No estás mejor preparada que yo para luchar y, a diferencia de ti, yo no tengo una hija que necesite a su madre.

Al oír esto, respiró entrecortadamente y rompió un témpano de un abedul.

—Tengo muchas más posibilidades de regresar junto a ella que tú. Lo sabes. Y ni de coña voy a dejarte morir después de haber sobrevivido a ese infierno.

Me quedé callada un momento para que se me pasara el enfado.

–Dijiste que las dos saldríamos de Auschwitz con vida, ¿te acuerdas? No tengo intención de perder ahora.

Esta vez, al ofrecerle el pan, lo aceptó. Después de tragar miró al cadáver y se le fue el color de la cara. Tiré de ella maldiciéndome por mi propia estupidez. ¿Por qué no había hecho que se alejara antes?

«No vomites el pan, Irena. Por favor, no lo vomites».

Lo consiguió con gran dificultad.

Seguimos adelante. Buscamos comida, pero fue en vano, así que comimos nieve y raíces diversas. El aire helado me dolía al alcanzar mis pulmones y envolverme en su gélido abrazo, más ceñido y doloroso a cada paso, y me succionaba la poca energía que me quedaba en el cuerpo. No sobreviviríamos a la noche en el bosque.

La luz del día casi había desaparecido cuando los árboles empezaron a abrirse. Rogué que eso significase que nos acercábamos al límite del bosque, y continuamos andando hasta que una grata visión confirmó mis esperanzas. Ante nosotras, una pintoresca granja se erguía en un campo de tierra despejado. De su chimenea salían volutas de humo y un señor mayor, el granjero, salió del granero blandiendo un hacha. Pasó varios minutos cortando la pila de leños amontonados junto al granero hasta que una señora mayor lo llamó desde la casa.

El viento transportó sus voces por encima del campo hasta mis oídos. Hablaban alemán. Me fijé en la bandera que ondeaba en un mástil cerca de la casa y no me hizo falta la luz del sol para reconocer el círculo blanco, la esvástica negra y el fondo rojo.

–Maldita sea, son *Volksdeutsche*. ¿Por qué no podíamos encontrar a una agradable pareja polaca? –murmuró Irena, y luego se echó a reír–. Bueno, supongo que podemos llamar a la puerta y pedir una cama en lugar de colarnos en su granero.

—Me alegro de que pienses lo mismo que yo.

Irena contempló mi sonrisa taimada, luego la casa y luego otra vez a mí con los ojos muy abiertos.

—No iba en serio.

—Eres una guardia del campo, ¿recuerdas? Una guardia pediría un lugar dónde dormir, y como son *Volksdeutsche*, estarán encantados de ofrecértelo. Estaremos calentitas y disfrutaremos de una comida en condiciones.

—¿Acaso no suena bien esto de cenar con el enemigo?

Ignoré su sarcasmo y continué con nuestra historia.

—Tus colegas y tú estabais trasladando a los prisioneros a Loslau y yo me he intentado escapar, pero me has atrapado. Como nos hemos separado del resto, necesitamos un lugar donde pasar la noche. Y acuérdate de que no hablas polaco.

Le dediqué una sonrisa divertida y ella me fulminó con una mirada de reproche fingido.

—Si has intentado escaparte, ¿por qué no te he pegado un tiro?

—No tenías un disparo limpio y no querías desperdiciar una bala, no lo sé —repliqué con un gesto impaciente—. No se cuestionarán por qué has tomado la decisión que has tomado. Desenfunda el arma y vamos.

Irena sostuvo la pistola sin mucha fuerza y abrió el camino. Al ver que no la seguía, miró hacia atrás.

—¿Qué pasa?

—¿Eso es lo mejor que puedes hacer, Frieda?

Ella apretó las mandíbulas.

—No pueden vernos.

—Ahora no, pero si por casualidad miran por la ventana y nos ven caminando hacia su casa como dos amigas dando un paseo vespertino, ¿te parece que se van a creer nuestra historia?

–Madre mía.

Suspiró, se apartó un mechón suelto de la cara y cerró la mano sobre mi brazo. Volví a mirarla y ella me apretó con más fuerza de mala gana y hundió el cañón de la pistola entre mis omóplatos.

–Mucho mejor. –Hice un gesto de aprobación con la cabeza mientras Irena me obligaba a caminar delante de ella–. No te olvides de ser convincente.

–Cierra el pico.

–Lo siento, Frau Aufseherin.

–Maldita sea, Maria.

Al llegar a la granja, Irena llamó a la puerta hasta que la mujer acudió. Irena no dijo nada y esperó a que ella hablara, pero a la mujer se la veía tan sorprendida que tuve que recordarme que no podía reírme. El granjero se unió a su mujer en la puerta y de inmediato levantó el brazo derecho para hacer el saludo. La mujer parpadeó, como si saliera de un estupor, y luego lo imitó.

–*Heil* Hitler –dijeron al unísono.

–*Heil* Hitler –contestó Irena con un levísimo atisbo de energía, aunque el hecho de tenerme sujeta le dio un motivo para no tener que levantar el brazo izquierdo–. Frieda Lichtenberg, Aufseherin en Auschwitz-Birkenau.

–Yo soy Hermann Meinhart y esta es mi esposa, Margrit –contestó él–. ¿Qué podemos hacer por usted, Frau Aufseherin?

Después de que Irena les contara nuestra historia, Frau Meinhart se hizo a un lado y apartó a su marido del umbral. Una vez dentro, estudié el lugar. Era la primera vez que estaba en una casa desde hacía casi cuatro años. Avanzamos sobre el suelo de madera de la sala, donde había un sofá, una alfombra y dos butacas. Un alegre fuego bailaba en la chimenea, en cuya repisa había una foto de boda enmarcada y varios retratos de bebés. Un apetitoso aroma a carne y verduras procedente de la cocina flotaba en el ambiente cuando llegamos, las cuatro sillas que rodeaban una mesa cuadrada dispuesta con un mantel de flores, una pequeña bandeja con una hogaza de pan, dos servilletas blancas, dos cucharas y dos cuencos.

No sabía por qué, pero aquel sencillo hogar me abrumó y me llenó los ojos de lágrimas. Por suerte, llorar era adecuado para mi papel en nuestra farsa. Mientras Frau Meinhart nos indicaba dos sillas vacías, me tragué las lágrimas y me dispuse a sentarme, pero Irena me retuvo. Me mantuvo a un brazo de distancia como si le produjera demasiado rechazo para acercarse más.

–¿Adónde te crees que vas, asquerosa criatura? No harás nada hasta que no te hayas limpiado hasta la última pizca de mugre del cuerpo.

Podría haberla besado en ambas mejillas.

Herr Meinhart colocó dos tinas de madera delante de la chimenea –una para mí y otra, más pequeña, para mi uniforme– y luego fue a buscar agua al pozo, que Frau Meinhart calentó en el fogón. Al terminar, los dos desaparecieron en la parte de atrás de la casa, dándome privacidad mientras Irena hacía ver que me vigilaba; en lugar de eso, se sentó a la mesa dándome la espalda. Incluso cuando estábamos en el campo, siempre se las había apañado para evitar verme sin el uniforme puesto. A lo mejor no quería hacerme sentir que me estaba inspeccionando; a lo mejor dudaba de su capacidad de soportar la visión de lo que había debajo.

Primero desinfecté mi uniforme y maté hasta el último insecto utilizando la tabla de lavar para eliminar capas y capas de suciedad. Cuando terminé, el uniforme seguía sucio y manchado, pero estaba un poco mejor. Lo colgué en el borde de la tina para que se secara cerca del calor del fuego.

Sentí el suelo de madera frío bajo mis pies mientras me dirigía a la otra tina, y luego me sumergí en el agua caliente. Con una pastilla de jabón –una pastilla entera de jabón de verdad–, me limpié y me froté la cabeza rapada, inspirando el tenue aunque dulce olor a flor de manzana del jabón. Era una sensación que no había experimentado en muchos años: la de estar limpia.

Una vez que terminé, me sequé con una suave toalla blanca y me puse el uniforme; aún estaba húmedo, pero el calor que hacía en la casa era suficiente. Irena se acercó a mí y al ver las lágrimas en mis ojos una dulce sonrisa se dibujó en sus labios.

Luego suspiró y levantó la pistola para apuntarme a la espalda antes de llamar a la pareja. Herr Meinhart se llevó las tinas afuera mientras Frau Meinhart recalentaba la cena. Irena me llevó a mi silla. Me senté erguida, con la respiración entrecortada, y me tensé cuando me hundió con más firmeza el arma entre los omóplatos.

–Compórtate.

–Sí, Frau Aufseherin –susurré, y lancé un leve suspiro cuando me soltó y apartó la pistola.

Frau Meinhart colocó sendos cuencos humeantes de estofado frente a nosotras. Nadie habló mientras comíamos, pero el silencio no me molestó. Mi ración de estofado contenía más cerdo, zanahorias, cebollas y col que diez raciones en Auschwitz. El caldo me calentó por dentro mientras que las verduras tiernas, los jugosos trozos de carne y las rebanadas de pan disiparon el dolor siempre presente del hambre. Fue la mejor comida que había tomado nunca.

No obstante, la mía consistió en una ración pequeña: una fina rebanada de pan y unas pocas cucharadas de estofado. Al terminar hice ademán de levantarme para ir a buscar más, pero una mano cogió mi cuenco. De inmediato tiré de él y aunque la otra prisionera lo sujetaba con fuerza, yo también. Menuda osadía, robar a una de las mujeres más veteranas del campo. No se saldría con la suya. La experiencia me había enseñado cómo ganar ese juego, así que aguantaría hasta que se diese por vencida, buscase un objetivo más fácil y respetase mi veteranía tal como me merecía.

Su mano libre se cerró sobre mi muñeca con tanta fuerza que me obligó a abrir la mía, y alcé la vista para ver si reconocía a la *Häftling* que me había derrotado.

Irena estaba de pie inclinada hacia mí con una mano en mi muñeca y la otra en el cuenco. Me lo arrancó de un tirón.

—Basta.

No estaba en mi bloque sino en la granja. Herr y Frau Meinhart mantuvieron la vista fija en su comida mientras Irena retiraba mi cuenco de la mesa. Irena no era una nazi ni una prisionera. Se suponía que era mi amiga; ¿por qué quería hacerme pasar hambre?

Tras dejar mi cuenco junto al fregadero, apoyó ambas manos en la encimera antes de mirar por encima de su hombro. Por la manera en que se había puesto repentinamente en mi contra esperaba que me mirase con odio y asco; en lugar de eso, sus ojos brillaron antes de parpadear y tragar saliva.

Ambas habíamos visto lo que les pasaba a los prisioneros que, en mis condiciones, comían demasiado. Mi cuerpo no sería capaz de asimilarlo. Aunque hubiera caído en ello antes, la tentación de consumir mi ración e incontables más era demasiado grande. Frau Meinhart me había servido una ración segura y manejable; ahora Irena me estaba salvando la vida.

Una vez que se recompuso, regresó a su silla. Los ojos se me llenaron de lágrimas, pero las contuve. No entendía por qué lloraba tanto últimamente.

Mientras la pareja limpiaba los platos, Irena y yo nos quedamos en nuestro sitio. Para que mi actuación fuese convincente mantuve la vista baja, aunque me resultaba difícil. Al no poder ver sus caras era casi imposible determinar si los Meinhart se creían nuestra farsa. Aprovechando que nos daban la espalda mientras se inclinaban sobre el fregadero para limpiar y secar los platos, le lancé una rápida mirada a Irena. Estaba jugueteando con su pistola, como si no se fiara de mi obediencia, pero se la veía tensa y lo más seguro era que se preguntase en qué estaba pensando yo. Si descubrían nuestra artimaña, nos entregarían.

La pareja nos llevó a una habitación pequeña con sendas camas a ambos lados de la ventana y, tras desearnos buenas noches, cerraron la puerta. Esperé aguantando la respiración, escuchando. Sus pasos se fueron apagando mientras se retiraban a su habitación en el otro extremo del pasillo y, al oír cómo se cerraba su puerta, me relajé.

En sus prisas por deshacerse de ella, Irena casi tiró su pistola sobre la mesita de noche y luego suspiró y se sentó en el borde de su cama. Yo permanecí sentada donde estaba y contemplé la otra cama. Me sobrevino una extraña sensación, muy parecida a la que había experimentado al caminar por la casa. Aún no podía descifrar qué era, pero una vez más me costaba respirar.

–¿Qué pasa? –susurró Irena.

–Nada. –Mantuve la cabeza gacha para esconder las lágrimas que habían regresado. Otra vez–. Cállate o nos oirán.

–Si pueden oírnos susurrar desde el otro extremo del pasillo y a través de dos puertas cerradas, es que tienen un oído finísimo.

–No podemos arriesgarnos.

Para gran alivio mío, Irena no me lo discutió. Ni siquiera se molestó en quitarse las botas antes de desplomarse sobre la cama y cubrirse la barriga con una manta mientras yo me acercaba a la ventana. Del cielo caían copos de nieve que, iluminados por el brillo plateado de la luna, se depositaban sobre los campos. Me pregunté cuántas veces había recorrido campos nevados en mi camino de ida y vuelta a Birkenau. Miles, seguramente. Tal vez más.

Si hubiera estado en casa, me habría apoyado en la barandilla de hierro de nuestro pequeño balcón o me habría reunido con mis hermanos junto a la ventana para mirar como caían los copos de nieve sobre los adoquines y los edificios de la calle Bałuckiego, mientras Mama y Tata bebían té y contaban historias. Pero no estaba en casa y, al pensar en otra penosa caminata sobre la nieve recién caída, el miedo se sumó a la extraña sensación que me había asaltado desde nuestra llegada. Mientras me sentaba sobre el suelo de madera cerca del pie de la segunda cama, recé para que dejara de nevar.

Irena se incorporó apoyándose en el antebrazo.

–¿Qué puñetas haces? –susurró.

–Me voy a dormir.

–¿En el suelo?

–¿Dónde si no me obligaría a dormir Frieda?

–Frieda se ha retirado por la noche –contestó al tiempo que se levantaba y me ponía en pie–. E Irena dice que duermas en la maldita cama.

No le hice caso y volví a tenderme sobre el suelo, ignorándola mientras ella maldecía en voz baja. El día me había pasado factura y estaba demasiado cansada y abrumada para discutir. Además, no era capaz de explicar sensaciones que ni yo misma entendía. Sin duda no entendía por qué el suelo de madera apaciguaba el caos que se arremolinaba en mi interior. Mientras me sumía en las familiares profundidades del sueño, apenas fui consciente de que Irena me tapaba con una manta.

Capítulo 32

Abrí los ojos al notar que alguien me tocaba el hombro. Me senté de golpe y miré a mi alrededor para ver si mis compañeras de litera aún respiraban. Pero no estaban allí. Tampoco estaba Hania, y alguien se cernió sobre mí, un guardia que se preparaba para obligarme a salir del bloque…

Pestañeé para disipar la niebla soñolienta y confusa que me rodeaba. La evacuación. Nuestra huida. La granja.

Frau Meinhart se llevó un dedo a los labios y me ayudó a levantarme. Luego me llevó hacia la sala, donde una tenue luz se colaba por la ventana. Casi había amanecido. Supuse que me había despertado para el desayuno. Miré a mi espalda para ver si Irena nos seguía, pero a quien vi fue a Herr Meinhart entrando en la habitación con un rifle.

Ahogué un grito y me detuve en seco mientras la voz sorprendida y furiosa de Irena me llegaba a los oídos.

–¿Qué demonios pasa? ¡Quíteme las manos de encima!

Continuó maldiciendo mientras la voz airada de Herr Meinhart se sumaba a la suya e Irena salía tambaleándose al pasillo, medio dormida. Herr Meinhart le había retorcido un brazo detrás de la espalda y la hacía avanzar empujándola con el rifle. La pistola de Irena estaba en el cinturón de él. Mientras le daba un empujón hacia la sala, entre gritos de los dos, yo tragué saliva con la garganta seca.

Era el fin. Sabían la verdad y ahora estábamos a su merced; nos matarían o nos entregarían al primer hombre de las SS que encontraran.

No, habíamos sacrificado demasiado para que acabara así. Hice caso omiso de la posibilidad de que me disparasen y me retorcí para soltarme de Frau Meinhart, que me sujetaba con fuerza. Me liberaría, llegaría hasta Irena y ambas echaríamos a correr. Durante mucho tiempo la muerte nos había perseguido constantemente, pisándonos los talones mientras nos librábamos de sus garras. No íbamos a sucumbir ese día.

Mientras me revolvía, Frau Meinhart me sujetó con más fuerza.

—Shhh, no pasa nada, cielo —dijo en un balsámico polaco.

Al oírlo dejé de resistirme. Debía de estar sujetándome para protegerme, no para controlarme, y su murmullo tenía como propósito tranquilizarme. Y ahora, mientras evaluaba la situación, me di cuenta de que el arma de Meinhart apuntaba a Irena y solo a Irena.

—Nazi asquerosa —le espetó él mientras la obligaba a avanzar hacia la silla más cercana—. Cierra el pico y siéntate.

No nos habían descubierto; por el contrario, nuestra actuación había resultado convincente. Pero nos habíamos equivocado con aquella pareja. Puede que fuesen *Volksdeutsche*, pero, a pesar de las apariencias, no eran simpatizantes nazis.

—No te preocupes, ahora estás a salvo —me dijo Frau Meinhart en polaco. A lo mejor creía que mi idioma nativo me calmaría. Consultó con su marido y le dedicó a Irena una mirada asesina—. ¿Qué vas a hacer con ella?

—Haré lo que tenga que hacer. —Herr Meinhart la empujó con el cañón del rifle—. Afuera.

—Escucha, desgraciado, si me vuelves a tocar con ese…

Abrí la boca para protestar, pero antes de que pudiera hacerlo, Frau Meinhart me hizo callar y me dio una palmadita tranquilizadora en la espalda.

–Pobrecita. No puedo ni imaginarme lo que has pasado, pero ya no estás en peligro, ¿me entiendes? No te haremos daño y ella no volverá a hacértelo nunca más.

–¿Hacerle daño? –preguntó Irena en tono burlón–. No sabe de qué habla, así que quítele las manos de encima antes de que se las quite yo.

Intenté razonar con ellos de nuevo, pero no sirvió de nada. Mis palabras se perdieron en el estrépito de voces que discutían. En medio de los gritos, la puerta principal se abrió y una ráfaga de aire frío entró en la casa. Todo el mundo se calló y un joven cruzó el umbral. No se molestó en comprender lo que ocurría mientras sacudía la nieve de sus pertenencias, colgaba el sombrero y el abrigo en el perchero, y preguntaba en tono distraído:

–¿Por qué demonios está todo el mundo gritando?

Al oír su voz, Irena se inclinó hacia delante para verlo mejor.

–¿Franz?

El joven levantó la cabeza y la escrutó desde el otro extremo de la sala.

–¿Irena? ¿Eres tú?

Herr Meinhart apoyó la mano en el pecho de Franz para impedir que se acercara demasiado.

–¿Conoces a esta puta nazi?

–Dile a estos imbéciles que no soy una nazi.

–Por supuesto. Irena, te presento a estos imbéciles, Hermann y Margrit Meinhart –dijo Franz mientras su sonrisa divertida se ensanchaba–. Mis padres.

Irena se puso roja y se pasó una mano por el pelo en un gesto de nerviosismo.

—Madre mía —murmuró.

—Papa, Mutti, os presento a esta cerda nazi, Irena, que no es para nada una cerda nazi. Se infiltró en Auschwitz para ayudar a escapar a una amiga. Contactó con la Resistencia alemana para que la ayudaran a entrar de incógnito en las SS-Helferinnen y yo era su principal contacto mientras pasaba más tiempo en Berlín ayudando a Elsa. Mi hermana, que junto con su marido está muy implicada en la Resistencia alemana —añadió para mí—. Preparamos a Irena y luego ingresó en la base de entrenamiento de las SS-Helferinnen al norte de Berlín, cerca de un pueblo llamado Ravensbrück donde hay un campo de concentración femenino con el mismo nombre. Y ella... —Franz se interrumpió mientras me miraba de nuevo—. Supongo que ella es su amiga.

Irena asintió.

—Se llama Maria.

Los cinco nos quedamos ahí plantados en silencio, aunque Franz parecía estar pasándoselo muy bien. Al final Herr Meinhart bajó el rifle mientras su mujer me soltaba. Aun así, nadie se movió.

—Bueno, no es lo que me esperaba al llegar a casa después del turno de noche en el hospital. Y encontrarme a mi padre apuntándote con un rifle no es como me imaginaba que te presentaría a mis padres, Irena —dijo Franz con una sonrisa de oreja a oreja que le dibujaba sendos hoyuelos en las mejillas.

—¿Estás seguro de que es la misma chica que conociste, Franz? —preguntó Herr Meinhart—. ¿Y estás seguro de que no es una de ellos?

—Del todo.

—Tú no has visto lo que yo vi anoche —dijo Frau Meinhart—. No me fío de ella.

Franz suspiró.

—Por Dios, Mutti, si se hubiera comportado de una forma que te hiciese fiarte de ella no habría sido una nazi muy convincente, ¿no crees?

A Frau Meinhart no pareció tranquilizarla la lógica de su hijo. No protestó, pero no se la veía convencida, y a su marido tampoco. Aunque había bajado el rifle, no había relajado el brazo y no le había devuelto a Irena su pistola.

Di un paso adelante.

—Sé lo que parece, pero su hijo dice la verdad. Nadie se ha sacrificado más por mí que Irena.

Se hizo el silencio. Herr y Frau Meinhart intercambiaron una mirada. Al cabo, él dejó a Irena que se pusiera en pie, aunque permaneció entre ella y Franz. Le tendió la pistola y ella la aceptó de mala gana.

Con un gesto de satisfacción, Franz se dirigió a Irena:

—¿Cómo habéis llegado hasta aquí?

Ella lo miró y vislumbré una acusación tácita en su mirada de acero; aunque por lo que conocía de Irena, no tardaría en dejar de ser tácita.

—¿Eres un puñetero *Volksdeutsch*? Los tres estáis registrados, ¿verdad?

Él apretó la mandíbula mientras una sombra de culpa y repulsión le cruzaba la cara.

—Teníamos dos opciones: reconocer nuestro origen étnico germánico o ser tildados de traidores y que nos persiguieran.

—Y preferís que os tilden de traidores los *Untermenschen* polacos que los nazis.

—Si así fuera, ¿me habría pasado la mayor parte de la guerra ayudando a las organizaciones de la Resistencia alemana y polaca? Ni mis padres ni yo deseábamos firmar la Deutsche

Volksliste, pero la Iglesia y la Resistencia nos pidieron que lo hiciéramos por nuestra propia seguridad.

–Vaya, menos mal que pudisteis esconderos detrás de vuestros ancestros –dijo Irena con una risa mordaz–. Otros no tuvieron esa puñetera suerte.

A sus palabras les siguió un denso silencio y noté cómo todas las miradas se clavaban en mí. Aunque enseguida las apartaron, me sentí como si estuviera en medio de una selección. Su escrutinio resultaba asfixiante y pude oír a los médicos de las SS ordenándome que me diera la vuelta, que levantara los brazos, que abriese la boca…

–Maria, nos vamos.

Las bruscas voces se apagaron, la ropa regresó a mi cuerpo y parte de la ansiedad se disipó. Me había salvado. Esta vez.

Irena pasó junto a Franz sin mirarlo, pero no esperó a que la siguiera antes de cerrar de un portazo a su espalda.

Al cabo de diez minutos Irena aún no había regresado, así que convencí a Franz de que me dejara hablar con ella antes de hacerlo él. Fuera, el sol de primera hora de la mañana teñía de un delicado tono dorado la nieve recién caída que cubría la casa, el granero, los campos y los árboles. La bucólica escena debería haberme llenado de paz, pero mientras me acercaba al montón de leña sobre el que estaba sentada Irena, me asaltó una repentina ansiedad. Nadie me ordenaba que caminara más deprisa ni me empujaba para que me dirigiese al trabajo, y no estaba segura de cómo sentirme al respecto.

Me senté junto a Irena, que no se dio por enterada.

–¿Vamos a quedarnos aquí sentadas hasta que muramos congeladas o vamos a hablar de vuestra pelea de enamorados?

–No hay nada de qué hablar y no ha sido una pelea de enamorados –dijo al tiempo que me fulminaba con la mirada–.
Sabía que me tocarías las narices y precisamente por eso no
te hablé de él.

–Sabia decisión, tortolita.

Mascullando una retahíla de improperios, Irena se puso
de pie para alejarse, pero yo la cogí del brazo para impedir
que se marchase. Se calló, aunque estaba claro que seguía
enfadada, y se sentó mientras yo dejaba a un lado las bromas.

–Ya está, te lo prometo. ¿No sabías que Franz era alemán?

–Claro que sí, pero aparte de eso solo conocía su nombre de
pila porque no era seguro compartir información personal.
Supuse que era un alemán que no apoyaba a los nazis. Y ahora resulta que es un alemán étnico que se crio en Polonia y
que se aprovechó de su origen étnico para salvarse el culo.
–Cavó un agujero en la nieve con la bota y lanzó un suspiro–.
No creía que fuera un cobarde, eso es todo. O un traidor.

–Tú también lo eres, Frau Aufseherin.

Irena dejó de cavar y se puso rígida. No dijo nada, seguramente esperando que yo retirase mis palabras; en lugar de
eso, señalé su uniforme con un gesto.

–Lo hiciste para ayudarme, pero aun así juraste lealtad
al Tercer Reich y te hiciste pasar por una guardia, ¿no? Si
Franz es un traidor por ser un *Volksdeutsch* que en realidad
no apoya a los nazis, ¿en qué te convierte eso a ti?

Abrió la boca, pero no emitió ningún sonido, así que jugué
mi baza definitiva.

–Incluso me pegaste.

Al oírme Irena se puso en pie de un salto.

–Si no lo hubiese hecho nos habrían matado, lo sabes…

–Jaque mate.

Se quedó callada mientras se le pasaba la rabia.

–Maldita sea, Maria, eres idiota –susurró al tiempo que se dejaba caer de nuevo sobre el montón de leña.

–¿A que si no, no me habrías escuchado? –le pregunté con una pequeña sonrisa, aunque le apreté la mano para disculparme–. En fin, ¿vas a dejar que Franz se congele también o podemos volver adentro?

Nos abrimos paso por la nieve hasta la granja, donde Frau Meinhart estaba preparando unos huevos revueltos para desayunar mientras Herr Meinhart atizaba el fuego. Franz, que estaba sentado en la sala, se puso en pie y esperó a Irena. Una vez juntos, ninguno de los dos habló.

–Supongo que entiendo por qué eres un maldito *Volksdeutsch* –murmuró Irena al final.

Él esbozó una sonrisa de satisfacción.

–Es la peor disculpa que he oído nunca, pero la acepto.

–Madre mía, no hagas que la retire –respondió ella con un resoplido, pero al apartarse vi la sonrisa que intentaba disimular.

Me acerqué al fuego y disfruté del hormigueo del calor sobre mi piel. Había olvidado lo que se sentía ante un fuego de verdad, nada que ver con las patéticas estufas que calentaban nuestros bloques. Mientras estudiaba la danza de las llamas, inspiré el aire cargado de humo que olía a astillas de madera, pero al cerrar los ojos me asfixié con el familiar hedor a pelo chamuscado y carne quemada…

–Maria, ¿me estás escuchando?

Sobresaltada, abrí los ojos y la fetidez desapareció. Tardé un momento en comprender dónde estaba, aunque no me explicaba el porqué. Tal vez fuese porque el recuerdo no me había parecido un recuerdo en absoluto. Al darme cuenta me invadió una sensación más escalofriante y brutal que una noche en Birkenau.

Me volví hacia Irena y Franz; me miraban como si se preguntasen qué me pasaba por la cabeza. Por suerte no me lo preguntaron.

–Voy a ir al hospital a recoger unas cosas –continuó Franz–. No sois los primeros miembros de la Resistencia o prisioneros fugados a los que mis contactos han indicado que vinieran aquí, aunque sí sois las primeras que nos han encontrado por casualidad. –Nos dedicó una pequeña sonrisa–. Hay varios colegas en el hospital en los que puedo confiar, pero será mejor que os mantengamos ocultas.

Asentí al tiempo que reprimía una respiración trémula. Primero había sido una prisionera, y ahora era una fugitiva.

Tras volver a ponerse el sombrero y el abrigo, Franz se acercó a Irena, la cogió por la cintura y la acercó a él para darle un beso… que ella le devolvió con el mismo entusiasmo.

–Bien hecho –murmuró él mientras me dirigía una mirada antes de soltarla.

Después de que la puerta se cerrara tras él, Irena se percató de mi sonrisita. Esta vez me la devolvió.

Frau Meinhart se reunió con nosotras.

–La ropa vieja de Elsa está en la habitación donde dormisteis anoche, así que os podéis cambiar mientras esperáis a Franz. Encontraréis una selección más que decente.

«Una selección no; cualquier cosa antes que una selección».

Irena ya se estaba desabrochando la chaqueta, al parecer impaciente por despojarse de ella y no volver a tocarla nunca. La seguí a la habitación. De una pequeña y tosca cómoda de madera escogió una falda y una blusa para ella, y lanzó varias opciones sobre la cama para mí. Contemplé los vestidos, las blusas, las faldas y los pantalones, sabedora de que ninguno me iría bien, y me sentí como si estuviéramos revolviendo bienes confiscados. Antes de escoger, me saqué el crucifijo de

Irena de debajo del uniforme y abrí el cierre de la cadena, y luego le puse la mano en el hombro para llamar su atención. Al darse la vuelta, dejé el collar en la palma de su mano. La respiración se le atoró en la garganta. Lo contempló con incredulidad y pasó un dedo por el crucifijo con delicadeza antes de colgárselo del cuello.

Seguimos cambiándonos de ropa y yo me quité el uniforme a rayas.

Había un espejo de cuerpo entero en la habitación, algo en lo que la noche anterior había estado demasiado agotada para reparar. En ese momento estudié el reflejo. Una silueta enjuta con todos los huesos marcados y cubierta de moratones, cicatrices, cortes y mordeduras de insectos. La piel de un color azul grisáceo y dos círculos pequeños y desinflados donde deberían haber estado los pechos. Una cabeza rapada que hacía destacar las orejas. Una mandíbula afilada, la nariz pequeña, las mejillas cóncavas, los pómulos protuberantes y los labios finos en una cara demacrada y chupada, absorbida por unos ojos hundidos. Ojos que reflejaban angustia y vacío, pero que también brillaban de una forma casi salvaje y desesperada, como si se aferraran a los retazos de vida que quedaban en ellos. Y en el brazo izquierdo, un brazo con un aspecto tan frágil como el ala de un pájaro, había cinco cicatrices redondas y un número tatuado: 16671.

No había visto mi reflejo desde que tenía catorce años, pero el número demostraba que aquella silueta que me devolvía la mirada era yo. Tal vez debería haber sentido algo, pero no sentí nada. Aquella figura no se diferenciaba en nada de todas las figuras que había visto durante los últimos años.

Pero no era mi cuerpo macilento lo que había hecho ahogar un grito a Irena. Su horror se concentraba en mi espalda, así que me di la vuelta y estiré el cuello para verlas por primera vez.

Las cicatrices de los latigazos. Unas eran de un color más rosado que otras; unas eran largas, otras cortas; unas gruesas y con volumen, otras finas y menos protuberantes. La espantosa telaraña me cubría desde los hombros hasta la parte inferior de la espalda. Las cicatrices eran horrendas, pero, al verlas, sonreí. «Padre Kolbe».

Mi cuerpo narraba la historia de mi vida durante los últimos años. Estaba débil y destrozada, reducida casi a un cascarón humano, pero al mirar aquellas cicatrices veía vida. Mi vida. La vida a la que casi había renunciado.

Doblé mi uniforme a rayas y lo dejé sobre la cama. Luego me puse un vestido sencillo que me colgaba del cuerpo como una sábana.

Irena se acercó a mí y dejé que me cogiera de la muñeca. Le dio la vuelta a mi antebrazo para que quedara boca arriba y me rozó el número de prisionera con el pulgar. Al hablar, su voz apenas resultó audible.

–Lo hemos conseguido, Maria. Estás viva, estás a salvo y eres libre.

Viva. A salvo. Libre. Palabras simples, palabras que un día me habían parecido tan solo un recuerdo lejano. Ahora que habían vuelto a convertirse en mi realidad, esperaba sentir alegría o alivio, pero me sentía igual. Tan solo cansada y hambrienta, como siempre.

A lo mejor cuando fuese libre de verdad aquellas palabras podrían evocar algún tipo de sentimiento, pero aún no era libre de verdad. Estaba lejos de Auschwitz, pero mientras me hallaba en el campo me había hecho varias promesas a mí misma. Vivir, luchar y sobrevivir; reunir a Hania con sus hijos, encontrar a Karl Fritzsch y hacerle justicia a mi familia.

Hasta que no las hubiera cumplido todas, aún tenía cosas que hacer. La partida no había terminado.

Un día sería libre y un día esa palabra me llenaría de la paz y el consuelo que se suponía que debía traer consigo. Pero no hoy.

Mientras esperábamos a Franz, me tumbé en la cama ante la insistencia de Irena. Ella se quedó en el cuarto conmigo, tal vez porque temía que volviera a estirarme en el suelo si se iba, y yo me acurruqué sobre las almohadas. Hacía cuatro años que no tenía almohada.

Al volver, Franz anunció que había traído consigo a un compañero de la Resistencia que también trabajaba en el hospital y que a menudo ayudaban a su familia a ocuparse de los que se refugiaban en su casa. Y cuando su compañero entró en el cuarto, mi corazón latió de una manera que casi había olvidado que fuera posible. El recién llegado se paró en seco, igual que había hecho aquel día antes de dejar su bicicleta junto al camino y echar a andar a mi lado. Un chico estúpido que había simpatizado con una prisionera, convertido ahora en un joven miembro de la Resistencia; en muchos sentidos yo seguía siendo la misma chica, encadenada a la culpa y la pena y que, aun así, había encontrado un inesperado refugio en él.

Era muy consciente del drástico contraste entre nuestras apariencias. Yo famélica, magullada y apenas con vida, y él un joven alto y fornido cuyos ojos de un azul intenso brillaban vivarachos. Pero si estaba tan distraído por nuestras diferencias como yo, no lo mostró. Me miró como siempre lo había hecho: como si fuera algo más que un número.

Le dediqué una pequeña sonrisa.

—Me alegro de verte, Maciek.

Tras intercambiar presentaciones y saludos, Irena fue a buscarme un vaso de agua y Franz a lavarse las manos antes de ocuparse de mí. La puerta apenas se había cerrado a su espalda cuando Mateusz se sentó en el borde de mi cama y me observó tan embelesado que casi me resultó abrumador.

—Juré guardar el secreto; si no fuera por eso te habría contado las otras razones por las que me mudé a Pszczyna —comenzó—. Franz me pidió que trabajase con él cuidando de los miembros de la Resistencia y los prisioneros huidos que se refugiaban con sus padres. No podía dejar pasar la oportunidad y pensé que además él podría ayudarme a sacarte de allí. Después de darle tu nombre y tu número de prisionera, me informó de que ya estaba trabajando con una joven de Varsovia que planeaba sacar clandestinamente del campo a la misma prisionera.

Cuando respiré lo hice repentinamente agitada; casi podía oler el sudor y la paja de nuestra época en la cestería. Si me había abandonado era para intentar liberarme.

—Tú me ayudaste a sobrevivir —dije al cabo en voz baja—. Y no me refiero a que me dieras información o pan…

Su mirada se cruzó con la mía; sus ojos azul celeste eran como dos estanques con las pestañas oscuras, ojos que he pasado muchas noches temiendo que nunca más volvería a ver.

Al cabo de un momento, se pasó la mano por la incipiente barba que le crecía en la barbilla.

—Hablando de información, desde la última vez que te escribí he averiguado más cosas sobre Fritzsch. Durante la investigación, un exguardia de Auschwitz testificó acerca de varias situaciones de corrupción que había presenciado. No conozco los detalles, pero su testimonio y una acusación de asesinato fueron los motivos por los que trasladaron a Fritzsch al frente.

Un exguardia que había visto la crueldad de Fritzsch por lo que era. Sabía exactamente de quién se trataba: Oskar, el oficial de mediana edad que me había contado lo de mi familia. Había visto cómo Fritzsch me latigaba hasta casi matarme sin seguir el protocolo. Había visto cómo Fritzsch me obligaba a presenciar una ejecución privada en el Bloque 11 cuando los prisioneros solo presenciaban ahorcamientos públicos. Había visto lo que Fritzsch le hizo a mi familia. Aunque había entregado su informe a Höss después del traslado de Fritzsch, dicho informe debía de ser el motivo por el que lo habían llamado a testificar en el juicio y por el que Fritzsch había sido sentenciado a ir al frente.

Mateusz cambió de postura y la cama chirrió. Aunque le había contado que buscaba a Fritzsch porque me preocupaba que regresara a Auschwitz, percibí cierta incertidumbre que se parecía peligrosamente a una sospecha. ¿Cómo podía haber pensado alguna vez que era un chico estúpido? No podía dejar que empezara a hacerme preguntas, así que tenía que aplacar sus miedos. Era necesario que creyese que yo no estaba relacionada con el caso de corrupción. Que solo era una chica preocupada por un hombre cruel. Le cogí la mano.

—Cuando me contaste que estaban investigando a Fritzsch por corrupción no me sorprendió. Lo había visto tratar mal a los prisioneros incluso para los estándares de las SS. Por eso le tenía miedo.

Mateusz puso su mano libre sobre la mía.

—Ya no tienes que preocuparte por él.

—No es tan sencillo —murmuré—. La guerra aún no ha terminado.

–Fritzsch sigue en el frente, muy lejos de aquí. No te puede hacer nada.

Ahí estaba, la información que esperaba recibir. Fritzsch seguía vivo en algún lugar de la línea del frente. Y ahora que yo era libre, podía proceder con mis planes.

–Si escribo una carta, ¿tus contactos podrían hacérsela llegar a Fritzsch? –pregunté antes de soltar a Mateusz y abrazar una almohada contra mi pecho–. Necesito oír directamente de él que está en el frente. Sé que es una tontería y no espero que me conteste, pero me sentiré mejor si lo intento.

Cuanto más mentía a Mateusz acerca de mis intenciones con Fritzsch, más me sorprendía que las mentiras no me preocupasen. No tenía elección. Si le contaba la verdad lo pondría en peligro y me arriesgaría a perder su ayuda. Perdería la oportunidad de hacerle justicia a mi familia, al padre Kolbe y a mí misma. Y hasta que no obtuviera justicia, no volvería a casa. No podía.

Mateusz me dedicó una pequeña sonrisa tranquilizadora.

–No es una tontería, Maria. Uno de los hombres del batallón de Fritzsch trabaja para ambos bandos y le ha estado pasando información a un amigo mío. Te traeré papel, pluma y un sobre para la carta y cuando la hayas escrito ellos nos ayudarán a hacérsela llegar a Fritzsch. Lo que haga falta para que te quedes tranquila.

Mateusz me creía. Mateusz siempre me creía.

Capítulo 33

Unas cuantas nubes dispersas se perseguían por el cielo azul mientras el sol me calentaba la piel y una brisa fresca mecía mi falda. La hierba crecía por todo el campo después del invierno, igual que el pelo rubio oscuro crecía en mi cabeza. Me tendí sobre la suave manta y cerré los ojos con un suspiro de satisfacción.

Tres meses. Llevaba tres meses sin trabajos forzados, palizas, enfermedades ni la amenaza constante de la muerte, y aún no me parecía real. Cada mañana me despertaba creyendo que estaba en Auschwitz. Cada noche, el sueño me llevaba allí.

Al oír unas risas abrí los ojos y me volví hacia el lugar de donde procedía el sonido. En una zona más alejada del campo, Irena sostenía un hilo mientras Franz corría con una cometa cuya cola ondeaba al viento. Cuando vino una ráfaga, Franz la soltó y la cometa cayó en picado sobre el suelo. Soltando maldiciones, Franz lo intentó de nuevo –llevaban intentándolo por lo menos veinte minutos–, pero Irena se reía tanto que no era de mucha ayuda, así que Franz le envolvió el hilo alrededor del cuerpo. La risa de ella se transformó en protestas, pero, incluso mientras se quejaba, tiró de él y dejó que posara sus labios sobre los suyos. Se habían besado en mi presencia muchas veces, pero en esta ocasión lo que vi fueron los brazos de Protz alrededor de ella, los labios de Irena posados sobre los de él a regañadientes mientras se retorcía para esquivar sus manos…

Pestañeé y aparté la imagen de mi cabeza. Era vomitiva.

Los recuerdos de Auschwitz me asaltaban cuando menos lo esperaba. El ruido de los pasos de las botas de Herr Meinhart sobre el suelo de madera, el olor a piel chamuscada cuando Frau Meinhart había tenido un pequeño accidente de cocina la semana anterior. La mano fuerte y pesada de Franz sobre mi hombro esa mañana para llamar mi atención y que era demasiado parecida a la de los hombres cuyas manos me cogían del hombro antes de que sus puños impactaran en mi cara. Un rato antes, Irena al servir nuestro pícnic, recordándome a cuando medíamos las porciones de comida obtenida en los trueques.

No sabía por qué me asaltaban los recuerdos. Cuando lo hacían, tardaba un rato en darme cuenta de que no eran más que eso, recuerdos.

Arranqué varias briznas de hierba, las corté en trozos de distintos tamaños y las dispuse como si fueran piezas de ajedrez. La brisa las dispersó y abandoné el intento. En el camino hacia mi recuperación había disfrutado de libros, amigos y juegos, pero no del ajedrez. Aunque hubiese tenido piezas Irena no sabía jugar, tampoco Mateusz, Franz y sus padres. Habría podido enseñarles y habría podido confeccionar piezas como había hecho el padre Kolbe, pero por alguna razón no me parecía bien. Esa parte de mí se había perdido y no sabía cuándo volvería a encontrarla.

O a Hania. Su ausencia era otra pieza perdida, una que necesitaba desesperadamente. ¿Cuándo volvería a encontrarla? Estaba viva; tenía que estarlo. Si la había dejado morir igual que a mi familia…

–¿Sabes? Nunca pensé que confeccionar cestos sería algo que aprendería a hacer.

Me di la vuelta y vi a Mateusz junto a mí. Pasaba muchas tardes en la granja. A veces dábamos un paseo o íbamos de pícnic con Irena y Franz, y otras veces tan solo hablábamos. Habíamos pasado de intercambiar simples cartas y mantener conversaciones en susurros en el taller de cestería a compartir días enteros.

Cuando me enseñó la tosca cestita que había hecho con hierba y paja, arrugué la nariz.

–Después de todas las cestas que hicimos, ¿por qué querrías hacer otra?

Se encogió de hombros.

–No estaba tan mal.

–No si tu trabajo era voluntario.

Las palabras sonaron mucho más duras de lo que imaginaba. Siempre que los recuerdos estaban a punto de sobrepasarme, de alguna manera perdía completamente el control.

Me aferré a la manta con manos trémulas y cerré los ojos. Recuerdos, solo recuerdos. Si no me calmaba me vendría una migraña debilitante. Debía recomponerme antes de sucumbir, antes de que mis amigos descubrieran hasta qué punto me paralizaban los recuerdos, porque si lo descubrían empezarían a hacer preguntas…

Conseguí arrinconar los recuerdos y los temblores remitieron. Con un suspiro, abrí los ojos y arranqué otra brizna de hierba.

–Lo siento, Maciek, eso no ha sido justo.

–La guerra no es justa. –Estudió su obra y luego la lanzó con todas sus fuerzas.

La cestita voló varios metros sobre el campo hasta desaparecer entre la hierba alta. Me pareció que Mateusz quería decir algo más, pero al darse cuenta de que Irena y Franz se acercaban, se contuvo.

—Me debes un hilo nuevo, Irena —dijo Franz, que sostuvo en alto el hilo roto y nos miró en busca de apoyo.

—Ha sido culpa tuya, tonto —replicó Irena con una sonrisa.

Luego se colocó un mechón suelto detrás de la oreja —de su color castaño natural, no teñido de rubio— y se sentó a mi lado.

—Como testigo de la escena, estoy de acuerdo con Irena.

Franz meneó la cabeza.

—Sabía que no tendrías compasión conmigo, Maria.

—Déjame ver —dijo Mateusz. Franz le tendió la cometa rota y él le pasó por encima sus diestros dedos—. Es fácil de arreglar. ¿Tienes más hilo?

—En el granero —contestó Franz—. Coge el que te haga falta. Yo tengo que ir a la ciudad.

—¿Al hospital, doctor Meinhart? —preguntó Irena mientras Mateusz echaba a andar hacia el granero con la cometa.

—Siempre —dijo él con una sonrisa irónica.

—¿Se sabe algo de Hania o Izaak? —pregunté.

Franz dejó escapar el aire lentamente con gesto comprensivo.

—Ya sabes que los busqué por todo el campo.

Mientras Franz se ocupaba de nosotras el primer día que Irena y yo estuvimos en la granja, le había implorado que fuera a Auschwitz a buscar a Hania e Izaak, una tarea imposible en un principio puesto que las SS habían dejado a varios de sus miembros en el campo para vigilarlo. Una semana después, tras la llegada del Ejército Rojo, Franz se había unido a la Cruz Roja polaca y a varios médicos para atender a los prisioneros. Aunque no había encontrado a mis amigos, yo esperaba que a estas alturas alguno de los otros voluntarios médicos hubiese descubierto algo y se lo hubiera comunicado.

Al ver que no me daba más información, suspiré. Irena y yo nunca deberíamos haberlos abandonado.

–No han desaparecido –dijo Franz–. Estoy seguro de que alguien los encontró y los llevó a otro hospital. Te prometí que los localizaría y lo haré.

Franz cogió su fedora de donde lo había tirado sobre la manta, se lo caló en la cabeza y le dio un beso a Irena en la mejilla antes de cruzar el campo hacia el granero, donde tenía aparcado el coche. El motor se encendió con estruendo y a continuación Franz condujo por el camino de tierra y desapareció por la calle principal.

Irena lo miró partir con una expresión pensativa en el rostro, hasta que reparó en la sonrisita que bailaba en mis labios.

–¿Por qué me miras así?

–Porque me alegro por ti.

–Madre mía, no empieces. –Arrancó una brizna larga de hierba y jugueteó con ella antes de tirarla–. Es alemán.

–Pensaba que ya habías superado que fuera un *Volksdeutsch*.

–No es solo eso. Algunos *Volksdeutsche* apenas tienen una gota de sangre alemana, pero Franz tan solo es polaco de segunda generación, y aunque sus padres se criaron aquí, ambos son alemanes de sangre pura. Así que Franz también es alemán.

–¿Y?

–¡Ya lo sabes! –exclamó, y se pasó una mano por el pelo mientras yo me sentaba–. ¿Qué haría Mama si lo llevara a casa?

–Tu madre no juzga a la gente y Franz no es un nazi.

–No es tan sencillo. La gente ve a una madre soltera polaca y asume que o bien es una víctima de guerra o bien es una furcia traidora que ha colaborado con los soldados, y entonces me juzgan y odian a mi hija. Lo veo en sus ojos cada día y si me casara con un *Volksdeutsch*... –Se interrumpió con un resoplido y negó vehementemente con la cabeza antes de bajar la voz–. Ni de coña voy a empeorar la situación.

Me quedé callada mientras Irena se levantaba y se ponía a caminar de un lado a otro sumida en un silencio agitado. Me daba la sensación de que llevaba varias semanas atormentada por la decisión, aunque se las había arreglado para ocultárselo a todo el mundo, en especial a Franz.

Al final se paró y se volvió hacia la pequeña granja.

–Y tampoco voy a poner a Franz en esa situación. Cuando nosotras nos hayamos ido encontrará a una buena chica, y Helena y yo estamos bien solas.

Me miró y yo asentí.

–Vale.

Ella esperó, pero yo no me explayé.

–¿No vas a decir nada más? –me preguntó.

–¿Qué quieres que te diga? Es tu vida. Tú decides lo que es mejor para ti y para Helena.

Me corté un trozo de *gołka* y lo mastiqué poco a poco, saboreando el toque salado del queso mientras el silencio se alargaba. Seguramente Irena sabía lo que yo estaba haciendo, pero cada vez que jugábamos a ese juego era yo la que ganaba, así que no cedí. Y cómo no, al final lanzó un suspiro.

–Maldita sea, Maria, eres insufrible.

Aunque esbocé una sonrisa y ella era incapaz de resistirse a una sonrisita, en su mirada seguía habiendo un destello de preocupación. Por más infundados que fueran sus miedos, solo el tiempo podía acabar con ellos.

Al cabo de un momento le dije en voz baja:

—Puedes marcharte cuando quieras, Irena.

—¿Cuántas veces vas a decírmelo? —repuso mientras se sentaba de nuevo.

—Sé lo mucho que las echas de menos y que no esperabas estar lejos de ellas tanto tiempo.

—Hablamos por teléfono y Mama y Helena están de vuelta en Varsovia ahora que ha sido liberada. Tú ya casi estás lo suficientemente bien como para irnos. Utilizaremos la documentación que nos ha conseguido Franz y te mantendremos tan informada como sea posible, y él nos acompañará para asegurarse de que llegamos a salvo. Pronto estaremos en casa.

Se hizo un silencio cómodo y familiar. Los pájaros cantaban en la distancia y el viento silbaba en mis oídos. La tranquila granja se había convertido en nuestro refugio, muy distinto del bullicio de Varsovia y la maldad de Auschwitz. La guerra se acercaba a su fin, pero aún no había terminado, así que la granja era una grata evasión de los horrores que había fuera de allí. Aun así, la inquietud me consumía.

Le había entregado mi carta a Mateusz al día siguiente de pedirle lo que necesitaba para escribirla, y aún esperaba la respuesta. La espera era casi más desesperante de lo que había sido mi espera por la liberación.

—Franz no sabe nada de Helena —dijo Irena después de estar un rato calladas—. He compartido muy pocos detalles de mi vida personal con él. —Metió el dedo en un pequeño agujero de la manta. Al hablar de nuevo, lo hizo en voz baja—: Mama tampoco lo sabe.

—Espero que sí, teniendo en cuenta que Helena es su nieta y que la está cuidando —repuse con una leve sonrisa, pero cuando Irena levantó la cabeza su mirada ahuyentó mi buen humor—. ¿No le has contado cómo te quedaste embarazada?

Hizo una mueca y luego intentó disimularla con una media sonrisa irónica.

–Una imbécil enamorada, ¿te acuerdas? Nunca pensé que usaría esa maldita historia, pero funcionó. Cuando me fue imposible ocultar por más tiempo el embarazo, le dije a Mama que había estado viéndome con un hombre que trabajaba para la Resistencia, y que a él lo habían capturado y ejecutado, y yo me había quedado con su hijo. Desde la muerte de Tata, mi querida Mama ha intentado que deje de decir palabrotas porque las chicas que dicen palabrotas son putas, ¿verdad?

–No, Irena, no es justo. No para tu madre y sin duda no para ti.

A pesar de la aspereza de mi tono, Irena se encogió de hombros en un gesto indolente.

–Se enfadó, por supuesto, pero le aseguré que había aprendido de mis errores y ella nunca ha hecho pagar a la niña por mis actos. Desde que nació Helena, todo ha ido bien entre nosotras. Mama la quiere mucho.

–Y a ti también. ¿Por qué quieres que se crea una mentira?

–Por el amor de Dios, no es tan importante. –La indiferencia forzada en la voz de Irena no resultaba convincente–. Los nazis mataron a su marido y no hace falta que sepa también lo que le hicieron a su hija. Deja que yo me preocupe de mi madre, Maria, y tú preocúpate de la tuya. –Tardó solo un instante en darse cuenta de su error–. Mierda, no quería…

Levanté la mano para interrumpirla, una mano en la que ya no se marcaban los huesos. Sin embargo, seguía estando delgada. Mi cuerpo parecía haber olvidado cómo conservar el peso. Irena se sumió en un silencio pensativo mientras jugaba con su collar, aunque vi cómo su mirada se dirigía a mi antebrazo.

No habíamos hablado de lo que yo había vivido en el campo. Ni de mi arresto ni de cómo me había ganado las cinco cicatrices redondas que ella miraba cuando creía que yo no me daba cuenta, ni de la historia detrás de mis latigazos y sin duda no de Fritzsch. A Irena le preocupaba que yo estuviera siempre tan callada –había oído cómo se lo decía a Franz, que le aseguró que me pondría bien–, pero si estaba callada era porque tenía muchas cosas en la cabeza. Por lo demás, nuestra amistad había recuperado la normalidad.

Me recosté, me metí la mano en el bolsillo delantero y pasé los dedos por las cuentas del rosario. A veces se me olvidaba que no llevaba puesto el uniforme a rayas azules y grises. Desde que estábamos en la granja habíamos comprado varias cosas en la ciudad, entre ellas ropa nueva. Si alguna de mis prendas no tenía bolsillos, se los cosía.

Me sacudí las briznas de hierba de la falda mientras me ponía en pie, y ambas recogimos los restos de nuestro pícnic. Estaba doblando la manta cuando oí el coche de Franz que aparcaba cerca del granero, y luego un gritó flotó sobre el campo y me llegó a los oídos.

–¿Me vas a decir hola o qué, *shikse*?

Dejé caer la manta en el acto. Habría reconocido esa voz en cualquier parte, pero tenía que ver a su dueña con mis propios ojos para creérmelo. Y sí, ahí estaba, de pie junto a Franz y sonriendo. Eché a correr por el campo y no paré hasta que la tuve entre mis brazos.

–Cuidado, que nos vamos a caer las dos –dijo Hania riendo mientras me devolvía el impetuoso abrazo–. Deja que te vea.

Cogió mi cara entre sus manos y yo me aferré a sus muñecas para asegurarme de que era real. Tenía la sensación de que si la soltaba me despertaría del mejor sueño que había tenido en mucho tiempo. Pero estaba allí, estaba allí de verdad, tan real como yo. Sus familiares ojos oscuros centelleaban con vitalidad y aunque su tupido pelo también oscuro seguía siendo corto, le había vuelto a crecer más deprisa que a mí. Llevaba un vestido sencillo que envolvía una figura que estaba recuperando sus delicadas curvas.

Al cabo de un momento Hania me acarició las mejillas con los pulgares, como si se asegurase también de que yo era real, antes de darme dos besos.

—Estás más guapa que nunca, Maria.

—Tú también, Bubbe —susurré—. Franz, ¿todo este tiempo has sabido que Hania estaba viva?

—Me pasé todo el primer día en el campo buscándola y, al encontrarla, le dije que *shikse* le mandaba besos a Bubbe, como me dijiste. No hizo falta más para convencerla de que confiara en mí.

—¿Por qué no me lo habías dicho?

—Es culpa mía —dijo Hania antes de que él pudiera contestar—. Izaak me cuidó tan bien como pudo, pero cuando Franz me encontró seguía teniendo un caso grave de tifus. Le pedí que no te lo contase por si me moría. Aunque me recuperé, al cabo de unos días cogí una neumonía. Cuando por fin empecé a recobrar la salud, decidí esperar a estar lo bastante bien como para sorprenderte. Franz me ha estado cuidando en el hospital de Pszczyna.

Le dediqué a Franz una sonrisa de gratitud y luego hice la siguiente pregunta que se me vino a la cabeza, rogando que la respuesta no fuera la que esperaba.

—¿Dónde está Izaak?

Ella apretó los labios antes de contestar.

—En cuanto se recuperó, él y varios compañeros del Sonderkommando se marcharon juntos. Le obligué a contarme adónde iban y lo único que me dijo fue que a buscar criminales de guerra. —Miró por encima de mi hombro un instante y luego respiró hondo—. No quiero saber lo que significa eso. Me prometió que se reuniría conmigo en Varsovia al final del verano.

Mateusz emergió del granero, seguramente alertado por el alboroto.

—Salías en todas las cartas que me enviaba Maria, Hania —dijo con una sonrisa—. Soy...

—No hace falta que te presentes. He oído hablar mucho de ti, Mateusz —contestó ella, y la sonrisa de él se ensanchó. Al volverse para darle a Franz la cometa que había reparado, Hania lo estudió antes de inclinarse hacia mí y decirme en un pícaro susurro—: *Mazel tov.*

Le di un leve y discreto empujón y fingí que no oía sus risitas. Sin embargo, al oír aquel sonido que me había acompañado en los momentos más aciagos de los últimos cuatro años, se me hizo un nudo en la garganta. Al fin, una de mis piezas había regresado. Una que nunca debería haber perdido en primer lugar. Al cogerla de las manos, se puso seria.

—No ha habido un momento en que no estuvieras a mi lado —conseguí articular, tragando saliva—. Pero yo no he estado al tuyo.

Hania negó con la cabeza.

—Irena y tú me disteis a mi hermano, y seguramente nos salvasteis la vida a los dos. Puede que mis hijos ya no tengan padre, primos, tía o abuelos, pero tendrán a su madre y a su tío. No tengo palabras para agradecéroslo. Y ahora las tres volvemos a estar juntas, ¿no es así? —añadió al tiempo que Irena se reunía con nosotras, y tiró de ella para darle un abrazo. Al separarse, Hania le dedicó una pequeña sonrisa—. Irena —dijo, poniendo énfasis en su nombre mientras le miraba el pelo oscuro y la ropa de civil que habían reemplazado la melena rubia de Frieda y su uniforme de las SS.

—Hania —contestó ella con el mismo énfasis, y sonrió antes de dirigirse a Franz—. ¿Llevas semanas cuidando de ella?

—Un doctor nunca traiciona la confianza de su paciente.

—También tengo papeles, gracias a él. —Hania apenas pudo contener su alegría mientras se volvía hacia mí—. Me ha dicho que escribiste a tus amigas para preguntarles por mis hijos. ¿Te parece bien que mañana vayamos a casa a ver qué han averiguado?

Mañana. Me había jurado a mí misma que no volvería a Varsovia hasta que hubiese encontrado a Fritzsch, pero también le había hecho una promesa a Hania. Habría sido una crueldad hacerla esperar más tiempo, aunque lo cierto era que no estaba preparada. No hasta que supiera lo que habían dicho los contactos de Mateusz.

—Claro. Ya es hora de volver a casa —dijo Irena antes de que yo pudiera contestar, y se dirigió hacia la granja sin esperar una reacción.

Franz la miró mientras se iba y luego echó a andar tras ella al tiempo que decía algo acerca de avisar a sus padres de que esa noche tenían otro huésped.

Mientras alcanzábamos a Irena, respiré hondo para calmarme. Mateusz se pondría en contacto conmigo en cuanto supiera algo. Iríamos a Varsovia al día siguiente a ver qué habían averiguado la madre Matylda y la señora Sienkiewicz sobre los hijos de Hania y luego volvería a concentrarme en Fritzsch. Solo había cambiado el orden de mi plan, nada más.

Me hice un hueco entre Irena y Hania y las rodeé a las dos por la cintura. Las dos amigas a las que más quería en el mundo, ambas conmigo, sanas y salvas. Hacía mucho tiempo que no tenía esa sensación, una sensación que podría haber descrito como algo parecido a una felicidad auténtica y desmedida.

Las solté para seguirlas al interior de la casa y en ese momento una mano que me resultaba familiar agarró la mía y tiró de mí para que me parase. Me volví hacia Mateusz esperando que tuviera noticias de Fritzsch, pero al ver su expresión grave entendí que no era así.

–No tiene sentido que intente encontrar otra manera de contarte esto –dijo con una media sonrisa después de que la puerta se cerrara tras nuestros amigos–. En otoño me voy a la universidad en América. A Estados Unidos, en concreto. Mi tío vive en Nueva York, así que me alojaré con él.

América. Parpadeé, dejando que la idea me diera vueltas por la cabeza, antes de decir lo primero que se me ocurrió:

–No hablas inglés.

Él soltó una risita.

–He empezado a estudiar. Me voy el mes que viene.

A pesar de sonreír y decirle cuánto me alegraba por él, no pude evitar sentirme igual que cuando se había marchado a Pszczyna. Una vez más perdía a mi amigo y a la única ayuda que tenía en mi misión contra Fritzsch. Seguir en contacto con él desde Varsovia ya habría sido difícil, pero América añadía un nuevo nivel de complicación. No podía ser que mi plan fracasara ahora. No cuando estaba tan cerca.

A menudo me preguntaba qué habría pasado si nos hubiésemos conocido en otras circunstancias. Aquellos últimos meses me habían permitido vislumbrarlo. Dar largos paseos por los campos con su mano en la mía; cocinar *pączki* juntos y rellenar las bolas de masa dulce frita con mermelada de fresa; sentarnos sobre la hierba alta y contemplar la puesta de sol, con la serenata del canto de los grillos de fondo, su brazo alrededor de mi cintura, mi cabeza apoyada en su hombro. En cada una de estas ocasiones me había sentido casi como una de esas chicas a las que antes veía al ir y venir de Birkenau. La clase de chica que yo podría haber sido. Había creído que podríamos compartir más tiempo juntos, que quizá acabaríamos en Varsovia desayunando en el café del Hotel Bristol para dar después un paseo por la calle Krakowskie Przedmieście y pasar por delante de la archicatedral de San Juan. Ahora esos momentos llegaban a su fin, escamoteados por un movimiento que no había previsto.

No estaba preparada para perder ninguna de las dos cosas: ni nuestros futuros momentos ni mi plan.

—Una cosa más —dijo Mateusz, y me tendió un sobre—. La respuesta a la última carta que me escribiste.

Mis preocupaciones se aplacaron tan rápido como se habían desencadenado cuando dejó el sobre en mi mano.

Aunque durante los últimos meses habíamos seguido intercambiando cartas, no necesitaba abrir esta para saber que no era de Mateusz.

Era de él. Lo sentía en todas las fibras de mi ser.

—Tenía la intuición de que no te lo creerías —dijo Mateusz con una sonrisa—. Mi contacto me la ha traído hoy y, como te marchas mañana, no podría haber llegado en mejor momento. Pero aunque hubiese tenido que hacerlo desde América me habría asegurado de que la recibieras.

Pasé los dedos por el sello intacto.

—No sé cómo darte las gracias, Mateusz.

—Ábrela. Tu paz mental te espera dentro de ese sobre.

—Luego. —Lo cogí de la mano y le di un apretón de agradecimiento, borrando así la arruga de perplejidad de su ceño—. ¿Te quedas a cenar?

—No puedo. Trabajo en el turno de noche del hospital.

–Entonces vendrás mañana por la mañana antes de que nos vayamos a Varsovia, ¿no?

Su mirada se suavizó.

–En cuanto acabe mi turno.

Asentí, lo rodeé con los brazos y me aferré a la fuerza de su abrazo, al tranquilizador latido de su corazón, a su leve suspiro cuando me apretó con más fuerza. Me aferré a él, a todo él. A uno de nuestros últimos momentos.

Tras separarnos, Mateusz regresó a su bicicleta y partió en dirección a la ciudad. Yo lo contemplé mientras se iba, aunque me costó mucho esperar hasta que desapareciese de mi vista. El sobre me quemaba en la mano igual que el azote del látigo en mi espalda.

Cuando estuve segura de que se había marchado, estudié el sobre. No tenía marcas, lo que significaba que la carta había vuelto sobre los pasos de su predecesora a lo largo de la línea de la Resistencia hasta llegar a mí. La abrí y la luz dorada del final de la tarde bañó una única hoja de papel.

Heil *Hitler!*

He recibido tu carta, en la que dices que tienes información relacionada con mi traslado. Hace tiempo que tengo ganas de tratar el asunto contigo y, como señalas en tu carta, también tienes información adicional que prefieres compartir en persona. Tras pensar en tu propuesta de tener una conversación para resolver ambos temas, he decidido que puedes serme de utilidad una última vez. El cumpleaños del Führer sería el día perfecto para encontrarnos, ¿no te parece?

Seguro que sabes dónde encontrarme, prisionera 16671.

Hauptsturmführer Karl Fritzsch
SS-Totenkopfverbände
Lagerführer de Auschwitz

Le di las gracias mentalmente a Mateusz. A pesar de haber sido trasladado a la línea del frente, Fritzsch no había caído en combate. El cumpleaños del Führer era al día siguiente y yo sabía dónde quería que nos viéramos.

Mi plan se estaba desarrollando exactamente tal y como había esperado, después de todo.

La puerta se abrió y yo doblé el papel mientras Franz salía.

–¿Vas a entrar? –preguntó.

–Sí, estaba leyendo una carta de Mateusz. –Señalé el sobre–. Franz, ¿me harías un favor?

Asintió y yo respiré hondo, no porque dudara sino porque había creído que ese momento nunca llegaría y, ahora, aquí estaba. Mientras sostenía la carta me recorrió una oleada de energía más intensa que nada que hubiera experimentado en mucho tiempo. Llevaba esperando este encuentro desde que tenía catorce años. Por fin iba a poder reparar lo que había ocasionado a mi familia, aunque nunca llegase a perdonarme por completo. Aunque eso implicase regresar a ese lugar del que mi mente nunca me había dejado escapar.

–Necesito que mañana me lleves a Auschwitz.

Capítulo 34

—¿**M**aria, estás segura de esto? —me preguntó Franz por enésima vez.

Íbamos en el coche por las mismas carreteras que yo había recorrido a pie, carreteras que en su día habían estado cubiertas de nieve, sangre y barro, y sembradas de cadáveres. Hacía mucho que la nieve se había fundido y desde entonces también habían retirado los cuerpos, pero mientras miraba pasar el borde de la carretera eso era lo único que veía.

Aún no había amanecido. Ante mi insistencia, Franz y yo nos habíamos marchado para ir a Auschwitz antes de que nadie se despertase. Casi habíamos llegado.

—¿Estás segura de que quieres volver? ¿Y estás segura de que quieres hacerlo sola? No me importa quedarme.

—Ya te lo he dicho. Como nos vamos hoy a Varsovia quiero verlo una vez más para poder pasar página. Sé que es un lugar difícil de visitar y no quería que Hania e Irena se sintieran obligadas a venir. Por eso no se lo he dicho.

A pesar de sus preguntas, me había resultado fácil convencer a Franz de que me llevara. Se había creído mi motivo, a pesar de su desconcierto, y le había parecido considerado por mi parte proteger a Hania e Irena. Aunque claro, él no sabía nada de Fritzsch y muy poco del tiempo que yo había permanecido en cautiverio, así que cómo iba a sospechar nada.

Pobre Franz. Irena se pondría furiosa cuando se enterase y casi podía oír las maldiciones en yidis que Hania le espetaría. Yo habría sobornado a un granjero vecino para que me llevase si no me hubiera hecho falta que Franz supiera dónde me encontraba. Quizá Irena y Hania lo hubieran adivinado al descubrir mi ausencia, pero necesitaba asegurarme de que lo sabían. Necesitaba que vinieran, solo que no enseguida. No hasta que estuviera preparada para ellas.

No esperaba que lo entendieran. ¿Cómo iban a hacerlo? Esto era entre Fritzsch y yo. No quería ponerlas en peligro y no iba a permitirles que me detuvieran. Era algo que tenía que hacer; para oír por fin la verdad, para hacerle justicia a mi familia, para hacer pagar a Fritzsch, para ponerle fin a la pesadilla en la que había vivido durante los últimos cuatro años. Enfrentarme a él sola no me preocupaba. La imprudencia y yo éramos viejas amigas.

—Estaré bien —añadí para atajar las preguntas de Franz.

Esa parte no era del todo mentira. Antes de irme, me había hecho con la pistola de Irena.

Capítulo 35

Auschwitz, 20 de abril de 1945

Cuando mis dedos tocan el gatillo, Fritzsch echa los hombros atrás, como si invitase a la bala a entrar en su pecho. Una única bala y no tendría que pasar por un juicio ni intentar explicar lo que ha ocurrido aquí. Enterraría los recuerdos para no desenterrarlos nunca más, y todo habría terminado. Solo quiero que termine.

Pero una bala no forma parte de mi estrategia.

Mi plan no es matar a Fritzsch; nunca lo ha sido. Se merece pasar el resto de su vida pagando por lo que ha hecho. A estas alturas Franz debe de haber vuelto ya a la granja, donde Irena y Hania le habrán preguntado adónde me ha llevado. Pensarán que algo no va bien y vendrán a por mí. Sin duda he mantenido a Fritzsch ocupado bastante rato. Mis amigas están de camino, lo sé. En cuanto lleguen, llevaremos a Fritzsch a uno de los contactos de Franz que tiene poder para detenerlo formalmente. Confesará hasta su última atrocidad y se enfrentará a las consecuencias.

O podría dispararle.

Sujeto la pistola con más fuerza para poder concentrarme en el dolor y no en el abrumador deseo de volver a acercar los dedos al gatillo. Basta con una confesión para ganar un juicio. No hará falta que yo testifique. Me pasé la totalidad de mi encierro anticipando esta partida y voy a controlar el tablero. No puedo perder ahora.

–Hazlo.

El murmullo casi me hace replanteármelo, pero me resisto al deseo. Solo unos minutos más. Mantuve su interés durante ocho meses en este campo; puedo hacerlo unos minutos más. Mis amigas llegarán antes de que se canse de mí, estoy segura.

–Deja el arma en el suelo y termina la partida. –El temblor en mi voz es peor que nunca y hace que mis palabras suenen más como una súplica que como una orden, pero no rompo el contacto visual.

Fritzsch no reacciona. El hambre que tan familiar me resulta ilumina sus ojos mientras me mira, y utilizo ambas manos para que el arma no se mueva. Sigo apuntando al nivel de su pecho mientras combato mi respiración entrecortada, pero, con cierto esfuerzo, aparto el dedo del gatillo.

Unos minutos más.

Su risita rompe el sobrecogedor silencio.

–¿Qué esperabas al venir aquí, prisionera 16671? ¿Has estado planeando todo este tiempo escoltarme para que me detengan y obligarme a confesar en un juicio? Para eso tendría que acatar tus deseos, pero te has olvidado de algo muy importante, inútil zorra polaca. –Se acerca y sonríe–. Yo no sigo órdenes.

Saca el arma de la funda antes de que me dé tiempo a parpadear.

Me duele tanto la cabeza que no puedo ver bien y oigo un grito que debe de ser mío mientras aprieto el gatillo con el dedo y un disparo le sigue a otro, y la sangre caliente me salpica.

Humo y sangre, unos olores conocidos que me rodean y me ahogan, y espero que llegue el dolor, pero no siento nada. La sangre no es mía. No estoy herida y Fritzsch, como tantos otros que han pisado este suelo maldito, está tendido de espaldas sobre un charco de su propia sangre, muerto.

No, no, no… No puede acabar así.

Hilillos de sangre y lluvia cubren el tablero, y las piezas están teñidas de diminutas motas de color carmesí. Lo barro todo con el brazo y lo hago caer al suelo, donde el tablero se rompe con un penetrante crujido al tiempo que las piezas se dispersan.

Se suponía que iba a ir a juicio, se suponía que el mundo iba a conocer la verdad, se suponía que iba a pudrirse en la cárcel, se suponía que no tenía que morir…

–Maria… Madre mía, ¿qué narices has hecho?

–¡Maria, baja el arma, por favor!

Voces, voces conocidas, aunque apenas las oigo. Se suponía que iba a ir a juicio. En lugar de eso, he apretado el gatillo.

–Maldita sea, Maria, ¡baja la puta arma!

–Escúchanos, *shikse*. Por favor, bájala.

Le doy la espalda al cuerpo de Fritzsch y me enfrento a las voces, que pertenecen a Irena y Hania. Han venido. Pero es demasiado tarde.

En cuanto me vuelvo hacia ellas, se ponen tensas, aunque no estoy segura de por qué, y tampoco estoy segura de por qué se han parado tan lejos de mí. A lo mejor no entienden que Fritzsch está muerto. Ya no puede hacerles daño y yo ya no puedo llevarlo ante la justicia. Hania e Irena se acercan sin dejar de hablar, y aunque no les presto atención, creo que intentan calmarme. A lo mejor es porque no puedo dejar de gritar.

–Se suponía que iba a ir a juicio, se suponía que no iba a morir…

–El arma, Maria –dice Irena con ferocidad interrumpiendo de cuajo mis gritos.

La pistola. Se me había olvidado que aún la sujeto entre las manos.

Me vuelvo hacia el cuerpo de Fritzsch. Mi bala le ha atravesado la parte baja del abdomen y ha empapado de sangre su uniforme perfecto. Por alguna razón, la suya no me ha alcanzado. La pistola de Fritzsch está tirada en el suelo junto a su mano y la sangre brota del agujero de carne destrozada de su sien, por donde ha entrado una segunda bala. El disparo mortal.

No, no puede ser. He apretado una vez el gatillo, pero una bala en el estómago no lo habría matado tan rápido.

Y he oído dos disparos.

Yo he disparado una vez. Sé que yo he disparado una vez y él otra. La herida de la cabeza es la que lo ha matado, la que yo no puedo haberle infligido con mi ángulo de tiro. Y desde que lo conozco, las balas de Fritzsch siempre han alcanzado su objetivo.

No me ha disparado a mí. La herida de la cabeza se la ha hecho él mismo.

—¡Cabrón de mierda, cobarde, se suponía que ibas a ir a la cárcel, no que te ibas a quitar la vida!

En medio de mis gritos el arma sale volando de mis manos supongo que porque la tiro, pero no lo sé. El dolor de cabeza empeora y mis gritos se apagan hasta convertirse en sollozos mientras mis rodillas caen sobre la grava, donde me llevo las manos a las sienes para aliviar el dolor, aunque lo único que consigo es esparcir las gotas pegajosas de sangre que salpican mi piel igual que salpican el tablero roto.

Un error, un error fatídico es lo único que hace falta para arruinar toda una partida de ajedrez. El error que he cometido me resulta tan evidente ahora. Durante todos los años que he jugado al ajedrez nunca me he replanteado mi estrategia, pero esta vez he escogido el dolor por encima del ingenio; he movido mi reina demasiado pronto y mi rey demasiado tarde, y le he mostrado a Fritzsch cómo iba a jugar y cómo quería que acabase esta partida. Este estúpido peón ha allanado el camino para que pusieran a su propio rey en jaque, pero tengo que salir antes del jaque mate. Tiene que haber una forma; no puede acabar así.

Unas manos gentiles, pero firmes me levantan y me apartan del cuerpo de Fritzsch mientras dos pares de brazos tranquilizadores me rodean. Mi propia negligencia es la que ha provocado su último movimiento, y ahora está muerto.

Cuando mis lágrimas y mi dolor remiten, soy vagamente consciente de que Irena y Hania me llevan hasta la verja, que cruzamos juntas, y entonces oigo la voz de Franz.

–¿Qué demonios...?

–¡Exacto! –grita Irena, que se adelanta hacia él y empieza a golpearle con los puños en el pecho–. ¿Qué demonios, Franz? ¿Cómo has podido dejar a Maria aquí? –No espera a que él conteste antes de cogerme por los hombros ahora que Hania y yo hemos llegado junto a ellos–. Explícate, pedazo de imbécil –insiste.

Lo que Franz intenta decir se pierde en el barullo mientras Hania maldice en yidis y aparta a Irena. Se queda entre las dos gritando en varios idiomas, aunque Irena no se inmuta, y cuanto más gritan todos, más quiero yo que paren.

–¡Vamos, explícate! Sé que tenías un plan; siempre tienes un puto plan...

–¡Irena! –Mi grito resuena con furia y, en cuanto lo oye, Irena interrumpe su diatriba, tira de mí y me abraza con fuerza.

–Maldita sea, Maria –susurra, apenas capaz de pronunciar las palabras antes de romper repentinamente a llorar con unos sollozos salvajes.

Franz rodea a Irena con sus brazos mientras yo me alejo varios metros y me quedo mirando el letrero de la verja. Tres palabras en alemán, una sencilla frase. Por alguna razón, resulta más sombría y ominosa de lo habitual. Las lágrimas regresan y dejan riachuelos cálidos de rabia en mis mejillas, pero unas manos me dan la vuelta y me alejan del letrero.

—Se ha acabado, *shikse*.

El reconfortante murmullo se abre paso entre el eco de las mofas de Fritzsch y los gritos de frustración que inundan mi mente.

Hania me seca con el pulgar una lágrima mezclada con sangre y luego me aprieta contra su pecho y apoya los labios en mi coronilla.

No. No se ha acabado. Así no. La alambrada aún me rodea y aún está electrificada.

Al marcharnos, permanecemos en silencio dentro del coche. He dejado de llorar, pero el dolor no se ha disipado. Vuelvo a sentirme vacía, tan vacía como durante esos primeros meses de cautiverio, cuando decidí no sentir nada. Mientras contemplo las salpicaduras de sangre en mi ropa y mi piel —la sangre de Fritzsch—, regreso a ese lugar. Decido otra vez no sentir nada.

Capítulo 36

Pszczyna, 6 de mayo de 1945

El titular del periódico es de hace casi una semana y a estas alturas me lo sé de memoria. Lo leo cada día para asegurarme de que no me lo he imaginado. Adolf Hitler se ha suicidado. El Führer ha muerto. Otro criminal que se ha quitado la vida para no tener que afrontar las consecuencias de sus deplorables actos.

Sigo furiosa con Fritzsch por lo que hizo. Me pasé una semana entera en la cama dándole vueltas, aunque no sirviese de nada. A veces no puedo evitar pensar en ello. Nadie me habla de él, pero al día siguiente de su suicidio oí a Hania e Irena conversar sobre lo que habían hecho. Franz regresó a Auschwitz y lo quemó todo: la mesa, las sillas, el juego de ajedrez y el cuerpo de Fritzsch. Tiró las cenizas en un lugar que no reveló a nadie, ni siquiera a Irena. Lo único que dijo fue que no estaba entre las víctimas de Auschwitz. Como Fritzsch debería haberse encontrado en la línea del frente, su desaparición se considerará una baja en combate. Nadie lo echará de menos y nadie lo buscará.

Se ha ido de este mundo, pero no de mí. Veo su cara, oigo su voz. «Te toca, prisionera 16671…».

Me levanto bruscamente de la cama para apartar sus mofas de mi mente. Es como lo que me dijo Hania cuando yo me negaba a salir de la cama y compartió conmigo sus propios recuerdos recurrentes: «Ni todos los cigarrillos y el vodka del mundo son suficientes para hacer desaparecer el pasado».

A lo mejor no estamos destinados a dejar atrás el pasado. A lo mejor estamos destinados a llevarlo con nosotros para unirnos a otros abrumados por el mismo peso y sobrellevarlo juntos. A lo mejor así es como encontramos la paz.

Tras dejar el artículo en una maleta abierta sobre el suelo, contemplo la ropa amontonada en mi cama. Los demás se han ido todos a la ciudad, pero yo me he quedado para acabar de recoger. Cojo mi uniforme de prisionera doblado. Otro objeto que miro cada día. Ha permanecido al pie de mi cama desde que me lo quité. Irena me ha dicho innumerables veces que saque «esa puñetera cosa de nuestra habitación», pero yo no lo he hecho.

Al cogerlo se desdobla. Mi uniforme es aún más fino de lo que era cuando lo recibí, tan fino que es prácticamente transparente. Las rayas azules y grises están deslucidas y gastadas, los dobladillos y los puños, raídos; la tela, hecha jirones y manchada. La tira blanca que luce en negro mi número de prisionera está desvaída y sucia, igual que el triángulo rojo y la «P» mayúscula. Hay una costura que recorre media espalda, donde cosí el desgarrón después de los latigazos. En el envés encuentro los diversos bolsillos que añadí a lo largo de los años para esconder cosas, aunque mi preferido es el que tiene solapa y botón. El del rosario del padre Kolbe.

Me levantó la manga de la bata para pasar el dedo por las cicatrices y la tinta oscura que destaca sobre mi piel pálida.

«En casa me llamaba Maria. En la Resistencia me llamaba Helena. Ahora me llamo 16671».

La familiar punzada me asalta la sien. Me concentro en respirar poco a poco y con regularidad mientras me aprieto con los dedos el lado de mi frente para eliminarlo. Al cabo de un momento la punzada se esfuma.

«Termina la partida, Maria».

Empiezo a preguntarme si alguna vez la terminaré.

Alguien llama a la puerta, así que me cubro el brazo, vuelvo a doblar el uniforme y lo introduzco debajo de los vestidos, pantalones y faldas que he tirado en la maleta. Irena siempre irrumpe sin llamar o sea que debe de ser Hania. Me ciño la bata y le indico al visitante que pase.

Mateusz entra en el cuarto. Se mantiene a distancia, la tirantez de su mandíbula acentuada por la sombra de una barba incipiente. No nos habíamos visto desde que pasé brevemente junto a él el día que entré tambaleándome en la granja, desencajada y cubierta con la sangre de Fritzsch. Como me prometió, había ido a despedirse de una buena amiga y se encontró con una chica que se había aprovechado de él, de su bondad y de su confianza. La mirada que me dirigió, en la que se combinaban la preocupación, la confusión, la sorpresa, la pena y la traición, me destrozó igual que yo lo había destrozado a él. Desde ese día no ha intentado venir a verme, y por supuesto yo tampoco se lo he pedido.

Por un instante no sé muy bien qué decir, aunque estoy segura de por qué ha venido.

–¿Aún no te has ido a América?

Gracias a Dios que la maleta me da otra cosa a la que mirar.

–La semana que viene. Franz dice que te va a llevar mañana a Varsovia, ya que el plan original... –Hace una pausa, como si nada pudiera describir de manera apropiada lo que sucedió con el plan original–. Cambió –concluye al final.

Una conclusión sencilla que resume por completo lo sucedido: al plan original, a mí, a él. A nosotros.

Espera, quizá creyendo que constatar el cambio es lo único

que hace falta para que yo le revele por qué sucedió. Tal vez sea mi oportunidad de salvar el último de los momentos que nos quedan. Pero para ello tendría que hacer un movimiento imposible. Carraspeo.

—Se me da fatal hacer la maleta. Si me perdonas, tendría que acabar.

Revuelvo los cajones de la cómoda haciendo ver que organizo las prendas.

El silencio es opresivo. Una parte de mí desea que Mateusz diga lo que ha venido a decir, pero otra preferiría alargar este instante en lugar de pasar al siguiente.

—No te habría dado esa carta si llego a saber lo que contenía.

Aunque estaba esperando las palabras, estas avivan algo en mi interior y me empujan hacia el borde del precipicio que tan bien conozco. Cierro el cajón de la cómoda y me vuelvo hacia él.

—No eras quién para decidirlo. La carta era mía.

—Lo tenías planeado desde el principio, ¿verdad? ¿Por qué me involucraste?

—Confiaba en ti y necesitaba ayuda.

—Y yo confiaba en ti, pero me mentiste. Durante años.

Espera, seguramente con la esperanza de que yo lo admita o lo niegue, pero no lo hago. No hay ninguna necesidad de confirmar una verdad que él ya conoce. A lo mejor lo que espera es una muestra de arrepentimiento.

Al ver que no reacciono se acerca a mí, rígido por la tensión.

—Dijiste que estabas preocupada. Nunca dijiste que fueras a enfrentarte a Fritzsch. Te ayudé a encontrarlo, te entregué su carta porque pensaba que te daría paz mental, pero en cambio podría haber hecho que te mataran. ¿No te das cuenta?

—Tenía que hacerlo.

–¿Por qué? ¿Qué mentira vas a contarme esta vez?

La dureza de su tono inflama mi ira.

–Tú no puedes entenderlo.

Mateusz menea la cabeza y retrocede hacia la puerta, como si no tuviera sentido llevarme la contraria.

–Bueno, Maria, encontraste a Fritzsch. Conseguiste lo que querías.

Basta con eso para que me asalten los recuerdos. Veo los cuerpos de mi familia, el brazo del padre Kolbe extendido con humildad mientras espera la inyección, el látigo que hace gotear mi sangre, el tablero de ajedrez en la plaza de recuento, la sonrisa despiadada de Fritzsch, y también escucho sus mofas, experimento hasta el último atisbo de terror, furia y dolor que me ha infligido, y luego oigo el chillido, el que siempre me pilla desprevenida cuando me doy cuenta de que es mío.

–¿Lo que quería? ¿Te crees que eso es lo que quería? ¡Todas las personas a las que amaba fueron asesinadas por su culpa! ¡Esto es por su culpa!

Me doy la vuelta y dejo que la bata se deslice y deje al descubierto mi espalda, desde los hombros hasta las caderas. El chasquido del látigo resuena en mis oídos mientras mis gritos ahogados señalan el aguijonazo de cada laceración. *Eins, zwei, drei…*

Mateusz toma aire con brusquedad y eso me levanta del suelo abrasador y polvoriento de la plaza de recuento y me devuelve a la fría habitación en la que estoy medio desnuda. Me cubro y me doy otra vez la vuelta. Él me mira como si me viera por primera vez.

–No voy a poner una excusa porque no la tengo –digo–, pero no me pidas que te lo explique. No puedo. Ni siquiera a Irena o Hania.

Me tiembla la voz; la punzada se cuela en mi cabeza. La rabia y el dolor se han convertido en parte de mí en la misma medida que estas cicatrices.

Me retiro junto a la ventana y espero a que Mateusz diga que mis palabras no le sirven, a que me pida una explicación porque se la debo, dado el alcance de mi engaño. Ansío su ira, ansío algo que me lleve a odiarlo tanto como seguro que él me odia a mí. Pero cuando habla, en su voz no hay ira ni odio.

—Quizá no puedas explicarlo hoy, ni mañana. Pero un día las palabras llegarán y, cuando eso ocurra, te escucharemos.

El alféizar que agarro con la mano es firme y sólido, y el cristal, suave y frío al apoyar la frente en él. El llanto me sobrecoge con una intensidad salvaje y repentina, y aunque no me suelto del alféizar, caigo de rodillas. Las manos de Mateusz encuentran mis hombros y me levantan del suelo. Debería darme la vuelta, pero en lugar de eso me rindo a su abrazo.

Estamos en lados opuestos de un abismo, uno que nunca desaparecerá. No puede hacerlo cuando los últimos años de nuestra vida han sido tan distintos. Pero a pesar de la imposibilidad de hacerle entender, creo que el hueco se ha reducido.

—Lo único que quería era que estuvieras en paz —murmura cuando levanto la cabeza y me seco las mejillas húmedas.

—Estoy más cerca. Y si pudiera hacerlo todo de nuevo, hay una cosa que habría hecho de manera distinta, Maciek. —Me trago el repentino temblor de mi voz y alzo la mirada hacia él—. Nunca habría hecho lo que te hice.

Mateusz me pasa el dedo por la mejilla, debajo de mi ojo, el mismo ojo que estaba morado cuando nos conocimos, y luego por la sien, donde el cañón de una pistola sujetada con firmeza me dejó una marca una vez. Se saca del bolsillo un trozo de papel desgastado y rasgado, pero cuando lo desdobla reconozco la letra. Es la mía. Es la primera carta que le escribí y me recita la última frase antes de la despedida.

–Todo perdonado.

Meneo la cabeza, sintiendo la extraña necesidad de combatírselo igual que combato el perdón cada vez que se me ofrece, pero he aprendido que esta es una partida que nunca voy a ganar. Si quiero perder con dignidad, debería aceptar ahora la derrota. Así que lo hago.

Mateusz me da la vuelta y me baja la bata hasta que queda sobre mi cintura, y yo cierro los ojos mientras él asimila la masa mutilada de carne que se extiende por mi cuerpo. Me pasa los dedos por las cicatrices y ese sencillo gesto ralentiza el intenso latido de mi corazón. Después vuelve a cubrirme y me doy la vuelta para mirarlo. Me acerca a él y yo levanto la cabeza y paso la mirada por su angulosa mandíbula, el arco de sus labios y la curva de su nariz hasta llegar a sus ojos. Sus ojos de un azul intenso. Él siempre ha visto a la chica, no a la prisionera.

Cuando sus labios rozan los míos, me abandono a la dulzura de sus caricias. Por alguna razón, Mateusz calma el frenético delirio que reina en mi interior.

Entre beso y beso susurra mi nombre, me susurra que me vaya a América con él y deje todo esto atrás. Un deseo que me resulta familiar atraviesa la sensación reconfortante que me produce su abrazo y el cálido hormigueo que sus dedos provocan en mi piel. Deseo de él, deseo de ser otra y no aquello en lo que me he convertido, una cosa creada por ese lugar. La voz chillona de mi cabeza interviene y me dice que ignore a la voz callada, y siento la tentación de escuchar sus gritos ensordecedores. Pero la voz callada es más sabia.

Una parte de mí sigue hecha añicos, un batiburrillo de piezas de ajedrez en un tablero en el que la estrategia se ha venido abajo dejando tras de sí confusión y caos. Encontrar el camino entre el desorden es un reto que solo yo puedo superar.

Una vez más, apoyo la cabeza en su pecho y cierro los ojos. Desearía tanto que las cosas fueran distintas.

–¿Sabes, Maciek? –murmuro–. Creo que en América hay oficinas de correos.

Una risa resuena en su pecho y vibra en mi oído.

–No me digas.

–No estoy segura, pero hay muchas posibilidades. –Levanto la cabeza para mirarlo–. A lo mejor te escribo un día. Pero si lo hago y no me contestas las cartas, que sepas que es de mala educación y debería darte vergüenza.

–No te preocupes, te contestaré. Es de mala educación no respetar los deseos de una chica.

Acerco sus labios a los míos una vez más. La voz chillona lo intenta por última vez, recordándome lo fácil que sería no separarme nunca de él.

Lo suelto con dulzura. A cambio, me aferro a este momento y a la promesa de que, un día, tal vez haya un siguiente.

Cuando Mateusz se va me quedo donde estoy, mirando las cartas metidas en la esquina de mi maleta. Al final va a resultar que no es un chico tan estúpido.

Capítulo 37

Varsovia, 7 de mayo de 1945

Irena nos había advertido de que Varsovia no era la misma, pero ninguna advertencia podría habernos preparado ni a mí ni a Hania para el regreso a lo que queda de nuestra ciudad. Los edificios, que en su día se erguían majestuosos y ornamentados, están reducidos a polvo, ceniza, ladrillos desperdigados y pedazos de cristal, mientras que las ruinas de otros edificios han sido retiradas y en su lugar solo queda un enorme agujero. El hueco me recuerda a los espacios vacíos en nuestras literas después de una selección. Las calles, que en su día florecían, están ahora abandonadas como resultado de las incontables muertes de civiles, las deportaciones y las huidas. Varsovia casi ha sido arrasada.

Era de esperar: mi ciudad está herida, magullada, casi destruida. Aunque yo hubiese encontrado la justicia que buscaba, eso no habría enterrado el pasado como era mi esperanza; ahora me enfrento a mi pasado y mi presente. Todos aquellos que hacían que Varsovia fuera hermosa –que fuera mi hogar– han perdido la vida. Mis actos erradicaron la belleza de mi vida y la dejaron en ruinas, igual que las bombas, las balas y la sangre han asolado mi ciudad. El hogar del que me marché ya no existe; se ha convertido en un reflejo de la vida que he creado.

A pesar del desastre en que se ha convertido la ciudad, la calle Hoża sigue siendo hermosa. Mientras Hania y yo nos paramos en la esquina, me acuerdo de las veces que recorrí esta calle de arriba abajo para ir al convento. Cada buen recuerdo me proporciona algo de consuelo, aunque esté teñido por el dolor en el pecho que tan familiar me resulta ahora y que ya no espero que me abandone nunca del todo.

–Cuatro años –murmura Hania, más para ella misma que para mí–. Hace cuatro años que no veo a mis hijos. Y nunca me imaginé que me enfrentaría a este día sin mi marido.

Le pongo la mano en el antebrazo, aunque no estoy segura de que se dé cuenta.

–¿Seguro que quieres que me quede?

Ella asiente sin apartar la mirada del convento.

Nuestros tacones repiquetean sobre los adoquines mientras caminamos calle abajo. Tras llamar al timbre, una hermana nos lleva al patio donde los pájaros pían y la brisa silba a través de los árboles. La calma que se respira contrasta vivamente con los nervios que me arrasan por dentro. Esperamos cerca de la estatua de san José mientras ella va a buscar a su superiora.

Hania se queda a mi lado con una expresión de preocupación en el rostro, las manos juntas, tan blanca e inmóvil como la estatua. Parece mucho mayor de lo que es. Mayor, cansada, esperanzada, petrificada. Cuatro años de un sufrimiento indescriptible la han llevado a este momento. Le tiendo la mano; ella se agarra a mi brazo y no me suelta.

Cuando aparece la madre Matylda, me aprieta con más fuerza.

Se queda un momento así y luego me suelta y se acerca apresuradamente a la madre Matylda y la coge de la mano. Me da la sensación de que lo hace con tanta fuerza que temo que le haga daño a la anciana madre provincial, pero la madre Matylda la agarra con la misma intensidad.

—Dígame que están a salvo —dice Hania, las palabras atropelladas y teñidas de urgencia, aunque se le quiebra la voz—. Por favor, que no estén…

—Ay, querida niña, perdóname. No era mi intención asustarte —contesta la madre Matylda, colocándole una mano sobre la mejilla en un gesto tranquilizador—. Quería compartir con vosotras lo que hemos averiguado mis hermanas y yo desde que Maria nos contactó. La madre de Maria, Natalia, nos trajo a tus hijos. Trasladamos a Adam y Jakub a nuestro orfanato en Ostrówek. —Le dedica una leve sonrisa—. Y están vivos.

Por un instante Hania se queda demasiado anonadada para contestar; luego, con un sollozo, cae de rodillas. Agacha la cabeza bajo el peso de la noticia y besa la mano cubierta de arrugas de la madre provincial. Con una agilidad sorprendente, la madre Matylda se arrodilla a su lado, con la cabeza inclinada y los ojos cerrados, y mece a Hania como si fuera uno de los niños a los que las hermanas han salvado.

Yo cierro los ojos y regreso a la sala de estar de mi familia, donde Mama y yo mantuvimos tantas conversaciones en susurros imaginando momentos como este, con la esperanza de reunir a familias que habían sido separadas. «No podemos imaginarnos lo que han sufrido, pero debemos hacer lo que podamos para aliviar su dolor». Es el consejo que siempre me daba. Mientras le susurro en silencio mi agradecimiento por su incansable esfuerzo, su entusiasmo, su compasión, noto su alivio y su alegría tan nítidamente como los míos.

Cuando Hania se calma, la madre provincial le seca una lágrima que le ha quedado en la mejilla.

–¿Te gustaría ver a tus hijos?

Hania tarda un momento en encontrar su voz.

–¿Están aquí?

–Después de localizarlos los trajimos aquí lo antes posible. Les he explicado la situación para que entiendan que son judíos. Y lo siguen siendo –añade la madre Matylda al tiempo que le da un apretón en la mano para tranquilizarla–. No hemos bautizado contra la voluntad de sus padres a nadie que haya acudido a nosotras.

Hania parpadea, como si estuviera demasiado abrumada para procesar todo lo que ha escuchado. Otra lágrima le rueda por la mejilla. Sigue aferrada a la madre Matylda, como si soltarla fuera a hacer desaparecer todo lo que ella le ha devuelto.

–Antes de ver a tus hijos, Hania, debes recordar que eran muy pequeños cuando os separaron y ahora…

–No se acuerdan de mí. –Agacha la cabeza en un sutil asentimiento, aunque le tiembla la voz–. Lo entiendo, madre. Por favor, tráigame a mis *kinderlach*.

La madre Matylda me hace una seña para que me acerque. Una vez estoy con ellas, hace poner de pie a Hania y luego desaparece en el interior del convento.

La mano temblorosa de Hania alcanza la mía: la suya de un intenso color aceituna, la mía tan blanca como el juego de té de porcelana de Mama. Me imagino a mi madre cogiendo a Jakub de la mano, guiándolo a través de las alcantarillas, mientras acuna a Adam en sus brazos, y los veo aquí, en este preciso lugar, sucios y agotados, pero vivos. Las hermanas lavarían y darían de comer a los niños mientras Mama se cambiaba, hacía un hatillo con la ropa sucia para ocultar lo que había hecho y se apresuraba a regresar a casa antes de que mis hermanos se despertaran.

Ojalá Mama hubiera sabido que esos niños a los que rescató eran de la mujer que un día rescataría a su propia hija.

La madre Matylda regresa con dos niños de pelo moreno cogidos uno de cada mano. Un grito ahogado escapa de los labios de Hania mientras su temblor me recorre con tanta fuerza como si fuera mío. Jakub nos estudia con sus ojos oscuros, primero a Hania, luego a mí, luego otra vez a ella; los ojos de Adam son grandes y nos observan con curiosidad. Hania da varios pasos hacia sus hijos, se para, aunque es evidente que le cuesta, y espera. La madre Matylda junta la mano de Jakub con la de Adam. Ambos esperan sus instrucciones, así que ella les hace un gesto con la cabeza para animarlos.

Lentamente, Jakub conduce a Adam por el patio. Al llegar junto a su madre se quedan quietos mientras ella cae de rodillas. Me imagino que lo que más desea es rodearlos con sus brazos y cubrirlos de besos, pero espera a que le den permiso por miedo a abrumarlos. Los miro conteniendo la respiración y rezo por que Jakub se sumerja en las profundidades de su memoria y reconozca a la pobre mujer que lo ha perdido todo y que ha pasado cuatro agonizantes años esperando este momento. Sin duda tiene que recordar algo, lo que sea, de la madre que tanto lo quiere.

Hania estudia a los niños que han florecido a partir del pequeño y el bebé que ella conoció, y absorbe hasta el mínimo detalle.

–¿Sabéis quién soy?

–Te llamas Hania y eres nuestra madre. Es lo que Matusia Matylda ha dicho –contesta Jakub, y yo sonrío al oír el entrañable apelativo–. Dice que yo me llamo Jakub, no Andrzej, y que Henryk se llama Adam.

Hania asiente y se esfuerza por contener una nueva oleada de lágrimas mientras murmura en yidis. Jakub entorna los ojos y mira a la madre Matylda en busca de una explicación. La madre provincial le dedica una mirada comprensiva a Hania y, una vez más, se me hace un doloroso nudo en el corazón. Ninguna de las hermanas ha podido ayudar a Jakub para que no olvidara su idioma. El que Adam no ha tenido la oportunidad de aprender.

Hania también debe de haberse dado cuenta y se interrumpe en medio de una frase. Traga saliva y saca el retrato familiar que ha guardado durante todo el tiempo que pasamos en el campo. Tras entregárselo a sus hijos, señala sus caras.

—Esa soy yo y esos sois vosotros.

Sus hijos observan la imagen y luego Jakub se dirige a ella.

—Estás distinta.

Ella se ríe.

—Tú también. La fotografía es de hace cuatro años. Y este es vuestro padre, Eliasz.

—¿Dónde está? —pregunta Adam.

—Un día volveremos a verlo —dice Hania en voz baja, aunque le tiembla la voz, y les coge las manos entre las suyas. Adam da un paso más hacia ella, confiado, y aunque Jakub aún no parece estar seguro del todo, no se suelta—. Erais muy pequeños cuando tu padre y yo os mandamos lejos para que estuvierais a salvo. Os echábamos muchísimo de menos, pero Matusia Matylda podía protegeros de una forma que nosotros no podíamos. Aunque no estuviéramos juntos, os he mantenido a mi lado cada día porque pensaba en vosotros, os echaba de menos y os quería. ¿Te acuerdas del día que os marchasteis?

Jakub niega con la cabeza. Adam hace lo mismo, como si se sintiera excluido. Aunque yo esperaba la respuesta, sigue siendo descorazonadora.

–No pasa nada porque yo sí que lo recuerdo. Adam, tú eras un bebé…

–¿Así? –Se señala a sí mismo en la fotografía.

–Sí, exactamente así. Jakub, tú apenas tenía tres años, pero me prometiste que serías un niño valiente. Y veo que has mantenido tu promesa. ¿Seguirás siendo valiente?

Tras pensárselo un momento, él asiente.

–Y Adam, ¿tú también serás valiente?

Adam rodea con los brazos el cuello de Hania en un abrazo entusiasta.

–¡Sí, Mama!

Dejo que Hania disfrute del reencuentro con sus hijos y le prometo que volveré después de ir a la calle Bałuckiego. No estoy segura de que nuestro apartamento haya sobrevivido a la destrucción o de que quede algo del hogar que un día conocí, pero necesito averiguarlo.

Una vez fuera del convento, camino hasta el final de la calle y veo a Irena, que viene a reunirse con nosotras después de haberle presentado a Franz a su madre.

–Volveré en un rato –digo mientras paso a su lado, pero ella me coge del brazo y me obliga a pararme.

–No lo hagas.

Desconcertada por su tono acuciante, me vuelvo hacia ella. Por la expresión de su cara es evidente que sabe exactamente adónde me dirijo.

–¿Ya no está? –susurro, aunque no estoy segura de poder soportar la respuesta.

–No… Bueno, el edificio sigue en pie y han saqueado el piso, pero para contestar a tu pregunta, no, ya no está. –Afloja la presión con la que me sujeta y la miro a los ojos, rebosantes de compasión–. Dejó de estar en el momento en que la Gestapo irrumpió dentro y os puso bajo custodia.

Se me hace un nudo en la garganta. Claro que ya no está. Ellos ya no están, pero oírselo decir a Irena le confiere un carácter definitivo.

Necesito volver. Para afrontar lo que he hecho. Creía que enfrentarme a Fritzsch me traería algo parecido a la paz, pero Varsovia no es más que otro recordatorio. Toda la felicidad que un día conocí ha sido destruida. ¿Por qué debería librarme de las consecuencias de mis actos?

La calle Bałuckiego y los adoquines sueltos con los que mi hermana siempre tropezaba. El taco del bastón de mi padre resonando sobre la escalera que llevaba a nuestro apartamento. Mi hermano suplicando que le dejaran ir al parque Dreszera. Mi madre recogiendo geranios del jardincillo que teníamos en el balcón y colocando las flores rosas y blancas en su jarrón de cristal favorito. Mi hermoso juego de ajedrez Staunton en nuestra salita.

El hogar que destruyó la Gestapo. Por mi culpa.

Intento marcharme de nuevo, pero Irena me sujeta con firmeza. A lo mejor tiene razón; a lo mejor no tengo por qué verlo, no cuando puedo cerrar los ojos y revisitar ese día con un dolor renovado cada vez. Cuatro años he dedicado a la justicia, esperando que esta me consolase. Me marché de Varsovia siendo una niña rota; ahora he regresado como una chica rota. Las cosas rotas, aunque se reconstruyan, siguen estando agrietadas, son imperfectas, nunca vuelven a estar completas del todo.

Un viento frío sopla sobre nosotras y cruzo los brazos para protegerme de él al tiempo que Hania sale del convento con un hijo a cada lado. Mientras se acercan, tomo aire, vacilante, y miro a Irena.

–¿Qué hago ahora?

Ella se ríe.

–Maldita sea, Maria, eres más tonta…

Ahora no es momento de frivolidades. Abro la boca para protestar, pero Irena ya ha echado a andar con su habitual paso rápido hacia el piso de su familia. No baja el ritmo, pero nos llama por encima del hombro.

–Venga, nos vamos a casa.

Al entrar en el piso de los Sienkiewicz me acuerdo de la niña que vino aquí con su madre, contando el tiempo que faltaba para su primer día de trabajo en la Resistencia. Qué joven era, qué entusiasta. En muchos sentidos sigue siendo la misma casa reconfortante y acogedora, aunque hay una pesadumbre en el ambiente que antes no estaba. La guerra ha dejado su huella en este lugar, igual que en todos nosotros; estamos magullados, casi destruidos, pero seguimos en pie.

Irena lleva a Hania y a los niños hasta el suelo de la sala, donde Franz está sentado con una niña y rodeado de juguetes y juegos; seguramente son de Irena cuando era pequeña porque son todos antiguos. La niña abraza una muñeca y pasa la página de su libro ilustrado, que es demasiado pequeña para leer. Tiene el pelo de un castaño dorado recogido con una cinta rosa y lleva un vestido sencillo, sin importarle la falda porque está sentada con las piernas abiertas. Por debajo de la redondez que aún conserva, reconozco la estructura alta y esbelta del cuerpo de su madre, pero antes de que Irena pueda llamarla, la señora Sienkiewicz sale de la cocina.

Está más delgada de lo que la recuerdo, fruto de algo más grave que las raciones escasas. Cada arruga de su rostro y cada surco de su ceño cuentan una historia de sufrimiento y lucha. De perder a su marido y casi a su hija a proteger a su nieta de todo, al tiempo que pasó llevando a niños judíos para ponerlos a salvo y desempeñando un papel fundamental en la Resistencia. Esta mujer valiente y generosa, la mejor amiga de mi madre.

Sin decir una palabra, me planta tres besos en las mejillas y me abraza, y yo la rodeo con mis brazos. Se estremece y, al soltarme, observa los ojos de Tata, la nariz de Mama, todas las piezas de mi familia que se han combinado en mí.

Las lágrimas brillan en sus ojos, lágrimas de comprensión, de cariño; yo bajo la vista, incapaz de soportarlo. No puedo cuando la verdad sigue al acecho dentro de mí, como ha hecho durante tanto tiempo, liberada solo cuando se la conté al padre Kolbe. Un día la oirán de mi boca. Un día, si logro ser capaz de revelar la verdad sin que me asalten los recuerdos que la acompañan.

Tras besar a su hija, la señora Sienkiewicz coge el pequeño crucifijo de Irena entre los dedos. Lanza un melancólico y breve suspiro antes de que Irena le cubra la mano con la suya.

—Ya queda poco, Mama —dice, y la voz se le rompe de repente—. Casi ha terminado.

—Dios lo quiera —responde ella en voz baja, y pestañea para disipar las lágrimas mientras mira cómo Franz señala una ilustración del libro de Helena y los labios de la niña se curvan en una leve sonrisa—. Witold dice que Patryk los habría adorado a los dos.

La miro con sorpresa.

—¿Pilecki?

Ella asiente.

—Durante la invasión, sirvió en la decimonovena división de infantería junto con mi marido. Eran muy buenos amigos.

—Mientras Mama trabajaba en la Resistencia, mantuvo el contacto con Witold y el Ejército Nacional, y cuando me atraparon, le pasó un mensaje –dice Irena–. Fue él quien organizó el soborno que me salvó la vida.

–Sí, y hoy ha venido a… –La señora Sienkiewicz se interrumpe–. Da igual, será mejor que os instaléis primero.

Se retira e Irena me hace un gesto para que la siga. Cuando llegamos junto a Helena, se agacha a su lado y la niña levanta la vista de su libro y sonríe.

–Helena, esta es la prima de Mama –dice Irena con una sonrisa juguetona, lo que me recuerda a nuestra farsa preferida en la Resistencia–. Puedes llamarla tía Maria.

Helena me mira y se fija en mi tatuaje, que queda a la vista porque las mangas de mi blusa de flores me llegan hasta los codos. Antes de que pueda explicar nada, ella tira del brazo de Irena.

–¿Qué haces, tontita? –ríe Irena mientras Helena intenta girarlo hacia arriba.

–¿Dónde está el número?

–¿Qué número?

–¡El número, Mama! Como el de la tía Maria.

La sonrisa de Irena se esfuma al tiempo que ella se ruboriza. Coge la mano de su hija para poner fin a la impaciente búsqueda.

–Basta.

Sobresaltada por la brusquedad del tono de su madre, Helena se queda inmóvil, como si no estuviera segura de qué es lo que ha hecho mal.

–Tu madre no tiene número, Helena, pero ¿te gustaría ver el mío?

Después de la reprimenda, la niña mira con incertidumbre a Irena, que asiente para darle permiso. Con confianza renovada, Helena se acerca a mí y estudia mi tatuaje.

–¿Por qué te has pintado?

–No me he lo he hecho yo, me lo hizo otra persona. Mira, no se va. –Froto los números con el dedo para demostrárselo.

Con los ojos muy abiertos, Helena pasa un dedo rechoncho por las marcas para confirmar lo que le he dicho, antes de colocar un dedo sobre cada número y decirlos en voz alta.

–Uno. Seis. Seis. Siete. Uno. Uno, seis, seis, siete, uno. –Su sonrisa triunfal se esfuma al observar los números de nuevo–. Mama dice que hay que dibujar en un papel.

–Eso es. Si te hicieras un dibujo en la piel igual no te lo podrías quitar, como el mío.

Helena asiente con solemnidad y luego corretea hacia Irena, que la espera con los brazos abiertos, la coge y le da un beso en la mejilla. Por encima de la cabeza de su hija me dedica una leve sonrisa de agradecimiento y yo me paso el pulgar por el tatuaje. Cuando Helena ha recitado la secuencia esperaba que el dolor de cabeza apareciera, pero no ha sido así.

Alguien llama a la puerta. Con el ceño fruncido, Irena le hace un gesto a Franz para que abra y él la complace; y allí en el pasillo está Izaak.

Apenas reconozco su cara. Aunque aún lucha por recuperarse, como todos, aprecio una diferencia significativa en comparación a cómo estaba hace cuatro meses. Su piel, curtida por años de trabajos forzados, irradia una calidez desconocida; tiene el pelo oscuro y brillante, se ha dejado crecer una barba densa y los sitios donde antes no había nada más que piel y huesos ahora alardean de músculos. Sigue habiendo una extraña oscuridad en sus ojos, pero mientras Hania ahoga un grito y lo rodea con los brazos, la dureza se suaviza.

–Pensaba que no volverías a Varsovia hasta el final del verano –dice ella al tiempo que lo suelta.

–Hemos encontrado al criminal de guerra al que buscaba y nos hemos encargado de él –responde Izaak–. Así que he regresado a Varsovia y me he puesto en contacto con Witold. Él me ha dicho que estarías aquí.

Izaak no revela el nombre del criminal de guerra, pero por la mirada que le dedica a Hania sé exactamente a quién se refiere. Protz. Al final, el golpe en la cabeza no lo mató. Hania da un paso atrás y se lleva una mano temblorosa a la boca y luego a los ojos, que se le han llenado de lágrimas. Izaak tira de ella, le murmura algo en yidis y le da un beso en la mejilla.

–Pasa, Izaak, siéntete como en casa –dice la señora Sienkiewicz–. Pensar que Hania y tú sois familia de estos niños tan dulces… –Les dedica una cariñosa sonrisa a Jakub y Adam–. Cuando estuvimos en el orfanato de Ostrówek, Helena jugaba todo el tiempo con ellos. Eso fue antes de que supiéramos que era la madre de Maria quien los había sacado del gueto o que Hania era amiga de Irena y Maria. Menuda coincidencia, ¿verdad? Es como si todos los que estamos aquí estuviéramos destinados a encontrarnos.

Le paso los brazos a Izaak alrededor de la cintura y él me devuelve al abrazo, tímidamente al principio y luego con más fuerza.

–Las cosas que nos dejaste a Hania y a mí nos salvaron la vida –dice.

–Hania fue la que consiguió la mayoría de esas cosas. Se le daba mucho mejor que a mí hacer trueques. –Le doy un empujoncito en dirección a su hermana–. Ahora creo que a tus sobrinos les gustaría pasar un rato con su tío.

Con una sonrisa, Hania coge a Izaak de la mano y lo lleva junto a los niños. La señora Sienkiewicz va de un lado a otro, preocupándose de todos, y prepara un *goulash* de ternera con la carne y las verduras que ha traído Franz de la granja. Después de la cena nos reúne a todos en la sala y, antes de hablar, respira agitada.

–Alemania ha firmado hoy la rendición total e incondicional, y los Aliados la aceptarán formalmente mañana. La guerra ha terminado.

Se hace el silencio. Hemos esperado durante tanto tiempo esta noticia que parecía que nunca llegaría; ahora está aquí, es real. Varios suspiros de alivio y plegarias dando las gracias a Dios rompen el silencio al tiempo que una repentina rigidez me atenaza el pecho. La pesadilla de la guerra ha terminado, pero la mía no. A veces siento que el final está cerca, cuando estoy rodeada de estas personas, cuya presencia me da fuerza y me sostiene. Otras veces me siento igual que aquel primer día en Auschwitz, cuando encontré a mi familia y me di cuenta de que la vida que conocía se había hecho añicos y jamás volvería a existir. ¿Qué es la vida después de la guerra? Regresar a la vida que abandonamos es imposible y, sin embargo, crear una nueva parece casi inviable. Lo que hacemos es vivir, luchar y sobrevivir mientras los recuerdos –el pasado– persisten.

A medida que todos empiezan a charlar en voz baja, Irena me lleva a su cuarto. Una vez allí, saca una caja de debajo de la cama y pasa un dedo por la tapa cerrada.

–La tengo desde el 27 de mayo de 1941. Al ver que no te presentabas para nuestro trabajo en la Resistencia, ese día fui a vuestro apartamento. Aunque no creía que sobrevivirías para reclamar tus pertenencias, cogí esto antes de que los saqueadores pudieran ponerle las manos encima. De esa manera, si alguien aparecía preguntando por ti, tendría algo que darle. No es mucho, pero es algo.

Irena sostiene la caja frente a mí. Le quito la tapa lentamente y saco los objetos que hay dentro, uno a uno. Tres de los soldaditos de juguete de Karol y dos de las cintas para el pelo de Zofia. El fedora gris preferido de Tata, con el ala ancha y la cinta de gorgorán azul y el jarrón de cristal favorito de Mama. Nuestros rosarios. Lo mejor de todo: un retrato familiar enmarcado. Es la última foto que nos hicieron a todos juntos, y recuerdo con nitidez ese día de abril de 1941. Nos vestimos con nuestras mejores galas y nos pasamos horas con el fotógrafo, que tomó una fotografía tras otra hasta conseguir la imagen perfecta. Fue pocas semanas antes de que todo cambiase.

Miro a Irena, pero no puedo hablar debido a las lágrimas que me atenazan la garganta y me nublan la visión.

–No te olvides de esto.

Saca algo que ni siquiera he visto porque estaba demasiado distraída con los recuerdos. Varios fajos gruesos de eslotis, dinero que seguramente mis padres retiraron de su cuenta bancaria y escondieron en el apartamento. Apenas les echo una ojeada.

–Y esto no cabía en la caja.

Irena mete la mano bajo la cama y saca el bastón de Tata. La madera es tan oscura y noble como la recordaba, y aunque la empuñadura de plata está deslustrada, sigue siendo tan hermosa como antes. Al agarrarla, la noto suave al tacto, gastada por el uso. Apoyo el bastón en el suelo y lo cojo con ambas manos. De repente es lo único que me sostiene en pie.

–Una cosa más. Esto tampoco cabía en la caja.

Dejo el bastón de Tata sobre la cama mientras Irena busca debajo una vez más. Esta vez, lo que saca es mi juego de ajedrez.

Paso el dedo por el tablero a cuadros antes de levantar la tapa y dejar a la vista el interior forrado de fieltro verde, donde las piezas de madera están colocadas en compartimientos individuales. Están todas allí, más bellas aún de lo que las recuerdo, y doy vueltas a las delicadas tallas entre las manos. La última partida que jugué con estas piezas fue con mis padres la noche antes de nuestro arresto. Cojo un peón blanco. La laca está descascarillada, seguramente de cuando la pieza cayó al suelo durante la redada de la Gestapo. Por alguna razón, eso me hace agarrarla con más fuerza.

—Maldita sea, debería haberte dicho algo antes. —Irena suspira y se aparta un mechón de pelo de la cara, tal vez porque interpreta mi silencio como incomodidad—. Si ya no lo quieres después de… —Deja que su voz se apague, seguramente al recordar el tablero salpicado de sangre en la plaza de recuento, y luego continúa—: Si el ajedrez…

Niego con la cabeza para interrumpirla. A pesar de todo, el ajedrez sigue siendo mío. Siempre lo será. Este juego de ajedrez me recuerda a un padre que dio a su hija este tablero y le enseñó a jugar, y a una chica que sacó fuerzas de un minúsculo peón hecho a mano.

—Sabes lo que significa esto, ¿verdad, Irena? —preguntó, sonriendo a través de mis lágrimas—. Ahora tendrás que dejar que te enseñe a jugar.

—Mierda —murmura ella, pero quiero pensar que detecto cierto afecto en su tono, y no se queja cuando le rodeo el cuello con los brazos y le doy un beso en la mejilla.

Se oye un suave golpe con los nudillos en la puerta antes de que Hania cruce el umbral.

—Wiktoria se pregunta por qué habéis desaparecido, así que, si interrumpo algo, que quede claro que la *yenta* es ella y no yo.

—Madre mía, no va a dejar que desaparezcamos de su vista nunca más —dice Irena con un suspiro.

Hania suelta una risita y está a punto de darse la vuelta cuando ve las cosas que he dejado sobre la cama. Se acerca y coge con ambas manos el retrato; luego pasa el dedo por cada una de las caras y termina con la de Mama.

–¿Se lo puedo enseñar a los niños? –pregunta–. No quiero que la olviden nunca. Ni a ninguna de vosotras –añade mirándonos alternativamente con los ojos brillantes.

Otra realidad de la guerra: aquellos que sobreviven juntos pueden verse obligados a separarse a su fin. Esta guerra ya me ha robado a mi familia; me niego a aceptar más pérdidas, pase lo que pase en el futuro. Si algo se interpone entre nosotras, encontraremos la manera de volver a reunirnos.

Irena mira hacia la puerta.

–Debería ir con los demás antes de que Mama se crea que me he escapado para convertirme en una nazi de pega otra vez –dice, pero yo le pongo la mano en el antebrazo para evitar que se vaya.

Vuelvo a sentir la pequeña punzada de dolor en la cabeza al anticipar lo que estoy a punto de decir. Tomo aire brevemente para aliviarlo.

–Ambas os merecéis que os dé un montón de explicaciones y quiero dároslas, pero no si sé si soy capaz todavía. Os prometo que me seguiré esforzando.

–Cuando estés preparada, *shikse* –dice Hania al tiempo que toma mi mano entre las suyas.

Irena asiente.

–Solo cuando realmente lo estés.

Intento decir algo más, pero no se me ocurren las palabras, así que no las fuerzo. En lugar de eso acerco a mis amigas y las piezas desperdigadas de mi vida dejan de importar. Cuando nos rodeamos con los brazos, la paz disipa el caos y mi corazón reconoce su hogar. Juntas nos ayudaremos mutuamente a recoger las piezas caídas.

Tras regresar a la sala, todo el mundo se reúne en un círculo alrededor de la mesita de centro; Hania se sienta frente a mí, flanqueada por Adam y Jakub. Irena está sentada a mi lado con Helena en el regazo y Franz se acomoda junto a ellas. Izaak y la señora Sienkiewicz se sientan en el sofá y miran cómo Hania y yo disponemos el tablero y las piezas.

–¡Es un caballo! –exclama Adam mientras sostiene un caballo negro.

–Así es. Tendría que haber dos negros; pon uno aquí y otro aquí.

Hania señala las casillas b8 y g8.

Helena estudia la pieza que ha cogido y se la enseña a Irena.

–Una torre –dice.

–Sí, esas son las torres y van en las esquinas. –Señalo las casillas–. Pon las dos blancas en las esquinas de mi lado, y las dos negras van en las esquinas de la tía Hania.

–¿Cómo se gana? –pregunta Jakub al tiempo que coloca el último alfil de Hania en su sitio.

–Esa es la única pregunta que me sé –dice Irena–. Hay que poner al otro jugador en jaque mate.

Dispongo mi último peón.

–Mira cómo jugamos, Jakub, y te enseñaré lo que es un jaque mate dentro de unos minutos.

–*Oy vey*, ¿ya te estás regodeando, Maria? –pregunta Hania al tiempo que me dedica una sonrisa competitiva–. Es un poco pronto todavía, incluso para ti.

Mientras Hania y yo comenzamos la partida, vamos explicando las normas para satisfacer la curiosidad de los espectadores. Los niños observan con los ojos muy abiertos y nos interrumpen para hacernos preguntas o sugerir con entusiasmo cuáles deberían ser nuestros siguientes movimientos. Al llegar a la fase final de la partida hago mi movimiento definitivo, comparto con todos lo que significa y sonrío a Hania.

–Jaque mate, Bubbe. Y por ser tú, no voy a regodearme más.

Ella se ríe.

–Una partida excelente, *shikse*. Te toca, Irena.

Se hace a un lado y se sube a sus hijos al regazo para ceder su sitio frente a mí a Irena, a pesar de que a esta se la ve claramente reticente.

En cuanto los pequeños terminan de colocar las piezas, comenzamos a jugar. Dejo que Hania haga de instructora; al fin y al cabo, es la primera partida de Irena. Puede que me guste ganar, pero aún me gustan más los desafíos. Mientras mis dedos vuelan sobre el tablero que tan bien conozco, ideando estrategias y planes y prediciendo su siguiente movimiento, siento que soy más yo misma de lo que he sido desde la liberación. Por encima de todo, me siento viva.

Estoy viva. Estoy a salvo. Y soy libre.

Sigo teniendo la sensación de que la partida que he jugado durante tanto tiempo sigue inacabada, pero cuando aprendí a jugar al ajedrez uno de los mejores consejos que me dio Tata fue que me tomara mi tiempo. Que pensara bien cada movimiento y luego hiciera la jugada en el momento adecuado. «Termina la partida, Maria». Tarde lo que tarde.

Del peor de los sufrimientos y la devastación de las pérdidas nace una clase especial de resiliencia, compartida solo por aquellos que también lo han vivido. Cada golpecito de las piezas de ajedrez sobre el tablero, cada suspiro y cada carcajada llenan la atmósfera de la sala y hacen que una sensación de calidez embargue mi corazón. Estas son las voces que el mal trató de acallar, las voces del coraje, la bondad, la fuerza, la inteligencia. Las voces de la resiliencia. El amor sanará a aquellos ultrajados por el odio y sus valientes espíritus y sus almas compasivas los guiarán a través de la oscuridad hasta la vida que los espera más allá.

Epílogo

Auschwitz, 10 de octubre de 1982

Este lugar. Este lugar al que creía que nunca volvería. No habíamos regresado a Europa desde que emigramos a Nueva York varios meses después del final de la guerra. Juntos, hemos sobrevivido; juntos, hemos reconstruido. Aunque los dolores de cabeza y los recuerdos dejaron de asaltarme tan a menudo una vez les conté a mis amigas por qué había regresado a Auschwitz después de escapar, no hablamos de nada más de lo que había ocurrido durante la guerra. Tuvimos que soportarlo una vez, y una vez fue más que suficiente. Pero hace unos meses, mientras planeábamos el viaje a la Ciudad del Vaticano para la canonización del padre Kolbe, Hania propuso que fuéramos también a Varsovia, y la voz callada me susurró que tenía que regresar a este lugar. La voz chillona protestó, pero decidí escuchar al susurro. Siempre lo hago.

Una neblina de la que se escapan pequeñas gotas cubre la mañana. Han pasado treinta y siete años desde la última vez que estuve en este preciso sitio, una chica de dieciocho años, herida y rota, que buscaba justicia, y cuarenta y uno desde que llegué por primera vez, una niña de catorce años que no tenía ni idea de los horrores que le esperaban más allá de la verja, la misma verja que me contempla desde la distancia.

ARBEIT MACHT FREI

Me saco el rosario del padre Kolbe del bolsillo y paso los dedos por las cuentas azul celeste. Está desgastado después de usarlo durante décadas, pero es una de mis posesiones más preciadas. Cierro la mano sobre el crucifijo de plata y recuerdo la noche que el padre Kolbe –ahora san Maksymilian Kolbe– me lo puso con dulzura en la palma de mi mano. Aunque aquellas primeras semanas en Auschwitz fueron los días más oscuros de mi vida, este rosario es del hombre que dio a una niña torturada el valor para vivir, luchar y sobrevivir.

Tras guardarme el rosario, inspiro hasta que el aire helado me llena los pulmones, apartando de mi mente las memorias que la invaden. Los recuerdos me vendrán. Y cuando lo hagan, me enfrentaré a ellos.

Hay visitantes procedentes de todas partes del mundo que pasan junto a mí, murmurando cada uno en su idioma, sacando fotos, haciendo preguntas y escuchando a sus guías turísticos. En lugar de cruzar la verja, comienzo mi trayecto de tres kilómetros hacia el oeste, ese camino que tantas veces recorrí. Un guía intenta convencerme de que espere al autobús que te lleva de un campo a otro, pero yo niego con la cabeza. Si fui capaz de recorrer esa distancia siendo una niña hambrienta y magullada, lo puedo hacer ahora que soy una mujer adulta y sana.

Llego al sector de mujeres de Birkenau y no me detengo hasta regresar a mi bloque. A diferencia de otros barracones, el mío no ha sido destruido. Varios turistas salen en fila al tiempo que yo entro. Avanzo sobre el suelo irregular hasta que llego a la litera superior en la que Hania y yo pasamos tantas noches tiritando y acurrucadas juntas para protegernos del frío implacable. Hay una rosa y una piedra sobre las tablas de maderas, ambas en recuerdo de las muertas.

Respiro hondo y luego me arrodillo delante del ladrillo suelto y lo levanto. La mano que lo sujeta está blanca, aunque teñida de un color rosado, con algunas arrugas y manchas de edad y marcas de viejas cicatrices. Esta mano ha sujetado este ladrillo muchas veces antes; en esa época cenicienta y agrietada, cubierta de callos, arañazos y moratones, irreconocible debajo de las capas de suciedad. Cómo han cambiado las cosas.

Ahora que he dejado al descubierto el hueco en la tierra, miro dentro. Ahí está, justo donde la dejé. La bolsita de joyas que utilizaba para guardar las piezas de ajedrez.

Con manos trémulas me echo los guijarros y las ramitas en la mano. Están todos. Una sonrisa melancólica me baila en los labios mientras los dispongo sobre mi antigua litera, y luego devuelvo la bolsa a su escondite y la cubro de nuevo con el ladrillo.

Regreso al campo principal, aún a pie, pero me detengo antes de cruzar la verja. Siento ya cómo se me acelera el corazón. No estoy segura de poder hacer que mis pies sigan avanzando. Mientras vacilo frente al letrero, dos mujeres aparecen cada una a un lado de mí, y no me hace falta volver la cabeza para reconocerlas. Mi corazón siempre reconocerá a las que lo han mantenido con vida.

—No teníais que venir.

—Y tú no tenías que hacer esto sola. Hemos decidido darte la opción de cambiar de idea.

Una delicada sensación de calidez me recorre el cuerpo y me vuelvo hacia Irena mientras ella se aparta un mechón de pelo de la frente. Lleva el flequillo teñido de castaño, un poco más oscuro del que una vez fue su color natural.

Según Irena, las canas que le han salido le quedan como el culo y la hacen parecer vieja. A mi otro lado, Hania se ciñe la gabardina. Los ojos, con arrugas en las comisuras, le brillan al contemplar este lugar a pesar de la desolación que reina en él. No se irá ni aunque se lo ordene.

Me llega el sonido de otros pasos. Cuando su dueño llega a mi lado le doy un beso en los labios, pero sé que si me refugio en su abrazo no tendré fuerza para salir de él. Me aparto de golpe.

–Maciek –empiezo, pero es lo único que logro decir antes de que mis ojos se crucen con los suyos, de ese color azul que tan bien conozco, y las palabras se me queden atascadas en la garganta.

Esta mirada, la que siempre me ha reconocido; esta mirada, mi refugio durante tantos años difíciles, la mirada que ha traído momentos de luz a la oscuridad. Esta mirada y esos momentos que volví a encontrar en cuanto pisé suelo estadounidense.

–¿De verdad te pensabas que nos quedaríamos en Varsovia mientras tú venías aquí sola? –pregunta Mateusz con una leve sonrisa. El humor se esfuma cuando su mano me roza el hombro lleno de cicatrices, y baja la voz–. Nos hemos contado tan pocas cosas, Maria. Todos nosotros. ¿No es hora de que eso cambie?

Vuelve la cabeza para mirar por encima de su hombro; al seguir su mirada veo a nuestra familia esperando varios metros más allá. Jakub y Adam están enfrascados en una conversación en yidis, pero cuando nos damos la vuelta se quedan callados. Izaak y mi hijo, Maks, contemplan lo que los rodea con el ceño fruncido mientras que mi hija, Marta, deja de caminar de un lado a otro y nos mira. Helena está entre Marta y Franz, y da un paso hacia nosotros.

–Si quieres nos vamos a echar un vistazo nosotros solos, tía María, aunque… –Se le apaga la voz, pero la expresión de su mirada es la misma que la de los demás.

No saben por qué a la tía Hania le costó tanto dejar de fumar o por qué la tía Irena nunca se ha quitado el crucifijo de oro del cuello. Por qué a veces el tío Izaak se sienta solo y susurra entre dientes que «podríamos haber sido nosotros». Por qué el tío Mateusz lleva un trozo de papel desvaído en la cartera. Por qué la tía María tiene dolores de cabeza que la dejan débil y a veces se despierta en plena noche y jadea: «*Jawohl*, Herr Lagerführer…».

Nuestros hijos saben tan poco y desean saber tanto.

Mateusz me da un beso en la mejilla y se reúne con nuestro grupo. Al mirar de nuevo la verja, la punzada se cuela en mi cabeza y amenaza con superarme. El peso que cargamos es demasiado horrendo para compartirlo y, sin embargo, hace tanta falta que lo divulguemos… La historia es la gran maestra y solo si estudia su juego, puede el alumno aprender y mejorar.

Dejo que me pase la punzada antes de mirar alternativamente a Irena y Hania.

–¿Os quedáis conmigo?

Hania entrelaza su brazo con el mío.

–¿Alguna vez te hemos abandonado, *shikse*?

Años atrás me enfrenté a mi pasado sola. Hoy lo haré junto a aquellas que me ayudaron a sobrellevarlo. Unidas, Irena, Hania y yo cruzamos la verja, y nuestra familia nos sigue.

Caminamos lentamente y vamos explicando nuestras experiencias a medida que avanzamos. Al girar a la izquierda hacia la plaza de recuento, me vienen a la cabeza imágenes de incontables partidas de ajedrez y del cuerpo muerto de Fritzsch, pero ya no me atormentan. Mis pies saben adónde ir mientras atravieso la calle pedregosa de firme irregular y paso junto a los conocidos edificios de ladrillo rojo.

Una vez dentro del Bloque 11, bajamos la escalera hasta la celda 18. Mi familia ha escuchado muchas historias del padre Kolbe, pero ninguna sobre el tiempo que pasé yéndolo a ver a esta celda. Al principio me cuesta encontrar las palabras, pero luego me vienen y me salen entre los labios como cuentas de rosario que pasaran entre mis dedos. Al terminar, me esperan todos fuera mientras yo me quedo en la celda con el rosario del padre Kolbe en las manos, escuchando sus oraciones y sus himnos que llenaron de luz y consuelo este lugar de oscuridad y desesperación. Busco en mi bolso y saco el rosario de mi infancia, el que Irena recuperó en el apartamento de mi familia. Lo paso entre los barrotes. El padre Kolbe me dio el suyo, así que es justo que le devuelva el favor.

Al salir, nos quedamos delante de los Bloques 10 y 11, de cara a la verja abierta que da al patio, donde estuve mi primer día aquí. El día que hablé con los prisioneros que cargaban los cadáveres en el camión.

El muro está ahí. Es nuevo porque el original lo derribaron, y este está cubierto de flores, piedras, postales con oraciones y objetos conmemorativos. La construcción gris destaca sobre el fondo de ladrillos rojos. Mientras entramos en el patio, sus nombres resuenan en cada paso que doy.

«Mama. Tata. Zofia. Karol. El padre Kolbe».

Nos detenemos a varios metros del muro y yo cierro los ojos. Los echo tanto de menos.

—Ay, perdón. —La disculpa proviene de una chica estadounidense que me ha tapado la vista en su intento de fotografiar el muro.

Da un paso atrás, al parecer sin darse cuenta de que de todos modos yo tenía los ojos cerrados.

–No pasa nada –contesto en inglés, y ella abre mucho los ojos.

Mi inglés es aceptable, pero a pesar de los muchos años que llevo viviendo en Estados Unidos no me he podido desprender del marcado acento polaco que acompaña a mis palabras. Hania disfruta mucho diciendo que hablo tan mal el inglés como el yidis.

La chica me mira el antebrazo; sin darme cuenta me he subido las mangas para pasar los dedos por las cicatrices de las quemaduras. Al ver el tatuaje, sus ojos se abren aún más. La observo mientras ella me observa a mí. Es tan joven.

–¿Cuántos años tienes?

Baja la vista, sorprendida y quizá avergonzada de que la haya pillado mirando, pero la amabilidad con que le hablo debe de dejarle claro que no estoy enfadada. Se coloca un mechón de pelo rubio tras la oreja y contesta con timidez:

–Catorce.

Me paso el pulgar por mi número de prisionera: 16671.

–Los mismos que tenía yo.

La chica se queda cerca de mi familia y me mira mientras me acerco al muro. Al llegar, meto la mano en el bolso y aparto el uniforme a rayas doblado. Por lo general lo guardo en una caja en casa, pero hoy quería tenerlo conmigo. Debajo de él, encuentro lo que busco: una copia del retrato familiar que Irena rescató tantos años atrás. En la parte de atrás he escrito nuestros nombres, nuestras fechas de nacimiento y la fecha del día de la ejecución de mi familia. También traigo conmigo sus rosarios.

Hay quien dice que la vida que llevé durante casi cuatro años no fue una vida en absoluto, pero yo no estoy de acuerdo. No es una vida que le desee a nadie, pero aun así era una vida. Mi vida. Y valía la pena luchar por ella.

Aun después de todo este tiempo, no sentía que hubiese terminado, pero ahora, de pie en este lugar, este lugar que fue el contrincante más despiadado al que me he enfrentado nunca, la partida que aquí jugué llega a su fin. Ha llegado la hora de hacer mi último movimiento.

Me arrodillo, coloco mi retrato familiar delante del muro y lo sujeto con los cuatro rosarios y un guijarro de mi juego de ajedrez. Un peón. Rezo una oración por mi familia, por el padre Kolbe, por los judíos y por todos los que sufrieron y perdieron la vida en esa espantosa, espantosa guerra. Irena y Hania se reúnen conmigo, una a cada lado. Mientras las cojo de la mano y me pongo de pie, espero a que aparezcan el dolor de cabeza, los temblores, los recuerdos, pero, de momento, no llegan.

Jaque mate.

Nadie en este mundo puede cambiar la verdad. Lo que podemos y deberíamos hacer es buscar la verdad y servirla allí donde la encontremos. El verdadero conflicto es el conflicto interior. Más allá de los ejércitos de ocupación y de la hecatombe de los campos de exterminio, hay dos enemigos irreconciliables en el fondo de toda alma: el bien y el mal, el pecado y el amor. ¿Y de qué sirven las victorias en el campo de batalla si nosotros mismos somos derrotados en lo más profundo de nuestro ser?

San Maksymilian Kolbe

Agradecimientos

Mi infinito agradecimiento a todos lo que me han apoyado, animado y ayudado a escribir este libro. A mi agente, Kaitlyn Johnson, por tu inteligencia y perspicacia, y tu infinita fe en mí. A mis editoras, Lucia Macro y Asanté Simons, y a todo el equipo de William Morrow: sois un sueño hecho realidad. A mi padre, que fue mi primer lector y mi compañero de viaje de documentación, y a mi madre, que despertó mi pasión por la literatura y la historia. A mis hermanos, hermanas, abuelos, tías, tíos y demás familia por su amor y entusiasmo. A Adrian Eves, la mitad de The Guild. A Olesya Gilmore, querida amiga e increíble escritora. A Mary Dunn por ser una de las primeras lectoras del manuscrito y a Melanie Howell por ayudarme con el yidis y el judaísmo. A las hermanas franciscanas de la Familia de María en Varsovia por contestar mis preguntas y al Museo Estatal de Auschwitz-Birkenau por su trabajo, tan necesario e importante. A Amanda McCrina, por sus maravillosos comentarios y sus conocimientos históricos. Por último, a mi abuelo. «Si pudiese dedicar esta historia al hombre que me anima a seguir leyendo, aprendiendo y creando, significaría más para mí que todo el éxito del mundo». Estas son palabras que nunca compartí contigo y que forman parte de un ensayo académico de admisión en el que declaraba que mi objetivo profesional era escribir una novela histórica.

En ese ensayo describía cómo nunca dudaste de que lograría alcanzar el sueño que empecé a perseguir siendo niña. Mientras desarrollaba este relato, me ayudaste con la documentación y a planear el viaje a Polonia. Cada domingo me llamabas desde la librería para sugerirme novelas históricas que pensabas que me gustarían, muchas de ellas publicadas por «esa editorial que te encanta»: William Morrow. Este libro, en forma de manuscrito inédito, fue el último regalo que te hice, aunque ninguno de los dos lo sabíamos. Así pues, Poppy, esta historia es tan tuya como mía y constituye mi humilde agradecimiento. Dedicarte este libro significa mucho más para mí que todo el éxito del mundo. Te quiero, te echo de menos y te estoy eternamente agradecida.

Nota de la autora

Las páginas que vienen a continuación contienen información extremadamente importante y un número significativo de *spoilers*. Te ruego que las leas, pero no hasta que hayas leído el libro. ¡Quien avisa no es traidor!

Primero, permíteme aclarar que el Auschwitz que he retratado en esta novela es una representación totalmente fidedigna del campo. Para estudiar Auschwitz me basé en gran medida en el libro de Danuta Czech *Auschwitz Chronicle: 1939-1945* y en el de Yisrael Gutman y Michael Berenbaum *Anatomy of the Auschwitz Death Camp*, pero me he tomado diversas licencias creativas por el bien del relato, algunas de las cuales detallo más adelante. Mi esperanza es que este libro te anime a profundizar más en la historia. Auschwitz es el lugar donde personas reales –más de un millón de ellas– vivieron, sufrieron y murieron, la mayoría de las cuales eran judíos europeos. He caminado con mis propios pies sobre su suelo y no tengo palabras para describir la experiencia: la pena, la crueldad, la injusticia, y aun así el coraje y la resiliencia de las víctimas. Por desgracia, hay quienes aseguran que el Holocausto no existió, pese a las montañas de pruebas que demuestran lo contrario y a los testigos que siguen con vida. Ten en cuenta que la Segunda Guerra Mundial terminó menos de ochenta años antes de la publicación de este libro. No es tanto tiempo. Por favor, busca a los supervivientes, sus testimonios y escucha y aprende de ellos. Por favor, acude a los expertos que han dedicado su vida a informar al mundo sobre estos horrores: el Museo Estatal de Auschwitz-Birkenau, el Yad Vashem, el Museo Conmemorativo del Holocausto de los Estados Unidos y muchos otros. Por favor, no hay que olvidar.

Este libro comenzó con san Maksymilian Kolbe, uno de mis santos favoritos. El padre Kolbe era un fraile franciscano conventual y un cura católico polaco que acogió a judíos en su monasterio y difundió publicaciones antinazis. Lo detuvieron y lo mandaron a Auschwitz en 1941. Creado en 1939, Auschwitz era un campo de trabajo para prisioneros políticos antes de que la solución final –el plan de los nazis para el genocidio de los judíos– se implementara en 1942, convirtiéndolo en un campo de exterminio para judíos. Según testigos, el padre Kolbe era una influencia positiva que fue de gran apoyo para sus compañeros de cautiverio y que al final ofreció su vida a cambio de la de uno de los diez hombres que el jefe del campo, Karl Fritzsch, escogió para que murieran de hambre como represalia por la huida de otro prisionero. Aprendí mucho de él gracias a la biografía que escribió Patricia Treece, *A Man for Others*.

Esta novela surgió a partir de la idea de una joven prisionera que visita al padre Kolbe en la celda 18 del Bloque 11, donde este pasó dos semanas sin agua ni comida antes de que lo asesinaran con una inyección letal. La chica siente una intensa necesidad de estar con él, hasta el punto de estar dispuesta a arriesgarse a visitarlo para tratar de reconfortarlo igual que, me dio la sensación, él la había reconfortado a ella. Puesto que en Auschwitz no hubo prisioneras hasta marzo de 1942, cuando llegó el primer transporte de mujeres judías, me pregunté si se me podría ocurrir una manera de hacer posible este escenario imposible.

A medida que iba conociendo a Maria, mi personaje de ficción involucrado en la Resistencia polaca, estudié el libro *Iglesia de espías* de Mark Riebling. La posición del Vaticano respecto al nazismo sigue siendo motivo de polémica, pero en esta fascinante crónica hay abundantes fuentes que detallan el trabajo que llevó a cabo en secreto el papa Pío XII para combatir a los nazis y derrocar a Hitler, aunque en última instancia su plan fracasara. Para saber más sobre la Varsovia ocupada y la Resistencia polaca leí *Los niños de Irena. La extraordinaria historia del ángel del gueto de Varsovia*, de Tilar J. Mazzeo, que relata la historia de una mujer polaca llamada Irena Sendler que sacó clandestinamente a niños judíos del gueto de Varsovia y salvó así a más de 2500 vidas. A través de su trabajo, el camino de Sendler se cruzó con el de la madre Matylda Getter y las hermanas franciscanas de la Familia de María. Aunque muchos de los detalles incluidos sobre las hermanas y la Resistencia son fácticos, mi descripción se ha condensado e incluye elementos de ficción por el bien del relato.

Maria me contó enseguida que jugaba al ajedrez y no tardé en darme cuenta de que el papel del ajedrez sería fundamental en su relato. Al sumergirme en la historia del juego descubrí a mujeres como Vera Menchik, que ganó el primer Campeonato Mundial Femenino de Ajedrez en 1927, defendió el título seis veces, y murió en 1944 junto con su hermana y su madre como resultado de un bombardeo con misiles V-1 en Londres. Tenía treinta y ocho años y sigue siendo la campeona del mundo de ajedrez con el reinado más largo: diecisiete años. Al documentarme sobre Auschwitz, descubrí la creación más valiosa de Maria Mendel: la Orquesta de Mujeres, compuesta por mujeres judías que se libraron de la muerte, pero a las que obligaron a entretener a sus captores con música y que tocaban durante los recuentos, las selecciones, los transportes y las ejecuciones. Combiné todos estos elementos para estructurar mi razonamiento sobre por qué Maria, una chica a la que envían a Auschwitz cuando todavía era un campo para hombres, eludiría la muerte: el jefe del campo, Karl Fritzsch, descrito por los historiadores como alguien que tenía problemas con la autoridad y a menudo se saltaba las normas, no estaba siempre sujeto a la atenta mirada del Kommandant Rudolf Höss, que era un gran defensor del orden y de la obediencia a los superiores, como señala en su autobiografía *Yo, comandante de Auschwitz*. En mi relato, Fritzsch se rebela registrando en el campo a Maria, una mujer, para poder obligarla a jugar al ajedrez y entretener así a los guardias de las SS.

Cuando el lector conoce por primera vez a Maria en abril de 1945, Auschwitz ya ha sido evacuado –antes de que el Ejército Rojo libere el campo–, pero la guerra no ha terminado, ya que no lo haría hasta mayo. Maria regresa a Auschwitz para jugar una última partida con Fritzsch, con la intención de confirmar lo que descubrió durante su cautiverio: que Fritzsch asesinó a su familia. Después de que los soviéticos liberasen Auschwitz en enero de 1945, la Cruz Roja se hizo cargo de los prisioneros y los llevó a hospitales y campos para personas desplazadas. Auschwitz no se convirtió oficialmente en un museo hasta 1947 gracias a los esfuerzos, entre otros, de Kazimierz Smoleń. Tras la liberación, muchos exprisioneros regresaron al campo para buscar a sus familiares o amigos. En otros casos, los «buscadores», como son conocidos, acudieron a la caza de objetos de valor, lo que conllevó la creación de una guardia protectora –formada, entre otros, por exprisioneros interesados en resguardar el campo como un emplazamiento histórico– para preservar el campo y todo lo que contenía. No estoy segura de cuándo se fundó dicha guardia, pero me quedé con el dato de los prisioneros que fueron a buscar a sus familiares y amigos, o en el caso de Maria, información relacionada con la muerte de estos, pues ella ya conoce su destino.

En cuanto a si hubo o no un momento en que en el campo no hubiera nadie, simplemente no lo sé, así que esa parte la he novelado. Desde una perspectiva dramática, quería que la escena central se desarrollase en Auschwitz por razones obvias. Ahí es donde Fritzsch y Maria se conocen, donde ella pierde a su familia y donde pasa por una experiencia atroz que cambia para siempre su vida y la deja con un grave síndrome de estrés postraumático, que se activa intensamente al regresar, mucho más de lo que ella había esperado. Además, teniendo en cuenta que las descripciones de Karl Fritzsch por parte de testigos e historiadores lo dibujan como un hombre amante de la tortura psicológica, estaba segura de que nada le habría gustado más que hacer regresar a Maria a Auschwitz para recordarle una vez más lo que había sufrido allí a causa de él. Por último, el hecho de que hubiera un lapso entre la liberación de Auschwitz en enero de 1945 y el final de la guerra en mayo hizo que me planteara si, durante ese tiempo, tal vez algunos prisioneros como Maria se habían recuperado lo suficiente como para regresar a buscar a sus familiares y amigos, pero tal vez la guardia protectora todavía no se había organizado y tal vez los exprisioneros no habían pensado en preservar el campo y lo que contenía, proporcionando así a Maria y Fritzsch la posibilidad de volver a ese lugar sin interferencias.

Otra libertad que me tomé y que es más evidente, tal y como he señalado antes, es el hecho de que una chica esté encerrada en un campo para hombres. Los no judíos no estaban sujetos al proceso de selección como les ocurría a los judíos; no obstante, en estos primeros y reducidos transportes previos a la solución final la mayoría de los hombres se libraron de la muerte. Con la excepción de algunos –entre ellos hombres incapaces de realizar trabajos forzados y un excepcional puñado de mujeres y niños, transportados junto con los hombres o detenidos en los pueblos circundantes–, que recibieron un disparo en el muro de la muerte, ubicado en el patio entre los Bloques 10 y 11. Más adelante, en cambio, los transportes masivos de hombres, mujeres y niños judíos fueron sometidos a un escrutinio pormenorizado y aquellos a los que no consideraban aptos acababan en las cámaras de gas. En mi caso hice que el transporte fuera mayor y más concurrido de lo que seguramente habría sido en un sentido estrictamente histórico, para que resultara más sencillo que Maria se separase de su familia.

Cuando las mujeres comenzaron a llegar a Auschwitz en la primavera de 1942, recibieron su propio sistema de numeración y fueron confinadas en bloques aparte antes de ser trasladas al sector de mujeres de Birkenau cuando se amplió el campo. Descubrí muchas de las cosas que experimentaron esas primeras mujeres gracias al libro *Rena's Promise: A Story of Sisters in Auschwitz*, escrito por la superviviente Rena Kornreich Gelissen junto con Heather Dune Macadam. Maria llega en 1941, en una época en la que las mujeres y los niños habrían sido ejecutados.

Me pareció que era justo que una judía fuera la única mujer del campo antes del registro de Maria, como un pequeño gesto simbólico para reconocer y conmemorar a las primeras prisioneras. Eso me lleva a Hania. Por lo que respecta a su registro, creé un guardia de las SS, cuyo prominente y ficticio apellido alemán le da un poder significativo y le vale para conseguir el permiso para registrarla (después de que ella se ofrezca a prostituirse a cambio de conservar la vida). Muchas mujeres utilizaron su cuerpo para sobrevivir, a menudo con prisioneros en puestos de autoridad, más que con guardias. Quería que Hania mantuviera una relación con un guardia para que fuera más comprometido, ya que eso habría desafiado las leyes raciales y para mostrar lo que está dispuesta a arriesgar por sus hijos. Maria y ella habitan con los hombres y reciben sus números de prisioneras en la misma serie que los hombres. El primer transporte de mujeres recibió los uniformes de los prisioneros de guerra soviéticos ejecutados, no los de rayas azules y grises conocidos habitualmente como los uniformes del campo. Visto de rayas a mis personajes con un propósito simbólico. Como la serie de números para las mujeres aún no se había creado, el número de Hania está extraído de un transporte de veintisiete prisioneros registrados el 18 de abril de 1941 a los que la Gestapo envió allí desde diversas ciudades. Aunque no se menciona Varsovia, me tomé una licencia creativa. El número de Maria es consecutivo al del padre Kolbe. Mi razonamiento fue que Fritzsch no se tomaría la molestia de concederles una ubicación aparte o establecer números de prisioneras distintos a dos mujeres que, francamente, deberían haber muerto, y que no espera que sobrevivan mucho tiempo.

Otra importante licencia que me he tomado es la infiltración de Irena en las SS-Helferinnen, las ayudantes de las SS, para convertirse en una de las guardias de Auschwitz. Para explicar este aspecto antes debo referirme a Witold Pilecki, una destacada figura del Ejército y la Resistencia polacos que escribió una crónica sobre Auschwitz y la organización de resistencia que organizó en el campo, que se ha traducido al inglés con el título *The Auschwitz Volunteer: Beyond Bravery*. Esta fuente original, de un valor incalculable, me ayudó a entender la vida en el campo y su movimiento de resistencia, que he simplificado por el bien del relato, y su intención de organizar un levantamiento. El hecho de que Pilecki se infiltrase en Auschwitz como prisionero me dio la idea de que Irena se infiltrase como guardia. Aunque es mucho más arriesgado y difícil, pensé que quizá pudiera encontrar la manera de hacerlo gracias a sus conexiones familiares con Pilecki, el Ejército Nacional y diversas organizaciones de la Resistencia, así como por la forma en que las SS reclutaban a las guardias para el campo.

Para reclutar a mujeres que trabajasen de guardias en el campo, las SS ponían anuncios en los periódicos en los que les pedían que mostraran su amor por el Reich, y contrataban incluso a criminales y prostitutas. Otras mujeres eran reclutadas con base en los datos que las SS ya habían recogido por distintos métodos, como las chicas que se habían unido a organizaciones de las SS de pequeñas. Una de estas organizaciones, la Bund Deutscher Mädel (BDM), la Liga de Muchachas Alemanas en español, era la sección femenina de las Juventudes Hitlerianas, el programa de adoctrinamiento juvenil del partido nazi.

Con su identidad falsa, Irena se presenta como una joven que ha pasado años en la BDM, algo que la habría convertido en una ferviente partidaria de los nazis. Muchas de estas mujeres, y muchas de las guardias de las SS a las que estudié para crear este personaje provenían de las clases bajas y no tenían una gran educación, no eran muy inteligentes ni estaban muy cualificadas, y ansiaban servir a su país. En el entrenamiento para sus tareas en el campo algunas recibían tan solo una breve charla sobre sus responsabilidades y otras algo más de orientación, pero ninguna estaba completamente preparada para la maldad que reinaba allí. Tras ocupar sus puestos, muchas se espantaron ante lo que se encontraron, pero les habían lavado el cerebro con sus ideales y les habían asegurado que todo se hacía por el bien del Reich. No tardaron mucho en participar en estos terribles episodios y en creer que eran necesarios.

Con la ayuda de su contacto en la Resistencia alemana y que es a la vez es su enamorado, Franz, Irena pasa meses aprendiendo cómo ser la clase de joven que habría creado el Tercer Reich y luego responde a un anuncio de reclutamiento. Con la ayuda adicional de los sobornos que constituían una parte importante de la vida en el campo y en la Resistencia, se asegura de que la envíen a Auschwitz para poder ayudar a Maria a escapar. Sin embargo, dado el misterio que rodeaba a los campos y a que las SS eran deliberadamente vagas al entrenar a estos hombres y mujeres con el cerebro lavado que se presentaban voluntarios para servir en el campo, no es enteramente consciente de lo que le espera. Aunque es una hipérbole histórica por mi parte, así fue como especulé que tal infiltración podría haber ocurrido, y si alguien lo hubiese intentado, no me cabía duda de que habría sido Irena.

Otro aspecto importante que quiero abordar es el destino de Karl Fritzsch. Aunque muchos guardias desafiaron las normas mientras trabajaban en los campos, las SS sí llevaron a cabo una investigación de la corrupción interna, fruto de la cual Fritzsch fue detenido, condenado y enviado a la línea del frente como castigo. Se cree que cayó en la batalla de Berlín (16 de abril-2 de mayo de 1945), pero nunca se recuperaron sus restos, así que se desconoce su verdadera suerte. Al hacer que Fritzsch regrese a Auschwitz para enfrentarse a Maria y que se suicide para despojarla de la justicia que busca, quería mostrar que la mayor parte de los agresores de los campos nunca fueron capturados o condenados. El hecho de no exigir responsabilidades a estos hombres y mujeres impidió que las víctimas recibieran la justicia que merecían.

He intentado ser fiel a las fechas reales, y muchos de los acontecimientos históricos que se describen en el relato ocurrieron de verdad, incluido el levantamiento del Sonderkommando. Descubrí numerosos datos sobre esta rebelión de los prisioneros gracias a *Tres años en las cámaras de gas*, del superviviente del Sonderkommando Filip Müller. Aunque podría haber dedicado páginas y páginas a describir cada detalle histórico, espero haber aclarado algunas de las libertades que me he tomado y haberte animado a averiguar por ti mismo más cosas acerca de esta importante y, en cierto modo, fascinante. Por último, recomiendo encarecidamente la lectura de *La noche*, de Elie Weisel, y *El hombre en busca de sentido*, de Viktor Frankl; los relatos de ambos supervivientes proporcionan la inestimable oportunidad de entender mejor la experiencia del campo y su impacto en la salud mental.

Cualquier error histórico o relacionado con el escenario es exclusivamente responsabilidad mía.

Apéndice

Personajes históricos
de la novela

Karl Fritzsch

Nació el 10 de julio de 1903 en Bohemia; en 1930, a los veintisiete años, se unió al partido nazi y a las SS. Ocupó un puesto en el campo de concentración de Dachau de 1934 a 1939, y en marzo de 1940 se trasladó a Auschwitz para ejercer de jefe del campo bajo el mando de Rudolf Höss. Involucrado de manera activa en la vida de los prisioneros, Fritzsch, descrito como un hombre menudo, delgado, de pocas luces y sádico, se hizo conocido por su brutalidad y sus torturas psicológicas. Según el testimonio de Höss, Fritzsch propuso usar Zyklon B, un gas tóxico, para los asesinatos en masa y lo probó con los prisioneros de guerra soviéticos. El 15 de enero de 1942 lo trasladaron al campo de concentración de Flossenbürg.

Tras una investigación de la corrupción interna por parte de las SS, Fritzsch fue detenido en octubre de 1943 y acusado de asesinato; no está claro si asesinó a un prisionero sin autorización o a un compañero de las SS. Como castigo lo mandaron a la línea del frente (al 18.º SS-Panzergrenadier-Ersatzbatallion). El capitán y oficial del MI6 (el servicio secreto de inteligencia británico) Charles Arnold-Baker afirmó en su libro *For He Is an Englishman, Memoirs of a Prussian Nobleman* que él mismo detuvo a Fritzsch en Oslo después de la guerra: «Recogimos, por ejemplo, al jefe de Auschwitz, un retaco de hombre llamado Fritzsch a quien, por supuesto, pusimos bajo custodia de un guardia judío, con instrucciones tajantes de que no le hiciese daño». En un informe de 1966 de la oficina central de la Oficina Central para la Investigación de Delitos Nacionalistas, la berlinesa Gertrud Berendes afirmó que el 2 de mayo de 1945 Fritzsch se pegó un tiro en el sótano de la casa del número 42 de la calle Sächsische de Berlín. Berendes dijo que su padre y un vecino habían enterrado a Fritzsch en el Preussenpark y que ella había enviado sus objetos personales a su esposa. En un informe aparte de la policía criminal de Regensburg de 1966, la viuda de Fritzsch declaró que había recibido la alianza de su marido y sus cartas personales, y que no tenía motivos para dudar de que hubiera muerto; no obstante, la suerte final de Fritzsch nunca se ha determinado con certeza.

Matylda Getter

Nacida en 1870, Matylda Getter llegó a ser la madre provincial de las hermanas franciscanas de la Familia de María en Varsovia. Las hermanas dirigían orfanatos e instituciones educativas en Varsovia y las ciudades colindantes, como Anin, Vilna y Ostrówek. Durante la guerra, ayudaron a civiles y miembros de la clandestinidad polaca, les consiguieron trabajo, refugio y documentación falsa, y sacaron a niños del gueto judío. Cooperaron con Irena Sendler y miembros de la Żegota, una organización clandestina de la Resistencia polaca vinculada al Estado Secreto Polaco, creada específicamente para ayudar a los judíos. Durante el Alzamiento de Varsovia, la casa provincial del número 53 de la calle Hoża se habilitó como puesto paramédico, comedor popular y, más adelante, hospital.

A lo largo de la guerra, las hermanas rescataron a más de 500 niños judíos del gueto de Varsovia. Para establecer si alguien estaba dispuesto a acoger a un niño judío, la madre Matylda hacía una pregunta en código: «¿Aceptarás la bendición divina?». Los niños judíos adoraban a la madre Matylda y la llamaban Matusia, un término cariñoso parecido a «mami». Las hermanas nunca obligaron a los judíos a convertirse, a diferencia de otros civiles o religiosos católicos, aunque las conversiones forzadas nunca fueron la política oficial de la Iglesia católica durante esa época. Como declaró con sencillez la madre Matylda: «Estoy salvando a un ser humano que me pide ayuda».

Murió en 1968 y Yad Vashem la nombró «Justa entre las Naciones», un título honorífico que otorga el Estado de Israel a los no judíos que arriesgaron la vida durante el Holocausto para salvar a los judíos del exterminio nazi.

Rudolf Höss

Rudolf Franz Ferdinand Höss nació el 25 de noviembre de 1901 en Baden-Baden y se crió en una estricta familia extremista que hacía hincapié en el papel fundamental del deber en la vida moral. Durante la Primera Guerra Mundial, se alistó en el 21.er Regimiento de Dragones del Ejército Alemán con catorce años. Tras el armisticio del 11 de noviembre de 1918, se incorporó a los Freikorps, una unidad militar alemana formada por voluntarios, y en 1922 ingresó en el partido nazi tras escuchar un discurso de Hitler en Múnich.

En 1934 Höss se unió a las SS y posteriormente a las Totenkopfverbände y sirvió en Dachau y Sachsenhausen antes de incorporarse a las Waffen-SS en 1939 tras la invasión alemana de Polonia. El 1 de mayo de 1940 fue nombrado comandante de Auschwitz, donde sirvió durante tres años y medio y fue responsable de la ampliación de Auschwitz-Birkenau. En junio de 1941, Heinrich Himmler le contó a Höss que Hitler había ordenado la «solución final al problema judío» y había elegido Auschwitz como emplazamiento para su exterminio en masa, así que Höss comenzó a probar técnicas. Según su autobiografía y las declaraciones de testigos, Höss aceptaba cualquier cosa, incluso la violencia y la brutalidad, siempre que se la ordenara una figura de autoridad.

Höss ha sido descrito como alguien frío e impasible, aunque en su autobiografía él aseguró que había esperado predicar con el ejemplo para animar a los prisioneros a trabajar duro, pero que sus «buenas intenciones» se vieron frustradas por «la incompetencia y la estupidez» de los hombres que le asignaron. Creía que «habría sido posible controlar a los hombres y hacer que adoptaran mi forma de pensar si los encargados del campo de prisioneros –es decir, hombres como Karl Fritzsch– hubieran obedecido a mis órdenes [...], cosa que no quisieron ni pudieron hacer, debido a sus limitaciones intelectuales, su obstinación y su malicia». Höss recalcaba constantemente que él era el único capacitado para hacer las cosas bien, pero que los prisioneros quedaban en manos de Fritzsch y otras «personas ingratas» que no dirigían el campo del modo en que él deseaba.

Obsesionado con su posición, la eficacia y el orden, Höss tenía arrebatos de ira ocasionales, sobre todo cuando veía que sus subordinados se saltaban las normas. En referencia a la solución final, Höss declaró: «Los motivos detrás de la orden de exterminio parecían acertados», «me dieron una orden y tenía que cumplirla» y «lo que el Führer o su número dos ordenaban era siempre correcto». Aseguró que los experimentos con el gas lo «incomodaban», pero la matanza «no le generaba gran preocupación». Creía que gasear era el procedimiento más efectivo porque ahorraba «baños de sangre» a los guardias y «sufrimiento» a las víctimas. No es cierto: las víctimas tardaban hasta quince minutos en morir y los guardias sabían que estaban todas muertas «cuando cesaban los gritos». El único remordimiento que manifestó Höss en su autobiografía fue el de no haber pasado más tiempo con su familia; ninguno relacionado con sus crímenes en los campos.

Hacia el final de la guerra, Höss se escondió hasta que lo detuvieron el 11 de marzo de 1946. Fue acusado de crímenes de guerra en Núremberg y escribió su autobiografía en la cárcel. Fue sentenciado a morir ahorcado el 2 de abril de 1947 y lo ejecutaron el 16 de abril en Auschwitz, junto a un crematorio cercano al edificio de la Gestapo dentro del campo.

Maksymilian Kolbe

Raymund Kolbe nació en 1849, en el seno de una familia humilde y pobre. En 1907 ingresó en la orden de los franciscanos conventuales y adoptó el nombre de Maksymilian en 1910, al comenzar el noviciado, y el de Maria en 1914, al profesar sus votos definitivos. Fue ordenado sacerdote en 1918 y siempre fue un gran devoto de la Santísima Virgen. Tras la invasión alemana de Polonia, permaneció en el monasterio de Niepokalanów para organizar un hospital temporal. Lo detuvieron en septiembre de 1939 aunque lo soltaron en diciembre; después de eso, acogió a refugiados, escondió a 2000 judíos en el monasterio y difundió publicaciones contra los nazis. Según declaró un habitante de Niepokalanów: «Unos judíos vinieron a pedirme un pedazo de pan y le pregunté al padre Maksymilian si podía dárselo con la conciencia tranquila. Él me contestó: "Sí, tenemos que hacerlo porque todos los hombres somos hermanos"».

El 17 de febrero de 1941, los alemanes clausuraron el monasterio. La Gestapo detuvo al padre Kolbe y lo mandó a la prisión de Pawiak antes de trasladarlo a Auschwitz el 28 de mayo. Llegó el 29 y recibió el número de prisionero 16670. Conservó su humildad y su compasión incluso en el campo y realizó funciones sacerdotales en secreto. El 29 de julio de 1941, un prisionero del Bloque 14, el mismo del padre Kolbe, se fugó. Como castigo, Fritzsch sentenció a diez prisioneros a morir de hambre. El prisionero 5659, un joven llamado Franciszek Gajowniczek, adujo que él tenía familia y suplicó clemencia. El padre Kolbe dio un paso al frente y dijo en alemán: «Soy un sacerdote católico. Me gustaría ocupar el puesto de este hombre, ya que él tiene mujer e hijos». Todo el mundo, incluido Fritzsch, se quedó sin palabras, pero este permitió el intercambio ya que los religiosos eran de los prisioneros más odiados.

El padre Kolbe pasó dos semanas en el búnker del hambre del Bloque 11 y algunos testigos le oyeron rezar, cantar y calmar a sus compañeros de cautiverio. Según un subalterno que trabajaba en el bloque, Kolbe permanecía tranquilo, de pie o arrodillado en el centro de la celda, siempre que los guardias iban a echar un vistazo. Al cabo de dos semanas, era el único prisionero que quedaba con vida, pero los guardias estaban impacientes por vaciar el búnker para poder meter a más prisioneros. El 14 de agosto de 1942 lo mataron con una inyección letal de ácido fénico. Kolbe le tendió el brazo al guardia y hay quien dice que sus últimas palabras fueron «Ave María».

Maksymilian Kolbe fue canonizado por el papa Juan Pablo II el 10 de octubre de 1982. El hombre al que salvó, Franciszek Gajowniczek, estuvo presente en su canonización.

Maria Mandel (también escrito Mandl)

Nacida el 10 de enero de 1912 en Münzkirchen, en la Alta Austria, Mandel sirvió en los campos de concentración de Lichtenburg y Ravensbrück, y ascendió de rango hasta sustituir a Johanna Langefeld como SS-Lagerführerin de Auschwitz-Birkenau. Respondía tan solo ante el Kommandant y participó en las selecciones y otros abusos. Se estima que envió a medio millón de mujeres y niños a morir en las cámaras de gas. En Auschwitz se la conocía con el sobrenombre de «la Bestia». Le tenía mucho cariño a Irma Grese, una guardia a la que las prisioneras apodaron «la Hiena de Auschwitz» y «la Bella Bestia», y la promovió a jefa del campo de mujeres húngaras en Birkenau (Grese fue acusada de crímenes de guerra durante los juicios de Bergen-Belsen y la ahorcaron a los veintidós años). Mandel fundó la Orquesta de Mujeres de Auschwitz y recibió la Cruz al Mérito de Guerra de Segunda Clase por sus servicios.

En noviembre de 1944 Mandel fue asignada al subcampo de Mühldorf en Dachau, y Elisabeth Volkenrath la sustituyó en Auschwitz. El ejército estadounidense detuvo a Mandel el 10 de agosto de 1945 y procedió a su extradición a la República Popular de Polonia en noviembre de 1946. Fue juzgada en Cracovia durante los procesos de Auschwitz y sentenciada a morir ahorcada. La sentencia se ejecutó el 24 de enero de 1948. Maria Mandel tenía treinta y seis años.

Witold Pilecki

Pilecki nació el 13 de marzo de 1901 en el seno de una devota familia católica de la nobleza polaca. Sirvió como capitán en el Ejército polaco durante la guerra polaco-soviética, la Segunda República Polaca y la Segunda Guerra Mundial. Durante la invasión alemana de Polonia sirvió en la 19.ª división de infantería como comandante de batallón de caballería, antes de que su división se incorporara a la 41.ª de infantería, en la que Pilecki sirvió como segundo al mando.

En octubre de 1939, su división se disolvió y partes de ella comenzaron a rendirse, así que Pilecki y su comandante se ocultaron en Varsovia, donde fundaron el Estado Secreto Polaco, una de las primeras organizaciones clandestinas en Polonia. Más adelante este grupo de la Resistencia se incorporó a la Unión de Lucha Armada, rebautizada después como Ejército Nacional. Pilecki también es el autor del *Informe Witold*, el primer informe exhaustivo de inteligencia aliado sobre Auschwitz y el Holocausto.

En 1940 presentó su plan de entrar en Auschwitz para recabar información y organizar la resistencia de los prisioneros. Sus superiores le proporcionaron una identidad falsa: Tomasz Serafiński. Fue capturado el 19 de septiembre de 1940, en el curso de una redada en una calle de Varsovia. Tras permanecer dos días detenido, lo enviaron a Auschwitz y le asignaron el número de prisionero 4859. Allí, Pilecki organizó la Unión de Organizaciones Militares (ZOW en sus siglas en polaco), con la que acabaron por fusionarse varias organizaciones más reducidas del campo. La ZOW mejoró la moral de los prisioneros, suministraba noticias del exterior, distribuía alimentos y ropa adicionales a sus miembros, estableció redes de inteligencia y entrenó a destacamentos ante la previsión de un ataque de socorro por parte del Ejército Nacional, el lanzamiento de armas o el aterrizaje de la Primera Brigada Independiente de Paracaidistas polaca, con base en Gran Bretaña. La ZOW suministraba información sobre el campo a los movimientos clandestinos polacos y envió informes a Varsovia a partir de octubre de 1941. Desde marzo de 1941 la Resistencia polaca comenzó a reenviar dichos informes al Gobierno británico en Londres. Al fundar la organización, Pilecki la articuló en células de cinco personas, de modo que cada miembro se comunicaba tan solo con otros cuatro. Si atrapaban a uno de los miembros, eso limitaba el número de hombres a los que podía delatar bajo tortura.

Pilecki trabajó en diversos Kommandos, entre ellos la carpintería, el taller de cestería, la curtiduría y la oficina de correos. En 1942, el movimiento de resistencia de Pilecki utilizó un transmisor radiofónico para difundir las llegadas, muertes y condiciones de los prisioneros, y lo desmanteló ese otoño por miedo a que los alemanes lo descubriesen. A través de los trabajadores civiles, Pilecki pasó mensajes codificados y recibió medicinas y vacunas contra el tifus. Su esperanza era que los Aliados lanzaran armas o tropas sobre el campo, o bien que el Ejército Nacional organizara un asalto; mientras tanto, la Gestapo del campo, bajo el mando del SS-Untersturmführer Maximilian Grabner, capturó y asesinó a muchos de los miembros de la ZOW.

Pilecki decidió escapar del campo y convencer personal-
mente a los líderes del Ejército Nacional de que era posible
intentar un rescate. Tras idear un inteligente plan que implicaba fingir un caso de tifus y conseguir que lo trasladasen
al Kommando de la panadería, Pilecki y varios prisioneros
escenificaron su huida la noche del lunes de Pascua de 1943.

En la panadería de la ciudad, se vistieron con ropas de civil
proporcionadas por amigos, extrajeron la puerta trasera de
sus goznes y echaron a correr cargados con polvos de talco
para que los perros rastreadores de las SS no detectasen
su olor. Mientras permanecían ocultos con un contacto de
confianza, Pilecki estableció comunicación con sus contactos
de Varsovia y les dijo que se quedaría cerca de Auschwitz
y entrenaría a un destacamento mientras esperaba a que le
diesen permiso para atacar el campo; sin embargo, si recha-
zaban su plan y le ordenaban desistir, regresaría a Varsovia.
En julio detuvieron al comandante del Ejército Nacional
y Pilecki se dio cuenta de que no recibiría una respuesta.

Se dirigió a Varsovia e intercambió correspondencia con
los hombres de Auschwitz para que su ánimo no decayera.
En otoño de 1943 presentó su plan completo de ataque y
escribió su último informe sobre Auschwitz. En 1944 formó
parte del Alzamiento de Varsovia. A pesar de sus esfuerzos,
el Ejército Nacional no tenía suficientes efectivos para atacar
con éxito Auschwitz.

En la Polonia comunista de después de la guerra, Pilecki
siguió trabajando para la inteligencia militar polaca y recogió
pruebas de las atrocidades soviéticas. En mayo de 1947, el
Ministerio de Seguridad Pública lo detuvo y lo acusó de
varios delitos, entre ellos espionaje, cruce ilegal de fron-
teras, uso de documentos falsificados y conspiración para
asesinar a miembros del ministerio. Se declaró culpable de

todo excepto de la conspiración de asesinato y el espionaje, aunque confesó haber pasado información al Segundo Cuerpo polaco. Se consideraba un oficial del cuerpo y declaró que no había infringido ninguna ley. Recibió torturas y hay informes que aseguran que dijo que el tiempo que pasó bajo custodia soviética fue peor que su tiempo en Auschwitz. Tras una farsa de juicio, fue sentenciado a muerte y recibió un disparo en la nuca en la prisión de Mokotów el 8 de mayo de 1948, a los cuarenta y siete años, dejando tras de sí mujer y dos hijos.

En septiembre de 1990 se rehabilitó a Witold Pilecki y a varios otros sentenciados en el juicio. En 1995 se le otorgó a título póstumo la Orden Polonia Restituta y en 2006 la Orden del Águila Blanca, la más alta condecoración polaca. El 6 de septiembre de 2013 el Ministerio de Defensa Nacional lo ascendió al rango de coronel.

Datos históricos

• El interrogatorio de Maria por parte de la Gestapo se basa en testimonios de supervivientes, que incluyen datos tales como las puertas y ventanas que se dejaban abiertas para que los prisioneros pudieran oír las torturas, las secretarias que tomaban notas, las jóvenes y las niñas a las que se dejaba en ropa interior y el tormento a familias enteras para forzar la confesión del prisionero interrogado. Por lo general, los interrogatorios se llevaban a cabo en la lengua materna del detenido, que es por lo que Ebner, el interrogador de Maria, le ofrece un intérprete. Como yo quería que la conversación se limitara a ellos dos, no he incluido uno. En cambio, durante su segundo interrogatorio, Maria finge no saber alemán para que Hania pueda hacer de intérprete mientras Irena cumple con su papel de guardia, y así poder recibir su apoyo y su consuelo.

• En Pawiak los prisioneros utilizaban sus raciones de pan para confeccionar piezas de ajedrez, rosarios y abalorios para entretenerse y elevar la moral. Mezclaban el pan con polvo, alambre, pelo o cualquier otra cosa que encontraran. Vi uno de estos juegos de ajedrez en mi visita al museo de la prisión de Pawiak en Varsovia, y de ahí saqué la inspiración para el peón que le hace a Maria su padre.

• El regreso de Rudolf Höss de un viaje a Berlín hace referencia a su encuentro real con Himmler en Berlín en junio de 1941, en el que se enteró de que Hitler había ordenado la solución final al problema judío. Seguramente alargué el tiempo que permaneció ausente ya que lo hago volver en julio. Himmler había escogido Auschwitz como el lugar de exterminio de los judíos europeos «debido a su fácil acceso por tren y también porque las grandes dimensiones del emplazamiento ofrecían espacio suficiente para adoptar medidas que asegurasen el aislamiento». Himmler lo describió como un «asunto secreto del Reich», así que he usado la misma expresión.

• El proceso de tatuaje se implementó varios años después de la creación del campo. A los transportes de judíos que llegaban se los empezó a tatuar en el campo principal en otoño de 1941 y en Birkenau en la primavera de 1942, y a los prisioneros encerrados antes de esas fechas los tatuaron en la primavera de 1943. Había varios grupos exentos de dicho proceso, como los civiles polacos deportados tras el Alzamiento de Varsovia en 1944. Me he tomado licencias con la fecha y la ubicación del proceso de tatuaje de Maria y la he incluido en un grupo de prisioneros preexistente que se somete al proceso. La fecha coincide históricamente con el plan de fuga de Witold Pilecki y la ubicación, el Bloque 26, es la misma que donde la registraron. Quería que regresara al campo principal para que acudiese de nuevo al bloque de registro y pudiese así tener un último encuentro con Pilecki antes de que este escape. En realidad, seguramente la habrían llevado a una tatuadora del bloque de registro de Birkenau. En la primera época del sistema de tatuaje, se les aplicaba a los prisioneros un sello metálico sobre el pectoral izquierdo y luego se frotaba la herida con tinta. Este método se abandonó en favor de la aguja y la ubicación del tatuaje cambió al dorso del antebrazo izquierdo y después a la parte

470 • LA CHICA QUE JUGABA AL AJEDREZ EN AUSCHWITZ

interna del mismo, más arriba primero y más adelante más abajo. Quería que Maria tuviera el suyo en la parte interna del antebrazo, justo por debajo de las cicatrices de las quemaduras del interrogatorio, aunque lo más probable es que la hubiesen tatuado en el dorso del antebrazo.

• El lector descubre que a la hermana y la sobrina de Hania las mataron en el gueto por caminar por la acera en lugar de por la cuneta mientras se les acercaba un grupo de hombres de las SS, que las arrojan de nuevo a la calle y les dan una paliza. La idea se basa en el testimonio de un superviviente del gueto de Varsovia, que describió los castigos por caminar por la acera y no por la cuneta; dicho testimonio relata un encuentro en concreto en el que un grupo de hombres de las SS arrojaron a un judío a la calle y lo apalizaron sin piedad y sin mediar palabra.

• Maria hace referencia a una epidemia de tifus y a la plaga de pulgas que infestaba los bloques de las mujeres. Si se observa la fecha de los capítulos que contienen dichas referencias, remiten históricamente a acontecimientos reales. De un modo parecido, en referencia a una selección, Hania menciona un recuento que ha tenido lugar unos días antes y que se transformó en una selección y, si se consulta la fecha, resulta que hubo un recuento con esas características en la fecha a que Hania se refiere.

• En su búsqueda de detalles acerca de la ejecución de su familia, Maria habla con Oskar, un guardia de las SS que no aprueba lo que ocurre en los campos, pero se siente impotente para detenerlo y tiene miedo de las represalias si alza la voz. No todos los alemanes eran sádicos como

Fritzsch, que disfrutaban con la crueldad; a muchos les habían lavado el cerebro para que creyeran que actuaban en nombre de los intereses de Alemania o bien sabían que lo que hacían estaba mal, pero se sentían impotentes para impedirlo y decidían que el deber hacia su país estaba por encima de todo. El lector descubre que primero mataron a los niños Florkowski, que es lo que a menudo hacían los ejecutores para atormentar a los padres, y que los padres de Maria murieron mirando a Fritzsch y no de cara al muro, algo que hacían muchos prisioneros en señal de desafío.

• Quería que Maria estableciera contacto con un miembro civil de la Resistencia y de ahí nació Mateusz. Su familia es la dueña de la panadería local y para ello me inspiré en el plan de fuga de Pilecki. Los nazis se hicieron con el control de muchos negocios locales, pero en algunos casos los civiles trabajaban junto con los prisioneros. Decidí que la familia de Mateusz fuera la propietaria de la panadería a través de la cual se escapa Pilecki para que su amigo le contara a Maria que la fuga había tenido éxito.

• Irena dice que, cuando la capturaron para enviarla a Auschwitz, estaba llevando a una niña judía a vivir con una familia católica. La Gestapo encierra a la niña y la familia en la casa, le prende fuego y se asegura de que no haya supervivientes. El destino de la niña judía y la familia que la acogió es una versión ficticia de un testimonio ocular.

• Hay un pequeño detalle en una escena en la que Maria está trabajando en la cocina y el *Kapo* le lanza un trozo de patata podrida para llamar su atención. El momento se inspira en el relato de un superviviente. Este describe una ocasión en la que un *Kapo* le tiró una piedra para llamar su atención y asegura que le resultó más humillante que los golpes y los insultos, porque es lo que haría alguien para llamar la atención de un animal, no de un ser humano.

• El lector descubre que Pilecki ha sido el encargado de organizar el soborno que salva la vida de Irena cuando la envían a Auschwitz para ser ejecutada. Los guardias se dejaban sobornar con facilidad y asiduidad, y los detalles de la fuga de Irena se inspiran en acontecimientos reales. Recibe ropa de civil y la sacan en coche del campo; un prisionero real, llamado Kazimierz Piechowski, robó junto con otros prisioneros varios uniformes de las SS y salió en automóvil del campo, pasando junto a los guardias de las torretas y a los que les abrieron la verja.

• Cuando Irena regresa al campo con el uniforme de guardia y le cuenta a Maria que tiene intención de ayudarla a escapar, terminan la conversación con un abrazo que desconcierta a Maria y la hace reflexionar sobre lo que significa para ella. La escena se inspira en una cita de Eva Moses Kor, una gemela sometida a los experimentos de Josef Mengele, que murió el 4 de julio de 2019: «Al estar tan sola, un abrazo significaba más de lo que nadie pueda imaginar, pues reemplazaba el calor humano que tanto anhelábamos. No solo teníamos hambre de comida: también teníamos hambre de bondad humana».

• Irena comenta que su madre y su hija se han marchado de Varsovia porque el Ejército Nacional planea un levantamiento. Una recopilación de testimonios de supervivientes del Alzamiento de Varsovia describe lo que ocurrió en el barrio de Mokotów, donde vivían las familias de Irena y Maria. En el momento del alzamiento en el gueto de Varsovia, Himmler ordenó el exterminio de toda la ciudad y sus habitantes. Aunque el barrio de Mokotów y la calle Bałuckiego sobrevivieron sin apenas daños, fue un distrito clave para el Ejército Nacional y cayó durante el proceso de pacificación de Mokotów, que trajo consigo una oleada de violaciones –incluidas violaciones en grupo–, robos y asesinatos en hogares y hospitales. Irena se siente aliviada de que su madre y su hija estén a salvo fuera de la ciudad y asegura que sabe lo que les habría pasado si se hubiesen quedado, es decir, que ambas habrían sido violadas y asesinadas.

• Aunque los judíos y los no judíos debían vivir en bloques separados, a menudo los guardias se saltaban la norma. Así es como Maria y Hania terminan compartiendo litera en Birkenau.

• En un momento dado, Maria se entera de que han «vaciado» el bloque de la enfermería y que un miembro de la Resistencia que estaba allí ha muerto. Cuando la enfermería se llenaba, los guardias ordenaban la ejecución de todos sus ocupantes en las cámaras de gas o con inyecciones de fenol. A menudo los prisioneros tenían miedo de que los trasladaran porque no sabían si el nuevo campo sería mejor o peor que aquel en el que estaban. Para evitar los traslados, sobornaban a otros prisioneros para que suprimieran su nombre de la lista o bien a un miembro del personal de la enfermería para que los admitiera allí. Esta última opción era arriesgada porque si se ordenaba que la vaciaran, los miembros de la Resistencia acaban asesinados junto con los enfermos, algo que sucedió en realidad, según contaron los supervivientes.

• Cuando Maria y Hania pasan clandestinamente cápsulas de pólvora para la rebelión, Maria comenta que se las entrega a una mujer que trabaja en el depósito de ropa. Se trata de una referencia a Róża Robota, que trabajó en el depósito de ropa adyacente a uno de los crematorios. Las mujeres judías contrabandeaban con pólvora de la fábrica de municiones Weichsel Union, donde Maria trabajó durante un breve periodo para ayudar a dichas mujeres; este empleo es el que más adelante la lleva a ser interrogada por el campo Gestapo. Robota y otras mujeres pasaban la pólvora a los trabajadores del Sonderkommando. El 7 de octubre de 1944, a los trabajadores del Sonderkommando del Crematorio IV, cerca de donde trabaja mi personaje Izaak, les llegó el rumor de que los iban a liquidar. Entraron en pánico y colocaron explosivos en el crematorio. Esto mató e hirió a varios guardias, pero la revuelta fue aplastada y cientos de trabajadores del Sonderkommando acabaron asesinados en represalia. El rastro de las cápsulas de pólvora halladas entre los restos del crematorio llevó a los nazis a la fábrica de municiones, de modo que Róża Robota, Ala Gertner, Estusia Wajcblum y Regina Safirsztajn fueron detenidas e interrogadas, aunque no delataron a ninguna de las demás implicadas. Las sentenciaron a morir ahorcadas, como descubre Maria tras el interrogatorio en el campo Gestapo, y fueron ejecutadas el 6 de enero de 1945 en presencia de todo el campo de mujeres, pocas semanas antes de la liberación.

• La escena de la marcha de la muerte, en la que Maria presencia el intento de fuga de una mujer se inspira en una combinación de testimonios de supervivientes. Uno informó de un hombre con una pierna rota al que dejaron morir y otro de una mujer que echó a correr por el campo y quedó atrapada en un montón de nieve. Un soldado la apuntó con su pistola y ella, al ver que no podía moverse, le suplicó que disparase. Al oír sus ruegos, el soldado se guardó el arma y ningún otro guardia sacó la suya; por el contrario, la ignoraron y la dejaron morir en la nieve.

• Franz y su familia firman la Deutsche Volksliste por consejo de la Iglesia y los líderes de la Resistencia. Muchos descendientes germanos contrarios a los nazis lo hicieron para protegerse y asegurarse mejores derechos, que les permitían viajar con más libertad y acceder a mejores bienes. A menudo utilizaban su elevado estatus para apoyar a la Resistencia.

• Tras la liberación, Hania menciona que su hermano Izaak ha ido a la caza de criminales de guerra nazis. Más adelante, el lector descubre que Izaak ha rastreado a Protz para vengarse de todo lo que Hania ha sufrido a manos de él. La misión de Izaak se inspira en organizaciones como Nakam («venganza» en hebreo), un grupo de supervivientes del Holocausto que, en 1945, pretendían matar a seis millones de alemanes en represalia por los seis millones de judíos asesinados durante el Holocausto. Numerosos grupos espontáneos como este persiguieron a criminales nazis durante años después de la guerra, puesto que muchos de ellos escaparon sin sufrir consecuencias.

• Muchos problemas de salud mental no se entendían ni se trataban en aquella época, y por ello el trastorno de estrés postraumático no era algo que se diagnosticara. A los supervivientes le resultaba difícil adaptarse de nuevo a la vida normal y la gente o bien no sabía cómo ayudarlos o bien no sabía que necesitaban ayuda. Los síntomas de Maria tras la liberación (*flashbacks*, dolores de cabeza, agitación, pesadillas, cambios de humor…) se categorizan en la actualidad como un tipo de trastorno de estrés postraumático específico de los supervivientes del Holocausto. Tras la guerra, Maria no tiene ni idea de por qué ha desarrollado dichos problemas y les tiene miedo, lo que contribuye a las dificultades que se le presentan en su enfrentamiento final con Fritzsch. Ella está decidida a mantener a raya los síntomas y a conservar el control sobre sí misma, sin embargo, el entorno –y el propio Fritzsch– los síntomas hacen estallar con facilidad. Una vez él muere, los síntomas no la abandonan y Maria siente que es la única obsesionada con el pasado hasta que Hania le confiesa que ella también experimenta *flashbacks*. Maria aprende a lidiar con ello, pero, incluso en el epílogo, descubrimos que sus síntomas nunca han desaparecido por completo. Muchos supervivientes del Holocausto se enfrentaron al trastorno de estrés postraumático durante el resto de su vida, incluso aquellos que al final encontraron la ayuda que necesitaban.

• Numerosos supervivientes nunca hablaron de lo que habían vivido. Esto, unido a la falta de terapia y de otros recursos para la salud mental, les dificultó la aceptación de lo que habían experimentado. Algunos se dieron cuenta de que compartir su historia les ayudaba a gestionar sus emociones, pero la mayoría permaneció en silencio durante años, incluso toda su vida, y nunca quisieron regresar a Auschwitz. Cuando lo hicieron, muchos otros descubrieron que hablar de sus experiencias y volver al campo les daba paz, de hecho. Esa es la razón por la que a Maria le cuesta tanto hablar de la época que pasó en el campo y, aunque más tarde comienza a compartir su historia, no encuentra una verdadera sensación de paz hasta que regresa a Auschwitz muchos años después.

Índice